T0278907

Cuore bianco

ALESSANDRA NEYMAR

Cuore bianco

Libro uno

Grijalbo

Papel certificado por el Forest Stewardship Council®

Primera edición: abril de 2023

Travessera de Gràcia, 47-49. 08021 Barcelona

Printed in Spain – Impreso en España

ISBN: 978-84-253-6491-4
Depósito legal: B-2.876-2023

Compuesto en Comptex&Ass., S. L.

Impreso en Liberdúplex
Sant Llorenç d'Hortons (Barcelona)

GR 6 4 9 1 4

1

REGINA

Nací napolitana.

En el corazón de la Camorra que se vestía de firma y fingía ser honrada. Que pasaba los domingos en el club de campo y se codeaba con la alta sociedad. La misma que era admirada por los ciudadanos decentes e incluso alcanzaba ministerios. Esa Camorra que nadie nombraba porque no creían tenerla enfrente.

Pero Nápoles era como una herida sangrante. Y nunca cicatrizaría, porque sus hombres jamás lo permitirían.

La bestia dal cuore nero. Así la llamaban los guardias que trabajaban en la mansión Fabbri, mi hogar. Ellos lo sabían bien porque habían crecido en sus entrañas y no conocían la paz. Por eso solían reírse de mí cuando mitificaba sus calles, porque yo todavía ignoraba que Nápoles daba poco y quitaba demasiado. Era un reino atroz que devoraba incluso a aquellos que la dominaban.

La mafia era para la ciudad lo que el oxígeno para el ser vivo. Y yo formaba parte de ella, aunque me hubiera pasado media vida preguntándome en qué maldito momento se había convertido en aquella perversa jungla. Ahora la observaba desde el ático suite del hotel Romeo. Y la detestaba. Con todas mis fuerzas. Porque, a pesar de que había aprendido a ignorar parte de lo que me rodeaba, sabía demasiado como para poder escapar de sus fauces.

—¿Por qué no vuelves a la cama?

Un escalofrío recorrió mi cuerpo. Por un momento olvidé que había reservado aquella habitación junto a un tipo que había conocido esa misma noche.

Giré la cabeza en su dirección, a tiempo de verlo caminar hacia el minibar. Estaba completamente desnudo y un poco erecto. No recordaba su nombre ni tampoco qué me había tentado de él al cruzarnos en el pub al que me había arrastrado Elisa. Pero su atractivo era evidente y solo quería follar, así que me bastaba.

Cogió una copa, abrió una nueva botella y vertió el contenido. Se lo tragó de un golpe antes de mirarme con una sonrisa.

—Y bien, ¿vas a volver o no? —preguntó de nuevo.

—¿Para qué?

Me crucé de brazos y di la espalda a la panorámica de la ciudad. Había hecho bien en ataviarme con un albornoz. De lo contrario, dudaba que ese tío me mirara a la cara.

—No me obligues a decirlo. Estoy intentando ser un caballero.

Me uní a su sonrisa y decidí acercarme a él. Desde luego, sabía cómo ser un descarado sin parecer un capullo. Sorteé el desorden mientras él preparaba otra copa. Esa vez le añadió un comprimido blanco que previamente había convertido en polvo, machacándolo entre sus dedos.

—No sabía que tirarse a una mujer que está a punto de casarse fuera propio de caballeros —bromeé.

—Por eso he dicho que lo intento, y no que lo soy.

Me alargó la copa.

—¿Qué le has echado?

—Alegría.

Di un sorbo. El sabor no había variado, pero seguía sin gustarme. Sonreí complacida y me acerqué un poco más hasta sentir su boca casi pegada a la mía. Con la otra mano acaricié su erección.

—Espero que esta vez tu polla sepa hacerme olvidar y no me hagas arrepentirme de haberte engatusado —le advertí.

Él torció el gesto al tiempo que sus manos se clavaban en mis caderas.

—¿Qué quieres olvidar? —quiso saber.

Ojalá hubiera sido tan sencillo de explicar.

—Todo.

Otra sonrisa.

—Entonces bebe un poco más.

Acercó la copa a mis labios y fue empujándola hasta asegurarse de que había tragado todo el contenido. A continuación, dejó el vaso en la barra y deshizo el nudo de mi albornoz. La prenda cayó al suelo, y a mí se me erizó la piel ante aquella mirada animal que me regaló.

—Y ahora déjame comerte.

Follamos como salvajes. Allí mismo, de pie contra la barra. Fue sucio y excitante. Me dejé llevar por aquel placer tosco y áspero. Y no fue culpa suya que no pudiera olvidar. No lo conseguí porque Nápoles me observaba con descaro y con la promesa de un amanecer insoportable.

Repetimos dos veces, hasta que las piernas comenzaron a fallarnos y nuestros pulsos parecían haberse convertido en una única palpitación. No me despedí de él. Lo dejé durmiendo junto a una nota en la que le informaba de que podía disfrutar de la habitación hasta mediodía. No volvimos a vernos nunca más. Pasó a formar parte de esa lista de olvidados que intentaron hacerme sentir especial y jamás lo lograron.

Los primeros destellos de ese maldito amanecer de octubre me facilitaron el trayecto hacia la entrada a mi casa en cuanto me bajé del taxi. Me quité los tacones para poder arañar un poco más de estabilidad y sentir la hierba húmeda bajo mis pies.

Allí, escondida entre sombras y frondosos árboles, estaba la mansión más prominente del barrio de Posillipo. Una enorme residencia sobre un terreno verde salpicado de vegetación y estanques que abarcaba más de diez mil metros. Disponía incluso de cala privada y embarcadero, y gozaba de un servicio de sesenta y tres empleados solo para atender a los siete miembros que vivían allí dentro. Todo un despliegue de ostentosidad que buscaba dejar muy claro la gran influencia de su propietario.

Me decanté por el acceso al salón para evitar al guardia que vigilaba la puerta principal. Deslicé la puerta corredera. Solo quería subir a mi habitación y enterrarme en la cama, pero unos fragmentos de cristal me dieron la bienvenida, además de un desorden que reconocía muy bien.

—Pareces una vulgar zorra del gueto. —La voz de mi padre desveló demasiado, y me asombró casi tanto como la ausencia de molestia por mi parte ante su comentario.

Lo miré a través de la penumbra. Desde que Camila nació, papá no solía beber fuera de su despacho o sala de juegos. Sin embargo, allí estaba, todavía vestido con su traje. Sin la chaqueta, la camisa medio desabotonada y la corbata tirada en el suelo. Se había descalzado y no llevaba el cinturón. Lo busqué con un vistazo nervioso, pero no di con él y me hubiera gustado creer que se debía a que no disponía de luz suficiente.

—Y tú un puto borracho sintecho. —Señalé nuestro alrededor—. Veo que has sacado a pasear tu mal carácter. Espero que hayas tenido la amabilidad de ahorrárselo a Camila.

Mi hermana era demasiado pequeña para entender el intrincado carácter de Vittorio Fabbri. A veces ni siquiera yo lo lograba.

—O de lo contrario, ¿qué? —se jactó.

Decidí tomármelo con calma, y agarré la pequeña escultura de bronce que había sobre el mueble más cercano.

—Creo que podría partirte la cabeza con esto, pero es demasiado temprano para despertar a Ferruccio y pedirle que te lleve al hospital. —Le sonreí segura de que él me devolvería el gesto. Solo entonces, cuando coloqué la escultura de nuevo en su lugar, cogí aire—. ¿Vera ha dormido aquí?

Quería oírle decir que no. Que, tras aquel severo enfrentamiento, mi madrastra había tenido el valor de coger a su hija y alejarse de ese hombre de una maldita vez. Pero supe que no tendría tanta suerte, esa mujer no podía dejar de ver a través de los ojos de su esposo.

—Dónde quieres que haya dormido si no, ¿eh?

Acababa de despertar sus ganas de contienda y hubiera respondido de haber sabido que contaba con todas mis facultades. En cambio, lo miré en silencio. En el pasado, me había sorprendido preguntándome si le quería porque se lo merecía, o si simplemente me obligaba el hecho de que fuera mi padre.

Me encaminé hacia la escalera. Por un instante, creí que podría subirla sin tener que oírle de nuevo. Ambos sabíamos cuándo dejarnos ir, pero olvidé que eso solo sucedía cuando estaba sobrio.

—He invitado a Marco Berardi. Llegará sobre las diez.

Me quedé congelada. Ese nombre me alteraba. Sabía que debía acostumbrarme a él, pero era demasiado pronto para aceptarlo. Mi futuro esposo era un hombre de belleza magnética y ojos de un azul sobrecogedor que atravesaban. Atraía irremediablemente, pero también inquietaba. Marco Berardi no solía sonreír. Tampoco hablaba para rellenar silencios. Empleaba la diplomacia y la introversión en sus versiones más intimidantes, y vivía bajo esa máscara de turbadora entereza que lo mantenía perfectamente alejado del resto de la gente. Era tan complejo como un laberinto y tan gélido como el hielo. Yo sospechaba que ni siquiera su propia familia lo conocía de verdad. Pero decían que manejaba la mafia como ningún otro. Era lo más cerca del mal tangible que yo estaría nunca.

—Dime, ¿te satisface el hombre en el que te has convertido, papá? —Escupí esas palabras con más rabia que ganas.

Vittorio Fabbri se puso en pie, tambaleándose. Tiró de la cinturilla de sus pantalones y me mostró una sonrisa. Ni siquiera le conmovía saber que iba a entregarme a un ser despiadado solo por salvar a nuestra familia.

Su familia.

Alcé el mentón y le eché valor. No me amedrentaría, a pesar del recelo que me causó ver cómo se acercaba a mí.

—Cuando lo pongo en duda, miro a mi alrededor. Mis hijas viven como reinas.

—Pero tú no eres un rey —mascullé—. Y tu hermano es el único que está pagando ese castigo. Por egoísmo y torpeza.

—Nadie le pidió que se entregara.

—Quizá lo hizo porque creyó que tu cinismo lo salvaría de terminar en la cárcel. Pero ninguno de los dos pensasteis que ni siquiera te dejarían capital para la fianza. Siempre os habéis creído intocables.

De pronto, me cogió del cuello y me estrelló contra la columna más cercana. Los zapatos se me resbalaron de la mano un instante antes de decidir engancharme a su brazo para contrarrestar el dolor que lentamente se iba expandiendo por mi tráquea. Era una mujer menuda y lo bastante delgada como para que mi padre me trincara el gaznate con total facilidad. Me hizo daño, pero no le importaba. Ahora mismo solo podía mirarme como si fuera un insecto al que quisiera aplastar. Jadeaba como un animal salvaje, sus ojos azules se convirtieron en dos pozos negros.

—Hablas como si te hubiera obligado.

—No hacía falta que lo hicieras —rezongué asfixiada.

—Podrías haber escogido otra salida.

Me dolió que realmente lo creyera. Y me hirió aún más que me echara la culpa de una situación que él mismo había provocado. No fui yo quien le obligó a tratar con la Camorra hasta formar parte de ella, ni mucho menos quien le pidió al tío Alberto que se entregara a la policía.

—No abandonaré a mi familia.

—Vera no es tu madre —se mofó.

—Es la mujer que quiso serlo y la persona que me dio a Camila. Vigila cómo hablas de ella, sigue siendo tu esposa —contraataqué.

Vera Bramante llegó a mi vida cuando más convencida estaba de que una madre no servía para nada. Tenía nueve años. Le costó muchísimo ganarse mi cariño, pero cuando lo logró, ya no pude alejarme de ella. Ni tampoco de esa niña que más tarde trajo al mundo. Mi padre no se merecía una mujer como ella.

Quise gritarle todas esas cosas a la cara. Quise decirle que dudaba que existiera redención para él. De haberla deseado de verdad, quizá todo habría sido diferente. Más amable, menos tortuoso. Quizá entonces no me habría importado entregarme a un hombre que no amaba. Porque querría que mi padre sobreviviera a sus malas decisiones. Sin embargo, en ese momento me hubiera gustado que fuera él quien estuviera entre rejas, y no su hermano.

—¿Cuánto perderemos por el camino si te muestras tan altiva, Regina? —Seguía apretando. Sus ojos disfrutaban con mi asfixia—. Ya hemos hablado de esto. Serás la esposa de un Berardi, la heredera del imperio Sacristano. Obedece y vencerás. Obedece y lo lograrás. Obedecer. —Lo mencionó con un gruñido—. Esa es la clave.

—Me haces daño, suéltame —le rogué, a punto de arañarle la cara.

Tal vez eso fue lo que produjo el cambio. De pronto, observó la sujeción, abriendo mucho los ojos y claramente aturdido. Me soltó a toda prisa, como si le ardieran las manos, y yo rompí a toser, aspirando todo el oxígeno que mis pulmones fueron capaces de acoger.

—Mi pequeña... —Acarició mi cabeza con manos torpes y temblorosas—. Lo siento... Lo siento tanto.

Entonces, hundió el rostro en mi cuello y rompió a llorar. Nunca dejaría de sorprenderme que un hombre tan grande se hiciera tan pequeño en solo cuestión de segundos. Una parte de mí quería alejarlo con todas sus fuerzas, pero venció esa incómoda necesidad de abrazarlo. Suficiente castigo tenía ya con la situación.

—Ya está, papá. Ya está... —le dije.

—Lo siento tanto...

Froté su espalda mientras él se abandonaba entre mis brazos. Pero todavía notaba los estragos de la asfixia y mis fuerzas flaquearon, así que no pude evitar deslizarme hacia el suelo y arrastrarlo a él conmigo. A papá no le importó, no me soltó. Me abrazó como en realidad debía abrazar un padre.

—Señorita, ¿va todo bien? —preguntó Attilio Verni.

Era uno de los guardias principales de la familia, el único de los hombres que trabajaban para mi padre capaz de mostrar honor sin temor a las consecuencias. Dudo que, al intercambiar una mirada, imaginara el alivio que me produjo verle.

—Solo hemos tenido un encontronazo —lo tranquilicé, y él fingió creerme—. Ha bebido demasiado. ¿Podrías llevarlo a su habitación? Necesita descansar.

Con una mueca seria y sin quitarme ojo de encima, asintió con la cabeza y se acercó a su jefe.

—Yo me ocupo.

—Gracias. —Forcé una sonrisa y observé cómo se lo llevaba, casi a rastras.

Pensé en ponerme de pie y encerrarme en mi habitación. Todo por lo que me había desinhibido aquella noche regresó a mí, de golpe y con fiereza. Hizo que me sintiera sucia y desgraciada. Doblé mis piernas, me aferré a ellas y miré hacia el jardín. El amanecer ya era un hecho a través de las tímidas y furiosas lágrimas.

«Serás pasto de una miseria de la que no podrás escapar». Sabía que mis instintos no se referían a la pobreza. Era algo mucho más intrincado y feroz. Algo que ya me había atrapado.

2

MARCO

Me gustaba Roma. Era el único rincón del mundo que podía observar sin que los estragos de mi vida me hostigaran por mi incapacidad para lamentar las aberraciones que yo mismo cometía. Ella no me reprendía ni me cuestionaba por ser quien era, por como era y por todo lo que mi apellido implicaba. Simplemente con sus vistas me devolvía una calma sobrecogedora y cálida, y me regalaba la oportunidad de alejarme de mi usual indolencia. Era consciente de que solo se trataba de un espejismo, pero me bastaba para sentirme humano, aunque sus calles supieran tan bien como yo lo lejos que estaba de serlo.

El humo del cigarrillo salió de entre mis labios y empañó por un instante la preciosa panorámica nocturna del jardín privado de la suite Nijinsky del hotel de Russie. No era la primera vez que me hospedaba allí. De hecho, casi se había convertido en mi hogar durante mis visitas a la capital italiana. Bastaba con avisar de mi llegada a recepción para que el servicio acomodara la habitación teniendo en cuenta mis preferencias: una botella de Macallan, dos vasos, hielo, fruta fresca y mezcla de frutos secos, un par de toallas de tocador húmedas y los ventanales de la terraza abiertos. Me agradaba sentir el frío, como aquella madrugada en que corría una brisa gélida, casi incómoda.

—¿Marco? —me llamó el doctor.

Por un momento, había olvidado que tenía compañía.

—Sí... —Lo miré por encima del hombro.

Ricardo Saviano estaba sentado en el sillón, como acostumbraba a hacer durante nuestras sesiones, ya que desde ese asiento disfrutaba de una visión casi completa del salón. Le gustaba, además, apoyar los codos en los brazos acolchados. Solía observarme con esa mueca interrogante suya que desvelaba su deseo de acceder a mi mente. Como si eso fuera a darle respuestas. Estaba seguro de que él no imaginaba siquiera el enorme y yermo páramo que era mi interior. Sin embargo, Saviano ya se había habituado a mis silencios después de haberlos soportado durante los tres últimos años. Sabía que yo no era muy hablador.

—¿Va todo bien?

Apagué el cigarrillo en el cenicero y di un último sorbo a mi copa de whisky escocés antes de servirme otra. Me tomé mi tiempo, detestaba precipitarme. Le miré y eché otro trago. Al principio, al doctor le molestaba que bebiera durante nuestros encuentros, pero pronto descubrió que esa reprochable costumbre nos regalaba las mejores conversaciones.

—Marco...

Pronunció mi nombre con seriedad, bajo la máscara del buen profesional que era, una maldita eminencia que se ceñía al código deontológico como si este fuera su propia piel. Catedrático en la Facultad de Psicología de La Sapienza, Ricardo Saviano no veía en mí al sobrino de la reina de la mafia de Cerdeña, sino a un hombre que sufría un claro trastorno de falta de empatía.

—¿Sabes lo que es una Bacanal Negra, Saviano? —le pregunté casi en un susurro.

—No. ¿Por qué no me lo explicas? —No había duda de que mi pregunta había captado su atención.

Saviano era un hombre de rasgos amables. La sesentena le había procurado unas profundas arrugas y un cabello blanquecino, además de una curiosa y elegante corpulencia. Tenía una voz cálida y una paciencia infinita. Era, para mí, lo más cercano a un amigo que tenía, a pesar del precio que conllevaba arrastrarlo hasta allí en plena madrugada al menos dos veces al mes.

Bebí una vez más y deposité el vaso sobre la mesa. Me aflojé un poco la corbata, metí las manos en los bolsillos del pantalón y dejé que mi cuerpo oscilara hasta apoyarse en el marco del ventanal. Estaba a tiempo todavía de reservarme semejante discurso. No tenía ni idea de por qué lo había mencionado, pero yo no solía recular, así que aquella sería la primera vez que le hablaría de la cara más salvaje de mi vida sin ahorrarme detalles. Aunque ya sabía de antemano cuál sería la reacción de Saviano: se centraría en analizar cómo reaccionaba yo con mi propio relato.

—El Verkhovnyy es un yate joven, apenas tiene trece meses. —Empecé con voz suave y embriagadora. Sabía que así captaría toda su atención—. Ciento cincuenta metros de eslora, treinta y dos camarotes, doce suites, cuatro plantas, casino, helipuerto y, entre otros muchos lujos más, no nos olvidemos de la *red room*. El barco necesita al menos veinticinco miembros de tripulación para navegar, su valor asciende a más de quinientos millones de euros y fue diseñado por el reputado arquitecto naval Michail Novikov como un regalo personal para Saveria Sacristano. —Torcí el gesto y sonreí mordaz—. Ya la conoces, hemos hablado de ella, ¿cierto?

Saviano asintió.

—La hermana de tu madre.

—Y la poderosa propietaria del resort más exclusivo de Europa. —Logré sonar grandilocuente. Algo dentro de mí tenía ganas de jugar con la ironía.

—En efecto —suspiró el doctor.

—Continuemos. El Verkhovnyy celebra una vez al mes unas veladas un tanto cuestionables. El gran resort Marsaskala, en cambio, no ofrece este servicio a sus huéspedes. Pero, verás, la idea de recibir sugerencias de «mejora» atrae bastante, y mi tía, como buena empresaria que es, no desaprovecha ocasión alguna.

Saviano tragó saliva. Se le había enfriado el café, pero, aun así, recurrió a él para humedecerse la garganta. Empezaba a sospechar hacia dónde se dirigía el asunto. Yo sonreí de nuevo, admirando su serenidad.

—La Bacanal Negra. Fue mi propio hermano quien le dio ese nombre —confesé.

Sandro tenía veintiséis años, dos menos que yo, y una de las cosas que más le agradaban en la vida, además de empolvarse la nariz y regocijarse en su insaciable promiscuidad, era disfrutar de las numerosas ventajas que le había dado nacer con nuestro apellido, lo que le había llevado a desarrollar una incontenible creatividad para el desvarío.

—Imagina un lujoso yate que zarpa desde la Costa Esmeralda hacia las preciosas playas escarpadas de la isla de Capri. La Bacanal Negra se lleva a cabo en plena noche, mar adentro, justo cuando se cruza el punto más deprimido. Hablo de más de trece mil pies de profundidad, doctor. —Lo miré con fijeza—. La imagen impacta, ¿no te parece? Tengo la sospecha de que los cadáveres que caen por la borda no llegan a tocar fondo nunca...

Lo había conseguido. Saviano se movió incómodo en su asiento. A pesar de la tenue luz, pude advertir el temblor en su mandíbula. A duras penas podía soportar mis palabras.

—Se coloca una mesa redonda y acolchada en la popa del barco —continué, bien atento a las sutiles reacciones del hombre—. El público toma asiento alrededor, como si aquello fuera una especie de gradería. Unos ocho tipos esperan desnudos, son los directores de orquesta, para que nos entendamos. Luego entran, de dos en dos, las personas que se dejarán follar, ya que no les queda más remedio, mientras los espectadores vitorean, beben, esnifan y apuestan. Sin embargo, lo mejor del evento no es la orgía en sí, sino un revólver con un tambor de seis orificios que tan solo dispone de tres balas. ¿Empiezas a hacerte una idea, Saviano?

Le vi tragar saliva, y fue entonces cuando suspiré y le di la espalda. Ya no necesitaba ver lo cruel que le parecía mi relato. Me bastaba con saber que seguía escuchándome.

—Las probabilidades de salir vivo de allí son del cincuenta por ciento, y son los mismos participantes, hombres, mujeres, da igual, quienes tienen que apretar el gatillo mientras son vejados sin escrúpulos. El chasquido de un revólver vacío produce alivio. Lo contrario... quién sabe. —Me encogí de hombros—. Nadie ha sobrevivido para contarlo.

»Los cantos son cada vez mayores. El alboroto de puro regodeo. Esa gente entiende que el dinero les da ventaja sobre el resto, y no les falta razón. Disfrutan del espectáculo que supone ver morir a una joven indefensa mientras es violada o del misterioso y encubierto placer que experimentan cuando los cadáveres se hunden en esos más de trece mil pies de profundidad. Salen veinte esclavos de Porto Cervo, y a Capri apenas llegan cinco o seis. La Bacanal Negra es un exterminio. Y una vez allí...

Oí que el doctor cogía aire.

—¿Adónde quieres llegar, Marco?

Me giré para encararlo de nuevo. Mis manos seguían escondidas en los bolsillos, pero no entendía por qué estaba apretando los puños.

—¿Acaso imaginas que todo esto esconde algo mucho más profundo?

—Tú no hablas para rellenar silencios. Eres bastante más preciso de lo que ambos creemos.

Nos desafiamos con la mirada. Desde luego, Saviano era muy hábil en su campo. Ninguno de los dos sabíamos qué intenciones escondía yo al contarle aquello, pero él supo aprovechar la oportunidad para escarbar en mis entrañas. Y decidí consentírselo.

—He sabido que dos ratoncitos han logrado escapar del juego —confesé y alcé el mentón—. Uno ha muerto en el golfo de Nápoles, pero el otro ha huido, y esto carecería de importancia excepto por el pequeño detalle de que nadie sale vivo de nuestra red. Imagínate la catástrofe que supondría que el mundo descubriera todo lo que se cuece en el paraíso.

—¿Me estás contando esto porque te incomoda la idea de visitar Nápoles o porque quieres evitar que hablemos de tu esposa? —Noté cómo con tan solo su voz Saviano lograba alcanzar esos puntos ocultos de mí que me hacían vibrar.

«Ambas cosas».

—Todavía no nos hemos casado —espeté.

—Lo haréis en dos días.

Entorné los ojos. Aquella era una realidad que aún no había asimilado. Atar mi vida a una maldita cría de la alta burguesía napolitana era, para mí, casi como un castigo. Pero Saveria Sacristano no creía en eso de la estima conyugal. A la llamada Viuda Verde —por sus ojos y porque había enterrado a tres esposos— no le interesaba que algún día yo compartiera con mis nietos una bonita historia de amor. Ella sabía que mi corazón tan solo latía para mantenerme con vida.

Mi tía deseaba gobernar sobre el reino ingobernable que era Nápoles solo porque un día pensó que podría hacerlo. Y yo lo haría posible para ella. Le daría todo lo que me pidiera, a pesar de cuánto odiaba involucrarme con esa tierra de violencia encarnizada y aroma a miseria.

—Me asombra que hables con tanta frivolidad. No te favorece nada.

Sonreí.

—No estamos aquí para debatir mis opiniones.

—¿Y si te lo pidiera? ¿Y si quisiera oírte decir lo que realmente piensas?

Saviano me lanzó una mirada firme y severa, pero mi intención no era enzarzarnos en una incómoda discusión. Aquella no era más que nuestra forma de conversar. Nos poníamos a prueba el uno al otro. Sus sutiles reacciones ante mis comentarios me enseñaban cuán diferente era a los demás, y lo complejo que me resultaba tener conciencia y escrúpulos. No pretendía erradicar ese sentimiento, pero deseaba entender qué significaba ser compasivo.

—¿Qué quieres que diga? —cedió al fin.

—Que soy un monstruo porque detesto la idea de solventar un problema que otros han provocado —rezongué con aspereza—. Que lo soy aún más porque no me importa lo que suceda en esas bacanales. Que lo único que me enerva es tener que buscar a ese crío y traerlo de regreso solo porque mi tía ansía devorarlo.

—¿Porque es su nuevo esclavo?

—Sí, Saviano, porque el príncipe de Secondigliano se ha convertido en un esclavo al servicio de las bestias.

—Tú eres una de esas bestias, Marco.

Me agradó que no lo preguntara, todo sea dicho.

—Así es.

Luego, el silencio se instaló entre nosotros. No me molesté en indagar en sus ojos. Los había visto aturdidos y amargos en demasiadas ocasiones. A veces ni siquiera entendía por qué seguía aceptando nuestras sesiones.

Me acerqué de nuevo a la mesa y di un sorbo largo a mi copa. Había empezado a amanecer, y en apenas unas horas me enfrentaría a la desafiante mirada azul de mi prometida.

—Reconozco que todo lo que me cuentas hace que se me erice la piel siempre —comentó Saviano en un tono de voz con el que pretendía resolver nuestro pequeño encontronazo, pero olvidaba que yo nunca podría enfadarme con él y que le respetaba más de lo que me respetaba a mí mismo—. Tengo dos hijas, Marco, y nietas. Me cuesta imaginar que, tras la vida de comodidad y tranquilidad que les he ofrecido, existan semejantes barbaries.

Le miré y me topé con unos ojos tan amables que a punto estuvieron de provocarme un escalofrío. «Qué diferente sería todo si tú fueras mi padre», pensé.

—Pero debo recordarte que no estoy aquí para cuestionarte o darte lecciones de moralidad. Contigo no funcionarían.

—Entonces ¿por qué sigues reuniéndote conmigo? Sé que el dinero no te hace falta.

También sabes que no habrías contactado conmigo aquella primera vez de no haber sido por tu empeño en escapar de ti mismo.

Tragué saliva. Me asombraba la habilidad que Saviano había desarrollado para ponerme un poco nervioso.

—Ambos sabemos cómo eres, y lo reconoces. Tu notable ausencia de empatía ha facilitado el proceso, pero jamás habrías recurrido a mis servicios de no intuir que todo tu mundo no es más que un sofisticado infierno que nadie te ha permitido escoger.

—He tenido la oportunidad de escapar —suspiré.

—Eso también lo sé.

—¿Y por qué no lo he hecho?

—Me temo que esa es una pregunta que solo tú puedes responder.

—Conozco bien la respuesta, doctor —le aseguré acercándome a él—. Y también sé que, en cierto modo, dentro de ti sientes una extraña simpatía por mí y que por eso no me das por perdido.

Tomé asiento y me crucé de piernas. Me apetecía otro cigarrillo y continuar bebiendo, pero preferí observar los primeros destellos de luz que acariciaban los macizos del jardín.

—No estás enfermo, Marco —me recordó Saviano por enésima vez.

—Creo que muchas personas no opinan lo mismo.

—¿Como Regina Fabbri?

Volví la cabeza hacia él de inmediato. Me asombró que recordara su nombre y que lo mencionara con tanta delicadeza, como si una parte de él intuyera la compleja carga que iba a tener que soportar aquella joven de cabello trigueño y belleza cautivadora.

—Si es verdad que me odia, no hará falta que lo diga con palabras. Lo sabré como lo he sabido con todos los demás. Y su opinión me importará tan poco como la del resto.

—Marco...

—Ambos hemos entendido que esto es una mera transacción entre familias —le recordé—. Será la alianza más importante del sur. Este matrimonio es un negocio más que salvará a su familia del desastre jurídico y económico, y que pondrá a los Sacristano en el mapa de la península.

—¿A costa de un enlace tan controvertido?

—No pretendo que lo entiendas, Saviano.

—¿Que sacrifiques tu propia vida por las decisiones que toman otros? Desde luego que me cuesta entenderlo, pero no me refiero a eso. —Se inclinó hacia delante con los ojos clavados en los míos—. Cuando hablamos de sentir empatía o no, no solemos pensar en nosotros mismos. Y tú te has olvidado de ti.

Aquella confesión fue como recibir un inesperado puñetazo en la entrepierna. Podría haberle recriminado el descaro con el que a veces me hablaba, aunque me habría contradicho a mí mismo, porque yo realmente necesitaba aquellos toques de atención para discernir la realidad en la que estaba atrapado.

—Mi opinión... —comencé bajito y tragué saliva. Iba a ser más sincero que nunca, y eso me aturdía—. No la conozco, Saviano. Soy incapaz de oírla.

Quizá ese era realmente mi castigo.

3

GENNARO

No quería desmayarme.

Resultaba muy irónico hacerlo bajo un cielo nocturno salpicado de estrellas y tendido al lado de un cadáver dentro de un bote que navegaba a la deriva en pleno mar abierto.

Pero la inconsciencia tiene un punto macabro y ni siquiera me dio la oportunidad de aterrorizarme por todo lo que volvería a ver.

Así que caí sin remedio en esa insoportable oscuridad y regresé al instante en que percibí la vibración del móvil en el bolsillo trasero de los vaqueros.

Reconocí de inmediato el comienzo de aquella pesadilla: Lelluccio me escribía después de dos meses sin dirigirme la palabra. Era un mensaje muy corto. Me pedía que nos reuniéramos donde siempre a las siete, una hora antes de tener que incorporarse al recién estrenado emplazamiento que se había habilitado en via Abruzzi, junto a la circunvalación de Melito-Scampia.

Me sorprendió que contactara conmigo precisamente entonces, que era día de mercancía y los soldados tenían demasiado trabajo empaquetando la droga antes de abrir la plaza al consumidor. Lo sabía bien porque mi padre era su jefe y nunca había sido lo que se dice amable con su gente.

Lelluccio tenía treinta años y vivía atrapado en Secondigliano. Ni siquiera le habían dado la gestión de una zona. Pasó de ser el chico de los recados a soldado raso y, desde los veintiuno, no había ascendido más. Supuse que seguían viéndolo como el problemático hijo de Malammore, uno de los hombres de confianza de mi padre.

Él me propinó la primera paliza.

A los nueve años me cazó jugando con unas niñas en el descampado que había cerca de mi casa. Le molestaron el pintalabios y la peluca que me pusieron. No se creyó que fuera un inofensivo juego de críos para paliar las tardes de calor de agosto. Al llegar a casa, encubrí las heridas con la excusa de que me había caído y, como era muy torpe, nadie le dio importancia.

Creí que sería cosa de una sola vez. En realidad, no volvió a repetirse hasta los diecisiete, cuando me pilló atrapado entre los brazos de un tipo que ejercía la prostitución en los aledaños de la piazza Bellini.

Lo curioso es que Lelluccio jamás me delató, pero yo vivía con ese terror constante. Todo el mundo sabía que en la mafia no se podía ser maricón, y mucho menos si eras el maldito heredero del reino.

«El príncipe», así me llamaban desde que tenía uso de razón. Apelativo que mi hermana detestaba con todas sus fuerzas. Ella era la primogénita, pero había nacido con la desgracia de ser mujer.

Me dirigí hacia Scampia, al último edificio de las Velas. Desde que la ciudad se había propuesto demoler la zona, pocas personas resistían en aquel lugar, así que no corríamos riesgos.

Ese maldito y decadente rincón del mundo había sido testigo de nuestros encuentros en los últimos dos años, cuando, después de haberme apalizado, Lelluccio me arrastró hasta allí y me folló con toda la rabia que le despertaban sus deseos.

Entonces lo supe, que yo no era el único que cargaba con la tediosa desgracia de haber nacido diferente en un lugar que castigaba la diferencia.

Recuerdo que me quedé mirando el mugriento techo de aquel zulo de paredes de hormigón, tan dolorido como desconcertado.

Después de aquella primera vez, no me atrevía siquiera a compartir espacio con él en la misma calle. Pero caí en todas sus trampas, y pronto se volvió un hábito, porque entendí que no habría forma de saciar mis necesidades si no era con él.

Y no me equivocaba.

No me había tocado nadie más.

Aparqué mi escúter sobre la acera y atravesé el túnel principal del edificio sin bajarme la capucha de la sudadera. Traté de esquivar las goteras de agua podrida que salpicaban el asfalto. Las tuberías ya no aguantaban más, se mostraban roídas y oxidadas. En un entorno tan desolado, esto solo era un detalle más.

Se escuchaba el rumor lejano de una radio. Un poco más distante, los gritos de una cruenta discusión, y olía tanto a maría que me daban arcadas. Que hubiera pocos residentes no quería decir que no existieran, pero nunca contarían que me habían visto, porque temían más volver a sus orígenes que hacer la vista gorda.

Descendí unas escaleras, crucé un amplio espacio de columnas, que en el pasado servía de aparcamiento, y me encaminé hacia los trasteros.

Todo a mi alrededor era pura decrepitud. Restos de jeringuillas, grafitis, sangre seca y tufo a orín, a vómitos y a excrementos. La poca luz que entraba casi producía escalofríos, a pesar del reconfortante sol de septiembre que brillaba esa tarde.

Odiaba aquel lugar casi tanto como mi apellido. Cattaglia.

Unos lo admiraban. Otros lo temían. La mayoría lo despreciaban o les producía desidia. Éramos los reyes de Secondigliano, pero nos consideraban monos porque no sabíamos hacer otra cosa que devorarnos entre nosotros.

Llegué a mi destino, un hueco que había al final de un pasillo laberíntico. Golpeé tres veces la puerta de metal, esperé un instante y rematé con dos golpes más. Era la clave.

Lelluccio tardó un instante en abrir. No me saludó. Nunca lo hacía. Solo me cogió de la solapa de la chaqueta y me arrastró dentro antes de cerrar. Estaba tan concentrado en comprender qué demonios pasaba que ni siquiera me fijé en si había bloqueado la puerta.

Me miró. Estaba guapo. No era un hombre muy atractivo, pero resultaba agradable a la vista con aquellos ojos negros, la piel tostada, la nariz prominente y el mentón marcado cubierto por una barba exuberante. Era muy masculino y tenía un toque salvaje que, en realidad, escapaba a mis preferencias. Quizá porque era demasiado agresivo y no sabía acariciar.

Pero me había acostumbrado a él y aquellas últimas semanas lo había echado de menos.

—Dejaste bien claro que esto había terminado. Así que ¿qué hacemos aquí, Lelluccio? —exigí saber cruzándome de brazos.

No me hacía falta mirar alrededor, conocía muy bien el entorno.

La única luz que penetraba desde el exterior provenía de una pequeña ventana rectangular en el techo, enrejada y con los cristales agujereados. Un portalámparas pendía de un cable pelado, pero no tenía bombilla.

Detrás de mí esperaba un catre sin sábanas custodiado por un cuadro de san Genaro, el patrón de Nápoles. Mi madre me puso su nombre porque era una acérrima y obsesa devota. Me parecía bastante irónico que la Camorra fuera tan religiosa cuando se saltaban cada mandamiento con solo respirar.

El cuartucho también disponía de una mesa con restos de papel de aluminio, una goma y una cucharilla. Y junto a ella, una papelera que era mejor no valorar.

Lelluccio seguía mirándome. No me gustaba cómo lo hacía, parecía querer devorarme, y yo sabía que podría hacerlo. Era veinte centímetros más alto y mucho más corpulento que yo. Su mano era perfectamente capaz de abarcar mi cuello casi al completo.

Empezó a acercarse con lentitud. Retrocedí casi por instinto notando el maldito cosquilleo en la nuca que me indicaba peligro. Tragué saliva. No me apetecía su rudeza en ese momento.

Pero la puerta estaba a su espalda y sabía que no podría escapar. Además, estaba demasiado centrado en reprenderme por haber caído en la estúpida tentación de ir a verlo.

Apenas tuve tiempo de pestañear cuando, de pronto, sentí su boca pegada a la mía, tan cruel como él. Su lengua dura se abrió paso entre mis labios y me invadió como si yo fuera de su propiedad. Quizá lo fui antaño, pero ahora detestaba esa idea.

Apoyé las manos en sus hombros e hice presión. Lelluccio insistía en aquel beso torturador. Sus manos se movían demasiado rápido y me provocaban dolor. Me pellizcaban los pezones, se me clavaban en la cintura y me apretaban las nalgas. Todo esto antes de comenzar a colarse bajo mi ropa.

Entonces sentí la callosidad de sus dedos, que me raspaban la piel mientras su aliento se derramaba sobre mí.

Noté su erección pegada a mi pelvis. Conocía muy bien a ese hombre y sabía que no necesitaría de preparaciones. Solo me arrancaría la ropa y se bajaría la cremallera de los vaqueros. Me empujaría y me hundiría la cabeza en el colchón. Se pondría un condón y se clavaría en mí, y yo gritaría de dolor, un dolor que él confundiría con placer. Me montaría durante unos largos minutos hasta que sus sentidos explotaran y se derramara dentro. Después, se adecentaría y me dejaría allí, solo, dolorido, sin aliento y lloroso ante la mirada de ese santo que no había hecho nada por evitarlo.

—Espera... Estate quieto... —jadeé nervioso.

Su boca acababa de deslizarse por mi cuello. Había empezado a empujarme hacia la cama.

—¡Para! ¡He dicho que pares, joder! —No supe cómo logré apartarlo de mí—. ¡¿Qué te pasa?!

Descubrí unos ojos nublados por el deseo más maníaco. Apretaba con fuerza sus puños mientras resollaba.

—Quiero follarte —gruñó.

Tragué saliva. No era bueno contradecirle.

—Me he dado cuenta. Pero intento hablar contigo.

Torció el gesto.

—¿Cuándo hemos necesitado hablar, Gennà?

—Ahora. ¿Por qué me has escrito? —Le encaré. No quería amedrentarme.

Yo era un chico frágil y enjuto. Mi padre no lo soportaba porque a mis diecinueve años todavía parecía un crío débil. También era prudente y comedido, aborrecía el enfrentamiento y no me manejaba bien en momentos de tensión. Vomité la primera vez que me obligaron a usar una navaja.

Otros días habría permitido que la cobardía se apoderara de mí, pero esa tarde no tenía ganas de obedecer. Así que esperé a que Lelluccio hablara mientras ese pozo negro que tenía por ojos me desafiaba y prometía mucho sufrimiento.

Fue muy curioso verlo ceder.

—Quería tener un rato contigo... —Se rascó la nuca y desvió la mirada—. Estos días he estado sometido a... mucho estrés. Ya sabes lo que pasó en la anterior plaza. Eso me tenía muy tenso. Pero... me gustaría compensarte.

La compensación de la que hablaba solo le favorecía a él. Y por supuesto que sabía lo ocurrido con la plaza de la via dello Stelvio. Las fieras del barrio de Aranella asaltaron la zona con una tormenta de disparos. Cayeron once, y cuatro más fueron detenidos. Las pérdidas fueron muy problemáticas para mi padre, que tenía ganas de venganza, pero sabía que no podía dejar a su gente sin cobrar.

—Echándome un polvo a tu manera y luego marchándote sin tan siquiera decir adiós —protesté, y me detuve para coger aire—. Mira, no soy ambicioso. Ambos sabemos que no puedo serlo en mi situación. Pero... esto que tenemos... no me hace... bien.

Lelluccio alzó las cejas, incrédulo. Jamás le había hablado así.

—¿Estás poniéndome condiciones? —Sonrió. Se acercó a mí y apoyó las manos en mis caderas—. No eres de los que se quejan mientras la meto, Gennà.

Qué ciego estaba y cuán necio era.

—Basta. —Me alejé de nuevo—. Se acabó. De verdad.

No se interpuso cuando me encaminé hacia la puerta. Pero apenas había logrado dar un par de pasos cuando su voz me detuvo de súbito.

—Escápate conmigo.

Fruncí el ceño, lo miré por encima del hombro y un fuerte escalofrío recorrió todo mi cuerpo.

—¿Qué?

—He estado ahorrando durante estos dos meses. Ya tenía algo de dinero. Pero ahora he reunido una buena cantidad —explicó y se acercó para cogerme de las manos y acariciar mis nudillos. Hablaba bajito, sus palabras sonaban íntimas pero insólitas también—. Tengo un colega en Roma que nos puede echar una mano para empezar. Ven conmigo. Soy un bruto y quizá un mal hombre, pero quiero algo serio contigo y sé que aquí no podemos siquiera imaginarlo.

No me lo podía creer. Era demencial. Lelluccio intentaba ofrecerme una salida. No obligaba ni ordenaba, sino que sugería. Él no era así. Parecía un tipo diferente, casi me hizo imaginar que podíamos ser una pareja real, de iguales. Compañeros.

Estupefacto, cogí aire y me humedecí los labios.

—¿Me estás pidiendo que me vaya con un hombre que ni siquiera está enamorado de mí?

—Es que no sé si te quiero —protestó—. ¿Has oído lo que acabo de decirte? ¿Cómo esperas que exista amor en este lugar de mierda, Gennà, donde todo está podrido?

Señaló nuestro alrededor. El gesto iba más allá, se alejaba de aquellas paredes y abarcaba todo nuestro mundo. La droga, la mafia, las muertes, el miedo. Éramos gais en un lugar prohibido.

—Te propongo experimentar lejos de aquí. Tampoco es que tengas muchas alternativas. Sabes que tu padre sospecha de tu potencial, y tú odias esta vida. Eres un príncipe miserable.

Resoplé y esbocé una sonrisa triste. Piero Cattaglia no sospechaba de mi inutilidad, sino que la reconocía a leguas y me torturaba continuamente por ello. Yo sabía que moriría joven porque era incapaz de pensar como él. Por eso la propuesta de Lelluccio me parecía tan imposible.

—Por un momento has hecho que me lo piense —le aseguré.

—Tienes que creerme cuando te digo que puedo llegar a quererte. Por ahora deberías conformarte con que quiera cuidar de ti. —Casi rogó. Apoyó la frente en la mía con los ojos cerrados—. Vamos, Gennà. Vamos...

No podía pedirle amor cuando ni siquiera yo sabía qué sentía por él. Pero quizá en un futuro ambos aprenderíamos a ser felices, aunque fuera por caminos diferentes. Lo que me ofrecía podía ser una oportunidad, una parte de mí vibraba con ello. Debía de ser una señal.

—Roma... —suspiré, y él sonrió.

—Sí, Roma... Estamos un tiempo allí. Y después nos vamos adonde tú quieras.

Sus manos rodearon mi cintura, me acercaron un poco más a él. Noté su pecho acelerado contra el mío. Era la primera vez que me tocaba de ese modo tan cálido y protector. Así que reuní el valor necesario para que mis manos escalaran por su pecho y rodearan su cuello. Me gustó la sensación que me produjo. Era tan bonita.

—Siempre he querido vivir en Roma —le confesé.

—Pues vayámonos. Podría funcionar.

—Está bien...

Me besó despacio. Me saboreó, y yo me deshice porque no sabía que un beso podía ser tan delicioso.

Sus labios todavía estaban sobre mí, prometiéndome miles de cosas, cuando se oyó un disparo. La bala, en su funesta elegancia, le atravesó el cráneo y la sangre me salpicó la cara.

Chillé su nombre antes siquiera de comprender que Lelluccio acababa de morir. El ruido de su cuerpo al caer al suelo fue tan horrible como el chasquido de su cabeza al ser perforada.

Me hinqué de rodillas. Fue estúpido el modo en que mis manos intentaron taponar el agujero, como si eso fuera a evitar la realidad. Y quizá fuera un poco demente, pero una parte de mí reaccionó así porque acababa de entender que no podía albergar esperanzas. Las había tocado con la punta de mis dedos apenas unos segundos atrás, y eso era lo más cerca que estaría de algo hermoso.

Jamás saldría de aquella maldita cloaca.

—Vaya, vaya. Me alegra ver que no me equivocaba, hermano. —Esa voz... Sí, aquella voz precipitó mis lágrimas.

—Inma... —sollocé antes de mirarla.

Ella desveló una gloriosa sonrisa que enseguida incrementó el brillo de sus ojos castaños. Estaba en el umbral de la puerta, con los tacones clavados en una pose que intimidaba y atraía al mismo tiempo. Su característica chaqueta de lentejuelas dorada destellaba con cada exhalación. Era espantosa, pero a ella le quedaba bien. Siempre fue la más guapa de los dos. Había heredado todo lo bueno de nuestros padres, desde el magnetismo hasta la inteligencia necesaria para ser una criminal.

No estaba sola. Su novio, Antonino, y sus habituales secuaces acababan de entrar en la habitación. Me observaron con desprecio y un poco de expectación. Supuse que mi apellido les hacía creer que era cuestión de tiempo ver cómo me convertía en un carnicero.

Pero yo tenía más miedo que rabia.

—Un maricón en la familia, qué puto asco das —espetó Antonino caminando a mi alrededor.

Fue él quien disparó a Lelluccio.

De repente, me dio una patada en la barbilla. La inercia me lanzó al suelo y la boca se me llenó de sangre. No tuve tiempo de quejarme por el dolor cuando me asaltó una lluvia de golpes. Me hice un ovillo pese a saber que no serviría de nada, que no me ahorraría los porrazos.

Les daba igual dónde alcanzaban. Cabeza, vientre, piernas,

pecho. Los sentía por todas partes, me invitaban a acariciar la inconsciencia. Fui incapaz de pensar en otra cosa que no fueran las ganas que tenían de matarme.

—¡Basta! —ordenó mi hermana, y todo se detuvo.

Logré verla por entre la niebla enrojecida de mis ojos.

—Quiero ver cómo se lo toma papá —sonrió.

Sabía que eso me haría desear haber sido apaleado por sus amigos hasta la muerte.

Fueron ellos los que me arrastraron afuera.

Grité de nuevo.

El eco de mi voz reverberó en cada rincón de aquel decadente edificio.

4

REGINA

Continuaba tensa, incluso después de haber tomado una ducha rápida. Salí a toda prisa de la residencia. No quería llamar la atención durante el cambio de guardia y, mucho menos, dar explicaciones.

Estaba cansada. Me hubiera gustado dormir para recuperarme de los estragos de una noche de excesos. Sabía que mi cansancio añadiría más razones a la vorágine de complicaciones en que se había convertido mi vida.

Detuve el coche en doble fila al otro lado de la calle. Esperé un buen rato, aferrada al volante y con la vista clavada al frente. No me apetecía mirar la fachada de la cárcel de Poggioreale. De hecho, ni siquiera sabía por qué había ido hasta allí.

Mi tío no querría verme y, para colmo, era demasiado temprano para intentar hacerle cambiar de opinión.

Suspiré, me froté la cara y cerré los ojos. Quizá lo mejor fuera marcharme. Podía llamar a Elisa, pasar un rato con ella y olvidarme de todo por un instante.

La puerta del copiloto se abrió de golpe. Contuve el aliento y volví la cabeza, aturdida. Creía que había echado el seguro. Lo último que necesitaba en ese momento era un maldito enfrentamiento con algún imbécil.

Ver a Attilio tomando asiento a mi lado me alivió bastante hasta que me clavó una mirada severa. Tragué saliva. Me había obligado a prometerle que nunca iría sola a un lugar tan ajeno a mí debido al peligro que esto podía acarrear. Si me atrevía a desobedecerle, me castigaría con su silencio. Sabía bien cuánto detestaba que me negara la palabra.

—No te enfades conmigo. —Le di un empujoncito con el brazo—. En realidad, no tenía pensado venir aquí.

—¿Eres consciente de la atención que atrae un Maserati de estas características en un barrio como este? —resopló, invitándome a prestar atención a nuestro alrededor.

Los comercios se preparaban para abrir, los bares de la zona ya estaban inmersos en el ajetreo de la mañana. Los viandantes me observaban de reojo entre asqueados y curiosos. De haber tardado unos minutos más, seguramente habría tenido algún encontronazo. En el mejor de los casos, solo me habrían robado el coche. En el peor... Prefería no pensarlo. El barrio de Poggioreale era un territorio inestable y muy conflictivo.

—Ya te lo he dicho, mocosa. —Me revolvió el cabello—. Puedo traerte las veces que quieras. Solo tienes que decírmelo.

Tenía un punto tierno que a mis veintidós años siguiera tratándome como si fuera una cría. Attilio tenía solo treinta, pero se comportaba como alguien de más edad.

—¿Y ese pañuelo? —inquirió, y yo revelé una amplia sonrisa.

—Ha vuelto la moda de los cincuenta.

Mi respuesta no le convenció, porque escudriñó bajo la tela para descubrir el rastro de unos dedos sobre mi piel. Enseguida me aparté.

—Atti...

—Vamos.

Saltó fuera del coche. No tardé en seguirle.

Apenas eran las ocho de la mañana. Las visitas no comenzaban hasta las nueve, pero ya habían empezado a formarse las variopintas colas de familiares. Fue una suerte que el guardia nos diera acceso preferente pese a las protestas de la gente.

Attilio me siguió de cerca y se acomodó a mi lado en cuanto el funcionario se marchó a informar de mi visita. Se cruzó de brazos y apoyó la cabeza en la pared. Tenía los ojos cerrados, así que no vio las entusiastas miraditas que le dedicaba la limpiadora ni el ataque con la fregona que recibieron mis pies por haber sonreído.

Cuando la mujer se marchó, Atti se echó a reír y yo le di un codazo. Fue lo más cerca que estuve de sentirme cómoda. Aquella maldita sala de espera con aroma a desinfectante, ubicada en medio de un largo pasillo blanco, me ponía nerviosa. En realidad, no distaba en apariencia de cualquier otro edificio gubernamental, pero desprendía una energía casi siniestra. Sobre todo porque el silencio era abrumador.

—Cien pavos a que no quiere verme —le dije a Atti.

—Subo a quinientos.

Lo miré de reojo y él sonrió intrigante.

—¿Los tienes?

A ojos de cualquier persona, yo podía resultar frívola e incluso cínica. Pero él me conocía bien —demasiado bien— y sabía que solía emplear la ironía cuando más perdida y acojonada estaba. No soportaba la idea de ver a mi tío encerrado en una maldita celda. Era la máxima representación de todo aquel maldito desastre.

Ese día no sentí aprensión. Ya la había masticado lo suficiente semanas atrás, cuando todo estalló. Sin embargo, por más que intentara aferrarme a la normalidad de antaño, ya no podía. No la encontraba. Nunca la aprecié, pero era mi normalidad y había creído tener el control sobre ella.

Le guardaba rencor a mi tío por haber caído en las mieles de la mafia. Coquetear con ella no te hace partícipe. Todos llevamos un corrupto dentro en mayor o menor medida. Pero Alberto no había flirteado con el crimen, sino que formaba parte de él. Él, que conocía los riesgos y cómo escapar del peligro. Y se había dejado atrapar para asumir una culpa que no era toda suya. Estaba en cárcel preventiva por malversación, tráfico de influencias, contrabando y corrupción, además de por conexiones con la Camorra y el crimen organizado de al menos cuatro países.

Mi padre figuraba en esa mezcolanza de delitos que quizá alcanzaban niveles mucho más graves. La fiscalía lo tenía en el punto de mira. No entendía que Vittorio Fabbri desconociera detalles claves de las transacciones que se llevaban a cabo siendo el mayor accionista de la empresa familiar.

Era toda una hazaña que hasta el momento solo hubieran incautado cuatro buques mercantiles provenientes de China plagados de material destinado al mercado negro europeo. Sin embargo, era cuestión de tiempo que la investigación empezara a desvelar más agujeros si no se detenía a tiempo.

Yo no quería saber nada de esto, no quería estar al corriente de aquellos asuntos. Era una maldita hipócrita y lo lamentaba, pero desconocía cómo evitar el infierno sin formar parte de él. Tal vez por eso mi tío no quería verme. Le era demasiado complicado aceptar que mi sacrificio conllevaba razones que él no había tenido en cuenta. La familia había dejado de ser lo más importante para los respetados hermanos Fabbri a medida que se adentraban más y más en las garras de la Camorra.

Sonó un timbre. La puerta se abrió con un chasquido y tras ella apareció el guardia, que se acercó a nosotros con un sobre en la mano y una mueca de fastidio en el rostro.

—Señorita Fabbri. —Me puse en pie de inmediato—. Lamento comunicarle que el recluso Alberto Fabbri no quiere verla en este momento.

—Recluso... —resoplé. Esa gente ya lo había sentenciado.

—Me ha entregado esto.

Tomé el sobre y fruncí el ceño porque el pliegue del cierre ya estaba rasgado.

—¿Lo han leído? —Agité el sobre.

—Es por seguridad. Recuerde que su tío está en plena investigación. Cualquier cosa puede suponer una prueba trascendental.

Asentí con la cabeza y forcé una sonrisa irónica. Eran muy curiosas las formas con las que un hombre uniformado podía tratar a una mujer vestida de firma.

—Qué bueno que me lo recuerde, a mí, que soy una cría estúpida.

El comentario le pilló por sorpresa. Era evidente que no estaba acostumbrado a que le replicaran o a que le señalaran lo ofensiva que era su actitud. Atti apoyó en ese momento una mano en la parte baja de mi espalda. Fueron su calor y delicadeza los que me hicieron coger aire.

—Discúlpeme, señorita. No era esa mi intención —dijo el guardia, pero no le creí. Señaló el pasillo—. Los acompañaré a la salida.

Abandoné el recinto, cabizbaja y estrujando la carta con tanta fuerza que temí destrozarla antes siquiera de haberla leído.

A la salida nos esperaban las increpaciones de la gente. Entendía sus frustraciones. La mayoría eran mujeres que vivían del sustento que les procuraban los delitos cometidos por sus hombres. Además, esas personas iban a tener una oportunidad que a mí se me negaba. Ellas verían a sus familiares o amigos, aunque fuera con un cristal de por medio y en una sala plagada de cámaras.

Me subí al asiento del acompañante e invité a Atti a ocupar el lugar frente al volante. Unos segundos después, aceleraba por via Nuova Poggioreale, casi en paralelo al tranvía, mientras yo extraía el papel del sobre.

«Vive esa vida que dices haber elegido. Solo espero que algún día no te arrepientas».

Percibí de inmediato que Alberto había escrito con prisa, por impulso, tal vez en el momento en que el guardia le había anunciado mi visita. Podía imaginarlo indignado mirando por la ventanilla enrejada de la puerta de la celda que compartía con otros cinco reclusos.

Su letra era veloz y exaltada. Y había trazos a los que les faltaba tinta, como si al bolígrafo que había empleado apenas le quedaran un par de usos.

Doblé la nota y la introduje en el sobre, la apoyé en el regazo y miré al frente. Apenas pesaba unos gramos y, sin embargo, sentía una enorme carga.

—Al menos ha tenido el detalle de escribirme —suspiré.

—Yo haría lo mismo —comentó Atti con los ojos fijos en la carretera.

—¿El qué, darme la espalda?

—Frustrarme con tus decisiones.

No había leído las palabras de Alberto Fabbri, pero las suscribía. Le odié un poco por su capacidad para leer las intenciones de la gente. Atti siempre había sido de lo más perspicaz.

—Mis decisiones mantendrán tu sueldo y le asegurarán a mi tío una buena defensa, además de estabilidad a su familia —gruñí molesta.

—No le has preguntado si la desea a costa de ti misma. Y a mí tampoco.

—¿Te gustaría volver a las cloacas?

—¿Acaso he salido de ellas?

Me miró de reojo y quise mandarlo a la mierda, pero su sonrisa lograba cualquier cosa.

—Capullo —resoplé.

—Ponte el cinturón.

Eso hice, y apoyé la cabeza en el cristal de la ventanilla para contemplar las calles, que ya empezaban a hervir de ajetreo. No iba a echar de menos Nápoles.

—Me hubiera gustado despedirme de él antes de trasladarme a Porto Cervo —confesé, asombrada por haber mencionado ese pensamiento en voz alta.

Debió de sonar a un lamento, porque Atti enroscó sus dedos en los míos con afecto.

—Se le pasará, ya lo verás.

—No sé qué tipo de hombre conoces tú, pero el que yo conozco es testarudo como una roca. Un hijo de puta insoportable.

Alberto ni siquiera permitía las visitas de su esposa. Tan solo se reunía con mi padre y sus abogados. Y, por lo que la prensa contaba, durante aquellos encuentros se hablaba de la injusticia que se estaba cometiendo con una familia tan reputada y respetada como la nuestra.

Si los periodistas tenían o no razón, eso era otra historia.

—Le he pedido al jefe que me traslade a tu residencia conyugal —me anunció Atti.

Volví la cabeza hacia él de inmediato.

Con el tiempo, habíamos aprendido que era mejor no dar rienda suelta a las emociones. Solía manejarlas bastante bien, pero en ese momento me moría de ganas de pedirle que detuviera el coche y me dejara abrazarle hasta olvidarme de todo.

Ese hombre pertenecía al reducido grupo de personas que realmente me importaban. Serio y estricto. Mordaz e introvertido. Atti era todas esas cosas que lo hubieran convertido en alguien reputado de no haber nacido en el lugar equivocado.

Respiré hondo. Me consintió observarlo un rato. Su poderoso perfil, su mentón varonil, sus brazos y muslos fornidos, fruto de peleas no deseadas y de ejercicio para evadirse. Sus labios finos escondidos bajo la barba, la nariz cincelada y unos ojos castaños tan dulces como salvajes. Era atractivo, lo sabía y se aprovechaba poco de ello.

—¿Recuerdas cuando te tiraba los tejos? —comenté todavía aferrada a su mano.

Si bien platónico, Attilio fue mi primer amor. Vivía espiándole a todas horas. Cualquiera que no fuera un hombre corpulento de metro ochenta y cinco me parecía insuficiente.

—Creo que todavía conservo alguna que otra carta de amor.

—No eran cartas de amor. Eran notitas picantonas.

—Que si tu padre las hubiera descubierto, me habría mutilado la entrepierna. Solo tenías catorce años.

—Y me encantaba el trasero que te marcaban aquellos vaqueros ajustados.

Nos echamos a reír, y me resultó un sonido de lo más aliviador para afrontar el descenso por la pendiente que llevaba a la residencia Fabbri.

Era una carretera privada que formaba parte del pequeño conglomerado de mansiones que había en la zona más próxima al mar. Me gustaba observar la pared escarpada y la vegetación que oscilaba al borde del precipicio ante la atenta mirada de la bahía.

Cerdeña estaba un poco más allá en el horizonte. Me sorprendió que pudiera observar el paisaje sin el recelo habitual de los últimos días. Que Atti fuera a cruzarlo conmigo aliviaba mi tensión.

Detuvo el vehículo un instante para dar tiempo a que los guardias abrieran la verja. Luego, cruzó lentamente hasta el patio del garaje exterior. El sol salpicaba la zona a través de las copas de los árboles. Era una luz amable y acogedora, que jugaba con los chorros de agua que emanaban de la fuente de piedra y con los macizos de flores que delimitaban el camino hacia la entrada oeste.

Seguíamos en silencio. Ninguno de los dos hizo el amago de abandonar el coche. Deduje que Attilio sospechaba la pregunta que siempre pendía de mis labios. No habíamos hablado de mi decisión porque yo temía su punto de vista. Pero lo necesitaba. Algo dentro de mí quería conocer su opinión.

—¿Realmente crees que me he equivocado? —me atreví a decir, cabizbaja. Tenía el pulso acelerado.

Attilio apagó el motor, suspiró y se volvió lentamente hacia mí. Se tomó su tiempo para evitar pronunciar las palabras equivocadas.

—No has tenido elección, Regina.

El modo en que su voz derramó mi nombre me calmó.

—Resignación es una palabra más adecuada. Pero si lo que

buscas es que te dé mi opinión, creo que me incomoda más que finjas sarcasmo cuando es evidente que todo esto te asusta.

Quise decirle que prefería ser sarcástica a dejarme morder por la impotencia. En cambio, tragué saliva. No había duda en sus ojos castaños. Él se había dado cuenta de que contenía hasta mis propios pensamientos para soportar la situación, pero también de las brechas que empezaban a formarse. Del miedo que tenía a equivocarme y a hundirnos aún más en aquel precipicio.

—¿Cuánto sabes? —le interrogué.

—¿Cuánto te han contado a ti?

Me habían presionado con unas obligaciones disfrazadas de peticiones. Me habían transmitido palabras que sonaban a manipulación, porque realmente aquello era una manipulación, pero que acepté precisamente porque tenía miedo.

La muerte y la mafia van ligadas. No se puede escuchar a una sin pensar en la otra. Eso era lo que mi padre me había expuesto con la sabiduría de quien siempre conseguía lo que quería.

El tiempo corría en nuestra contra. No debía temer las condenas que impusiera la justicia, sino los socios con los que trabajaba mi padre. Y estos no estaban dispuestos a perder porque alguien se hubiera equivocado. El castigo era un puto disparo en la nuca.

Millones de euros, kilos y kilos de cargamento, decenas de acuerdos, territorios enteros a la espera de recibir la orden para cazar al culpable. Tenían nuestros nombres en una maldita lista.

Yo sabía poco, no había querido preguntar. De todos modos, tampoco habría obtenido todas las respuestas. En la Camorra, una mujer solo sirve para callar y obedecer. Son pocas las que se atreven a lo contrario. Pero yo no era una necia.

—Regina... —Atti suspiró, acariciando mis nudillos con el pulgar.

—Quiero creer que lo hago para preservar el estatus de mi familia —le confesé.

Un enlace con Marco Berardi nos daría una alianza con Saveria Sacristano y nos facilitaría la protección y los medios que requería mi padre para librarnos de un destino fatal.

—No eres tan frívola.

—Pero podrías ayudarme a convencerme de ello.

Los ojos se me empañaron, detalle que provocó que Attilio apretara los dientes.

Nunca había soportado verme llorar y no me atreví a decirle que, a partir de ese momento, quizá lo vería demasiado.

—¿Qué harás cuando no puedas soportar la realidad? —inquirió llevándose mis nudillos a los labios.

—Te tendré a ti, ¿verdad?

—Ni se te ocurra dudarlo.

No pude evitar darle un abrazo como tampoco el escalofrío que recorrió mi cuerpo al ser correspondida. Por primera vez, a Atti le dio igual que alguien pudiera vernos y confundiera la realidad.

Me recompuse, me coloqué unas gafas de sol y bajé del vehículo para enfilar el camino hacia el jardín, donde me esperaban las mujeres de mi familia, y no quería que me vieran desolada. Sería la última vez que desayunaría con ellas en la residencia. Aquella misma tarde partiríamos hacia Porto Cervo.

La mesa ya estaba lista, cubierta por un mantel de seda blanco sobre el que habían dispuesto un bonito centro de mesa floral y un suculento y variado desayuno.

—Vaya, ¡menudo banquete habéis organizado! —exclamé toda alegre. Cuanto más énfasis pusiera, menor sería la alarma.

Mi abuela fue la primera en ponerse en pie. Lo hizo con ayuda de mi tía Mónica, y enseguida me aferré a ella.

—Mi niña... ¿Cómo es posible que hayas crecido tan rápido?

—Cada día me dices lo mismo, abuela.

Se apartó un poco para echarme un vistazo. A veces, parecía que me veía por primera vez, y eso me dolía.

—Eres tan preciosa.

Me tragué el nudo que se me había formado en la garganta y la abracé de nuevo. Ese aroma a limones y jazmín era casi narcótico. La de tardes que me había dormido sobre el regazo de esa mujer acariciada por ese olor tan maravilloso.

Era el turno de mi tía, que me rodeó los hombros y me estrujó con afecto. Me encantaba cuando lo hacía porque la oscilación de nuestros cuerpos siempre me sacaba una sonrisa.

—Voy a echarte tanto de menos —gimió—. Esto ya no será lo mismo sin ti.

—Camila y Damiano no te lo pondrán fácil —bromeé. A pesar de los doce años de mi primo y los ocho de mi hermana, esos dos monstruitos eran inseparables y un auténtico huracán de energía.

Mónica había perdido peso y estaba un poco más demacrada de lo normal. Yo fingía que no me había dado cuenta de su creciente tendencia a beber y de que no descansaba. La situación le causaba un gran sufrimiento. Era una suerte que contara con el apoyo de su cuñada. Casi todas sus amigas le habían dado la espalda y ahora solo la tenía a ella para mantenerse a flote. Y es que Vera era como el sol cálido después de una tormenta fría.

Ella no se creía merecedora de tal reconocimiento. No quería admitir que alumbraba el lugar al que iba, quizá porque los años como segunda esposa de Vittorio Fabbri empezaban a pasarle factura.

Pero su naturaleza vibrante y maravillosa se imponía. Entre sus brazos me sentía su verdadera hija, a pesar de las pocas ocasiones en que me había permitido llamarla mamá.

—¿Has ido a verle? —inquirió mi tía en cuanto tomé asiento y me serví un café. No hubiera hablado de su esposo de no haber sido porque los niños estaban en el colegio.

—Hoy estaba inspirado —comenté antes de entregarle la carta que me había escrito Alberto.

Las tres resoplaron frustradas. Pero solo una me observó escudriñadora.

—¿Y ese pañuelo? —preguntó Vera. Le clavé la mirada.

Siempre decía que mis ojos azules podrían arrancarle el alma hasta a un demonio. No estaba muy segura de tener tanto poder, pero traté de ponerlo a prueba para evitar que se sintiera culpable de los motivos por los que su esposo me atacó.

—¿Y esas ojeras? —Le guiñé un ojo.

Ella lo entendió, agachó la cabeza y frunció los labios. Detestaba que la favoreciera más que a mi padre.

—No podemos ver las tuyas bajo esas gafas de sol —se mofó Mónica.

—Tuve un merecido homenaje anoche —dije socarrona antes de que mi tía me mirara por encima de su taza de té.

—No preguntaré de qué tipo, porque temo la respuesta.

—Bien pensado.

—Deberías contenerte un poco, Regina. Los excesos nunca fueron buenos.

—Claro que sí, abuela. No te preocupes. —Le di un beso en la sien y ella frunció el ceño.

—Abuela, dice. Qué graciosa.

Me puse tensa. Esto pasaba con frecuencia. Sus pensamientos y recuerdos bailaban al antojo de una sombra hostigadora. Azzurra no se daba cuenta porque los demás fingíamos la mayoría del tiempo, pero cada vez costaba más disimular el dolor que me causaba saber que lentamente me iría olvidando.

Cogí aire, me aferré a ella y me inventé una sonrisa gloriosa de esas que tanto le gustaban.

—Eso digo yo, abuela. Tú, que todavía eres una colegiala.

Explotaron las risas y rematé el momento untando mi dedo en la florecilla de nata que adornaba un pastelillo para pintarle la nariz. Con lo que a ella le gustaba, sabía que engrandecería sus carcajadas. Y eran tan preciosas que ya no importó el sutil lapso que había tenido. Vendrían más, y yo volvería a hacerla reír de nuevo.

Pero nuestro regocijo no duró tanto como hubiera querido.

Mi padre nos observaba de tal modo que lentamente fue matando nuestras sonrisas. Solo entonces decidió acercarse y tomar asiento en la cabecera de la mesa. Nadie había ocupado ese lugar, porque todos nos creíamos igual de importantes. Pero Vitto necesitaba recordar constantemente el poder que ejercía sobre los demás.

Una sirvienta se acercó de inmediato a él.

—Le serviré el café, señor.

—Es un servicio libre, Teresa —comentó Vera ganándose una severa mirada de su esposo.

—Deja que haga su trabajo.

Vera no era una mujer del todo sumisa. A veces, derrochaba un valor muy inesperado.

—Porque tú ya te has encargado de hacer el tuyo, ¿cierto?

De pronto, papá golpeó la mesa y provocó que el temblor tuviera su réplica en cada una de las copas que había sobre ella. Odié que Vera reaccionase con un pequeño temblor, pero detesté aún más que mi abuela apretara el antebrazo de su hijo como si quisiera contenerlo.

—Vittorio —le amonestó con un gruñido—. Basta.

Él asintió con la cabeza. Me sorprendía que su madre tuviera tanta influencia sobre él.

—Disculpe la interrupción, jefe —intervino uno de los guardias, que se acercó con timidez a la mesa—. El señor Berardi acaba de llegar.

—Gracias. —Lo despidió al tiempo que me clavaba una mirada desafiante—. Será mejor que salgas a recibirle, Regina.

Resistí bien aquellos ojos. Me obligué a recordar lo importante que era caminar hacia el altar a su lado. Debía preservar la seguridad de mi gente, aunque la de mi padre, a veces, me importara un carajo.

Sonreí, alcé el mentón y me puse en pie.

—Cómo no.

5

MARCO

Mi tía me enseñó muy bien a leer a la gente. Desde su lenguaje corporal hasta las verdades que se ocultaban detrás de sus palabras. Fueron lecciones muy esclarecedoras y a veces estrictas. Saveria no había sido madre y vertió en mí la disciplina que le hubiera gustado ver en su primogénito, digna del heredero de Cerdeña.

Logró recoger los frutos demasiado pronto porque nunca fui un crío rebelde y holgazán como mi hermano Sandro. Y es que me gustaba obtener el reconocimiento de mi tía y que mi padre elogiara mi joven pericia. Ambos sabían que en la adultez lograría mantener el legado con puño de hierro solo para que me dejaran tranquilo de una maldita vez.

Más tarde, cuando entré en la Facultad de Derecho de la Universidad de Cambridge, pude perfeccionar esa habilidad, que era un poco innata y poco cultivada.

Así que a mis veintiocho años pocas eran las cosas que se me escapaban al primer vistazo.

Regina Fabbri era muy consciente de la atracción que despertaba en la gente, pero se mostraba indiferente. Lo supe en cuanto la vi salir por la puerta ataviada con aquel vestido marfil y azul oscuro de falda liviana y estrecha cintura. Suscitaba miradas demasiado largas y muecas instintivas de un deseo muy inapropiado al que ya se había acostumbrado. Aquella forma de caminar tan refinada y carismática desvelaba una seguridad inherente que solo alcanzaba lo físico. Al percatarme de sus gafas de sol, comprendí que ansiaba esconderse del mundo. De haber sido por ella, de tener otra alternativa, se hubiera ido muy lejos.

No forzaría sonrisas ni vestiría ropas caras para acallar los rumores de la inminente quiebra a la que se arriesgaba su familia.

A Regina le hubiera gustado ser cualquier cosa menos la hija de Vittorio Fabbri. Le hubiera gustado nacer en otro rincón del mapa. Era una orgullosa italiana, pero odiaba ser napolitana.

El mentón ligeramente levantado hacia arriba, los hombros tiesos en una posición que podía pasar desapercibida. Sus pasos firmes, más duros de lo normal. Mostraba una medio sonrisa, pero su actitud era hermética, dura a pesar de sus preciosos rasgos.

Quizá pensaba que podía mentirme, que me convencería de lo poco que le desagradaba compartir espacio conmigo.

Fruncí los labios para contener las ganas de echarme a reír. Supuse que a su edad todavía podía permitirse ser una ilusa.

Intuía que trataba de aniquilarme con la mirada. Aquellas gafas no la escondían tanto como ella quisiera. Y no fue porque me odiara, todavía era demasiado pronto para suscitar ese sentimiento, sino porque yo resumía todo en lo que se había convertido su vida.

Me enderecé en cuanto alcanzó mi posición junto a mi vehículo. Allí, en medio de aquella explanada verde, poblada de árboles y lujo, bajo un sol radiante de octubre, entendimos que éramos dos perfectos desconocidos a punto de atar nuestras vidas sin remedio.

—Regina Fabbri.

Le tendí una mano.

—Marco Berardi.

Sus dedos se enroscaron en los míos.

No mentiría. Me asombró sentir un escalofrío al entrar en contacto con su piel. No me gustaba que me tocaran, pero me desconcertó la naturalidad con la que mi cuerpo aceptó aquel contacto y no se negó a prolongarlo de más.

—Cuando mi padre me ha dicho que venías, esperaba una entrada triunfal —ironizó Regina alejándose con una gentileza impostada.

—Supongo que eso era lo que él quería, pero solo obedezco cuando la orden tiene sentido.

Mi sinceridad pareció agradarle y torció el gesto con un amago de sonrisa en sus labios rosados.

—¿Y esta no lo tiene?

—¿Te hubiera gustado verme sentado a tu mesa?

—¿Y desde cuándo mi opinión importa?

Descubrí un desafío en su voz y en sus suaves gestos que hubiera pasado desapercibido para cualquiera debido a su seductora delicadeza. Pero Regina era más transparente de lo que podía haber imaginado. Esa cualidad había logrado llamar mi atención de un modo inédito. Su elegante y disimulada visceralidad iban a poner a prueba mi templanza.

—Quizá a los demás les importe un carajo, pero a mí me gustaría evitar situaciones incómodas. A fin de cuentas, es contigo con quien voy a compartir mi espacio.

Solo pensar en eso era motivo de disgusto para mí. Vivía cerca de la cala Granu, en una enorme residencia con playa privada en la que disponía de un servicio compuesto solo por dos internos y cinco guardias. Había días que ni siquiera me cruzaba con ellos y otros en los que hasta costaba identificar que hubiera seres vivos entre aquellas paredes. Apenas hablaba con ellos, excepto con Vincenzo Draghi, mi segundo, siempre y cuando estuviera la puerta de mi despacho entreabierta. Y eran pocas las ocasiones en que se atrevía a interrumpir. Sabía tan bien como los demás que, cuando llegaba a mi casa, detestaba que me trataran como en las dependencias de mi tía o mis padres.

Mis labores como administrador del imperio Sacristano y miembro de la cúpula requerían de mi asistencia a eventos interminables y de mi participación en innumerables conversaciones. Era agotador, teniendo en cuenta mi natural misantropía. Así que la idea de ver comprometida mi tranquilidad al compartir hábitat con aquella chica me molestaba en exceso.

Abrí la puerta trasera para darle paso a Regina. Tomó asiento mientras yo rodeaba el vehículo y hacía lo propio a su lado. En cuanto me acomodé, mi chófer aceleró con lentitud y puso rumbo al puerto.

—Eres más hablador de lo que esperaba —dijo ella al cabo de un rato. Había estado centrada en escribir en el teléfono móvil.

—Es un error aceptar sin más los comentarios de los otros.

—¿Acaso se equivocan? —Me examinó con la mirada.

—En realidad, no.

—Me alegra ver que soy una excepción. Al menos, por el momento.

Sonrió, y su sonrisa me produjo un nuevo escalofrío. Ya iban dos esa misma mañana, mucho más de los que había sentido en el último año.

—Tu padre me ha dicho que te gusta navegar.

La idea era disfrutar de un brunch en el yate mientras fondeábamos en el golfo. No buscaba conocer a mi futura esposa, pero sí alcanzar un buen grado de entendimiento para facilitarnos la vida que se nos venía encima.

Sin embargo, Regina tenía otras intenciones.

—Dime una cosa, ¿por qué has venido?

—Creo que es innecesario responder teniendo en cuenta que el sábado pasamos por el altar.

Asintió con la cabeza.

—Buscas cordialidad. Pero sé sincero, ¿la necesitas? ¿La deseas? —Alzó las cejas. El gesto la hizo parecer aún más joven, apenas una adolescente.

«¿Importa lo que yo quiera?». Me aturdió hacerme esa pregunta. Era prácticamente una continuación de la conversación que había mantenido con el doctor Saviano hacía unas horas. Y no entendía por qué mi mente reparaba en las paradójicas similitudes entre Regina y yo cuando lo cierto era que todavía no sabía qué demonios deseaba en mi vida.

A diferencia de ella, yo no aspiraba a otro destino. Creía tener claro que mi papel en toda aquella pantomima era necesario por elección propia. Pero dudar me inquietó, y mucho más que alguien ajeno a mí fuera el causante de aquella sensación.

Nos aguantamos la mirada.

—Seamos sinceros, Berardi —dijo ella desviando su postura hacia mí—. No te quiero y tú no me quieres. Apenas nos conocemos. ¿Cuántas veces hemos coincidido en toda nuestra vida? ¿Tres, cuatro veces? Y en todas esas ocasiones ni siquiera hemos mantenido una conversación cercana.

Llevaba razón. Apenas la había visto en un par de eventos.

—No me despiertas ningún interés y sé que yo a ti tampoco —continuó—. Pero considero que los dos somos personas inteligentes. Ambos sabemos que esta alianza es positiva, quizá más para mí que para ti. Pero el beneficio será mutuo en todo caso. Tu familia se hace con Nápoles y la mía se libra de ahogarse en ese pozo de mierda en el que está metida. Así que, cuando baje el telón, no tienes que fingir conmigo, porque no me importa. —Habló pausada, desde una calma que supe inventada pero muy efectiva.

Regina había escogido las palabras que flotaban en mi mente detrás de un muro de contención. Me alegró no ser el primero en mencionarlas, no quería que me viera como un insensible tan pronto. Quizá por eso sonreí aliviado.

—Desde luego, el pragmatismo es un arte que admiro —le aseguré, curiosamente complacido—. Incluso si proviene de un napolitano.

—Asquerosamente esclarecedor —satirizó ella.

—Hemos acordado sinceridad, y he de decir que facilita las

cosas, porque en mi caso tampoco tengo ganas de adoptar el papel de esposo modélico.

—No te va el teatro, ¿eh? —cuchicheó.

Era evidente que no.

—Aunque público no nos faltará, y es bueno saber que cada uno sabrá hacer su trabajo.

—Fingir que te amo no será complicado. Qué fácil iba a ser todo, entonces.

—Bien. Es un alivio descubrir que no tendré que aprender a manejar las emociones de una cría impulsiva.

—Ni yo las de un hombre frígido incapaz de mostrar espontaneidad o empatía.

Evité aceptar sus palabras como un golpe bajo.

—Pare el coche. Me quedo aquí.

El chófer me lanzó un vistazo por el retrovisor a la espera de obtener mi respuesta. Asentí con la cabeza y él terminó de recorrer via Mergellina para detener el vehículo en el umbral de piazza Sanazzaro.

Regina abrió la puerta y puso un pie fuera.

—¿Es necesario que te recuerde la agenda? —inquirí.

—Siempre y cuando no la conozca, y este no es el caso. Hasta la noche, *amor mío*.

Saltó fuera y cerró la puerta tras ella, ajena a la sonrisa que me había provocado. Esa chica era toda una sorpresa, y no me hubiera importado disfrutar un poco más de esa agradable sensación de no haber sido por la furgoneta blanca que nos había seguido.

Alcancé a ver a un fotógrafo grabando los pasos de Regina a través de su objetivo.

Me bajé raudo y la seguí.

—¡Regina! —exclamé.

Se detuvo a mirarme y frunció un instante el ceño. Hasta que mis manos se apoyaron en su cintura y acaricié su mejilla con la punta de mi nariz. Ella contuvo el aliento. Percibí cómo se tensaba y buscaba una explicación a mi reacción.

No tardó en descubrir al fotógrafo, porque enseguida deslizó sus brazos por mis hombros y desvió su boca hacia la mía. La besé. Sí, apoyé mis labios sobre los suyos y sellé un beso digno de los tabloides. Elegante y suave, pero apasionado y muy propio de las parejas a punto de casarse.

Cuando me alejé, Regina me regaló una sonrisa tan enamorada que casi la creí.

—Te felicito —le dije besándole la frente—, mientes muy bien.

Le guiñé un ojo y regresé al vehículo más que orgulloso con la actuación. Seríamos la comidilla de ese día y nuestro beso poblaría las portadas de toda la prensa rosa de la región.

—¿Adónde, jefe? —me preguntó el chófer.

Ahora que ya no tenía que perder el tiempo simulando cortesía, podía dedicarme a resolver el inconveniente más urgente.

El príncipe de Secondigliano.

—Regresamos a Roma.

REGINA

El Marine Caracciolo era parte del exclusivo club náutico propiedad de los Ferrara. Se había diseñado para dar la sensación de estar aislado en una preciosa isla griega en la que disfrutar de sabrosa comida, grandes cócteles y una buena ambientación. Cero preocupaciones en un territorio hostil.

Solía frecuentarlo junto a Elisa, no solo porque ella era la tercera hija de la familia, sino porque aquel lugar nos invitaba a imaginar sentimientos mejores. Y, además, solía acoger a los escasos jóvenes de la alta sociedad de la ciudad.

Elisa y yo éramos de las pocas desdichadas que no habíamos tenido la oportunidad de estudiar en una universidad extranjera. La realidad era que no nos lo habían permitido.

Tomé asiento en nuestra mesa habitual, la más alejada y pegada al mar. El reservado disponía de una cubierta con dosel de seda blanca y unas cómodas sillas que hacían que las horas se derramaran como segundos.

—Espero que te lo pasaras muy bien con ese tío. —La voz de Elisa Ferrara me produjo un agradable escalofrío.

No la había escuchado llegar y, al mirarla, me regaló una de sus preciosas sonrisas.

Se acercó a mí moviendo las caderas al ritmo de la melodía. Sostenía dos copas de vermú y el líquido rosado se agitaba por el vaivén, igual que la cascada de rizos castaños que conformaban su preciosa melena.

El rubor de sus mejillas delataba que había llegado apresurada a mi encuentro. Se encontraba en Pozzuoli, en casa de su abuela, cuando le escribí para quedar. Y la verdad es que no suponía que se daría tanta prisa. Le agradecí que no me hubiera dado tiempo a cavilar sobre mi cita con Marco.

Sonreí, como la mayoría de las ocasiones en que estaba con aquella mujer. Era mi mejor amiga y la razón por la que a veces no perdía la cabeza.

—Bebe —me ordenó al entregarme la copa.

Alcé las cejas, asombrada. Pero no me negué a cogerla.

—Son las once de la mañana, Elisa.

—Razón de más. —Tomó asiento frente a mí con la elegancia de un perezoso—. Otros dos como estos, y olvidarás la mierda en la que estés pensando.

—No me has dado mucho tiempo —le aseguré.

—Tienes la capacidad de torturarte en segundo plano.

Me carcajeé. Me conocía demasiado bien. Era capaz de intuir que podía estar disfrutando de un rato con ella y, al mismo tiempo, comenzar a inquietarme ante nuestra inminente separación.

Elisa y yo nos habíamos conocido en el jardín de infancia y desde entonces no sabíamos lo que era estar separadas. Nuestras broncas solían durar lo que tardábamos en llegar a nuestras casas. Éramos incapaces de alejarnos la una de la otra. Me costaba concebir un solo día sin verla, aunque fuera un instante.

—Lo tuyo es la sabiduría.

—Brindemos por eso, entonces.

Las copas tintinearon. Salpicaron un poco antes de que diéramos un sorbo. Al principio, me ardió la garganta, pero enseguida sentí un agradable sabor que pronto me sugirió repetir. Porque nuestra vida estaba podrida y no importaba si la corrompíamos un poco más.

—Vale, cuéntame. —Dejó la copa vacía sobre la mesa, se repantingó en su asiento y me clavó una mirada de fingida molestia—. Cómo se te ocurre dejarme tirada en el pub, ¿eh? —protestó.

—Estabas en muy buena compañía. —Sonreí.

Cuando Elisa se ofuscaba en comerse la boca con Davide era imposible llamar su atención, y yo no podía permitirme ni un segundo de introspección. Aquellos días temía mis pensamientos casi tanto como las amenazas de los socios de mi padre.

—Estuvo bien.

—¿Solo bien? Nena, yo me lo habría tirado hasta el mes que viene.

No hacía falta que me lo jurase. Ambas nos habíamos resignado a la versión más cínica del amor, quizá influidas por lo que veíamos en casa y nuestras propias vivencias. Era de necias pensar que existía el romance perfecto estando rodeadas de tanta perversión, aunque lo ambicionábamos en secreto.

—¿Qué os pongo, chicas? —preguntó el camarero.

—Un vermú —dijo Elisa.

—¿Otro?

—Que sean dos. —Sonrió—. Y no se lo digas a mi madre, que se pone de los nervios.

Antes de marcharse, el hombre sonrió, conocía muy bien a la pequeña de los Ferrara.

—No será porque ella no beba —dije por lo bajo.

—Pero lo hace con elegancia. Jamás la oirás gemir mientras

se tira al jardinero, a su instructor de yoga, al chef del club o a quien sea que se le antoje.

—Me asombra que tu padre no la haya descubierto.

—Porque él está demasiado centrado en las colegialas que se dejan caer por la agencia.

Teníamos nuestras razones para pensar que Achille Ferrara había fundado una agencia de modelos solo para disfrutar de los placeres que suponía convencer a una jovencita para que se hincara de rodillas frente a él.

—Ya sabes cuánto le gusta a esa puta momia decrépita aparentar juventud.

—¿Quién crees que se ha operado más veces? —inquirí como si fuera un secreto.

—¿La abuela?

Estallamos en carcajadas como si fuéramos unas brujas malvadas. Sabíamos que era una estampa de lo más triste y desoladora, además de decepcionante. Se nos había inculcado el cinismo a fuerza de castigos. Tener principios debía reservarse a los momentos en que nadie nos reprendiera por ello. Y solo entonces éramos conscientes de lo peligroso de su influencia. Dos chicas en edad de complacer no podían abrir la puta boca. Y, transcurridos unos años, ya habríamos olvidado nuestra voz. Así que solo nos quedaban aquellos momentos en que hablar no era un riesgo serio y nos libraba de creer que estábamos bajo el podrido yugo de nuestras familias.

—Aquí tenéis, chicas —dijo el camarero. Seguíamos muertas de la risa—. Y un bagel de salmón y rúcula para contrarrestar los efectos del vermú.

—¡Tú sí que sabes, Lucco! —exclamó Elisa toda emocionada.

Cuando el joven se marchó, le miró el trasero.

—¿Te lo has tirado? —quise saber.

—Puede.

Me miró como una niña buena y yo le lancé una hojita de rúcula que se había escapado de mi pan. Volvimos a reír como locas, aunque ahora nuestra alegría no duró tanto como me hubiera gustado. Aun así, continuamos bromeando sobre mi ligue de la noche anterior. Terminamos de comer y de bebernos el segundo vermú. Cuando el reloj ya se acercaba al mediodía, Elisa y yo nos tendimos en las tumbonas del reservado y oteamos el mar.

Era una mañana despejada, con un cielo sin apenas nubes. Nos llegaba el rumor de unas suaves voces, de los coches de la avenida, de la brisa tibia con aroma a sal. Sentí un poco de frío y no pude evitar pensar que yo ya no era tan resistente como me creía hacía unas semanas.

Elisa se acercó un poco más a mí. Me cogió de la mano y apoyó la cabeza sobre mi hombro antes de liberar un largo suspiro. Ambas nos perdimos en un silencio cómodo, observando la costa de la ciudad que nos vio nacer y que constantemente nos recordaba que lo único que nos separaba de la absoluta miseria emocional era nuestra mutua compañía.

—Eres demasiado peligrosa cuando callas. —Elisa rompió el silencio.

—Dame conversación.

De acuerdo. ¿Estás bien?

A mi amiga nunca se le escapaba nada. Y le sonreí. No hacerlo era como caer por un precipicio que ahora no podía permitirme. No debía ni quería siquiera asomarme. O no sobreviviría.

—¿Has arreglado las cosas con Davide? —Cambié de tema porque me apetecía mucho más verla sonreír de nuevo.

—Ese tío nunca entenderá que soy un pájaro libre.

Me gustaba su voz, era cálida y más grave de lo normal en una mujer. Hacía gala de su temperamento y descaro. En realidad, el carácter de Elisa no podía encajar con un hombre como Davide Forcella. Ella merecía algo más profundo e intenso, algo que le hiciera olvidar cómo había sido su infancia y cuántas heridas le había ocasionado.

—Quizá porque lleváis tres años jugando a fingir que sois algo más que amigos.

—Que folle bien no le da derecho a marcarme como si fuera de su propiedad. ¿Cuándo le he prometido amor eterno, Fabbri? —Me miró traviesa.

—¿No crees que esté enamorado?

—Lo creería si no supiera que se tira a todo lo que se mueve y tiene vagina. —Se movió para cogerme la cara entre sus manos y apoyar su frente en la mía—. Además, ¿quién quiere un novio cuando tú eres el amor de mi vida?

—Gracias, amor de la mía.

El abrazo que nos dimos me arrancó un hondo suspiro. Temí no poder seguir alimentándome de aquellos momentos a su lado.

—¿No te arrepientes de haber tomado esa decisión? —Sonó demasiado consternada—. Todavía estás a tiempo, Regina.

Se alejó para mirarme. Advertí una disculpa en sus ojos. Había intentado evitar el tema, pero no lo consiguió, y yo la comprendía. Para mí, habría sido igual de complejo ignorar que mi mejor amiga estuviera a punto de casarse con un hombre impasible y despiadado solo para salvar a su familia.

—No tengo alternativa, Elisa. —Negué con la cabeza y tragué saliva—. Por mucho que me acojone la idea, debo hacerlo si quiero preservar la seguridad de los míos.

—Tú no tienes que cargar con los errores de tu tío y de tu padre —protestó.

—Vera y mi hermana tampoco. Ni mi tía y mi primo. Y la abuela está muy delicada de salud. Es lo mejor si quiero asegurar nuestro futuro.

No había dejado de repetirme lo mismo desde que se anunció el compromiso hacía seis semanas. Me tragué el nudo que se me había formado en la garganta y disfruté de las caricias de Elisa mientras me observaba con esa severa nostalgia que últimamente se había instalado entre nosotras.

—Nunca te abandonaré, lo sabes, ¿verdad? —murmuró, y yo la abracé de nuevo.

—Tonta, claro que lo sé. —Cogí aire y me obligué a recuperarme—. ¿Vendrás a visitarme a mi mansión en Porto Cervo cuando me convierta en la señora Berardi?

—Será mejor que me tengas lista una habitación. —Me siguió el juego—. No te desharás de mí ni con agua hirviendo. Además, las vistas son impresionantes, y no me refiero al paisaje.

Sonreí. Debía reconocer que Marco gozaba de un atractivo magnífico. Costaba creer que tras esa increíble fachada habitara un ser tan cuestionable. Aunque nuestro encuentro había sido toda una sorpresa, admití. No esperaba comprensión y diálogo por su parte.

Quizá nuestra unión no sería tan problemática como había creído.

6

MARCO

El edificio se situaba en viale Bruno Buozzi, en el corazón del agradable barrio de Pinciano de Roma. Su fachada amarillenta ascendía a tres plantas, salpicada de ventanas con unos peculiares postigos verdes, y estaba delimitado por una verja de hormigón y acero que procuraba una privacidad encantadora.

Nadie a su alrededor sospechaba que ese lugar era propiedad de un hombre tan implacable. Ni siquiera yo.

Fruncí el ceño. Era la primera vez que iba hasta allí. Quizá por eso me asombró que aquel lugar albergara a la persona que andaba buscando.

Jimmy Canetti.

Un exagente del MI6, más conocido como el jefe de los Tánatos, un grupo de mercenarios de lo más eficaz compuesto por especialistas en asuntos militares y de inteligencia destituidos de sus posiciones lícitas por, entre otras muchas cosas, desobediencia o insurrección.

Había evitado pensar en recurrir a él, dado que en el pasado nos habíamos visto implicados en situaciones mucho más complejas que dar con un crío de diecinueve años asustado y amenazado de muerte. Pero no tenía tiempo que perder y sabía que mis hombres, o los que pudieran proporcionarme en Nápoles, tardarían días en encontrar una miserable pista.

—¿Estás seguro de que es aquí? —le pregunté a mi chófer

con la tableta todavía entre mis manos, con los datos privados que mi equipo había logrado rastrear sobre Canetti.

—Sí, jefe. Esta es su residencia privada —confirmó.

Suspiré, me quité el cinturón de seguridad y abrí la puerta.

—De acuerdo. Espera aquí.

—Pero...

—¿Crees que me atacará en su propio territorio?

Por la mueca que esbozó le supe convencido. Pero Filippo Cassaro no se detenía en los detalles. Era una mente demasiado ordinaria, más capacitada para obedecer órdenes y disparar por impulso, como si eso fuera a solucionar cualquiera de los problemas que le sobrevinieran.

Era desesperante la poca atención que prestaba la gente. A veces, podía conocerse a una persona con solo mirar su atuendo o el lugar donde vivía. Se reunían decenas de datos que una conversación tardaría horas en desvelar.

No, Jimmy no iba a atacarme por descubrir su ubicación. La preservaba. Con solo un vistazo había podido concluir que odiaba cambiar de un lugar a otro.

Me acerqué a la entrada del garaje exterior y descubrí a una anciana trabajando en un pequeño huerto que había junto a las escaleras.

—Oh, bienvenido, joven —me saludó—. ¿En qué puedo ayudarle?

Me aclaré la garganta. Fue una sorpresa toparme con vecinos.

—Busco a Jimmy Canetti —le dije, y ella me echó un vistazo, emocionada.

—¿Es amigo de él?

—Algo así.

No me apetecía contarle en qué se basaba nuestra relación.

—Venga, sígame —me animó—. Cuánto me alegro de que tenga un amigo. Ese muchacho se pasa días trabajando fuera y no habla con nadie.

La acompañé al interior de la casa. Entró en una cocina y salió un instante después con una fiambrera en la mano. La situación no dejaba de asombrarme.

—¿Usted vive aquí? —quise saber.

—Claro que sí. Con mi esposo. En este bajo. —Se encaminó hacia las escaleras exteriores mientras parloteaba conmigo—. El edificio estaba para demoler. Decían que era demasiado peligroso y que querían construir una finca nueva. Nos expropiaron, ¿sabe? Pero mi Jimmy lo evitó. Lo reconstruyó todo y nos permitió quedarnos. Es un ángel.

«Un ángel de la muerte, más bien», pensé a punto de echarme a reír. Desde luego, al muy cabronazo se le daba bien mentir.

Accedimos a un bonito vestíbulo en el que había un ascensor de forja y unas escaleras preciosas frente a un rincón de descanso francamente bien decorado.

—Entiendo. ¿Son parientes? —indagué.

—Como si lo fuéramos. Tenga, dele esto. —Me entregó la fiambrera—. Tiene que alimentarse. Pueden comer juntos, he hecho de sobra. Está en el segundo piso. Pásenlo bien.

La mujer cerró la puerta, y me quedé allí solo, respirando aquel extraño aroma acogedor. Insólito era la palabra más adecuada para describir el entorno y el momento que había compartido con aquella señora.

Todavía albergaba mis dudas. Me costaba creer que el Jimmy Canetti que yo conocía tuviera aquellas entrañas tan confusas. Era un hombre feroz, con una astucia abrumadora y un talento innato para la guerra. Despiadado, estoico, extremadamente habilidoso.

Sus servicios resumían todo aquello disfrazados de agencia de asesoramiento geoestratégico. No podía imaginarle siendo otro tipo de persona porque estaba seguro de que no lo era. Lo más probable es que aquello no fuera más que una tapadera. ¿Quién se atrevería a desconfiar de un caballero que había dado alojamiento a una pobre pareja de ancianos?

Llegué al segundo piso. Solo había una puerta y la golpeé con los nudillos. Pronto escuché unos pasos amortiguados que se acercaban a buen ritmo. Y entonces se abrió la puerta.

—¿Qué quiere, Betty? —Su voz se apagó en cuanto su mente me reconoció.

Me clavó aquellos ojos ámbar moteados de tonalidades verdes tan claras como un diamante. Era una mirada impresionante, tan fascinante como aturdidora, que avasallaba cuando se lo proponía. Y aquella era una gran ocasión.

A Jimmy no le hizo ninguna gracia verme allí. No le gustó saberse descubierto en un momento tan suyo. Con apenas unos pantalones de deporte holgados pendiendo de sus pronunciadas caderas y desvelando un vigoroso pecho empapado en sudor. Le había interrumpido en plena sesión de ejercicio y, por el temblor de sus bíceps, supe que estaba siendo de lo más intensivo. Detalle que me preocupó porque, por un momento, le creí capaz de atacarme.

—Toma. Tienes que alimentarte. —Le entregué la fiambrera y repetí las palabras exactas de la anciana. Betty, al parecer. Sonreí—. No te creía tan buen samaritano. ¿Puedo?

Señalé hacia dentro. Jimmy apretó los dientes y me dejó pasar. Si iba a darme una paliza, era mejor que la entrañable Betty no lo escuchara. Sonreí aún más.

—¿Qué coño haces aquí? —gruñó él.

Sin embargo, en vez de responder, preferí prestar más atención al entorno. A medio camino entre oficina, sala de descanso y gimnasio, aquel apartamento solo disponía de una escalera sin barandilla que conectaba con el tercer piso y una puerta que supuse que era el baño. El resto del espacio convivía con separadores de cristal que procuraban un aspecto diáfano salpicado de vegetación y adecentado con una decoración moderna y muy cálida, además de agradable.

Era un buen lugar.

—Vaya. Sorprende el esmero —dije incrédulo.

—No me hagas repetirte la pregunta, Berardi —rezongó.

Se había cruzado de brazos y continuaba observándome como si quisiera morderme la yugular. Daba igual lo imponente que fuera su atractivo. Ese hombre lograba transmitir un lenguaje corporal de lo más amenazador.

Así que me decanté por asestar el primer golpe.

—James Canetti. Treinta y cuatro años, nacido en Roma. De madre inglesa y padre italiano. Criado por su tío en Londres tras el fallecimiento de sus padres. La férrea disciplina le lleva a alistarse en el ejército. Tres años y varios ascensos después, es trasladado al Servicio de Inteligencia, del que será expulsado en apenas año y medio por insurrección y desacato. —Me guardé las manos en los bolsillos del traje y alcé el mentón—. Te cayeron dos años de cárcel. ¿O fueron cuatro? Ahora no estoy seguro.

En realidad, habían sido tres y medio, y solo cumplió seis meses por buena conducta y unas negociaciones un tanto cuestionables. Son pocas las ocasiones en que una agencia de inteligencia mira hacia otro lado para evitar un escándalo.

Jimmy me observaba impertérrito, todavía molesto con mi presencia. Si algo tenía aquel salvaje era, desde luego, el temple de quien sabe muy bien cómo manejar cualquier tipo de situación. Era un rival muy digno para mi intuición.

—Deberías haber supuesto que investigo a mis contactos antes de trabajar con ellos —le advertí torciendo el gesto.

Carraspeó y se acercó a una estantería en la que había dispuestas unas toallas. Cogió una y se secó el sudor.

—Lo supuse, pero creí que compartíamos un acuerdo tácito de discreción. Yo no te pido explicaciones sobre tus pedidos, y tú no me tocas los cojones —comentó al tiempo que se cubría con una holgada camiseta de tirantes negra—. Ahora solo me dejas dos alternativas: matarte o mudarme. Y ambas son igual de problemáticas. Así que más te vale darme un buen motivo por el que te hayas atrevido a traer tu bonito trasero a mis putas dependencias privadas, Berardi. Cinco minutos.

—¿Tienes prisa?

—¿Qué coño te importa si la tengo?

Un maullido interrumpió la tensión. De improviso, apareció un gato que enseguida se puso a frotarse con los pies de su dueño.

Alcé las cejas, aturdido. Jimmy era toda una sorpresa.

—Un gato. Negro —dije.

—Churchill.

Se dirigió a la barra de una pequeña cocina que había en el centro del apartamento. Trincó un platillo con carne de la nevera, se lo entregó al gato y solo entonces cogió una cerveza que abrió con el borde de un anillo que llevaba en el dedo corazón de la mano derecha. No me ofreció nada.

—¿Eres amante de la historia? —inquirí.

—Se lo puse porque es rechoncho. ¿Y bien?

Le dio un sorbo al botellín. Estaba empezando a agotar su paciencia. Si seguía retándole, era muy probable que abandonara el lugar, y no precisamente por la puerta. Así que decidí ir al grano.

—El príncipe de Secondigliano.

—Nápoles... —resopló asqueado.

—Por tu forma de decirlo, sospecho que no te agrada.

—Tampoco me gustó que me enviaras al puto Puerto Fuad hace tres meses. —Se encogió de hombros—. Son los gajes del oficio.

—Que, además, fueron tremendamente recompensados.

Trescientos mil más gastos de traslado para recuperar un buque cargado de armamento que había sido interceptado por una milicia yihadista a su paso por el canal de Suez.

Nuestros servicios no estaban vinculados a los tradicionales métodos de la mafia como lo eran el contrabando o la droga. El sistema del Marsaskala era tan sencillo de comprender en apariencia como compleja era su estructura.

Un exclusivo y majestuoso resort ubicado en el corazón de Porto Cervo que Amadeo Sacristano había fundado durante la época en que los estragos de la Segunda Guerra Mundial todavía se masticaban en Italia.

Mi abuelo siempre fue un empresario de sellar tratos con un apretón de manos y tenía el don de distinguir las inquietudes más oscuras de la gente. Pensó que nadie prestaría atención a los siniestros entresijos de un recinto de lujo que atraía riqueza a una isla demasiado castigada por la pobreza. Así fue como le dio forma a su proyecto, después de contraer matrimonio con la hija de unos importantes constructores malteses. De ellos obtuvo la inversión necesaria y de ellos también surgió el nombre, en honor a la ciudad que vio nacer a su esposa. Y en cuanto sus ideas se materializaron, comenzó a hacer uso de su incuestionable atractivo para las gentes que solían sonreír ante la cámara, pero que mordían tras ella.

Convirtió el Marsaskala en el enclave al que acudían las personalidades más ricas, poderosas y secretamente controvertidas del planeta. Dio forma a los delirios de sus clientes, los satisfizo sin reparos ni vergüenza y nunca preguntó cuán lícitas eran aquellas situaciones. Más bien se nutrió de ellas hasta volverse adicto. Llegó a ser el mejor de los intermediarios.

Amadeo Sacristano trabajó bien el arte del disimulo, jamás suscitó dudas, alcanzó una influencia y un respeto que lentamente lo transformaron en la cabeza de la familia más acaudalada e influyente de Cerdeña. En el complaciente soberano de la Costa Esmeralda. Un anónimo aliado del crimen en su versión más bondadosa, papel magníficamente heredado por su hija, Saveria.

Fue ella quien cogió el testigo y reafirmó el lugar como el centro neurálgico de la mafia en Eurasia, que a los ojos de la gente era un paraíso tan solo al alcance de muy pocos bolsillos.

Ahora, Saveria se había cansado de ser una mera intermediaria. Quería conquistar. Quería incrementar un legado de sobra influyente. Formar parte de la mafia de un modo más activo, explorar qué significaba tener a todas las bestias a sus pies. Y el crecimiento bien valía el sacrificio del sobrino al que quería como a un hijo si con ello obtenía el lugar más hostil del país.

—¿Qué pasa con ese crío? —preguntó Jimmy extrayéndome de mis pensamientos.

Frunci el ceño. Había dado en el clavo.

—¿Lo conoces?

—Secondigliano está dominado por la familia Cattaglia y, que yo sepa, solo tienen un varón al que podrían llamar príncipe. ¿Qué pasa con él?

Cogí aire.

—Su padre nos lo vendió. Por maricón.

—Ya... Entiendo. Maricones en la mafia, qué miedo —se mofó.

—Las razones me importan un carajo. El problema está en que debe salir a subasta. Pero, por ahora, Ugo Sacristano disfruta de él.

—¡Joder, impresionante! —exclamó Jimmy antes de darle un nuevo sorbo a su cerveza—. ¿Así que tu tío se ha cansado de los coños de contrabando y ahora se ha pasado a los rabos? Vaya, vaya.

Ignoraría su desalmada explicación, porque en el fondo estaba de acuerdo con él, y para colmo debía aprovecharme de su absoluta atención.

—Ha escapado —espeté, provocando que me observara aturdido.

—¿Del puto Marsaskala?

—Del Verkhovnyy.

Lo entendió todo. Tanto que me clavó una mirada de lo más inquietante. Dejó el botellín en la encimera, se apoyó en ella y volvió a cruzarse de brazos. Todo ello con una lentitud igual de amenazadora que su aspecto.

—Esto se pone cada vez más interesante —satirizó—. A ver si lo he entendido bien. Al revoltoso hermanito de la señora Sacristano le gusta catar el material antes de sacarlo a subasta y se pasa las horas jugando con él en la Bacanal Negra. —Esperó unos segundos a que yo respondiera con mi estricto silencio—. Putos dementes. —Se carcajeó.

Los escrúpulos no solían entrar en el juego, pero los suyos amenazaron con salir, a pesar de lo contenidos que solía tenerlos. A Jimmy no le importaba la mierda que rodeara a sus clientes, aunque él tuviera sus propias opiniones.

Y de pronto me descubrí deseando aborrecer la situación, pero no lo conseguiría. Nunca lo había logrado.

—¿No decías compartir un acuerdo tácito sobre los asuntos de tus clientes? —le reprendí.

—Excepto cuando uno de mis «clientes» aparece en mi puñetera casa. Alégrate, Berardi, ya casi somos amigos. Y eso que no suelo hacer migas con hijos de puta que tienen un palo metido en el culo. Me dan repelús.

—No es mi culpa que me cueste ser vulgar.

—¿Por eso me encomiendas a mí que busque a tu príncipe? —Alzó las cejas, jocoso. Buscaba una reacción visceral en mí—. ¿Por qué odias la idea de hurgar entre los escombros de Nápoles? Venga, Berardi, no soy estúpido, querido. No estarías aquí si supieras que tus perritos de caza harán bien su trabajo.

En eso estábamos de acuerdo.

Los rastreadores más aceptables eran los soldados de Marchetti, el capo de Ponticelli. Y este estaba en guerra constante con Scampia y Secondigliano. Así que pensar siquiera en proponerle buscar a Gennaro Cattaglia era una peligrosa pérdida de tiempo. Necesitaba a ese crío vivo y no cortadito en pedazos que más tarde desperdigarían por las Velas con la retorcida intención de advertir al capo del lugar cómo terminaría el resto de su gente.

—¿Cuánto? —le exigí.

Las tarifas de Jimmy estaban a la altura de su excepcional eficacia.

—No me jodas, ¿ya hemos llegado a esa parte?

—Nadie escapa del Marsaskala y vive para contarlo —le recordé.

—Iba a morir de todas formas. Podrías darlo por sentado y pasar a otra cosa.

—Y lo haría.

Prolongamos nuestro contacto visual. Empezaba a molestarme la facilidad que Jimmy tenía para acceder a mis pensamientos. Creía tenerlos a buen recaudo de la gente, incluso, a veces, de mí mismo.

—Pero tu tío lo desea —dijo bajito, con voz ronca—. Va a ser cierto que tienes problemas de empatía, amigo mío. —Sonrió antes de encaminarse hacia la sección de su oficina.

Tomó una cajetilla de tabaco, cogió un cigarrillo, se lo llevó a los labios, lo prendió y me ofreció uno. No me negué, y terminé apoyado junto a Jimmy en la mesa mientras disfrutaba de la primera calada.

—¿Cuánto, Canetti? —volví a preguntar ignorando la extraña comodidad que estaba compartiendo con un maldito mercenario.

—Das por hecho que voy a aceptar el trabajo.

—Es mucho más sencillo que tu misión en Puerto Fuad —ironicé, cosa que surtió efecto, porque el muy cabronazo rio a mandíbula batiente.

—¿Tiempo?

—Horas. Las menos posible.

No quería escuchar las insidiosas quejas de mi tío ni sus sermones sobre cómo hacer mi trabajo cuando lo cierto era que Ugo Sacristano solo sabía vivir gastando pequeñas fortunas en el juego y la bebida.

—Se escapa del Verkhovnyy en el golfo de Nápoles. ¿Por qué crees que haya tocado tierra? —indagó Jimmy.

—Lo último que sé es que se le vio por el perímetro del puerto. Las cámaras de seguridad lo captaron. Nada más.

Nos miramos de nuevo. Jimmy tenía más ganas de jugar que de hablar de negocios.

—¿Vas a invitarme a tu pomposa boda? —Más carcajadas. Esta vez a mi puta costa—. Que sean cien. De los grandes. —Cogió el teléfono móvil, buscó en la agenda y se lo llevó a la oreja—. ¡Matessi! —exclamó y me guiñó un ojo mientras su interlocutor chillaba al otro lado de la línea—. Te prometo que no quería interrumpirte el polvo. Tienes trabajo, amigo mío.

7

GENNARO

—¿Ves a esa gente, Gennà? ¿La ves?

Arrodillado en el suelo como estaba, mi padre me agarró del pelo para ponerme en pie y me obligó a levantar la cabeza para mirar al frente. La maniobra no me hirió tanto como la espantosa incertidumbre que me corroía por dentro. Llegados a ese punto, la angustiosa desolación que sentía por el rechazo de mi familia ya casi era banal.

«Prefiero verte muerto antes que acoger a un maricón en mi casa», me había dicho antes de que todo estallara. Y no olvidaba su rostro cuando empezaron a llover los golpes.

Por entre la bruma enrojecida instalada en mis ojos avisté a uno de esos hombres a los que se refería mi padre junto a la escalerilla de un jet privado. No pude deducir cuántos había exactamente, pero por sus siluetas pude adivinar que eran corpulentos.

Solo sabía que era de noche, que la paliza me había destrozado hasta los huesos y que el aliento de Piero Cattaglia se derramaba orgulloso por mi mandíbula. Tenía su enorme pecho pegado a mi espalda. Me sostenía a pesar de saber que era incapaz de soportar el dolor.

Habíamos dejado a mamá en casa. Nos había dado la espalda para entrar en la cocina a supervisar la cena. Olía a carne asada.

No quiso mirar mientras los esbirros de su esposo me apalizaban en el patio principal bajo los increpantes comentarios de mi hermana y mis chillidos.

La familia. Qué hermoso habría sido poder considerarla un refugio.

—Ellos, Gennà, sabrán darte la lección que mereces —sentenció mi padre al ver que esos tipos se acercaban a mí—. Veamos cuánto te gustan las pollas cuando las tengas por todas partes, maricón de mierda.

Aquel fue el último recuerdo que tenía de Nápoles antes de que me arrastraran al interior del jet.

Ahora, había cosas que mi mente no se atrevía a desvelar. En su crudeza y brutalidad, quizá una parte de mí todavía no me creía apto para asumirlas y me refugiaba disfrazándolas de pesadillas.

Tarde o temprano saldrían a la superficie, lentamente, a un ritmo devastador, aunque ahora esos hechos fueran como una espesa y densa bruma que apenas me dejaba reconocer dónde me encontraba.

Muy despacio, me obligué a abrir los ojos. Paredes blancas, aroma a desinfectante, una luz tenue y una apacibilidad muy inquietante. No me costó percibir que estaba sobre una cama. Noté la aspereza de las sábanas además de la desgastada tela de un pijama.

Aturdido, intenté agudizar la mirada. Quizá divagaba y aquel constante pitido solo era fruto de mi imaginación. Pero vi la máquina. En ella se reflejaban mis constantes vitales. También identifiqué la vía intravenosa que conectaba el suero a mi brazo derecho.

Me removí inquieto. Hubiera creído que estaba muerto de no haber sido por el insoportable dolor que me atravesó hasta las entrañas. Clavé los dedos en el colchón y apreté los dientes para contrarrestar los efectos. No sirvió de nada, pero no cejé hasta que la intensidad fue menguando.

Aun así, distinguía a la perfección el maldito resquemor de mis magulladuras. Alcanzaba partes de mi cuerpo que ni siquiera sabía que existían. Pero eso no era lo más importante. Lo peor que podía pasarme era estar en un hospital.

Reuní el valor para incorporarme un poco sobre los codos. Tenía frío, me nacía de dentro. Era fruto del miedo que se había adherido a mi sistema a lo largo de las últimas semanas. Gestionarlo había sido un imposible tan intrincado como dejar de padecerlo.

Sin embargo, insistí. Respiré con exhalaciones muy cortas, me moví tan despacio como me permitía la ansiedad. Tenía que huir por más que deseara darle un final a toda esa pesadilla.

Engullí un quejido y me llevé una mano al vientre. La congoja me abordó con rudeza casi al tiempo que vislumbré aquella silueta femenina entrando en la habitación con una carpeta en la mano.

La soltó a los pies de mi cama y se abalanzó sobre mí. Mis lágrimas ya eran un hecho inevitable.

—¡Oh, no, no te muevas, muchacho! —exclamó obligándome a tenderme de nuevo en la cama—. Tranquilo. Tranquilo.

Evité forcejear porque sabía que todavía no estaba preparado para ello. Y temblé, tanto que la mujer frunció el ceño ante la severidad de los espasmos. Me producía el mismo miedo que cualquiera de los tiranos que me habían tocado.

Ella alejó las manos de mí alzándolas para que yo pudiera ver lo que pretendía, que no quería hacerme daño.

—¿Dónde estoy? —sollocé.

—En el hospital, querido...

—Ya, pero... ¿cuál?

—En Observación de Urgencias del Loreto Mare.

Apreté los ojos.

El distrito de Mercato quedaba muy lejos de Secondigliano, pero gozaba de una maravillosa red de informadores que llegaba hasta los tentáculos de mi padre. Si alguien me descubría allí, me aniquilarían.

—Tengo que... irme...

Esa vez sí forcejeé, pese al intenso dolor, y logré incorporarme al borde de la cama. Mis pies se apoyaron en el suelo y lograron mantener mi peso un instante, hasta que la doctora me empujó con toda la delicadeza que le consintieron mis gestos.

Quería que volviera a tumbarme. No le importó que mis manos arañaran las suyas en un estúpido y fútil intento por ponerme en pie.

De haber podido, no habría dudado en atacarla. Sabía bien que no tenía la culpa de nada, que solo quería ayudarme, pero ella no entendía la gravedad de mi desesperación.

—No puedo dejar que te marches así —me suplicó ahorrándose de llamar a sus compañeros—. Estás demasiado malherido.

—Pero me encontrarán.

—¿Quiénes? —Lo dijo con cierto tono de respeto.

—Es mejor que no lo sepa... Tengo... que...

Rompí a llorar con convulsiones. No quería morir y, sin embargo, empezaba a asumir que quizá fuera lo mejor si quería evitar a toda costa que me dieran caza de nuevo. Ya ni siquiera me importaba lo injusto que fuera mi castigo. Yo solo necesitaba acabar con todo aquello como fuera.

«Prefiero verte muerto antes que acoger a un maricón en mi casa». Me llevé las manos a los oídos, apreté los ojos y negué con la cabeza. Era inútil. La voz de mi padre estaba dentro de mí.

—¿Qué te ha pasado? —quiso saber la mujer, pero no respondí—. Verás, la guardia portuaria te encontró en un bote a la deriva a unas doce millas de la costa. Ibas con otro joven que, lamentablemente, no ha sobrevivido.

—Le dispararon... —gimoteé.

—Exacto. Cuatro heridas de bala. La policía ha confirmado su identidad gracias a los archivos de la Interpol. Se trataba de un menor de dieciséis años, búlgaro. Su desaparición se denunció hace tres semanas en Sofía.

Podía recordar a la perfección su rostro de absoluto pavor

cuando nos lanzaron al interior de aquella jaula de cristal. La habían ubicado sobre un escenario circular en medio de una sala oscura.

Un foco relucía sobre nosotros. No nos permitía ver más allá de las sombras que se dibujaban entre la oscuridad, desconocidos que nos observaban a la espera de ver el espectáculo. Disfrutaron del terror que nos produjeron aquellos cuatro hombres enmascarados que accedieron a la jaula con nosotros.

Todo lo demás era una mezcla de piel, gritos y calvario que mi mente se negaba a reproducir en toda su extensión.

—En tu caso, presentabas un avanzado estado de deshidratación —expuso la doctora—. Costillas fracturadas, contusiones de segundo y tercer grado. Laceraciones en brazos y piernas. Marcas de resistencia y desgarro anal. Hemos suturado una incisión en el costado izquierdo. Seis puntos. También hemos hecho una evaluación de enfermedades de transmisión sexual. Todavía estamos esperando los resultados. ¿Eres consciente de la gravedad de tu estado, Cattaglia? —terminó diciendo frustrada.

Mi corazón se detuvo. Conocía mi nombre.

Sabía quién era.

Y ese hecho me paralizó espantosamente.

Era un chico reconocido en diversos sectores de la ciudad por mi apellido. Si el hospital había descubierto mi nombre con tanta facilidad, mi padre no tardaría en dar conmigo.

No me atreví a moverme ni a mirar a la doctora. Temía con toda mi alma encontrarme con unos ojos cargados de asco y rechazo. Tal vez ya habían informado a mi padre y venía de camino a buscarme.

Quizá había puesto precio a mi cabeza.

Me sobrevinieron unas náuseas. Quería vomitar y no era una mera suposición. Realmente lo necesitaba.

Sin saber cómo, me arranqué la vía, empujé a la doctora y eché a correr hacia el pequeño lavabo que había al otro lado de la habitación. Apenas terminé de entrar, me hinqué de rodillas en el suelo y vomité en el inodoro.

Fue amargo y doloroso y un poco abrasador, además de desagradable. Pero no me detuve mientras mis ojos se humedecían por las lágrimas, el esfuerzo y la bilis que recorría mi garganta.

«Maricón». El rostro de mi madre invadió mi mente como una maldita borrasca. No soportaba como me miraba, todo lo que le despertaba su odio por mí.

No tardé mucho en vaciarme. Me aferré a la superficie tratando de respirar sin que el aliento se me acumulara en la boca. Y temblé de nuevo porque detesté tener que pedirle a la doctora que me ayudara a volver a ponerme en pie.

Evité cruzar una mirada con ella a través del espejo mientras me enjuagaba la boca. Necesitaba conservar las pocas fuerzas de las que disponía para pensar en las posibles vías de escape.

Pero las manos de aquella mujer me sostenían con delicadeza. Se aseguraron de arrastrarme de vuelta al salón supervisando cada uno de mis pasos. Hasta ese momento, nunca creí que se pudiera ser amable y ruin al mismo tiempo.

—Imagino lo duro que tiene que ser para ti hablar de ello —dijo la doctora en cuanto me vio sentado en la cama—. Pero entenderás que, ante situaciones como esta, debemos tomar medidas. Como especialistas, estamos comprometidos a participar en la investigación policial.

—¿Cómo lo ha sabido, que soy un Cattaglia? —inquirí de pronto, aniquilándola con la mirada.

—Hemos sido informados por los inspectores —me anunció.

No supe por qué, pero la creí. Maldita sea, la creí y me aferré a sus manos como si fueran a salvarme de cualquier cosa.

—Están esperando fuera, quieren hablar contigo.

Señaló la puerta. Tuve un escalofrío. Las lágrimas seguían derramándose.

—Por muy estigmatizador que sea, ser víctima de la trata de

personas no es una cuestión que debas afrontar tú solo. Hay especialistas que podrán ayudarte. Y tu familia...

Se me cortó el aliento.

—¿Están aquí?

Ella frunció el ceño de nuevo.

—Les hemos avisado.

—¡¿Pero están aquí?! —exclamé.

—No, aún no. Tranquilízate.

Era sencillo decirlo. Quizá también lo era para ella. Su posición como doctora de urgencias arrojaba bastante información. Como que había sido criada en el seno de una familia acomodada que debía residir en algún barrio tranquilo. Una familia que incentivaba actitudes de superación y afecto. La misma que le permitió estudiar en la universidad aquello que seguramente deseaba.

Esa mujer no sabía lo que era el miedo, la envidia más visceral, la rabia o simplemente no dejar de mirar hacia atrás para evitar el momento en que alguien se cruzara en su camino y le metiera un tiro en la nuca.

Por tanto, desconocía lo que era la mafia. No su significado, eso todo el mundo lo sabía. Quizá tampoco sus artimañas, la sociedad bien se había encargado de explorarlas e incluso romantizarlas. Lo que ignoraba era su aspecto e intimidación y su capacidad para atemorizar y matar cualquier esperanza.

A veces, envidiaba a aquellos que morían tiroteados. Envidiaba que Lelluccio hubiera caído tan rápido, tan fácilmente.

—No quiero hablar con nadie —dije cabizbajo—. No quiero.

—De acuerdo —asumió la mujer—. Todavía no estás listo y lo entiendo. Intentaré ganar tiempo con los inspectores. Por ahora, trata de descansar. Le pediré a una enfermera que te ponga una nueva vía y te administre un relajante, ¿de acuerdo?

—No puede retenerme aquí —mascullé.

—No, a menos que seas víctima de un delito. Se te ha aplicado el protocolo de protección.

Resoplé con una sonrisa. Protección, qué ilusa era.

—Voy a salir, ¿de acuerdo? Regresaré en un rato.

Bien. Había logrado lo que quería. Quedarme a solas en la habitación. En cuanto cerró la puerta, me puse en pie y me llevé una mano al vientre. El dolor seguía siendo muy intenso. Pero ahora necesitaba centrarme en escapar.

Estaba en la planta baja, en la sección de Observación. Las ventanas no estaban hermetizadas. El hospital Loreto Mare era antiguo. Probablemente habían reformado algún sector, pero aquel no era uno de ellos.

Así que no me costó abrir una ventana.

Era de noche. Por las explicaciones de la doctora, di por hecho que me había pasado el día inconsciente. De lo contrario, estaría amaneciendo.

Me beneficiaban las sombras. Nadie se preguntaría qué demonios hacía un chico magullado con un pijama del hospital correteando por las calles.

Miré hacia el exterior. Apenas era de un metro de altura, podía salvarlo sin molestarme en saltar. Pero la idea de apoyarme en el alféizar ya me parecía todo un maldito sacrificio.

Lo hice engullendo un gemido de dolor. Encogí las piernas y las pasé al otro lado antes de apoyar los pies descalzos en el asfalto. Miré a mi alrededor. La salida no quedaba muy lejos, apenas unos cien metros. El problema estaba en que necesitaba atravesar esa distancia corriendo.

No me lo pensé demasiado. Me enderecé un poco. En cuanto me alejé lo suficiente del alféizar, me di cuenta de lo complicado que era mantener el equilibrio. Avancé un par de metros. Me sentía muy inestable. Cada paso era una auténtica tortura.

De pronto, escuché un crujido detrás de mí. Contuve el aliento. Tragué saliva. Temí darme la vuelta. Pero mi cabeza comenzó a girarse. Avisté de soslayo a aquel hombre fornido antes incluso de darme la oportunidad de volver a respirar.

No le reconocí. Llevaba el rostro medio oculto bajo una capucha y su indumentaria negra casi lo fundía con la nocturnidad. Pero no le ahorraba corpulencia. Quien fuera sabía bien qué debía hacer.

Eché a correr. Comencé, más bien, a dar tumbos hacia la salida pensando que podría lograr alcanzarla. Que por una vez la vida me daría una mísera oportunidad de vivirla como un ser humano digno.

Sin embargo, el esfuerzo era mayúsculo. Se me enredaron los pies, que me empujaron al suelo. El sabor del asfalto fue casi irónico, neutralizó mis quejidos en cuanto me estrellé contra él. Sentí mi propia saliva resbalando por mis labios y recorriendo mi mejilla hasta derramarse. Las uñas intentando en vano animarme a reptar. Mi aliento jadeante y el pulso disparado.

Ese hombre ni siquiera se apresuró en seguirme. Caminó hacia mí y detuvo sus pies enfundados en aquellas botas reglamentarias a solo un palmo de mi cara.

Fue lo último que vi antes de que el terror me arrastrara de nuevo a la inconsciencia.

8

REGINA

A primera hora de la tarde, mi familia y nuestros guardias me esperaban en el aeródromo de Coroglio, a los pies del jet privado, cortesía de los Sacristano.

Fui la última en llegar porque quería aprovechar el máximo tiempo posible junto a Elisa antes de abandonar Nápoles. Ambas sabíamos que no nos veríamos tan a menudo como entonces. Y, honestamente, quería dilatar el momento de poner un pie en Cerdeña.

—¡Regi! —exclamó mi hermana, que se acercó corriendo enfundada en un vestido rosa y una corona de margaritas enredada a su trenza rubia.

Camila había heredado la belleza dulce de su madre y los impresionantes ojos de nuestro padre. Además, era una cría muy erudita y cariñosa para su corta edad.

Me incliné hacia delante con los brazos abiertos más que dispuesta a cogerla.

—¡Pero qué guapa estás, enana! —le aseguré mientras sus piernas se enroscaban en mi cintura.

Me la comí a besos. Esa niña me volvía loca.

—Dami me ha elegido este vestido. ¿Te gusta?

—Por supuesto.

Me hacía mucha gracia cuando acortaba nuestros nombres. A mi primo, sin embargo, no tanta, puso los ojos en blanco. Según él, llamarse Damiano era lo más bonito que tenía. A mí me daban ganas de golpearlo cada vez que lo decía. Porque no era cierto.

—Tengo el bañador puesto —me advirtió Camila—. Quiero bañarme en el parque acuático.

—El Marsaskala no tiene parque.

—Pero si he visto el tobogán. Es enooorme.

—¿Y piensas bañarte en pleno octubre? —Sonreí y la hice dudar, pero mi hermana tenía soluciones para todo.

—Pues montaré a caballo. Y les daré de comer a los patos del estanque. Mamá me ha dicho que hay hasta cisnes.

—Anda, vamos, que el avión va a despegar —anunció Vera.

Dejé a mi hermana en el suelo y la vi echar a correr hacia las escalerillas del jet.

—¿Mi padre está dentro? —le pregunté.

—Sí, y ha empezado a beber pronto.

Eso bastó para advertirme de que lo mejor era evitar cruzar palabra alguna con él durante el trayecto. Era un avión bastante grande, pero no lo suficiente como para escapar de las gilipolleces de mi padre.

Entonces cogí aire y la miré de reojo. Vera solía mantener aquella mueca sonriente a medio camino entre la tristeza y el afecto. A veces, no sabía distinguir si era una cosa o la otra. Quizá ninguna, tal vez lo que predominara fuera la rabia de haber caído en las redes de un hombre cruel.

—¿Hablaremos después de esas marcas en las muñecas y del exceso de maquillaje? —le insinué.

—Es mejor que me creas torpe y coqueta.

—Eso me valía cuando era una cría.

—Regina. —Su voz sonó a lamento.

Le di un beso y la animé a caminar hacia el jet. De soslayo, vi que Damiano nos seguía. Se había quedado quieto y me observaba cabizbajo y meditabundo. Fruncí el ceño.

—Eh, ¿y esa cara? —Le pellizqué la mejilla.

Mi primo era bastante introvertido. Le costaba muchísimo

expresarse y solía aceptar sermones que no le correspondían con tal de evitar un enfrentamiento peor.

Desde que su padre había entrado en prisión preventiva, esa costumbre se había agravado. Yo sabía que temía a su tío, y más ahora que vivía bajo su techo, de modo que se pasaba el día obedeciendo y complaciendo todo lo que se le pedía. Quizá creía que de ese modo no le echarían a la calle.

En clase la cosa tampoco funcionaba, era el blanco de las burlas de sus compañeros. Estaba en esa edad en la que empezaba a sospechar que era demasiado diferente a los demás, pero todavía no conocía el porqué.

—¿Me lo vas a contar? —insistí.

—No quiero que te vayas. —Suspiró él antes de morderse el labio—. ¿Con quién hablaré cuando no estés?

Su gran sensibilidad le mortificaba y ni siquiera mi apoyo había sido suficiente, pero era lo único a lo que podía aferrarse. Temía que nuestro mundo no lo aceptara y terminara devorándolo como quizá haría conmigo.

—Pues llámame o ven a visitarme — le pedí mientras le cogía la cara entre mis manos—. Además, puedo volver cuando quiera.

Asintió con la cabeza. A sus doce años, le costaba aceptar que sus emociones y sentimientos no eran el problema, sino la gente que trataba de erradicarlos para imponer lo que ellos consideraban adecuado.

Yo solo quería que Damiano viviera la vida como quisiera. Aunque fuera bien lejos de aquella cloaca y de nosotros. Mi sacrificio también contemplaba esa posibilidad. Realmente era lo que ansiaba para él.

Le di un pequeño abrazo antes de subir al avión. Una vez dentro, tan solo crucé una rápida mirada con mi padre.

Un rato más tarde, abandonamos la península.

Mi abuela se pasó el vuelo a Porto Cervo durmiendo, a pesar de las alegres exclamaciones de mi hermana y de las interesantes respuestas de mi primo. Despertó en cuanto aterrizamos y pudo contemplar el exuberante paraje verde que nos daba la bienvenida.

Apenas tocó tierra el avión, empezó a parlotear sobre sus veranos en Mónaco. Razón no le faltaba cuando lo comparó con aquel lugar. Pero yo no pensaba que el pequeño principado, pese a su fabulosa riqueza, tuviera semejanza con aquel rincón del mundo.

Porto Cervo era el centro neurálgico de la Costa Esmeralda, uno de los puertos turísticos más importantes y ricos del planeta. Playas paradisiacas de aguas color turquesa, comercios de alta gama, ocio de lo más lujoso, mansiones que hacían enmudecer a quienes las contemplaban y otras que aportaban ese encanto digno de fotografiar. Todo ello diseñado para mantener la armonía en un territorio escarpado de bellas calles, grandes viñedos y magníficas campiñas.

Era un escenario que enamoraba a cualquiera, que embelesaba y cautivaba al primer vistazo. Y a partir de esa noche, el lugar en el que despertaría cada mañana. Lejos quedarían los barrios malogrados de Nápoles y el peligro que reinaba en la ciudad, su desidia y dependencia del crimen. El paraíso que ahora tenía ante mis ojos gozaba de la fortaleza necesaria para neutralizar los estragos del entorno en que me había criado.

Pero la perfección no existía.

Lo supe en cuanto empecé a vislumbrar la silueta del Marsaskala y el vasto territorio que lo acogía. Aquel resort era como un maldito oasis en medio del desierto. Engañoso pero irremediablemente magnético. La belleza de todo lo que habíamos visto hasta el momento quedó sepultada por su magnificencia.

Compuesto por cuatro villas interconectadas por enormes jardines y corredores exteriores de arcos, el recinto había sido diseñado usando como referencia las mansiones aristócratas de la Costa Azul con ciertas influencias griegas. Destacaban la fachada blanca, los grandes ventanales, las columnas dóricas, las escalinatas de mármol resplandeciente y la soberbia vegetación. Era tal su suntuosidad que hasta cortaba la respiración.

Percibí el influjo de los grandes palacios del continente. Las aspiraciones que se ocultaban tras aquellos muros casi parecían demenciales. Quien lo diseñó quiso que su propietario se sintiera un monarca capaz de conquistar cualquier cosa por imposible que fuera. Una especie de deidad apenas alcanzable.

Lo logró.

El Marsaskala no solo estaba reservado a los bolsillos más acaudalados, sino que disfrutar de sus placeres conllevaba formar parte de una exclusiva lista con años de espera. Nadie que no ostentara un poder capaz de influir en el destino de un país, o quizá de una guerra, pernoctaba en sus habitaciones. Tampoco nadie que albergara ciertos valores morales. Aunque eso, hasta el momento, no era más que una leyenda urbana.

Me suscitó miedo. Tal vez no fuera la descripción más adecuada de lo que sentí, pero se aproximaba bastante. Era una especie de repelús mezclado con la urgencia de escapar de allí y no regresar nunca.

Con el tiempo había aprendido que hasta las cosas más hermosas podían estar podridas por dentro. Y supe enseguida que ese lugar lo estaba, de raíz. Me lo dijeron mis instintos. Ser feliz allí dentro conllevaba enterrar los principios más dignos.

Tragué saliva.

Tras cruzar el acceso solo para personas autorizadas, la fila de vehículos se detuvo en la entrada junto a la fuente principal. Había escogido el último coche junto a Attilio. El chófer apenas nos saludó con un gesto de cabeza. En cuanto se bajó del coche, mi guardaespaldas me cogió de la mano como lo haría un hombre a punto de entrar en una guarida de hienas hambrientas.

—No olvides que estaré contigo —me recordó, y yo le miré casi desesperada.

Mi valentía había empezado a tambalearse y Atti supo cómo reforzarla. Por eso le sonreí como si estuviéramos ante una tarde cualquiera compartiendo un cigarrillo en el patio interior de mi casa.

—Que sepas que nunca me has hecho tanta falta como ahora —le aseguré refugiándome en aquella mirada tierna y traviesa que me regaló.

—¿Ni siquiera cuando estuviste a punto de despeñarte por las escaleras medio borracha?

Solté una carcajada.

—¿Por qué coño me has recordado eso? —resoplé—. Fue mi primera borrachera, y por entonces todavía creía que me casaría contigo.

Se inclinó hacia mí para que su respuesta no llegara a oídos ajenos.

—Ahora no dejarás de pensar en tus lloriqueos porque te vi las bragas.

—Puedes estar seguro, idiota.

Apoyé mi frente en la suya y cogí aire. Sí, todo sería mucho más fácil si me nutría de aquellos momentos junto a Atti. Pero no confiaba en que bastaran. No sabía si para los dos serían suficientes.

Alguien abrió la puerta.

El chófer enderezó su postura y clavó la mirada al frente como si fuera uno de esos guardias del rey de Inglaterra. No reaccionó al vistazo que me echó mi padre ni tampoco a la repentina arrogancia de la que hice gala cuando bajé del vehículo.

Atti me siguió y se colocó a mi lado. Eso lo convirtió en el receptor de la silenciosa rabia del bueno de Vittorio. Pero el joven no se amedrentó. En realidad, nunca lo había hecho.

—No le mires así —me quejé—. Ya no está a tus órdenes, y yo le prefiero a mi lado. Como un igual.

—Pero no lo es, y alguien debe recordárselo.

Esa maldita manía que tenía mi padre de sentirse superior a

los demás no dejaba de irritarme. Apreté los dientes y le devolví una mirada furiosa.

—Pues no serás tú —gruñí.

Quise alejarme de él. Tal vez un paseo a solas conmigo misma me hubiera ido bien. Pero solo pude recorrer un par de pasos hasta detenerme de nuevo como si me hubiera estrellado contra una pared.

Reconocí a la mujer que esperaba en la cima de la escalinata de mármol junto a varios hombres.

Saveria Sacristano.

Vestida de marfil, en perfecta armonía con el lugar. Cabello claro en un recogido elegante y funcional. Destacaban los diamantes que pendían de sus orejas y la postura de distinguida autoridad que había adoptado. A su lado, su hermano Ugo y su cuñado Massimo Berardi parecían meros lacayos, a pesar de su poderosa presencia.

Saveria no me quitó ojo de encima, ni siquiera cuando mi familia se acercó a ella para saludarla. Respondió amable y solemne. Parecía sincera cuando le sonrió a mi hermana y bromeó con mi abuela. Una cortesía con la que enseguida obsequió a todos los demás. Se le daba demasiado bien ser anfitriona, casi tanto como a sus parientes sonreír.

Atti apoyó su mano en mi espalda. El gesto buscaba darme valor y señalarme que debía acercarme. Después de todo, aquello tenía que ver conmigo, yo era la inevitable protagonista.

Cogí aire y avancé. Evité responder a los ojos de la señora forzando una sonrisa que no desentonaba con las demás.

—Bienvenidos al Marsaskala —dijo en cuanto estrechó su mano con la de mi padre—. Es un placer para nosotros teneros aquí. Nuestra familia estima mucho vuestro apellido.

—El placer es nuestro, Saveria —respondió papá con gran talante. Sabía cómo interactuar con la gente—. Debes de sentirte muy orgullosa de este lugar. Desde luego, es impresionante.

El apretón duró demasiado. Tanto como la mirada y la diplomática sonrisa que se regalaron. Estaban tan ensimismados el uno con el otro que no percibieron la incomodidad que despertaron en más de uno de los allí presentes.

—Me alegra oírlo, Vittorio —agradeció Saveria—. Todo esto es fruto de mis padres. Yo solo soy su sucesora y espero que pronto conozcamos a la futura generación que ocupará mi lugar. —Clavó la vista en mí.

Tragué saliva. Su maldita insinuación casi me cortó el aliento.

—Todavía es un poco precipitado hablar de descendencia, ¿no cree?

Me costaba imaginarme preñada de un hombre como Marco. Para ello debía pasar por su lecho y, a pesar de estar obligada a compartirlo con él solo para acallar las posibles habladurías, no estaba dispuesta a hacerlo desnuda.

A Massimo, mi futuro suegro, no le hizo gracia mi respuesta. Se le veía un hombre severo y tradicional, alguien poco acostumbrado a que le contradijeran y mucho menos que le desobedecieran.

Guardaba un gran parecido con su hijo, esa belleza gélida, algo más ceñuda en él por la edad y ligeramente más pronunciada. Marco gozaba de un encanto innato. Distante y ermitaño, pero inevitablemente seductor. Me había mostrado delicadeza y sus gestos no me resultaron amenazadores.

Sin embargo, Massimo Berardi me odiaba. Jamás lo diría con palabras, pero yo no era ninguna necia. Lo supe por la mueca que hizo con los labios y el modo en que sus ojos recorrieron mi cuerpo. Una mirada inquietante que no pasó desapercibida. Al menos no para mi padre, que carraspeó antes de hablar.

—Pues debo decir que eres una digna sucesora, Saveria. —Atrajo toda la atención sobre él—. Que no te quepa duda.

—Qué galante. —La señora sonrió.

Agaché la cabeza para coger aire con disimulo. Tenía muchas ganas de apretar los dientes y de cerrar con fuerza los puños. En ese tipo de situaciones me costaba mucho contener mis impulsos. Pero yo no estaba allí como un mero huésped. Iba a convertirme en la esposa del heredero. Así que debía actuar obediente, justo como mi padre me había pedido.

—Pero bueno, ¡¿y el novio?! —exclamó mi abuela provocando una sonrisa en los demás.

Suerte que ella fue capaz de aportar algo de naturalidad en todo el asunto.

—Está por llegar. Ese muchacho no para quieto —intervino Ugo Sacristano, que parecía encandilado con la anciana.

—Mientras tanto, ¿qué os parece si os mostramos el lugar antes de prepararnos para la recepción?

—¡Qué gran idea! —exclamó mi tía.

—¿Me permite la dama? —Ugo le ofreció un brazo a mi abuela y ella le sonrió encantada.

—Oh, por supuesto, caballero.

Ellos abrieron la comitiva. El gran vestíbulo provocó admiración en todos los invitados.

Era un espacio enorme rodeado de ventanales, esculturas y vegetación de interior, además de una fuente en el centro, a los pies de la gran escalinata principal. Conectaba con la ostentosa sala de descanso y recepción y el jardín interior, que podía verse tras las columnas que sostenían aquellos altos arcos sobre los que descansaba el balcón del segundo piso.

Ciertamente, parecía un hotel de lujo, de belleza exuberante y el omnipresente recuerdo de estar en un espacio destinado a grandes riquezas. Pero tenía cierto aire pretencioso similar a la corte de un reino. Quizá se debiera a los guardias y lacayos. O a su terrible insistencia en aislarse del mundo ordinario.

Yo parecía ser la única con los pies en la tierra. Incluso Vera sucumbió al hechizo. De pronto, me vi rezagada del grupo. Me había detenido a admirar los altos techos, que simulaban un edén celestial.

—Mi padre quiso replicar la capilla Sixtina. —La voz de Saveria me produjo un escalofrío. La miré fingiendo una sonrisa amable—. Contrató a medio centenar de artistas para la ardua tarea. Y lo logró, ¿no te parece?

Asentí, pero supe que advirtió mi miedo a compartir un momento a solas con ella. Los demás se habían alejado, solo quedábamos nosotras y unos guardias que se comportaban como si fueran simple atrezo.

—Regina Fabbri. —Mi nombre se prolongó en un siniestro eco.

Alcé el mentón.

—Señora Sacristano.

Esa dichosa mujer tenía los ojos más verdes que hubiera visto nunca y una belleza muy peligrosa. Era difícil saber en qué demonios estaba pensando. Si era capaz de transmitir semejante intimidación a los cincuenta y un años, no quise imaginar lo que había sido a sus veinte.

La Viuda Verde. La persona capaz de someter a cualquiera y manejar un legado destinado a los hombres. Lo que sea que Saveria hubiera hecho para lograr ser temida solo lo sabían unos pocos.

—Supongo que te ha llegado suficiente información sobre mí —comentó.

Esbocé una sonrisa. Se me daban bien las conversaciones que fingían ser amables. Era lo que tenía haber sido criada por una serpiente.

—Digamos que tengo la necesaria, por el momento.

—Entonces sabrás que Dios no me bendijo con hijos, a pesar de la robustez de mis difuntos esposos. Ni siquiera me valió pasar las horas rezando. Mi querido padre falleció sin poder coger al hijo de su primogénita en brazos.

Fruncí el ceño. No entendía qué quería decirme.

—Lo lamento...

—Por eso he vertido en mis sobrinos todo el amor que guardo como madre infértil. Marco es como un hijo para mí. Mi querido muchacho de astucia afilada. Mi heredero. —Sonreí. Ahora sí que lo entendía—. Aunque todavía falta, algún día no estaré aquí y será él quien maneje los hilos de este imperio, lo que tendrá repercusiones para ti, su señora, una digna consorte. —Recogió un mechón de mi cabello y me lo enroscó en la oreja. Había adoptado una mueca de fingida amabilidad—. Te sugiero que cuides bien el tipo de esposa que serás para él.

Se me erizó la piel al verme reflejada en sus pupilas. Notaba una extraña debilidad, me sentía pequeña ante su escrutinio. Pero, a pesar de las ocasiones en que seguramente debería enfrentarme a esa sensación, no iba a ponérselo fácil. No permitiría mostrarme ante ella frágil o acorralada. Ella me necesitaba. Tanto como yo a su sobrino.

—Qué curioso —ironicé—. No esperaba que las amenazas entraran en la ecuación cuando apenas he puesto un pie en este lugar.

—¡Oh, no, querida! —exclamó—. De ser una amenaza lo sabrías, créeme. Esto solo es una cordial conversación entre la preciosa novia y la matriarca de tu nueva familia. Es bueno dejar claro el lugar que ostenta cada uno desde el principio.

Nos sonreímos.

—Entonces, gracias por esta nueva información. Me será de lo más útil.

—Eso espero. —Señaló el corredor que llevaba al jardín interior—. ¿Vamos?

—Preferiría descansar, si no le supone un problema.

—Por supuesto. —Miró a uno de sus lacayos—. Morelli, acompaña a la señorita a sus aposentos. —A continuación, me regaló una nueva sonrisa—. Nos vemos en la recepción, querida.

—Descuide.

Se alejó con paso firme contoneando las caderas, tan segura de sí misma que aturdía. Esa condenada mujer aspiraba a reinar en Nápoles. Y podría lograrlo. Tenía la fortaleza y ferocidad necesarias para ello.

Me centré en el lacayo. El tipo, que no era mayor que yo, ni siquiera se molestó en dirigirme la palabra. Solo miraba hacia atrás de vez en cuando para cerciorarse de que le seguía.

Attilio se colocó a mi lado en el ascensor. Jugueteó a acariciarme los nudillos con la punta de sus dedos. Toques furtivos y disimulados. Sabía tan bien como yo la inquietud que se me había asentado en la boca del estómago. Estaba acostumbrada a manejar ciertos grados de tensión. Pero aquello era diferente. Amenazaba con peligros mucho más serios que recibir un empujón o un bofetón.

El ascensor tintineó al llegar a la quinta y última planta. Atravesamos el vestíbulo y el asistente de Saveria nos guio por el amplio pasillo que salía a la derecha. No se detuvo hasta alcanzar el umbral de una robusta y labrada puerta de doble apertura. Introdujo una tarjeta en el lector de la cerradura y abrió con los ademanes de quien admira haber sido criado para la servidumbre.

Accedí al interior. Me incomodaba tanto protocolo, pero estaba claro que tanta pomposidad iba en consonancia con el lugar. Aquella habitación no era una suite tradicional, sino un maravilloso ático con vistas al mar y al campo de golf.

Habían abierto los ventanales por los que se colaba una brisa fresca que pronto me erizó la piel. El aroma a sal se entremezclaba con una sutil esencia floral, fruto quizá de la ingente cantidad de ramos de flores repartidos por la sala principal.

También habían dispuesto un aperitivo, con champán y vino. Un entorno de ensueño en tonos blancos y ocres de estilo clásico mediterráneo.

Atti intentó seguirme, pero el tipo le detuvo interponiéndose en su camino.

—Usted no...

—¿Es esta mi habitación? —le interrumpí arrogante.

—Sí, señora.

—Pues yo decidiré quién entra en ella. —Le desafié con la mirada a que me respondiera.

Pasados unos segundos, el hombre asintió con la cabeza.

—Gracias, Morelli, puede retirarse.

Lo hizo, seguramente hostigado por las ganas de hablar con su jefa y comunicarle que había permitido la entrada a mi guardaespaldas. Pero me importaba un carajo.

Cerré los ojos un instante, puse los brazos en jarras e incliné la cabeza hacia atrás. Determinar cómo me sentía era casi tan complejo como intentar respirar sin que me aturdieran las ganas de gritar.

De repente me encaminé hacia el dormitorio.

—Regina.

—Dame un momento, Atti.

Cerré la puerta y me apoyé en la madera. No esperé a sentir el resquemor de unas lágrimas. Evité derramarlas, era demasiado pronto y me creía demasiado orgullosa. Se me había enseñado que la inseguridad era un rasgo despreciable y me consideraba una mujer fuerte y capaz. Valiente y decidida.

Podría soportar aquello.

O eso había creído. Hasta ese momento.

La decadencia había empezado mucho antes de lo imaginado y con ella todas sus aliadas. Una soledad e incertidumbre extrañas que se enredaban en mis entrañas.

Y la decepción.

Esta fue la última en unirse.

No había aparecido antes porque hasta ese momento no parecía necesaria o importante. Pero allí estaba. Dominando mis dudas. Anunciándome de súbito que algo dentro de mí había deseado hasta el último instante ser protegida por los suyos.

No era mi obligación ni mi responsabilidad salvaguardar el estatus y la comodidad de mi familia. Me entregaba porque quería hacerlo, porque no confiaba en nadie más para lograrlo. Sin embargo, había creído que esto sería más importante que tener grandes mansiones y una gran fortuna. Y no culpaba a nadie, solo a mí misma, pero tenía miedo, y esto no le importaba a nadie.

Debí de llorar. Lo sospeché cuando me senté frente al tocador y clavé la vista en mi reflejo en el espejo.

Tenía veintidós años. Me habría encantado ir a la universidad, conocer gente nueva, recorrer el mundo, encontrar un trabajo. Abandonar Nápoles. Independizarme. Vivir en un bonito apartamento en el centro de Roma. Soñar despierta sobre ese amor épico que jamás encontraría y que no dejaría de buscar en los ojos de mis amantes. No confiaba en estar diseñada para ser amada. Y ahora lo creía más que nunca.

Maldita la hora en que mi padre se creyó invencible. Y maldito también el momento en que me creyó capaz de resistir lo que me viniera impuesto.

9

REGINA

Attilio llamó a la puerta del dormitorio cuando la noche ya se había asentado en el cielo y las estilistas habían abandonado el lugar. Me encontró mirándome en el espejo de pie del vestidor, ataviada con el vestido y las joyas que habían seleccionado para mí.

Era una prenda de alta costura, una falda liviana algo ceñida a las caderas con una apertura que acariciaba mi muslo izquierdo y el cuerpo con escote corazón y mangas *bardot*. Una pieza que definía muy bien las curvas y desprendía una elegante sensualidad coronada por el collar de diamantes que lucía al cuello.

—Odio el azul —le aseguré a Atti observando su reflejo detrás de mí.

—Pues estás espectacular —confesó.

Sabía lo que estaba viendo, a una mujer hermosa pero también desdichada. Y no soportaba que precisamente Atti fuera tan consciente de eso. La mentira se tambaleaba por momentos.

—Solo falta que me digas que va a juego con mis ojos y todas esas chorradas —bromeé al tiempo que me encaminaba hacia el salón.

Necesitaba una copa antes de bajar e interpretar mi papel.

—Va a juego con tus ojos y destaca tu cabello rubio, además de tu preciosa figura. Pero también enfatiza tu hostilidad.

Lo miré de reojo.

—¿Esa es tu forma de aconsejarme que cuide mis modales?

—Que los reserves para momentos más adecuados.

Era un buen consejo. El verdadero sacrificio estaba en aplicarlo con el consentimiento de mi insolencia.

Me serví una copa y la vacié de un trago antes de apoyarla sobre la mesa. Fuera, las olas se estrellaban contra las rocas. Su rumor me puso aún más nerviosa. Odiaba el mar. Más incluso cuando era de noche.

—Soy una estúpida —murmuré con la vista clavaba en el exterior—. Creí que podría, pero... ahora ya no estoy tan segura.

Apenas unos segundos después sentí sus manos sobre mis hombros desnudos. Ejercieron la fuerza precisa para erizarme la piel.

—Pídemelo, y tendré un coche en la puerta esperándote a medianoche —me dijo bajito, pegado a mi oído.

Tragué saliva. De todas las ocasiones en que había tratado de convencerme, aquella fue la que más cerca estuvo de lograrlo. Realmente quise decirle que me llevara bien lejos de todo. Quizá también rogarle que me devolviera los sentimientos que una vez tuve por él, cuando las cosas eran un poco más sencillas.

Pero los dos sabíamos que nada de aquello era posible a esas alturas.

Así que le sonreí y le pedí en silencio que me diera un abrazo. La puerta sonó antes siquiera de poder sentir su pecho contra el mío.

—¿Se puede? —preguntó una joven antes de asomar la cabeza y desvelar un rostro de lo más tierno y ruborizado.

Su figura alta y desgarbada, envuelta en un precioso vestido rosa de crepé, se deslizó tímida por la entrada y esperó a que yo le permitiera avanzar un poco más.

Asentí mientras contemplaba el modo en que se estrujaba las manos. Aquellos ojos verdes me indicaron rápido que era pariente de Saveria, pero no albergaban la dureza de aquella. Tenía una mirada más dulce y amable. Más benévola.

Forzó una sonrisa. No iba dedicada a mí, sino a Attilio, que la observaba como si fuera la maldita aparición de algún dictador. Su reacción me llamó la atención, porque él nunca solía mostrar una opinión de forma tan descarada.

Esto provocó un silencio incómodo e innecesario. Fuera quien fuese la chica, soportó el escrutinio con algo más que timidez. La vi tragar saliva y desviar la vista cuando ya no pudo resistir la influencia de los ojos castaños de Atti.

Fruncí el ceño y le di un codazo.

—Estaré fuera —espetó él y abandonó el lugar como una exhalación dejándonos a las dos un poco asombradas.

No había razones aparentes para marcharse así. Quizá había intuido algo que yo fui incapaz de advertir.

—Hola —le sonreí.

—Hola. No pude recibirte a tu llegada. Me sentía un poco indispuesta.

Avanzó un poco más. Seguía estrujándose las manos y le temblaba la voz.

—¿Te sientes mejor? —inquirí.

—Creo que sí. —No me convenció, pero lo dejé pasar—. Me llamo Nora Sacristano. Tú debes de ser Regina, ¿cierto?

—Así es.

Señaló mi aspecto con una preciosa sonrisa.

—Vaya, mi primo estará muy orgulloso. Eres preciosa.

Yo también me eché a reír.

—Bueno, tu primo es bastante peculiar, pero no creo que orgulloso sea el sentimiento más acertado. Aun así, gracias. De verdad.

No entendí bien por qué, pero aquella chica me transmitió la misma soledad de la que yo había sido presa hacía unas horas. Del tipo de soledad que se pega a la piel y no se puede desprender. Llega bien hondo, al alma, y se afianza en ella hasta convertirse en el elemento principal.

Esa soledad que habitaba en ella no era nueva, sino una vieja compañera que lentamente la había ido atrapando.

—Lo sé todo e imagino por lo que estás pasando —me aseguró. Enseguida alzó las manos y negó con la cabeza—. No quiero sacar el tema, de verdad. Solo lo digo porque me gustaría ofrecerte mi apoyo. La vida aquí es aceptable si miras hacia los lugares adecuados, pero alguien debe mostrártelos.

Había empleado palabras muy atractivas, pero escondían realidades muy ruines.

—¿Y vas a hacerlo tú? —pregunté y Nora se encogió de hombros.

—Si no te parece mal.

Se acercó a la mesa y llenó dos copas de champán. Las cogió y me ofreció una.

—Esto ayuda.

Sonreímos tristes, pero cómplices.

—Creo que nos llevaremos muy bien, Nora.

MARCO

La recepción tenía por objetivo convencer a los socios y miembros de la cúpula del Marsaskala que se mostraban más escépticos ante la unión entre los Sacristano y los Fabbri.

Aunque el apellido Fabbri importaba poco.

El recelo nacía de la procedencia de dicha familia y de las recientes ambiciones de Saveria de imperar sobre una tierra de bestias.

Nápoles jamás había tenido influencia en Cerdeña. En realidad, ninguna mafia de la península había logrado ejercer su poder sobre los negocios de la isla porque esta tenía sus propias costumbres y normas. Nunca nadie se había atrevido a cambiarlas o intervenir en ellas porque los sardos de alto rango apreciaban demasiado las millonarias ganancias que el Marsaskala procuraba a la zona, además de su buena fama.

Éramos tan criminales como los demás e incluso un poco más cuestionables, pero bien disfrazados de altos cargos y con la reputación digna de las personalidades que habían dedicado toda su vida al buen hacer de la administración pública y en favor de la comunidad. Convertimos nuestra costa en el lugar prominente que era hoy en día. Algo que las vulgares fieras de los sicilianos, la Camorra o la 'Ndrangheta no habían logrado.

Sin embargo, esa férrea convicción de aislarnos de la podredumbre de la mafia italiana tradicional no impedía que tuviéramos tratos con sus miembros. Los calabreses eran con quienes mi padre más intimaba. Concretamente, con Bruno Di Maggio, el jefe de una de las siete familias que dominaban la región de Calabria. Nos aportaba una jugosa cantidad de beneficios gracias a su exportación de esclavos del este. Los aislaba en su residencia situada en la irónica Capo Vaticano y jamás pedía explicaciones sobre la finalidad del asunto. Tan solo cobraba. Y muy bien.

Fue al primero que vi, el único invitado ajeno a nuestro universo, y me asombró descubrir que estaba hablando con el presidente sardo, Mario Laforte, como si fueran amigos de la infancia.

Mafia y política.

Nunca se sabía dónde empezaba una y dónde terminaba la otra.

Saveria solo había invitado a las figuras más prominentes de entre los mencionados escépticos. Unas cien personas repartidas por el jardín principal disfrutaban de un evento que tan solo era el aperitivo de la que iba a ser la boda más notable del año en la región.

Habían decorado el entorno a juego con la ceremonia que tendría lugar en el recinto más próximo al campo de golf, ya que podría albergar a los casi mil invitados.

Sin embargo, aquello no tenía nada que envidiar a la celebración principal. Mi tía había ordenado que su diseño fuera tan sofisticado como deslumbrante. Y desde luego que lo había logrado. No faltaba ni un mísero detalle para que el ambiente fuera un sueño hechizante. Quería agasajarlos con aquello que más les gustaba, el lujo y la pomposidad, para que después no discreparan y lanzaran rumores de inestabilidad.

Saludé a varios invitados: alcaldes, promotores, empresarios. Me felicitaban por el inminente enlace fingiendo sonrisas que más bien ocultaban ciertas ganas de darme el pésame. Quizá pensaban que contraer matrimonio con una napolitana me convertiría en pasto para las alimañas. Era muy curioso que me tuvieran en tan alta estima.

Evité mezclarme demasiado y caer en conversaciones estúpidas. Alcancé la barra que habían situado junto al estanque y me rezagué lo suficiente como para pasar desapercibido.

Debería haber ido a saludar a mi familia e interactuar, como Saveria me exigía siempre. Era fácil para ella decirlo, se le daba muy bien el arte de encandilar a sus interlocutores. Pero a mí me torturaban el contacto y la banalidad, mucho más si les acompañaban sonrisas y galanterías.

A pesar de ser uno de los protagonistas de la noche, quería reservar mis energías para el terrible momento que acontecería en apenas dos días. Una maldita boda que me pondría en el centro de atención de todo el mundo.

Cogí una copa de las bandejas que había dispuestas. Me la bebí y la cambié por otra antes de contemplar la exuberante vegetación.

Arrodillada a orillas del estanque había una chiquilla vestidita de blanco. Jugueteaba a lanzar migas de canapés al agua con la esperanza de que se le acercaran algunos patos.

Habría sonreído de no ser por el empujón que recibí. El traspié hizo que el champán me salpicara los zapatos al tiempo que un brazo se enroscaba en mi cuello. Tuve que hacer malabarismos para no alejarme y mandar al carajo a mi hermano. Solo él se atrevería a tocarme de ese modo.

—¡Al fin aparece el hombre más importante de la noche! —exclamó con una de sus sonrisas.

—No te favorece nada cuando intentas hacerte el gracioso, Sandro —me quejé adecentando mi chaqueta.

—Creía que lo era de forma natural.

—Otra cosa más en la que discrepamos.

Mi hermano y yo éramos polos opuestos condenados a aceptarse. Su carácter irreverente, libertino y controvertido lo arrastraba continuamente al escándalo. Pero con el tiempo todo el mundo aceptó que era el descarriado de la familia, y ya tampoco importaba que disfrutara con tanta efusividad de los placeres de la vida, siempre y cuando mantuviera el tipo en los momentos más oportunos y evitara dejarse fotografiar por las personas menos adecuadas.

A veces me hubiera gustado ser más como él porque le reían todas las gracias, a pesar de la gravedad que conllevara, y no tenía que forzarse en aceptar y acatar los deseos de la familia. No era el despiadado heredero que el Marsaskala necesitaba y, sin embargo, habría cambiado mi lugar con él con tal de lograr que me dejaran tranquilo.

—Vamos, Marco, sonríe por una puta vez en tu vida y háblame de tu esposa —comentó resignándose a romper el contacto conmigo—. Acabo de llegar de Milán y todavía no la he visto.

Miré alrededor y fruncí el ceño. Yo tampoco me había cruzado con Regina.

—¿Dónde está? —quise saber.

—Tiene tu costumbre de hacerse de rogar —se mofó—. He conocido a su madre y, créeme, me la follaría aquí mismo, delante de todos estos gilipollas.

Tuvo la decencia de bajar un poco la voz.

—No es su madre, y te ruego que te comportes por una maldita vez como un ser humano corriente. —Pronuncié las palabras con la esperanza de contener un poco su energía.

—¿Es que acaso lo somos, querido? —dijo asombrado—. Nah, qué va. Lo corriente está sobrevalorado. —Alguien carraspeó—. ¡Ah, sí, lo olvidaba! Esta es Martina Satta, la modelo revelación de la Semana de la Moda milanesa.

Me aturdió no haberme percatado de su presencia. La joven estaba justo detrás de él y vestía una prenda un tanto descocada para la ocasión. Me sonrió y me tendió la mano tratando de exhibir su pronunciado escote.

—Encantado —me limité a decir.

—Igualmente.

La mirada que me regaló me incomodó bastante, prometía placeres demasiado lascivos. No podía imaginar lo lejos que estaba de satisfacerme.

Se colocó de nuevo detrás de mi hermano al tiempo que este volvía a apoyarse sobre mí para susurrarme al oído:

—Dieciocho años y la chupa como si no hubiera un mañana. Puedo decirle que suba a tu habitación, tienes cara de necesitar una buena mamada.

Me asombró poco que fuera tan descarado. Le miré escudriñador.

—¿Cuánto te has metido? —inquirí antes de recibir una de sus sonrisas.

—Lo suficiente para soportar tanta pedantería. Son todos unos aburridos.

Para él, todo era aburrido si no había gente dispuesta a follar, estupefacientes y alcohol. Lo que a Sandro le gustaba estaba más cerca de las bacanales más anárquicas y del salvajismo humano.

—Procura que papá no se dé cuenta —le sugerí—. Eres demasiado ingrato cuando se trata de molestar.

—En eso estamos de acuerdo.

La voz de Massimo Berardi nos desconcertó a los dos, pero Sandro manejó su reacción con mejor talante. Supuse que el hecho de tener público le contenía de sentir miedo.

—¡Padre! —Le dio un par de besos.

De pronto, se respiraba la tensión y recordé la férrea costumbre de quitarse el cinturón que mi padre tenía cuando éramos unos críos. Sandro probó el cuero mucho más que yo.

—Ve a saludar a tu madre y compórtate.

No tardó en obedecer. Se aferró a su nueva chica y ambos se alejaron de allí entre sonrisas y arrumacos mientras yo soportaba el análisis de mi padre.

—Has tardado —espetó a modo de saludo.

Entorné los ojos. Cuánto me hubiera gustado hundir su cabeza en el estanque. Me parecía muy interesante la reacción que tendrían los invitados al ver su cuerpo flotando en el agua.

—He estado intentando solucionar el error de seguridad del Verkhovnyy —me obligué a decir volviendo la vista al frente.

—¿Durante todo el día? Te esperábamos para la bienvenida.

Su voz sonaba a desafío, y no quise rechazarlo.

—¿Suelen escaparse esclavos de las dependencias de una vulgar orgía?

—No lo llames así —gruñó—. No se pueden juzgar los deseos de la gente.

Massimo Berardi era un canalla. Todo el mundo lo sabía. En especial, mi madre, que a fuerza de la costumbre había aprendido magníficamente bien a desaparecer cuando los caros licores que su esposo consumía desinhibían su vena más sádica y torturadora.

Mi padre era una versión perfeccionada y mucho más elegante de mi hermano. Adoraba la cultura de Marsaskala casi tanto como odiaba que una mujer lo administrara. Pero había sabido aceptarlo en cuanto Saveria lo contentó con un detalle al que jamás podría negarse: someter a la gran señora en la alcoba.

Que mi tía y mi padre eran amantes se había convertido en un secreto a voces. Que las intenciones de la primera eran mucho más perversas que el simple deseo solo lo sabía yo. Convencer a un hombre de la influencia de su poder era tan sencillo como abrirse de piernas.

Y en más de una ocasión me encontré preguntándome por

qué demonios no detestaba que una parte de mi familia estuviera tan revuelta y la otra mirase hacia otro lado. Que mi madre no hiciera nada y solo prestara atención a los caprichos más caros, porque el dinero era su religión.

Sí, mi familia estaba podrida y no podía importarme menos.

—Sobre todo si producen dinero —rezongué tan desafiante como él, pero con un toque de ironía—. Pero deberías decirle a tu querido cuñado que llevar a cabo ese tipo de eventos lejos de su lugar natural acarrea demasiados inconvenientes. Como este, en que debo justificar dónde cojones he estado para que mi padre no me sermonee.

—¿Y lo has encontrado?

—Todavía no.

—Todavía, dices. —Se mofó. Dudaba a menudo de mis habilidades porque envidiaba hasta a su propio hijo.

Alcé las cejas y torcí el gesto.

—¿Alguna vez he cometido un error?

—Hablarle a tu padre como si fuera un mero empleado lo es.

Por el tono en que lo dijo supe que ya había bebido de más y no le importaría dar un espectáculo de lo más dantesco.

—Lo lamento —me resigné—. No ha sido un buen día.

—Y acaba de empeorar —gruñó.

Entendí qué quiso decir al ver a Regina.

Su llegada atrajo la atención de todos los presentes. No solo por quién era, sino también por su irresistible belleza. Estaba impresionante y sus movimientos y sonrisas no hacían más que constatarlo. Casi parecía flotar en esa marea de cabello trigueño y ese vestido azul índigo que le daba un aspecto frágil y poderoso al mismo tiempo.

Provocó cuchicheos y exclamaciones conforme se mezclaba con la gente. Despertaba interés y atracción inevitablemente. Nadie había imaginado que la ordinaria napolitana estaría tan cerca de ser una diosa nórdica.

Entonces, me miró.

Ni siquiera me buscó, dio conmigo por puro instinto. La distancia entre nosotros no disminuyó el impacto. Nos clavamos la mirada como cómplices afines y como verdugos de la vida del otro.

Supimos que podíamos convertimos en el único elemento que nos mantuviera a flote en aquel mar de elegantes alimañas hambrientas. Pero también en una maldita perdición que nos hundiría en el agujero más hondo.

Y por primera vez me dejé atrapar por lo que parecía una emoción. Sentí su cosquilleo y una especie de alarma. Aquella mujer desordenaría mis entrañas. Me convertiría en una vorágine de odiosas sensaciones.

Debía empezar a odiarla en ese mismo instante. Pero hacerlo suponía sentir y, con ello, admitir que detestaba la idea de saber que estaba expuesto a Regina Fabbri.

—Es hermosa. Demasiado hermosa —mascullló mi padre, anonadado por la presencia de la joven, que ahora estaba junto a su padre rodeada de invitados.

—¿Desde cuándo la belleza es un problema para nosotros, papá? —dije sin más.

—Lo es cuando supone un peligro para nuestro imperio.

Fruncí el ceño. Ignoraba que una mujer bella pudiera suscitar un sentimiento tan alarmante.

—¿A qué te refieres?

—No sabe obedecer. Por más que lo intente —confesó señalándola—. Obsérvala, se mueve con arrogancia. Sonríe con amabilidad, pero es insolente y desafiante. Juzga cada centímetro del suelo que pisa.

Lo que yo veía, en cambio, era un astro que no ambicionaba atención, pero que la atraía sin remedio.

—¿Se lo has dicho a Saveria? —pregunté y le di un sorbo a mi copa.

—Tu tía está demasiado obcecada con su nueva aspiración. Ignora que Nápoles se la comerá viva.

Aunque odiara admitirlo, en eso estábamos de acuerdo.

De repente, mi padre me encaró impidiéndome disfrutar de la panorámica del jardín. Al mirarle a los ojos, temí que pudiera hurgar en mi mente.

—Las dudas son el peor enemigo de un hombre, Marco —me aseguró erizándome la piel—. Sentirlas ya es un error, pero procura no manifestarlas. Mucho menos si tu esposa proviene de una cloaca.

10

REGINA

Me había convertido en una especie de alimento para ganado. Todos querían coger su pedazo de atención para poder presumir de que, por un instante, estuvieron en el punto de mira de la zorra ávida de poder.

Jamás mencionaron nada con palabras, ni siquiera con muecas o insinuaciones. Era algo más oculto, casi imperceptible. Una mezcolanza de miradas severas, asqueadas y despectivas que pronto se convirtieron en una maldita losa que apenas me dejaba respirar.

Aun así, creí que podría soportarlo. Ya me había preparado para la situación. Aquella gente pertenecía a un grupo muy exclusivo y privado. Se habían hermetizado y valoraban muy bien quién pasaba a formar parte de ellos. No querían escoria a su lado. Y yo lo era. En su peculiar y estricta forma de pensar, Nápoles era pura escoria.

Permití que me cuestionaran en silencio, que me analizaran sin pudor. Mi padre me exhibía, lo encajó bien. Era muy curioso que a él le hubieran aceptado ostentando el papel del progenitor. La verdad es que solía caer bien, encandilaba a la gente y sabía qué decir en cada maldito momento.

Vera lo acompañaba. De vez en cuando me regalaba una sonrisa de ánimo. Esto me ayudaba, igual que las carantoñas con las que mi tía Mónica me obsequiaba cuando se podía permitir dividir la atención entre su suegra y yo.

Pero fue en Attilio en quien me refugié cuando todo me parecía insoportable. Rezagado en el linde del jardín, como el resto de los guardaespaldas de la zona, él respondía con una sutil mueca cada vez que yo lo miraba.

—¿Debería preocuparme?

Miré de súbito al frente para toparme con el severo rostro de Massimo Berardi, que parecía querer arrancarme la piel. Tragué saliva.

—Oh, ¿cómo dice?

Hizo una mueca de desagrado que más bien dedicó a Attilio y alzó el mentón para reforzar su poderosa presencia a solo unos centímetros de mí. A unos metros de distancia, reconocí a su esposa que, rodeada de hombres y alguna que otra mujer, no dejaba de reír a carcajadas. Me resultó muy curioso que el matrimonio apenas hubiera compartido espacio en toda la noche.

—Es de locos pensar que la fidelidad está estrechamente ligada a la mujer. Es lo que un hombre espera y lo mínimo que debe recibir, pero no siempre lo obtiene. Aun así, debería ser una exigencia, ¿no crees? —terminó susurrando.

Apreté los dientes con disimulo. Odiaba que la represión adquiriera formas tan cordiales. Ese hombre disfrutó de mi aturdimiento engulléndome con una mirada indecente. También puso a prueba mi astucia para captar el verdadero significado de lo que acababa de decir y le satisfizo muy poco descubrir que me sentí asqueada, pero también con muchas ganas de morder.

—Quizá sí, en ambos sentidos.

—¿Y desde cuándo una mujer tiene semejante autoridad?

Entorné los ojos y sonreí altiva.

—¿Eso no debería preguntárselo a su cuñada, señor Berardi? —contraataqué al tiempo que Saveria hacía tintinear su copa con una cucharilla.

—Me gustaría robar un poco de vuestra atención —anunció cortando así la incómoda conversación que su cuñado y yo manteníamos.

Enseguida, los invitados formaron un semicírculo en torno a la plataforma colocada en un rincón del jardín. Saveria se había subido a ella y mostraba una arrogante sonrisa.

—Quienes estáis aquí formáis parte de un todo esencial para nuestros días. Un todo que pertenece a esta tierra que es nuestro hogar. —Comenzó solemne, tan convincente que por poco olvidé de lo que era capaz toda esa gente—. Me satisface ver que todavía confiáis en el buen juicio del legado que represento. Para el Marsaskala, la relación con los Fabbri supone un avance extraordinario en nuestras aspiraciones. Una alianza que atraerá más fortuna a nuestra isla y mayor reconocimiento. El poder para el que hemos nacido.

Observé cómo los asistentes cayeron presos del encanto de Saveria y asintieron mirándose entre sí como si hubieran tenido elección. No sospechaban que esa odiosa mujer había ejercido una extraordinaria manipulación sobre ellos. Así que, si todavía quedaba algún escéptico, ahora sería una maldita minoría sin importancia.

—El sábado es un gran día —prosiguió y señaló a Marco, que se acercaba al meollo caminando con sigilo.

Habíamos estado observándonos de reojo, pero siempre a una distancia muy prudencial el uno del otro.

—Mi querido sobrino hará realidad esa ilusión contrayendo matrimonio con Regina Fabbri, de quien no puedo estar más orgullosa por su buen gusto y elegancia. Por ser la compañera perfecta de Marco.

Me contuve de resoplar al recibir algunas miradas, sin saber que Saveria nos hablaría a Marco y a mí únicamente.

—Sé que ambos os convertiréis en el equipo perfecto que alcanzará cualquier cima, por alta que sea. Y sé también que durante la boda diré palabras similares, así que voy a poner fin a este discurso antes de que empecéis a odiarme por pesada. —Se oyeron sonrisas y exclamaciones—. Disfrutad, mis queridos amigos.

La orquesta recuperó la pieza que estaba tocando antes de la interrupción. Algunas parejas se animaron a bailar mientras los demás proseguían con sus tertulias y las degustaciones.

Entonces, me sobrevino un escalofrío. Massimo se había pegado a mi espalda. Percibí su total cercanía y la inapropiada presión de sus dedos sobre mis caderas.

—Ella manda y ordena —me susurró al oído—. Pero tu misión aquí se reduce a ser el juguete de mi hijo. No olvides tu posición.

Un fuerte temblor me recorrió el cuerpo y observé estupefacta cómo ese horrible hombre se alejaba de mí con una mueca de ácido orgullo.

Me quedé allí plantada, a solas, analizando con detalle lo lejos que me hallaba de sentirme cómoda. Estaba rodeada de muchos desconocidos que me regalaban sonrisas cordiales, pero que enseguida viraban la cabeza para soltar algún comentario incisivo a su grupo de turno.

Me importaba un carajo lo que pensaran de mí, esa era la verdad. Pero tenía ganas de desaparecer y olvidar lo mucho que mi familia estaba disfrutando. Si alguno de ellos padecía, desde luego sabía disimularlo.

Sin embargo, qué podía esperar. Yo era el problema. Ellos solamente se habían adaptado a las circunstancias. No estaban allí para opinar sobre si les agradaba o no formar parte de aquella élite. Eran la élite, esa era la realidad.

Y yo había caído en mi propia trampa, esa que confeccioné para asegurarme de que podía enfrentarme a cualquier cosa y que había terminado convirtiéndose en una maldita carga que me hostigaba.

De pronto, alguien me ofreció una copa. Miré a un lado y me topé con un bonito rostro sonriente. Ojos canela, cabello castaño claro y un atractivo similar al de Marco, pero mucho menos cautivador.

—Por si te sirve de consuelo, a mí también me aburren estas

fiestas —dijo al tiempo que yo aceptaba la copa de champán y el pequeño brindis.

—Tú debes de ser Sandro, ¿cierto? —Sonreí.

El hombre le dio un sorbo sin quitarme los ojos de encima y ensanchó su sonrisa.

—Encantado, preciosidad. —Cogió mi mano y besó el reverso—. Soy quien puede procurarte toda la diversión.

Eso me pareció al detectar sus pupilas dilatadas y la sutil capa de sudor que perlaba su frente.

Sandro era guapo, muy por encima de la media. Además, disponía de un físico bastante atrayente y estaba en forma. Buenos muslos, buen trasero, brazos definidos, hombros elegantes, pecho firme. Era el típico tío con quien seguramente habría compartido una noche de excesos. Su mueca insolente prometía locuras a las que no me hubiera negado días atrás. Daba igual ese lenguaje de pura perversión que trasmitía.

Imaginé que Sandro no indagaría, que no le preocuparía nada que tuviera que ver conmigo, más allá de estar desnudos sobre una cama perdiendo la cordura. Me arrancaría de cuajo cualquier cosa que tuviera que ver con la realidad. Haría de mí un cuerpo a merced de su degeneración. Porque también intuí que no sabía dar placer sin convertirlo en algo depravado.

No lo deseaba. No me atrajo. Simplemente me invitó a imaginarme un poco más atrapada en toda aquella vorágine carnívora que me rodeaba y que tan bien se ocultaba tras las luces, la opulencia y la influencia de sus apellidos.

Había algo sórdido y cínico bajo todos aquellos elementos. Algo que no se podía decir en voz alta, que no se podía explicar y que solo se podía exhibir en la más estricta oscuridad.

—Al parecer lo necesitas —me dijo.

—¿El qué?

—Divertirte. —Se acercó un poco más a mí como si quisiera compartirme un funesto secreto, y clavó los ojos en mi escote y mi boca—. Sí, creo que sí.

Se me despertaron las ganas de huir. Bastaba con una sonrisa, una despedida ingeniosa y dejar que mi cuerpo oscilara hacia la salida más cercana.

Pero vi a Marco.

Sorteaba a los grupos de personas, evitaba sus conversaciones con una mueca amable y su habitual ceño fruncido. Destacaba entre la gente y lo que más me aturdía era que le daba igual lo hermoso que resultaba ataviado con aquel esmoquin.

En unas horas me convertiría en su esposa. Las solteras de la sociedad me odiarían y yo tendría que aprender a convivir con ese bello rostro impertérrito y ese codiciado cuerpo gélido.

—Sandro —espetó al alcanzarnos.

Pero su hermano ni siquiera se molestó en mirarlo. Tan solo lo señaló.

—Este, en cambio, es un verdugo de los placeres —me aseguró—. Tiene la habilidad de fastidiar el ambiente de inmediato.

No percibí que su actitud variara, pero Sandro supo leer muy bien la situación, y levantó las manos.

—Está bien, ya me callo. Nos vemos, Regina. —Me dio un beso en la mejilla y se alejó antes de que Marco ocupara su lugar.

Era la primera vez que compartíamos espacio esa noche, así que atrajimos la atención de varios invitados.

—¿Me dejarás advertirte sobre él? —inquirió rozando mis nudillos antes de arrebatarme la copa para dejarla sobre la bandeja de un camarero que pasaba.

Nos miramos con fijeza, extrañamente cómodos en el refugio que eran nuestros ojos. Me asombró que hubiera detectado las intenciones de su hermano desde el otro lado del jardín. Y es que la copa no solo contenía champán.

—¿Solo sobre él? —ironicé provocándole lo que me pareció una tensa sonrisa—. Empiezo a creer que en cualquier momento alguien me cortará la cabeza. Tu padre parece ser el más dispuesto.

Por no mencionar a las mujeres que había cerca, la mayoría junto a sus parejas. Odiaban la idea de verme al lado del hombre más deseado de Cerdeña. El hombre de hielo.

Lo conocía de antes, de las inevitables fiestas que mi padre daba en nuestra residencia. Marco asistió en dos o quizá tres ocasiones, no lo recordaba. Solo me había atrevido a mirarlo en la distancia preguntándome qué demonios habitaba en su mente bajo ese rostro de impecable perfección.

Entonces jamás creí que nos convertiríamos en un matrimonio.

Cogí aire y me humedecí los labios.

—He hecho acto de presencia. Discúlpame con los demás, por favor. La novia necesita descansar antes del gran día —terminé mofándome.

Me dispuse a encarar la salida, pero con gran delicadeza me agarró del codo. Le miré y me aturdió entrever en sus ojos azules esa marea de expectación.

—¿Me regalarías un baile antes de irte? —dijo bajito.

Mi silencio debió de darle una respuesta afirmativa porque, de pronto, me vi arrastrada con total suavidad hacia la pista de baile. Me pareció estar flotando cuando su cuerpo osciló hacia el mío asegurándose de no dejar espacio entre nosotros.

Su refinado aroma me envolvió con la misma delicadeza con la que empezó a mecerse al ritmo de la música. Y me dejé llevar aferrándome a su mano y deslizando la otra por su hombro. Acercamos nuestros rostros del mismo modo en que lo haría una pareja cualquiera.

Encajamos. Por desconcertante e insólito que pareciera, conectamos bien. Incluso cuando nuestras miradas se buscaron de nuevo. Ambos sentíamos esa extraña química que nos envolvía. La habíamos intuido durante nuestro primer encuentro, cuando vino a mi casa. Pero aquella vez se hizo más latente.

Marco seguía siendo él. Tan frío e impasible. Tan hermético y seductor. Sin embargo, me permitió mirar dentro de él. Apartó unos milímetros el muro que lo separaba del mundo y me consintió atisbar un minúsculo pedazo de tierra firme en medio de ese océano oscuro que era su alma. El mismo que seguramente ni él conocía.

Y me sumergí en sus preciosos ojos y en la extraña sensación que me produjeron. Esa sensación de estar más cerca de casa de lo que nunca había estado. Fue una inesperada y confortable pero también siniestra emoción, la de estar tocando con mis propias manos a la única persona que podría entenderme, más allá de la empatía que procuraba una relación de confianza y afecto.

Surgía de forma natural. Como si hubiera estado ahí todo ese tiempo, a la espera de que nos encontráramos y nos creyéramos lo bastante preparados para aceptarla.

Y no quise creérmela. No estaba dispuesta a confiar en una complicidad tan inherente. Los espejismos eran recursos demasiado destructivos. Así que me recompuse, a pesar de saber que Marco seguía atrapado en esa corriente y que sus ojos apenas podían desviarse de los míos.

—Sabes lo que hay que darle al público, ¿eh? —dije con ironía al darme cuenta de que nos observaban abrumados.

—Solo resguardo mi territorio.

Tragué saliva. Y miré a su padre. Sí, él también se había dado cuenta de que aquel alarde era un desafío a las intenciones que me había demostrado. Marco solo quería dejarle claro que me protegería incluso de él mismo. Me estremecí, porque me costaba imaginar a Berardi apreciando a alguien que casi acababa de conocer.

—¿Por qué? —quise saber.

Pero Marco no respondió. Tan solo desvió un instante la mirada antes de regresar a mí.

—Toda esta gente sabe por qué estamos aquí.

—Tengo la mano apoyada en tu cintura, mi pecho sobre el tuyo y eres lo único a lo que ahora mismo puedo prestar atención. Lo demás me importa un carajo —espetó, pero el tono gélido de su voz contradecía aquella sensación de calidez que trasmitía su cuerpo—. ¿Estás bien?

Alcé las cejas y me eché a reír.

—Me gustaría saber si lo preguntas por cortesía o porque realmente te interesa.

—Creí que no tendría que manejar las emociones de una cría impulsiva.

—Y yo que serías un frígido incapaz de mostrar empatía.

—Quizá nos hayamos equivocado.

—Eso parece, sí.

Suspiré. Marco se acercó un poco más, apoyó su mejilla en la mía. Noté su aliento resbalando por mi rostro y me sentí pequeña entre sus brazos. Muy delicada.

—Lo estás haciendo bien —murmuró.

—¿Qué parte?

—Todo.

—¿Incluso soportar las ofensas de tu padre? —Intenté que mis palabras sonaran mordaces.

Pero erré, y eso fue lo que hizo que Marco volviera a mirarme.

—Lo que diga mi padre no debería afectarte.

—Ha insinuado que soy una ramera que se tira a su guardaespaldas.

—¿Es cierto eso?

Toda la magia se hizo añicos en el corto espacio que nos separaba. A pesar de toda esa galantería que había mostrado, Marco no actuó de manera diferente a como lo había hecho su padre, por más que pareciera tener otras intenciones.

Retrocedí y le clavé una dura mirada.

—Que te jodan, Berardi. A ti y a tu maldito padre —rezongué antes de abandonar el jardín a toda prisa.

Attilio quiso seguirme, pero se lo negué con la mano. Molesta y agotada como estaba, seguramente le reclamaría un abrazo, y no necesitábamos despertar más sospechas. No quería exponerlo más.

Mis pasos resonaban con firmeza. Sentía ese frío que me nacía de dentro. Entendí que debía adaptarme a él, que no dejaría de sentirlo mientras estuviera allí, que se convertiría en ese desolador compañero del que no podría desprenderme.

Miré al cielo. Aquel enorme pasillo de suelo de mármol y paredes y techos de cristal jugaba con las estrellas y daba la sensación de estar atrapada en una quimérica nebulosa en medio de un universo tan bello como salvaje.

No subiría a mi habitación. Caminaría hasta que mis pies se agotaran y me castigaría a mí misma por ser tan débil y olvidar constantemente por qué estaba allí.

Mi familia estaba disfrutando, se les veía felices. Ese era su ambiente, eran parte de la alta burguesía y gozaban de sus privilegios. De mis acciones dependía su bienestar. Nos asegurarían riquezas y reforzarían nuestro legado. Y eso era lo único que importaba.

«Lo único», me dije con los ojos empañados.

Entonces, alguien me cogió del brazo y tiró de mí. Tuve que aferrarme a sus brazos para no tropezar. Pero a Marco no le importó sostenerme. Me había seguido y quise creer que estaba disgustado por su severa mueca de seriedad.

Sin embargo, me equivoqué de nuevo.

—¿Es cierto eso? —repitió la misma pregunta.

—¡No! —exclamé dándole un empujón para alejarme de él—. ¡Y aunque lo fuera, no tienes derecho a preguntarlo! —Le señalé con el dedo—. Y por si no te ha quedado claro, tú y yo no somos nada.

—No consentiré las habladurías de la gente, y acordamos interpretar un papel.

—¿Eso incluye lo que haga en mi alcoba?

En cuanto el eco de nuestras voces se extinguió, reinó un silencio desafiante. Nos observábamos con dureza, lo que me llevó a preguntarme por qué demonios me había seguido hasta allí. Estuve segura de que ni el propio Marco lo sabía.

—¿Sabes lo que creo? Que nunca me equivocaré tanto como el día que decidí aceptar las hostigadoras sugerencias de mi padre —le espeté y nos señalé—. Es evidente que esto no funcionará.

—Tendrá que funcionar. —Esa vez su voz me produjo un escalofrío.

—Sí, porque es la única salida. Para mí.

Él, en cambio, no tenía obligación. Ni siquiera por cumplir los caprichos de su tía. Había tenido elección. Caer sin más en las garras de un matrimonio porque sí era demasiado absurdo. Honestamente, Marco no tenía por qué aguantar aquello. Ni aguantarme a mí.

Puse los brazos en jarras y me apoyé en la pared soltando un suspiro que no deshizo el nudo que se me había formado en la boca del estómago. Agaché la cabeza, miré mis zapatos, la línea de mi pierna que se entreveía por la apertura de la falda. Ahora ya no me veía capaz de caminar hasta el agotamiento. Solo quería cerrar los ojos.

—No podemos cambiar lo que somos y para lo que hemos nacido —comentó Berardi, que se acercó a mí evitando que sus pasos sonaran.

—No comparto esa resignación.

—Pero te has resignado a asumirla.

Lo miré. Maldita sea, allí estaba de nuevo esa conexión.

—Parece que tú también.

—Ahora somos dos en este barco —confesó apoyando la cabeza en la pared.

No supe por qué, pero le creí más solo de lo que yo había estado nunca. Como un lobo desterrado aislado en un bosque invernal.

—¿Por qué? —murmuré.

Quería saber qué le había motivado a permitirle a una desconocida formar parte de algo reservado solo para él.

—¿Hubieras preferido a Sandro?

Fruncí el ceño, pero no me dejé confundir.

—¿Estaba más dispuesto que tú?

—¿Qué más da que lo estuviera? Eres joven, pero no necia. Has visto en él lo mismo que has visto en mi padre.

Se incorporó para colocarse frente a mí y se guardó las manos en los bolsillos del pantalón. Tragué saliva ante aquella cercanía tan apabullante.

—Ahora, dime, ¿lo hubieras preferido? ¿Te supone un problema mi falta de empatía?

A Marco había que leerlo entre líneas. Justo ahí era donde estaba la verdad más pura. Acertaba al decir que yo había detectado las intenciones de sus parientes. Los vi capaces de cometer atrocidades de las que Marco quizá también era capaz. Sin embargo, él no me estremecía de pura aprensión. Y lo que era más importante, me asombraba estar ante aquella versión tan inédita de Berardi.

—De ser cierto, ¿acaso podrías proteger a alguien? Que lo aparentes ya es desconcertante —le aseguré negando con la cabeza—. Es de locos, Marco. De locos. Nápoles puede ser de cualquiera dispuesto a ser su dueño. Hasta que este se dé cuenta de que la ciudad nunca podrá ser gobernada.

—Palabra de napolitana. —Medio sonrió.

—Palabra de quien, por desgracia, es capaz de sentir.

Con los ojos fijos en los míos, se inclinó hacia mí dejando apenas unos centímetros entre los dos.

—¿Tienes un romance con tu guardaespaldas? —preguntó.

En ese preciso instante comprendí que nunca había albergado deseo alguno de atacarme. Marco quería estar preparado para ocultarle al mundo lo que sucediera en nuestras dependencias, fuera lo que fuese. Quería facilitarme la vida.

—Ya sabes que no —balbucí.

—Eso facilita las cosas.

Continuamos atrapados en la mirada del otro, respirando un silencio ahora mucho más amable y acogedor. El enorme corredor acristalado, su tenue luz y el precioso manto de estrellas quedaron reducidos al enigmático vínculo que empezaba a establecerse entre Marco y yo.

—¿Me explicarás algún día por qué has decidido ser amable conmigo? —indagué.

Él se encogió de hombros.

—Puede, si tú me cuentas quién te habló tan «bien» de mí.

Sonreí porque logró que «bien» sonara como algo realmente reprochable.

—Cualquiera. Mi padre el que más.

Marco asintió con la cabeza, ya lo había imaginado.

—Saviano.

—¿Quién es Saviano? —quise saber.

—La única persona que me cree visceral.

Me estremeció lo que acababa de compartir conmigo, que Marco se aferraba a los consejos que alguien le había dado con respecto a la relación que debía construir conmigo. Era digno de alabar, y me procuró curiosidad por saber quién era ese hombre.

—Jefe. —Me sobresaltó la voz de aquel guardia.

Ninguno de los dos nos habíamos dado cuenta de que se aproximaba a nosotros.

—Ahora no, Draghi —dijo Marco sin molestarse en mirarlo. Seguía pendiente de mí.

—Es urgente. Jimmy Canetti está aquí.

Ese nombre fue lo que hizo que Marco al fin volviera la vista hacia su hombre. Reconocí que se trataba de algo que requería de su intervención, así que le facilité el proceso.

—Buenas noches —le dije con tono amable y empecé a caminar antes de que su voz me llamara con suavidad.

Esperé a que dijera algo, pero solo me observó dejándome entrever la cantidad de dudas que a él también le embargaban. Decisiones que no entendía por qué las había tomado.

—Buenas noches.

Aquella rígida mueca fue lo más próximo a una sonrisa que ninguno de los dos esperamos. Y no supe por qué, pero me satisfizo ser su receptora.

11

MARCO

Amable. Por mucho que me aturdiera, así era como Regina había descrito mi actitud con ella. Dejando a un lado mi introversión y mis evidentes tendencias a la misantropía, claro está.

Nunca me había importado menos ser como era. De hecho, lo defendía casi con uñas y dientes. Pero cuando esa mujer aparecía en mi campo de visión, extrañamente, todo se tambaleaba. Con Regina me exponía, sentía que podía ver dentro de mí, y eso era demasiado inquietante porque me dejaba sin espacios en los que esconderme.

Desconocía hasta qué punto eso se convertiría en un problema. Nadie se había acercado tanto en tan poco tiempo y había conseguido arrancarme una reacción impulsiva. Había ido tras ella como si no existiera nada más en mi mundo.

Me pellizqué en la frente. Aquella era una guerra contra mí mismo que acababa de empezar. Debía prepararme para todas las batallas que seguramente me quedaban.

Miré a Draghi evitando reparar en su extraña forma de observarme. Quizá él también había detectado anomalías en mi actitud.

—¿Dónde está? —me refería a Canetti.

—Lo he dejado en el salón principal.

Extrajo un sobre marrón del bolsillo interior de su chaqueta y me lo entregó. Tenía el peso y el grosor adecuados para contener cien mil euros en billetes de cien. Así que daba por hecho que

Jimmy había cumplido su misión con la eficiencia que esperaba de él.

—¿Lo has comprobado?

—Por supuesto —me aseguró, y confié en él. Mi segundo sabía muy bien cómo hacer su trabajo.

—De acuerdo.

Me encaminé hacia allí.

El salón estaba lo bastante alejado del jardín donde se celebraba la velada. No influiría, por tanto, en el desarrollo de nuestro encuentro. Así que me ahorré mirar a mi alrededor antes de entrar.

En medio de aquella enorme sala de grandes columnas y ventanales se encontraba el exagente apoyado sobre el borde de una robusta mesa de roble. De brazos cruzados y ataviado de negro, me echó un vistazo que cerca estuvo de producirme un escalofrío. Desde luego, era un hombre intimidante, además de imponente.

Cerré la puerta. Draghi se quedó fuera, como solía hacer cuando me surgía una reunión privada en el territorio del Marsaskala. Sabía bien que no me gustaba que mi familia se involucrara con mis contactos.

Me acerqué a la chimenea. El servicio la había prendido a mediodía, cuando parecía que el frío sería el protagonista, pero no se molestaron en continuar avivando el fuego, ya que nadie se asomó por el salón durante la tarde.

Clavé la vista en las ascuas. No supe qué esperaba encontrar en ellas. Quizá una respuesta a esa insólita flaqueza que Regina me despertaba.

—Has batido tu récord —le dije a Jimmy tratando de sonar lo más impávido posible.

Percibía su atención fija sobre mí y lo constaté al mirarlo. Admiraba el cinismo que desprendía. Nunca sabía si estaba a punto de echarse a reír o de partirme el cuello. Tal vez esa fuera la principal razón por la que nos entendíamos tan bien.

—Me pediste rapidez. —Se encogió de hombros.

—Tu precio bien la merece. —Le encaré de frente y me guardé las manos en los bolsillos.

Él mantuvo su postura, tan sugestiva y peligrosa como siempre.

—¿Dónde está?

El maldito príncipe de Secondigliano había dado demasiados problemas. Empezando por crear una brecha de seguridad que nunca antes había existido. Desde luego, tenía valor, más aún si se tenía en cuenta que seguramente habría escapado herido y debilitado.

Pero no estaba allí para alardear de los poderosos instintos de supervivencia de un puto crío desterrado de su hogar. No quería escuchar los reproches de mi tío ni tampoco que su lengua afilada empezara a extender rumores entre los socios y los miembros de la cúpula solo porque no podía meterla en el agujero del que se había encaprichado.

La sonrisa de Jimmy invadió la sala.

—Menudo anfitrión de mierda. ¿No vas a invitarme a una copa? —protestó travieso.

—Tú no me la has ofrecido esta mañana.

—Me encanta cuando te haces el estirado.

A mí no me gustaba tanto que él se comportara como si nos conociéramos desde que estábamos en el útero de nuestras madres. Jimmy tenía ese don de cuestionarme sin abrir la maldita boca, y apenas soportaba lo mucho que mi fría actitud le divertía.

—¿Me lo hago? Creía que me considerabas un «hijo de puta con un palo metido en el culo».

—Lo eres, pero también sé que bajo toda esa fachada se esconde un lobo salvaje que muerde. Lo supe en cuanto te vi por primera vez.

El día que nos conocimos llovía a cántaros en Praga.

La amante de mi padre había resultado ser una espía que trabajaba para un mafioso ruso que en el pasado fue agente de la extinta KGB. La mujer había robado información sobre los clientes relacionados con la organización criminal rival, y en solo seis horas empezaron a caer como moscas. Sobrevivieron aquellos que se hospedaban en nuestro complejo, y la inquietud no se extendió más dado que el Marsaskala no se hacía responsable de las rencillas entre rivales. Solo éramos meros intermediarios o suministradores de placeres un tanto controvertidos.

Sin embargo, la situación cambió drásticamente cuando esa alimaña rusa quiso repetir la hazaña con la intención de extorsionar a cada cliente y así crear su propio imperio a costa del nuestro.

Fue entonces cuando tomé el control del asunto y decidí trabajar con un tercero. No era la primera vez que intentaban eliminarnos, pero sí la primera en que parecía una posibilidad real.

Draghi se encargó de buscar un perfil capaz de moverse en las sombras con la habilidad precisa y la eficacia necesaria. Necesitábamos rapidez.

Al principio, el contacto que mantuvimos fue a través de servidores fantasma, hasta que a Jimmy el trabajo le pareció bastante interesante como para involucrarse. Así que me hizo viajar a la capital checa.

Tomé asiento en la terraza de una cafetería que había en la plaza Vieja y esperé al menos dos horas antes de verlo tomar asiento frente a mí. Cuando nos miramos, él sonrió.

Habían pasado catorce semanas desde entonces.

Me acerqué a la barra del minibar. Serví dos copas y le entregué una clavándole una dura mirada. Jimmy accedió al desafío, él nunca se dejaba amilanar.

—Háblame del chico —le pedí.

—Hemos encontrado a tu príncipe en el Loreto Mare, en observación. Su estado es lamentable.

Empezó a pasear por la sala como si fuera su propio reino, yo entorné los ojos.

—¿A qué te refieres? —quise saber.

—Moratones, cortes, heridas. Nada que no hayamos visto antes en una persona que ha sido torturada.

Era el maldito resultado de ser un esclavo de mi tío. A él le gustaban los extremos casi tanto como al resto de los integrantes de mi familia. Precisamente por eso eran tan buenos en los servicios que ofrecían. Empatizaban a la perfección con los deseos más sórdidos de la gente porque ellos mismos los habían padecido.

—Entiendo.

—¿Qué es lo que entiendes, Berardi? —espetó Canetti—. ¿Que tu tío tiene una forma un poco sádica de disfrutar o que en ese estado ya no podrás vender al crío por un alto precio?

Apreté los dientes. Hacía ya tiempo que había olvidado en qué momento habíamos alcanzado semejante nivel de confianza. Jimmy nunca me juzgaba, le importaban un carajo las razones de la gente. Simplemente hacía su trabajo y se ponía a otra cosa. Tenía principios tan cuestionables como los míos, pero conseguía que yo pareciera el verdadero canalla.

—Los pujadores entienden los pormenores de la subasta de esclavos. No todos son dóciles, y ello conlleva ciertas prácticas para asegurar la obediencia. Pero, para tu información, yo no trabajo en la organización de dichas subastas y mucho menos participo en ellas —rezongué, de algún modo, frustrado por tener que dar explicaciones.

—Eso sería demasiado indigno para ti —se mofó.

Dejé el vaso sobre la madera.

—No voy a consentir que un mercenario me insulte en mi propio territorio. Que deteste ser tocado no tiene nada de reprochable.

Me observaba. No sonreía, pero tenía una mueca que daba la sensación de estar a punto de hacerlo. Ese tipo me desquiciaba.

—En absoluto, tus tendencias misofóbicas son perfectamente aceptables. —Se acercó a mí—. Pero ¿cómo piensas manejarlas cuando tengas que compartir lecho con tu joven esposa?

—¿Has terminado ya?

Torció el gesto.

—¿Me estás echando?

No fue necesaria una respuesta.

Jimmy asintió con la cabeza, vació su vaso y lo dejó junto al mío. Supo bien que había alimentado mis debates internos, que esa noche no dejaría de pensar en todas las cosas que Saveria y mi padre esperaban de mí.

Un puto heredero antes de que acabara el año. La obligación de tocar a Regina y liberar dentro de ella un placer amargo. Sería yo quien tendría que decirle que no bastaba con entregar su alma.

Pero ese era un detalle que ni el doctor Saviano sabía siquiera. Era mío, algo estricto y confidencial que apenas me permitía barruntar. Porque me asqueaba. Casi tanto como el hecho de saber que Jimmy se había dado cuenta en solo unos minutos.

Le di la espalda al ver que se encaminaba a la puerta. Apreté los ojos, convertí mis manos en puños. Quería golpear algo. Aquel no era yo. No podía serlo si apenas podía controlar mi voz.

—No dormiré con ella —confesé de repente, encarándole.

Jimmy Canetti se detuvo antes de darse la vuelta y lanzarme una mirada llena de ironía.

—¿Porque es napolitana? —ironizó.

Y me atreví a ser sincero por primera vez.

—Porque es mujer.

Se hizo el silencio. Nuestros ojos se ahogaron en las pupilas del otro, a la espera de alguna reacción. No hubo juicios ni indagaciones. Solo concordia entre dos personas que no querían admitir que compartían una estrecha relación, que se entendían más que a sí mismos, que eran capaces de ver aquello que para los demás pasaba desapercibido.

Hablar de amistad quizá era demasiado, pero tampoco se alejaba de la realidad. Era un hecho que hacía tiempo que debería haber empezado a aceptar.

Jimmy frunció los labios. Había entendido muy bien uno de mis grandes conflictos. Y no supe si sentir alivio por haber logrado dejarme llevar durante un instante, o rechazo por la vulnerabilidad que casi podía masticar.

—Vives en el centro neurálgico de la depravación. ¿Por qué habría de ocultarse semejante banalidad?

Ese era el principal error. Que podía escoger a quien me diera la gana y usarlo a mi puto antojo, incluso robarle la vida. Pero tenía prohibido mostrar debilidad.

—En tus servicios no está incluido psicoanalizarme, Jimmy —resoplé.

—No soy yo quien busca ser juzgado —contraatacó—. Si lo que quieres es poner a prueba el control sobre ti mismo, adelante, sigue cayendo en ese agujero. Es un espectáculo muy entretenido.

Me froté la frente. Estaba agotado.

—Ni siquiera sé por qué coño hablo contigo.

—Porque te importo un carajo. O quizá represente lo más cerca que estarás de ser honesto contigo mismo.

Me tentó mucho enzarzarme a puñetazos con él. Solo me contuvo la cantidad de preguntas que suscitaría en la gente cuando llegara al altar con la cara amoratada. Porque una cosa tenía clara: daría tanto como recibiera.

—Puedes quedarte —le sugerí—. Avisaré a recepción para que te preparen una habitación.

—Te agradezco el ofrecimiento, pero detesto este lugar.

—No me había dado cuenta —respondí irónico poniendo los ojos en blanco.

—Buena suerte el sábado, Berardi. Pero evita pagar tus frustraciones con esa chica. Ella no tiene la culpa. —Sonrió y me dejó solo en esa enorme sala que ahora me parecía asfixiante.

Había cometido un error, lo sabía bien. Pero no me arrepentía, y ese era un detalle que no esperaba. Podía contar con los dedos de una mano las personas en las que confiaba. Me sorprendía que Jimmy Canetti fuera una de ellas y que a mí ya no me importara admitirlo.

Me serví otra copa y me la bebí de golpe. Pensé que disfrutaría de un poco de silencio, pero Draghi irrumpió con impaciencia.

—Jefe, tenemos un problema.

—¿Qué pasa ahora? —gruñí.

—Regina está en el edificio Luxor.

Se me cortó el aliento.

Era demasiado pronto para explicarle qué significado tenía cada puto lugar del resort.

REGINA

Desde el ventanal pude ver a un grupo de guardias. Se encaminaban raudos hacia un coche negro que esperaba junto a la plazoleta central de aquel edificio colindante al principal.

Nora Sacristano me había dicho que me mostraría todo el complejo y que me contaría todos los detalles para ahorrarme malentendidos. Su comentario me desconcertó un poco. Pero, por ahora, aquello no era más que una descomunal mansión.

Fruncií el ceño al ver cómo dos tipos abrían el maletero. En su interior había un escuálido muchacho maniatado y amordazado al que sacaron como si fuera un simple saco de huesos.

Ahogué una exclamación. Estaba lo suficientemente lejos, a mi distancia apenas abultaban un meñique, pero no tardé en identificar sus intenciones. El chico se tropezó. Parecía demasiado débil y aturdido, quizá estuviera herido. Pero eso no contuvo a esas bestias de maltratarlo.

Estamparon su cara contra el capó. Un hombre fornido se abrió la bragueta al tiempo que se pegaba al trasero del joven y le colocaba las piernas de modo que no pudiera cerrarlas.

Me llegaban rumores de sus risas. Era escalofriante que a unos metros de allí se estuviera celebrando un evento a todo lujo y sus invitados fueran ajenos a lo cerca que estaba yo de presenciar una brutal violación. De no haber decidido dar un paseo antes de subir a mi habitación, no habría visto aquello, y ese muchacho se habría convertido en pasto de las perversiones de unos canallas. Era demasiado trágico y cruel. Demasiado injusto.

No lo pensé demasiado y eché a correr. Afloraron mis instintos más impulsivos y advertí que lo único en lo que podía pensar era en llegar a tiempo de evitar una monstruosidad. Ni siquiera me importó que alguien pudiera detenerme. Supe que sería capaz de apalear hasta a mi padre con tal de esquivarlo.

Fui veloz, tanto que perturbaba. El aliento no tardó en amontonárseme en la boca. Me ardieron los pulmones, se me empañó la vista. Quería gritar.

Crucé el jardín. Sus voces sonaban con mayor claridad y me estremecieron con ferocidad. Se animaban entre ellos, escupían insultos y órdenes nefastas mientras el chico gruñía histérico y desolado.

Estaba cada vez más cerca, pero algo en mí no quería ver la escena que estaba provocando semejantes resuellos. Era como si alguien estuviera destripando a un animal vivo y este bramara de puro sufrimiento. Solo se me ocurría un modo de provocar tal reacción, que iba más allá de ser violado o incluso asesinado.

Esa gente quería herir, y a la vez asegurarse de la supervivencia de la víctima, quizá porque todavía no estaba destinada a morir.

La madrugada empezaba a asentarse. La iluminación de los jardines era escasa y apenas podía ver, pero sí lo suficiente para poder discernir bien la escena. Eran siete. El chófer y uno de los esbirros se habían prendido un cigarrillo y estaban apoyados en la carrocería del vehículo. No prestaban atención, más bien parecían aburridos.

Junto a ellos, tres hombres más, que parloteaban entre sí sobre quién sería el más abusivo mientras se burlaban de la mueca de dolor y espanto en el rostro del joven. Fue una suerte que mi mente evitara asimilar el vocabulario que emplearon.

Los dos últimos emplearon la mayor crueldad. El cabecilla ya había penetrado al chico, que tenía los pantalones por las rodillas, y su compañero se masturbaba observando la escena con lascivia. Sabía que pronto intercambiaría posiciones y quería estar más que preparado.

Cogí una piedra. Ni me detuve a pensarlo. Solo necesité agacharme un poco y coger un pedrusco del tamaño de mi mano. Lo lancé con todas mis fuerzas, segura de que lograría alcanzar la cabeza del violador.

El impacto produjo un chasquido horrible antes de que el tipo se desplomara en el suelo inconsciente. El joven resbaló y se hincó de rodillas mientras el resto de los esbirros echaban mano de sus armas entre exclamaciones de confusión.

No me esperaban. Me abalancé sobre el joven para protegerlo del mundo con mis brazos. Este tembló, aterrorizado, sollozante, roto de dolor y tormento. Tenía los ojos entreabiertos, que desvelaban una mirada de color miel dilatada y enrojecida.

Me hirió descubrir lo bonito que era. De pómulos altos y labios delicados. Su belleza era cautivadora, muy tierna, pero ahora resignada y maltratada.

Maldita sea, era un crío con la piel cubierta de magulladuras. Con las costillas marcadas y señales de ataduras en los tobillos y las muñecas. Tenía incluso un mordisco en el cuello y una herida supurante en el lóbulo de la oreja izquierda. Era reciente. Quizá se la habían hecho mientras yo corría en su busca.

Su estado no era solo resultado de una paliza. Supe que escondía mucho más, algo más siniestro y macabro. Y sentí una parte del terror que él había debido de sentir. Porque de una cosa estaba segura: que aquella no era la primera vez que lo agredían. Sus violentos espasmos me lo confirmaban.

Alzó los ojos hacia mí y me miró, solo unos segundos, por entre los mechones de cabello castaño y húmedo pegados a la frente. Apenas podía mantenerse despierto. Necesitaba descansar.

Acaricié su mejilla, muy despacio. Él apoyó la cara en mi mano al tiempo que una pequeña lágrima se deslizaba por su rostro y se perdía en la reseca e irritada comisura de sus labios. También estaba helado. Su piel había adquirido un color demasiado preocupante y tenía el pulso por los suelos. Apenas lo notaba. Le subí los pantalones. Me podía más la urgencia que la delicadeza. Era imprescindible ponerlo a salvo, pero no sabía cómo llamar a Atti para que me ayudara. Y quise perderme en el estupor que me causó todo aquello, pero tenía que llevarlo como fuera hasta un lugar seguro antes de ir en busca de mi compañero.

—Voy a sacarte de aquí, cariño —murmuré para que solo pudiera oírme él—. Pero necesito que me eches una mano, ¿de acuerdo?

—Vale... —jadeó sin apenas voz, con un extraño deje de alivio que me sobrecogió.

Entonces, se aferró a mi cuello y se acomodó en mi regazo. Había empezado a sollozar y yo no pude evitar responder al contacto de su cuerpo, tan conmovida que se me cortó el aliento.

Yo no quería llorar. No quería. Pero la incertidumbre me mordía y aturdía. Ahora, mientras miraba a ese chico, se me hizo más insoportable que nunca. Me atenazó una tristeza demoledora.

No lo conocía, ni siquiera sabía su nombre. No sabía cuál era su historia, de dónde provenía, o por qué mis brazos no podían evitar acogerlo. Pero me dieron igual todas esas preguntas.

—Señorita. —La voz de uno de los esbirros me produjo un escalofrío—. No puede estar aquí...

Le clavé una mirada fulminante. Cuánto me hubiera gustado verlo morir devorado por las ratas.

—¿Qué coño estabais haciendo, eh? —gruñí—. ¡¿Qué estabais haciendo?! ¡Malditas bestias! ¡Marchaos, fuera!

El arrebato debió de impactarles, aunque ninguno se estremeció o alarmó. De algún modo comprendí que lo ocurrido para ellos era una situación normal.

Sí, habían normalizado el horror. Lo contrario a la crueldad era lo extraño para ellos. Pero no me detendría a explicarles cuán podridos estaban.

—¿Cómo te llamas? —le pregunté al chico.

—Gennaro... —gimoteó con el rostro hundido en mi hombro.

—Bien, Gennà, ¿puedes caminar? Te sacaré de aquí, enano.

Esbozó un gesto que denotaba intención, pero apenas fue capaz de responder. Y entonces exhaló como si hubiera estado mucho tiempo conteniendo el aliento. Se desmayó justo en el momento en que Ugo Sacristano aparecía como si de un dios se tratara.

—¿A qué se debe tanto revuelo? —preguntó a sus esbirros, que lo saludaron en un gesto muy solemne, antes de fijarse en mí—. Vaya, qué interesante. La damisela ha resultado ser bastante inquieta. —Sonrió espeluznante.

La huida se complicaba. Con Gennaro inconsciente no se me ocurría cómo librarme de aquellas alimañas. Tampoco creía que Ugo, el mismo hombre que había tratado a mi abuela con tanto cariño, estuviera dispuesto a ayudarme. No supe por qué, pero entendí que él era el principal problema.

—No sé qué demonios está pasando, pero estos tíos estaban...

—¿Qué? ¿Qué estaban haciendo? —me interrumpió con algo de mofa—. La habéis asustado, hijos de puta.

Algunos sonrieron. Otros se pusieron firmes, y esa era una mala señal.

—No se burle de mí —gruñí.

—No soy yo quien se está poniendo en ridículo, querida.

Fruncí el ceño. Por banal que pareciera, aquel comentario tenía un valor mucho más significativo de lo que aparentaba. Ocultaba realidades que yo desconocía, verdades capaces de arrasar a un neófito en el universo que era el Marsaskala.

Ugo lo supo entonces, que mi ingenua ignorancia todavía no se había enfrentado a las leyes que reinaban allí, a sus costumbres y formas de vida. Que tras aquel entorno de riqueza desmedida y belleza formidable se escondía un infierno confeccionado por aquellos que entendían las entrañas de las personas más ruines.

—Mira, cariño, ese crío vale su peso en oro —me anunció señalando a Gennaro—. No todos los días puede subastarse al hijo de un rey. Estamos hablando de un par de millones en el peor de los casos. Y, como comprenderás, no estoy dispuesto a perder semejante cantidad por los desvaríos protectores de una jovencita insolente. Devuélvelo —me ordenó adoptando una mueca de seriedad tan funesta como violenta.

Le vi capaz de cualquier cosa, incluso de matar entre sonrisas y sin pudor alguno, como si ese derecho fuera algo casi divino. Así era como había explicado todo lo que Gennà significaba para él. Y la rabia empezó a hervir en mis venas.

—No es un objeto. —Me aferré aún más a él.

Ugo dio un paso al frente. Me miraba solo a mí, pero supuse que una parte de su atención estaba pendiente de Gennaro, como si este fuera de su maldita propiedad, como si me hubiera cazado asaltando su puta cuenta de ahorros en Suiza o Panamá.

—Y tú deberías comprender que aquí las cosas funcionan de un modo muy diferente a la selva de la que provienes —escupió con algo más que furia.

Detecté en su voz el rechazo y los perjuicios sobre mi ciudad.

—No pretendas imponer tu barata moralidad aquí. Esta es tierra de caballeros salvajes y placeres extremos.

—*Figl' e bucchin'*.*

Cuánto me gustó que no entendiera mis palabras, pero enseguida comprobé que le indignaron. Lo que no esperaba fue que Marco apareciera en ese momento, seguido por su guardaespaldas; Draghi, creía recordar.

—Regina —me advirtió.

Estaba sereno como una estatua. Tan bello y arrogante como siempre. Pero detesté que se refiriera a mí como si yo fuera el problema, no su tío. Y Gennà seguía temblando entre mis brazos. Quizá una parte de él no había caído en el letargo y seguía atenta a la realidad.

—Oh, esa debe de ser la jerga napolitana —se mofó Ugo.

—Adéntrate en la selva. Sus oriundos estaremos encantados de enseñártela —rezongué amenazadora. De pronto me veía capaz de enzarzarme a puñetazos con él.

—Regina —repitió Marco.

—¡¿Qué?!

Y nos miramos como si fuéramos ardientes enemigos.

—Mi querido sobrino —intervino Sacristano—. Menos mal que has venido a tiempo de llevarte a tu prometida. No deberías dejarla salir de la alcoba hasta que aprenda modales.

Marco no le prestó atención. Y yo tampoco. Solo podíamos observarnos el uno al otro, sintiéndonos muy lejos de esa extraña química que habíamos mantenido hacía un rato.

—Devuélvelo —me ordenó mordaz.

* Insulto en lengua napolitana que se puede traducir por «hijo de puta» o «hijo de perra». *(N. de la A.)*

—No.

Ugo se carcajeó.

—Cariño, si tuvieras que proteger a cada uno de los esclavos que pasan por aquí, te faltarían vidas para conseguirlo.

Me estremeció comprender que en el complejo probablemente había decenas de personas en una situación similar a la de Gennaro.

No tuve posibilidad alguna de protegerlo. Varios guardias se lanzaron para arrancármelo de mis brazos. Forcejeé con ellos, les arañé la piel, gruñí amenazas. Me tomaron por una cría encaprichada con una joya bonita. Porque eso era Gennaro: un crío enjuto tan bello como una estrella.

Me asaltaron las ganas de echarme a llorar cuando lo vi alejarse de nosotros colgado del hombro de uno de los esbirros. Cuando despertara, quizá asumiera que yo no había sido más que un producto de su imaginación incapaz de protegerlo.

Apreté los dientes, los ojos, los puños, y traté de controlarme. Ahora que solo estábamos Marco, Draghi y yo, podía ponerme en pie sin temor a que me arrebataran nada.

—¿Qué significa todo esto, Berardi? —Le encaré furiosa—. Subastas, esclavos. ¡¿Qué es todo esto?!

—Cálmate —dijo él de un modo indignante.

No le había conmovido lo más mínimo. Ni siquiera parecía alarmado. Ahí estaba el hombre sin empatía al que todo el mundo se refería.

—¿Que me calme? Acabo de ver a un chico a punto de ser violado por todos esos hijos de puta. ¡Apaleado y herido mientras tu tío hablaba de subastas y todas esas mierdas! ¡Se ha desmayado entre mis brazos! ¿Y tú me pides que me calme?

Terminé empujándole, pero él enseguida se recuperó del traspié.

—Las cosas son un poco diferentes...

—¿Tú también vas a hablar de mi selva? —le desafié.

Y entonces reaccionó como nunca hubiera imaginado.

—¡En tu selva se matan entre sí por el poder y es una cloaca atestada de basura y miseria! —me gritó a solo unos centímetros de mi rostro—. No vanaglories un infierno que está a la altura de este y mucho menos te creas superior a los que estamos en este lugar. No tienes ni la menor idea del mundo en el que has nacido. Eres napolitana. Si quieres sobrevivir aquí, más te vale saber mantener la boca cerrada y mirar hacia otro lado cuando se te ordene.

Tuve un severo escalofrío. Entendí que aquella era la primera vez que Marco reaccionaba con visceralidad ante mí, y yo había sido el detonante.

—¿Ahora me lo ordenas, Berardi? —espeté arrogante.

—Qué bueno que lo entiendas, Fabbri.

Sin más, le solté un bofetón. No le consentiría que intentara someterme.

—Hijo de puta. ¿Lo entiendes tú, sardo de mierda?

Y me largué de allí caminando tan deprisa como me permitían los espasmos que me sobrevenían de pura rabia.

El entorno ya no me parecía tan hermoso. El modo en que la iluminación jugaba con las olas que acariciaban las rocas, aquel sendero de arena y piedra rodeado de flores, la fachada blanca que se alzaba delicada. Todo estaba podrido. Todavía no me atrevía a imaginar cuánto, pero en mi mente lo dibujaba con formas demasiado dantescas y temía el día en que lo supiera todo.

Me aterraba cuánto de mí perdería en el camino y si dispondría de la suficiente resistencia.

Pensé en Marco. Tenía la amabilidad de un diablo. Alguien que era capaz de convencer a cualquiera de que un corazón latía dentro de su maldito pecho. Pero en su interior no albergaba sentimiento alguno. Solo era un agujero vacío.

Un salvaje más.

Continué caminando. Sentía las magulladuras en mis brazos y piernas, la extraña picazón de las heridas que seguramente me había hecho al arrastrarme por el suelo en busca de Gennà.

El recuerdo de ese pobre chico hizo que me brotaran las lágrimas. Se quedaron pendiendo de la comisura de mis ojos. Hacía frío y no podía sentirlo. Porque temía por Gennaro. Temía el destino que le obligarían a aceptar.

El terreno se hizo más escabroso. No me importó. Apenas soportaba la idea de encerrarme en mi habitación, que hasta entonces podría haberme dado cobijo. No sabía cómo podría dormir en el lugar que esclavizaba a las personas más débiles, como si aquel fuera un macabro reino. Y estaba condenada a quedarme en él por un bien superior a mí misma. Pero no tenía por qué empezar esa noche.

Me dirigí hacia el aparcamiento.

Nadie sospecharía de mi ausencia. Necesitaba salir de allí y alejarme de todo un instante. Por la mañana volvería a ser esa mujer que todos necesitaban.

Tan enajenada estaba que no me percaté de una presencia junto a mí.

De pronto, me estrellé contra un cuerpo. Enseguida noté que unas manos me sostenían para evitar que tropezara. Y me sobrevino un severo escalofrío.

Levanté la cabeza.

Allí estaba, frente a mí, muy cerca, el rostro de un cazador. Cabello castaño, nariz y mandíbula afiladas, labios cautivadores y unas pupilas ámbar tan refulgentes como diamantes. Un conjunto que cualquiera temería por su implacable y enigmática belleza.

Tragué saliva al ver que fruncía el ceño, como si yo fuera una pieza de lo más extraña. Y temí sus ojos y lo que habitaba en ellos. Todo lo que seguramente habían visto y todo lo que serían capaces de hacer.

Crueles, apasionados, implacables. Inevitables.

Me vi reflejada en ellos, tan frágil y escuálida a su antojo. Jamás creí que alguien pudiera atraparme en una mirada.

—¿Estás bien? —Su voz era grave, cálida. Peligrosa.

«Aléjate, Regina», me advirtieron mis instintos.

Pero el tiempo se detuvo y con ello cualquier emoción que no fuera sentir aquella extraña opresión en mi pecho. La decepción que arrastraría en cuanto asumiera que ese hombre pertenecía al mundo de las bestias y que quizá fuera una de ellas.

Era inapropiado conocer las amargas mieles de la atracción en un momento tan vulnerable, tan nefasto. Pero, por peligroso que fuera, me cautivó. Tanto que olvidé negarme a ella. Olvidé evitar que unos dedos ascendieran por mi mejilla. Temblé cuando el pulgar perfiló una de mis lágrimas. No supe qué demonios estaba sintiendo él, pero allí estaba, engulléndome en silencio. Compartía conmigo la flaqueza de aquel insólito momento cargado de una tensión que estaba segura que ninguno de los dos habíamos sentido.

—No... —alcancé a decir y me alejé como si de pronto hubiera despertado de un embrujo.

Ese hombre me devolvió una mirada hambrienta y demoledora. La sostuve, porque por alguna extraña razón lamentaba profundamente tener que alejarme de ella, de su calor.

Me obligué a coger aire a través de la mortificante losa que se me había instalado en el pecho. No solía perder las riendas de mis propias emociones. Las ocasiones en que esto había sucedido hablaban de una versión mucho más joven e ilusa de mí. En la actualidad, sabía muy bien qué desear, y ansiar consumirme bajo el cuerpo de aquel hombre no debería haber sido una necesidad.

Apreté los dientes, alcé el mentón y lo esquivé más que dispuesta a recuperar mis intenciones previas a ese encuentro. Quería salir de allí, ocultarme en algún lugar en el que nadie me reconociera y hundirme en unas copas que me hicieran olvidar lo que había visto esa noche. Olvidar que Gennaro sería sometido y yo no podría liberarlo de ello.

Pero los dedos de aquel hombre me acariciaron de nuevo.

Pellizcaron mi codo con una delicadeza estremecedora que me hizo temblar antes de tragar saliva y reunir el valor para mirarlo de nuevo.

—¿Adónde vas? —preguntó. Yo torcí el gesto.

—¿Eres guardia del Marsaskala o trabajas para alguno de ellos? —inquirí incisiva.

—No.

—Entonces ¿qué te importa? —gruñí y aparté el brazo con un movimiento brusco.

Su mueca, severa e intensa, no varió ni un ápice. No se dejaría intimidar por los arrebatos de una cría. Parecía demasiado acostumbrado a mantener el control sobre sí mismo.

Retomé el camino y me acerqué a uno de los vehículos de los guardias. Sabía que tenían las llaves puestas y, como no había nadie alrededor, no sería complicado hacerme con uno de ellos.

Me acerqué a la puerta del conductor. Me descalzaría, encendería el motor y aceleraría hasta que aquel maldito lugar se convirtiera en un lejano reflejo atrapado en el retrovisor.

Sin embargo, aquel hombre se interpuso de nuevo y ocupó mi lugar frente al volante. Cerró la puerta, arrancó y volvió a clavar sus ojos en los míos. Esa vez intenté disimular el temblor que me produjo. No me gustaba la idea de mostrarle cuánto me hipnotizaba y mucho menos de convertirlo en la herramienta perfecta para mis propósitos.

Pero mi cuerpo se dirigió hacia el asiento contiguo al suyo. Caminé despacio, bien atenta a sus pupilas refulgentes, vibrantes, que me seguían como si estuviera a punto de saltar sobre mí. Tomé asiento, suspiré y decidí volver a encararlo.

El aire que se colaba entre nosotros se me antojó demasiado denso, terriblemente opresivo. Venía cargado de un anhelo desconocido y una necesidad muy impropia, unas ambiciones que antes me había prohibido y que ahora resultaban demasiado inoportunas por el destinatario que tenían y por la situación en la que estaba atrapada.

Era un mal momento para dejarse llevar por una pasión desmedida. Porque si caía en la provocación, querría más. Imaginaría que merecía la pena el riesgo, que estaba ante aquella posibilidad que había creído inexistente, la misma que me abría la puerta de un romance capaz de definir mi vida.

Pero un hombre que paseaba por los exteriores del Marsaskala no merecía ser amado porque tampoco sabría cómo amar. No habría bondad en ninguna de las formas en las que nos tocaríamos. Así que me sentí más necia aún si cabía al haberme permitido ser tentada por unos ideales tan ingenuos.

El hombre se enderezó en su asiento y aceleró con suavidad. Fue plenamente consciente de mis pensamientos. Lo supe por el modo en que frunció el ceño.

Miré por la ventanilla. Esperé que se detuviera y se alejara de mí. Lo rogué. Pero los kilómetros empezaron a pasar ante mí y me invadió un alivio muy inesperado.

Quizá necesitara lo que fuera que ese hombre estuviera dispuesto a darme.

12

REGINA

La velocidad disminuyó hasta que el vehículo se detuvo en medio de una explanada de tierra que había junto a la desértica carretera rodeada de vegetación. Se respiraba la tranquilidad propia de los inicios de la madrugada. El silencio era casi estremecedor y corría una brisa fría que había perdido humedad. Estábamos lejos de la costa. Lo supe por las colinas que enmarcaban la zona y también por los viñedos que se extendían hasta el horizonte.

A unos metros de nosotros, se levantaba una humilde estación de servicio. Disponía de dos surtidores, un apartado para lavar coches y una pequeña y variopinta tienda de comestibles y suministros. Pero lo que verdaderamente captó nuestra atención fue la fachada del bar que había al lado, con un aspecto similar al de las cantinas de carretera de los pueblos estadounidenses.

—¿Qué tal este? —dijo mi acompañante—. Alejado, solitario y tranquilo.

Lo primero en lo que pensé fue en mi atuendo. El lugar no parecía estar muy concurrido. Se hallaba apartado del camino y solo había unos pocos vehículos aparcados. La típica zona de paso en la que poder tomarse algo. Estaba convencida de que sería la persona más elegante que se había dejado caer por allí. Pero me importaba un comino. Abrí la puerta con decisión. No esperé a que el hombre me siguiera. Con decisión, me encaminé hacia el interior consciente de las miradas que atraería.

Así fue.

En cuanto la puerta tintineó, una docena de cabezas se giraron para clavarme una mirada de lo más peculiar, a medio camino entre el desconcierto, la atracción y la mofa. Los presentes contuvieron su asombro en cuanto mi acompañante hizo su aparición provocando algún que otro escalofrío. Enseguida volvieron a sus asuntos. El camarero se dispuso a atendernos, las dos mesas más próximas al pasillo de los servicios continuaron con sus conversaciones. El pequeño grupo de tipos que había al final siguió con su partida de dardos.

Escogí la mesa más alejada e íntima. En ese espacio, la luz incidía tenue y anaranjada. Procuraba una sensación de aislamiento muy agradable. Eché un vistazo alrededor. Diseñado en madera y cuero rojo oscuro, el bar me recordó a las antiguas cafeterías de las estaciones de tren, pero sin perder ese encanto tan italiano de principios del siglo XX.

De la pared colgaban varios cuadros con fotos familiares en blanco y negro y de alguna que otra visita de algún personaje popular, como la del alcalde de Arzachena o el presidente de la región. Se respiraba un aire nostálgico y acogedor, sentimientos de los que en ese momento necesitaba huir.

—¿Cómo has sabido lo que necesitaba? —pregunté de súbito, todavía atenta al diseño del lugar y disfrutando de ese aroma a comida casera.

—Lo llevas escrito en el rostro. —Aquella maldita voz me estremeció de nuevo.

Miré al hombre. Se había sentado enfrente de mí y había adoptado una postura despreocupada y cómoda. No podía apartar los ojos de su cuerpo, la poderosa anchura de su pecho, la curva de su entrepierna conectando con unos fuertes muslos. Y aquel maldito rostro de severa y varonil belleza y ojos de color verde y ámbar tan claros como una mañana sin nubes.

Tragué saliva de pura rabia. No me gustaba sentirme atraída por un cazador. No quería exponerme ante él.

—¿Qué os pongo? —preguntó el camarero al tiempo que se limpiaba las manos en un trapo reluciente.

—Lo más caro y fuerte que tengas —le pedí sin dejar de prestar atención a mi acompañante.

—De acuerdo.

Un rato más tarde, me serví la tercera copa y me tragué aquel whisky de reserva mientras el hombre no dejaba de analizar mis movimientos. Sus dedos acariciaban el borde de su vaso con aire ausente. No había cambiado de postura.

—Pareces muy acostumbrada a beber sola —comentó.

—Es la antesala a la cacería. —Me incliné hacia delante y apoyé los codos en la mesa enfatizando mis clavículas.

El gesto no pasó desapercibido entre los hombres que había en la mesa más cercana. No me quitaban ojo de encima, sus pupilas prometían demasiadas cosas y ninguna me gustó. Pero quizá con un par de copas empezara a cambiar de opinión, como tantas veces me había ocurrido.

—¿Cazas tú o te dejas cazar? —sugirió mi acompañante.

—Diría que las dos cosas. Si me ven vulnerable, se envalentonan. Y para olvidar, necesito que se crean con el suficiente poder sobre mí —le aseguré volviéndome hacia él—. Pero esta noche tengo compañía, así que facilita las cosas.

Le señalé con el vaso y bebí de nuevo.

—Me halaga.

—Pues no debería. Es insoportable.

Me convertía en una mujer a merced de mis sombras, como si estas no conocieran otra cosa que usarme para acallar mis pensamientos. La integridad de mi propia piel pasaba por su capacidad para soportar las acometidas de mi vida. Y con el tiempo me obligaron a creer que la única manera de alcanzar un instante de sosiego era transformándome en una libertina.

En realidad, nunca me había sentido cómoda con ello, me alejaba por completo de mí misma. Pero lo hacía porque funcionaba, al menos durante unas horas. Olvidaba que, al volver a casa, me toparía con mi maldito padre.

—Pero no puedes remediarlo, ¿cierto?

—Si quisiera hablar de mis problemas, habría llamado a un amigo —espeté.

Ni siquiera entendía por qué demonios estaba allí bebiendo con el desconocido más intimidante al que me había enfrentado jamás. La atracción era un hecho, se podía masticar y nunca antes la había sentido tan persistente. Pero jamás creí que lograría influirme de aquel modo.

—¿Y por qué no lo has hecho? Ibas a largarte sola. No parecías dispuesta a que nadie se interpusiera y no te dejara ir.

—Como veo que te van los interrogatorios, cuéntame. ¿Qué hacías en el Marsaskala? —contraataqué. Pero el tipo no dudó.

—Tratos con Berardi.

—¿Cuál de ellos?

—Tu futuro esposo.

Apreté los dientes. La mera insinuación me llevó de vuelta a ese maldito jardín. Casi pude sentir de nuevo a Gennaro entre mis brazos o el peso de la mejilla de Marco en mi mano. No le había abofeteado con la suficiente fuerza ni le había escupido todas las palabras que ansiaba decirle, que ahora se agolpaban en mi garganta y me complicaban la tarea de respirar.

—Así que trabajas para Marco. Eres uno de esos hijos de puta sin corazón que tanto abundan por estos lares —gruñí.

Debería haberlo supuesto y me decepcionó que, a pesar de saber cuán reprochable era como hombre, no pudiera dejar de mirarlo con las ganas pendiendo de mis dedos.

Las ganas de ser devorada por él.

«Quizá seas tan desgraciada como tu padre», me dijo mi fuero interno y bebí de nuevo porque el alcohol no parecía hacerme efecto. No acallaba mis tormentos, maldita sea.

—¿Te supone eso un problema? —me desafió.

—¿No ves que sí, mercenario? —rezongué.

Pero cometí el error de reparar en su boca. Y de pronto noté los primeros indicios de embriaguez danzando en mis ojos. La espesa bruma que lentamente me rodeaba mermaba mis movimientos, me dormía la lengua, la aflojaba, y un inesperado temblor despertó entre mis piernas. Eso era nuevo, nunca antes había sucedido. Nunca antes me había imaginado siendo abordada por la poderosa presencia de un hombre. Ni siquiera cuando más perjudicada había estado.

—Pero no has tenido inconveniente en que te acompañe.

«Y no sabes cuánto me arrepiento», pensé. Sin embargo, opté por mantener mi arrogancia. Era lo único que me procuraba un poco de control.

—Acabas de descubrir que soy bastante cínica. —Sonreí sin humor. Algo en mi interior buscaba verbalizar el desprecio que sentía por mí misma por desear a una bestia—. Y sabes muy bien que me sirves. Así que, si no vas a formar parte de la diversión, ¿por qué no te largas de una vez, eh?

—De acuerdo. —Se inclinó hacia delante e imitó mi postura, remarcando la fortaleza de sus bíceps. En aquella posición parecía mucho más grande y salvaje—. Puedo levantarme y salir por esa puerta. Tienes público y parece estar muy encandilado. No tendrás problemas para lograr aquello que has venido a buscar, olvidar entre los brazos de un desconocido que no sabrá entender el complejo caos que eres.

Tragué saliva porque, aunque habló en susurros, su voz seguía siendo una ronca caricia que lograba atravesarme la piel.

—¿Y tú sí? —Torcí el gesto.

—Lo has creído hasta hace un instante.

Sí, le creí capaz de arrancarme el alma de un solo zarpazo. Y me tentó preguntarle cómo podía lograr que la vida dejara de dolerme, cómo podía encontrar la valentía para encararla sin que la idea me aterrorizara. Me tentó pedirle que me convirtiera en una mujer capaz de mirar hacia otro lado y dejar de darle importancia a unos valores en los que había confiado, pero que nunca me había atrevido a verbalizar. Quería no fingir más fortaleza e indiferencia para sentir ambas de verdad. Y que la mafia habitara en mí sin que me hiriera pensar que mi existencia contribuía a ella.

Porque una cosa tenía clara, y es que odiaba ser Regina Fabbri por más que me hubiera empeñado en ocultarlo.

Si ese hombre era un mercenario y no se lamentaba por ello, quizá contara con la ecuación precisa. Tal vez sus manos lograrían arrancarme esa humanidad que tan vulnerable me hacía, que tanto intentaba tapar tras una impostada insolencia.

Tal vez esa dichosa e inoportuna atracción que me despertaba era la solución, a pesar del riesgo que conllevaba. Solo tenía que desnudarme y dejarlo entrar dentro mí. Lo disfrutaría, de eso estaba segura. Gritaría, me aferraría a sus hombros, le pediría más y olvidaría arrepentirme. Y cuando amaneciera al fin, me arrastraría de nuevo por ese maldito abismo y solo entonces empezaría a blanquear un sentimiento que debería haberme prohibido.

Porque enamorarme de un cazador era un error.

—¿Volveré a verte? —pregunté.

Lo mejor era alejarnos antes de que fuera demasiado tarde.

—Ambos sabemos que la respuesta debería ser un no.

Sí, era bueno saber que estábamos de acuerdo.

—Pero ninguno lo creemos, ¿cierto?

—Si Marco llama, yo respondo. Si tú llamaras, también lo haría —sentenció devorándome con su mirada.

—¿Porque te excita tirarte a la esposa del hombre que compra tus servicios? —ironicé. Debía seguir fingiendo que todavía me quedaba un poco de resistencia.

—No —aseveró—, porque no me importaría convertirme en tu vía de escape.

Contuve un escalofrío.

—Ya me la han ofrecido —jadeé.

—¿Y qué les has dicho?

—Que no.

No iba a molestarme en explicarle los detalles. Era un hombre inteligente, los deduciría por sí mismo.

—El cinismo no casa bien con la abnegación —se mofó.

—Pero es que ya no sé qué demonios soy.

Me serví de nuevo e intenté beber sin ser consciente de que unos dedos se enroscarían en mi muñeca. Me arrebató el vaso de la mano.

—No, no me detengas, mercenario. —Se me rompió la voz.

Y volví a mirarle con la intención de refugiarme en aquellos ojos que decían contener maldad. Me equivocaba al creer que ese hombre podía rescatarme llenándome de caricias.

Echó mano al bolsillo interior de su chaqueta, extrajo un billete de cincuenta euros de la cartera y lo dejó en la mesa antes de devolverla a su lugar. Se puso de pie y me ofreció una mano.

—Vámonos —me dijo.

—¿Adónde?

Pero no respondió y lo seguí afuera, donde el frío me golpeó sin contemplaciones. Me crucé de brazos para contener los temblores y clavé mi atención en la poderosa espalda de aquel hombre que se dirigía hacia el coche.

Me enfureció que fuera tan consciente de mis batallas internas y quisiera hacerse el caballero. Ambos sabíamos que un mercenario no tenía ni una pizca de cortesía. No quería que me protegiera de mis arrebatos, maldita sea. Lo que deseaba era que fuera un sucio desgraciado, como todos los que se me acercaban.

«¿Por qué demonios te he conocido esta noche? ¿Por qué no has aparecido un poco antes?». De no estar a punto de convertirme en la esposa de Marco Berardi, seguramente no le habría importado meterme en la cama.

—Si no vas a dejarme seguir bebiendo, será mejor que me propongas algo que me haga olvidar —le reproché encarándole.

—La carne no funciona.

—Lo ha hecho en otras ocasiones.

No era cierto, pero la misión de aquel momento era dejarme llevar hasta que la espesura de mi mente noqueara toda la miseria que me perseguía. Era sencillo.

—¿Y después qué? —me desafió, una vez más—. Despertarás en mi cama con ese sentimiento de mortificación que ahora te persigue. —Bajó la voz hasta convertirla en un susurro y acercó una mano a mi mejilla. La acarició con tanta suavidad que no pude evitar cerrar los ojos—. Pensarás que ese contacto agónico y desesperado no te ha ahorrado pasar por el altar y estarás más cerca que nunca de creer que no vales más que para satisfacer los deseos de tu familia.

Apreté los dientes, me asaltaron unas inéditas ganas de llorar. Unas lágrimas acariciaron mis pestañas. Supe que, si miraba a ese mercenario, brotarían sin remedio porque sus palabras eran demasiado ciertas. Pero nos había ahorrado a los dos mencionar que su piel comenzaba a ser una tentación imposible de ignorar. Que en los días venideros no dejaría de pensar en lo que habría sido conocernos siendo dos personas normales alejadas de toda aquella basura.

No quería caer en el engaño de creer que no había tenido elección para escoger su destino. Pero un hombre miserable no sabía tocar de aquella manera tan genuina. Un hombre diseñado para hacer el mal jamás se hubiera negado a usarme.

—Eso ya lo pienso —susurré—. Es una realidad que no necesito verbalizar. Así que preferiría evitarnos los sermones baratos.

La arrogancia me dio el valor para mirarlo. Me encontré reflejada en sus pupilas con una claridad cristalina y demasiado intimidante. Me hallé en un mar de llamas refulgentes más que dispuestas a devorarme. Y por muy estúpido que fuera, supe que estaba preparada para ello. Quise sentir ese fuego navegando por todo mi sistema.

Sus dedos definieron la curva de mis labios. Incidió en el inferior, colando el inicio de su pulgar dentro de mi boca. Se la ofrecí, a pesar de las alertas que estallaron en mis entrañas, a pesar de las negativas de mis instintos a caer en el embrujo de ese hombre.

—Podría pasarme las horas follándote —gimió al tiempo que se acercaba a mí. Su otra mano se clavó en mis caderas y me atrajo hacia las suyas para que pudiera percibir el duro peso de su entrepierna—. Que no te quepa la menor duda, Fabbri. Pero no te dejaré caer en esa trampa.

«No me dejará caer...».

—Sabes hasta mi nombre, ¿eh? —ironicé y entonces quise retroceder, pero no me lo consintió.

—Pídemelo. —Apoyó su frente en la mía.

Lo que me pedía era fácil de pronunciar. «Sácame de aquí».

—Ni siquiera te conozco —murmuré.

—Pero no te importaría acostarte conmigo.

Me alejé de un salto. Fue demasiado descorazonador que precisamente él me pusiera en la encrucijada que había estado evitando desde que nos habíamos subido al coche.

—Mañana me olvidarás —gruñí con el corazón en la garganta y el pulso disparado—. Seremos un polvo más. Yo no creo en los cuentos de hadas y tú solo eres un hombre de la mafia. Es el cóctel perfecto para que, por un maldito momento, ¡me olvide de esta asquerosa miseria que me hunde! —estallé temblorosa—. ¡Y sé que no es lógico, que casi resulta vulgar y deprimente, créeme, es así como me siento, pero es que no se me ocurre otra forma de...!

Se me rompió la voz. Las lágrimas ya eran un hecho, y no me preocupé de contenerlas. No me ahorrarían debilidad.

Me llevé las manos a la cara. Me la froté un tanto desesperada y luego miré al cielo estrellado pensando que esa sería la única vez que podría permitirme confesar la realidad en voz alta.

—No me dejarán escapar. Y tengo miedo. Estoy acojonada...

No me atreví a mirarlo. Resultaba demasiado intenso saber que tenía toda su atención. Sentía sus ojos clavados en mi espalda.

—Por una vez en mi vida me gustaría despertar muy lejos de aquí... —suspiré.

Sería lo último que diría.

Entonces me encaminé al coche, abrí mi puerta y me lancé dentro intentando hacerme pequeña e invisible ante aquellos ojos que persistieron un poco más en mí.

El trayecto se desarrolló en silencio. No hubo miradas de soslayo o exhalaciones más intensas de lo normal. De hecho, casi parecía que estábamos a miles de kilómetros de distancia el uno del otro. Y seguía sin entender por qué me sentía tan desbordada y desesperada. Tan impotente, pero con ganas de lanzarme a aquel tipo y decirle que sí, que me sacara de allí, que no soportaba la idea de casarme con un hombre cruel solo porque mi padre me lo había pedido. Que me sobrecogía saber de la sufrida existencia de Gennaro y las decenas de esclavos que mantenían en el Marsaskala.

No tenía sentido aferrarme a la posibilidad de ser rescatada por un mercenario.

«Piensa en tu hermana. Ella no tiene la culpa de tus terrores».

Cerré con fuerza los ojos. No los abrí hasta que el coche se detuvo un rato más tarde. Y aun así esperé un poco más a dar con la fortaleza que me llevara a adentrarme de nuevo en aquel palacio.

Él esperó paciente y en silencio, como si estuviera allí solo para cumplir mis deseos. Me tentó decirle que no lo había conseguido. Que lo único que le había pedido no me lo había dado, porque resultó tener más decencia de la que ambos necesitábamos, cosa que debería haberme resultado admirable y que, sin embargo, detesté con todas mis fuerzas. Me daba razones que odiaba y demasiado difíciles de ignorar.

Bajé del coche. Despacio. Di un par de pasos. Me detuve a mirar aquella puerta. Era un acceso desconocido, quizá del servicio o restringido a los propietarios. Se mostraba arrogante ante mí, más que dispuesto a engullirme a través de sus elegantes y sofisticadas formas.

Avancé un poco más. Mucho más lento. Apenas recorrí un metro. Y entonces escuché sus pasos. No la puerta ni el modo en que se bajó del coche. Fueron sus pasos. Y mi propia necesidad de sentirlos cada vez más cerca.

Cerré los ojos. Contuve el aliento. Esperé muy quieta.

De pronto, sentí la fuerza. Primero sus manos se enroscaron en mi cintura y después la inercia me empujó contra la fachada. Ni siquiera entonces abrí los ojos. Y tampoco lo hice cuando sentí su aliento pegado a mi boca.

—Mírame, Regina —me ordenó con voz grave.

—No... —Jadeaba, apenas podía respirar.

Se me había instalado un temblor en la boca del estómago que me mantenía completamente pegada a la pared rogando por que aquellas manos no me dejaran flaquear.

—¿Por qué? —Su voz resbaló por mi cuello, se extendió por el balcón de mis pechos. Se me erizó la piel y mis pulsaciones se aceleraron hasta convertirlas en un golpeteo incesante.

—Te arrepentirás...

Despacio, sus labios ascendieron por mi yugular hacia la curva de mi mandíbula, absolutamente consciente de todo lo que me estaba provocando.

El temblor poco a poco se tornó en pequeños espasmos involuntarios mientras sus manos se clavaban un poco más en mi cintura, muy próximas a mis caderas.

—No podrías estar más equivocada.

Comenzó con un lento roce de su boca contra la mía. Su lengua definía con suavidad la curva de mi labio inferior. Contuve un gemido ante la agradable humedad que dio paso al primer beso. Sutil, efímero, casi como un roce. Pero entonces sí gemí y no me importó que él pudiera escucharme. No me importó ser cazada y castigada. Deseaba esa boca como no había deseado nada en mi vida. Deseaba poder sentirla durante horas, refugiarme en ella a cada instante.

El mercenario se acercó un poco más, como si eso fuera posible. Ni siquiera el aire podía colarse entre nosotros. Apoyó su dura y cálida pelvis contra la mía cuando decidió devorar mi boca casi con desesperación.

Me aferré a sus hombros y hundí mis dedos en su nuca para atraerlo aún más a mí mientras su lengua salía al encuentro de la mía. Me retorcí contra ella, con jadeos lastimeros que tenían su eco entre mis muslos. Los sentí endurecerse y apretarse entre sí mientras intentaba contener las ganas de arrancarme la ropa y entregarme a ese cazador.

Sus manos se deslizaron hacia mis nalgas y las apretó invitándome a frotarme contra sus caderas. Y lo hice, lenta, torpe y errática. Porque toda mi concentración estaba en aquella boca que se movía sobre la mía como si quisiera poseerme a la desesperada.

Ese hombre me besó sin restricciones. Un beso brutal, lleno de una necesidad ardiente que pronto causó estragos en los dos. Alcanzó cada una de nuestras terminaciones nerviosas y les encomendó un único objetivo: obtener todo lo que pudiéramos de aquella noche. De ese maldito contacto que me perseguiría cuando decidiéramos darnos una despedida.

Sin embargo, busqué más y lo recibí. Sus labios se enroscaban con los míos obligándonos a compartir un solo aliento. Sus manos me atrapaban contra él como si se creyeran capaces de librarme de cualquier destino, por peligroso que este fuera. Su pecho pegado contra el mío hasta el punto de que podía sentir los latidos de su corazón estrellándose contra mi piel.

La sangre me hervía mientras ese hombre devoraba mi boca con hambre y aspereza, pero también con la contundencia de quien estaba cansado de reprimirse. Lo supe porque era la primera vez que el mercenario se mostraba visceral desde que nos habíamos encontrado. Aquella era su verdadera identidad. Y yo no tenía por qué ser el detonante, pero decidí creerme lo bastante importante.

Por una sola vez en mi vida, lo sería. Sería esa mujer que podía ser amada. Aunque todo terminase en un instante.

Lentamente, sus labios se detuvieron sobre los míos. No se alejó de inmediato, sino que respiró mi aliento un instante más antes de encontrar la fuerza para alejarse.

Se lo reproché en silencio, a través del aturdimiento que fluía bajo todo aquel torrente de deseo que nos había asaltado. Pero no quise que la frustración empañara esos últimos segundos. Me llevaría esa imagen de mí grabada en sus ojos y el modo en que estos me gritaban cosas que no me atreví a entender. Verdades a las que no me podía permitir aspirar.

—Lo haría... —me susurró al apoyar su frente en la mía.

—Lo sé...

Y era cierto. Sabía que, de estar al amparo de una habitación, ese mercenario no me follaría. Me desvestiría despacio, disfrutaría de mi cuerpo, de cada centímetro de mi piel, y me haría el amor hasta hacerme perder la cabeza. Eso también creí merecerlo. Aunque no fuera cierto.

—Claro que lo sabes —suspiró.

—Si vas a irte, dime al menos tu nombre.

Dejé que mis manos resbalasen por su pecho. Su corazón todavía latía apresurado.

—¿Serviría de algo?

—En realidad, no.

Solo para torturarme cada maldita noche.

—Por supuesto que no, porque ambos necesitamos que me recuerdes por ser egoísta.

Cuánto lamenté haberme encontrado con él y habernos arrastrado a ese momento tan innecesario.

—Si fueras Marco Berardi... —pensé en voz alta.

—Pero no lo soy y deberías sentirte orgullosa. Ese hombre nunca te haría daño.

Su sinceridad me aturdió.

—¿Cómo puedes estar tan seguro?

—Ponlo a prueba. Y si no... —Echó mano al bolsillo interior de su chaqueta y me entregó una tarjeta. Solo contenía un número de teléfono.

La cogí con dedos temblorosos.

—A cualquier hora. Puedo borrarte del mapa si me lo pides. Nadie te encontraría.

Tragué saliva. Era la primera vez que estaba tan cerca de aceptarlo. Sin embargo, recurrí de nuevo a la insolencia.

—Qué extraño que un mercenario tenga corazón.

—A veces me cuesta oírlo.

—Pues lamento mucho que lo hayamos oído esta noche.

Quise que mis palabras sonaran a mofa, pero no lo conseguí. Simplemente nos miramos más que tentados de volver a besarnos como dementes.

—Honestamente, yo no lo lamento.

Me alejé de él, y esa vez sí encontré el valor para encarar la entrada del edificio sin que mis pies dudaran.

«Camina, Regina, y no mires atrás», me dije. Y lo conseguí contra todo pronóstico, a pesar de la necesidad que me empujaba y me gritaba que volviera con él.

Apreté la tarjeta entre mis dedos.

13

MARCO

Los remordimientos están reservados para la gente que asume haber cometido un error. Se decía que la conciencia no permitía continuar con normalidad, que cualquier actitud se tornaba errática en su intento por ignorar el daño causado. Y finalmente sobrevenían las ganas de pedir perdón.

En mi caso, las únicas faltas que quizá cometía tenían más que ver con la rapidez que empleaba a la hora de resolver los problemas de terceros. Como el hecho de satisfacer a mi tío con su nuevo capricho.

A mí me daban igual los métodos o su crudeza, el objetivo era evitar inconvenientes a costa de lo que fuera, incluso de vidas inocentes.

Ese príncipe torturado me importaba un carajo. No era más que un número más en la lista de desdichados que habían caído en las garras equivocadas. Ni siquiera me molesté en mirarlo, a pesar de estar refugiado entre los brazos de mi prometida.

Me repugnaba tratar con esclavos y detestaba toda la cultura que se había creado en torno a ellos en el Marsaskala. Su presencia era uno de los principales reclamos. Con el tiempo se había perfeccionado tanto cada uno de los servicios y eventos que costaba imaginar aquel lugar sin los siervos de sus clientes.

El tráfico de humanos facilitaba mucho otros negocios, porque si estos morían, contribuían a otro listado igual de interesante: prolongar la vida de aquellos dispuestos a pagar por ella. Y, desde luego, asombraba el valor que podía alcanzar un órgano.

Era la ley de la jungla, donde vence el más fuerte y come quien puede.

Lo asumí demasiado pronto, antes de alcanzar los dos dígitos, y nunca me opuse a ello porque fui amaestrado para aceptarlo. Así que, si se me hacía insoportable, bastaba con mirar hacia otro lado. Era como apartar el alimento que más me asqueaba del plato.

Esa noche no debía ser diferente.

Un esclavo que ha escapado es interceptado y devuelto a su instructor. Fin de la historia. Pero no había incluido a Regina en esa ecuación. Para ella, ese muchacho desvalido era una vida que atesorar y proteger. Una vida que tenía poder de elección.

No pegué ojo en toda la maldita noche. Mi mente proyectaba una y otra vez la voraz violencia y decepción con la que Regina me observó antes de cruzarme la cara con un bofetón. Me tocó con la misma mano que previamente había tocado a ese chico. Debería haberme repugnado. Sin embargo, tuve un escalofrío y percibí un insólito reflejo del malestar que sintió ella.

Verla desaparecer por el sendero fue tan aliviador como desconcertante. Era demasiado pronto para ella entender la filosofía del Marsaskala, y tampoco esperaba que lo hiciera con el tiempo. A veces, ni siquiera yo la comprendía. Pero, aun así, lo lógico y natural para mí habría sido ignorar sus arrebatos de heroína en vez de pasarme la noche pensando en si su decepción le permitiría mirarme de nuevo.

Supe que no cuando esa mañana me incorporé al desayuno que Saveria había convocado para la familia. La silla que debería haber ocupado, entre su padre y su madrastra, justo enfrente de la mía, estaba vacía. Fingí que no me importaba porque, en realidad, Regina no sería nada más que un nombre junto al mío en un acta matrimonial. Compartiríamos espacio como enemigos de lo más refinados y sutiles.

La idea de construir una alianza entre los dos se me antojaba una quimera inalcanzable.

Intervine lo justo en las conversaciones, como era costumbre. Solo me limité a asentir si se me preguntaba e intentaba comer algo para evitar molestas especulaciones, como que estaba nervioso por el gran día.

El arte de disimular era algo nuevo para mí. Nunca había tenido que forzarme en parecer impertérrito porque lo era por instinto. Pero esa mañana todo me resultaba incómodo. Desde la elegante mezcla de sabores hasta la preciosa luz que se colaba en el cenador a través del lucernario de cristal.

Hasta que escuché su nombre.

—¿Y dónde está Regina? —preguntó mi madre.

La miré como empujado por un resorte. Sabía las intenciones que ocultaba ese tono desdeñoso y arrogante. Elena Sacristano adoraba los conflictos. Provocaba la chispa que encendía la hoguera y se sentaba en primera fila a disfrutar del resultado. Era su mayor entretenimiento junto al dinero, los antidepresivos y las conquistas más jóvenes y serviles. Podía decirse que mi madre solo era la mujer que me trajo al mundo porque ni siquiera quiso amamantarme. Así que dicha habilidad nunca me había importado. Aquel día, sin embargo, sentí una necesidad irreverente e inexplicable de partirle el cuello.

—Su guardaespaldas me ha comunicado que está indispuesta —intervino Vera manteniendo el tipo con gran estoicismo. Ella también había detectado hacia dónde podía dirigirse la conversación.

Entonces, miré a Ugo. Era el único, además de mí, que sabía la verdad. Pero la tertulia no parecía preocuparle siquiera. Estaba más que concentrado en su desayuno. Y aquella maldita mueca de satisfacción me irritó.

—¿Un día antes de la boda? Vaya, menudo inconveniente.

Pero mi madre no era la única a la que se le daba bien increpar.

—A lo mejor bebió demasiado —se mofó mi hermano, que no apartaba los ojos de la pequeña Camila—. Cualquier cuerdo debe hacerlo para soportaros.

Hizo un mohín y le entregó un trocito de fresa. La cría lo cogió toda tímida y se lo llevó a la boca sin ser consciente de que su futuro tío político estaba demasiado obnubilado con ella. En cambio, la tía de Regina, Mónica, sí intuyó su interés por la niña. Me miró de soslayo y forzó una sonrisa para disimular su inquietud.

—Eso no justifica las extralimitaciones de ese joven —rezongó mi padre.

—Se llama Attilio, y Regina apenas bebió —resolví más impaciente de lo esperado—. Así que evitemos las insinuaciones de ese tipo, por favor.

Mi hermano se echó a reír.

—Lo dice el hombre que se pasó toda la noche acechándola en la distancia.

—Eso no es cierto. Nos regalaron un baile precioso.

—Oh, Nora, cállate. —Sandro le lanzó un puñado de frutos secos a la cara, y mi prima agachó la cabeza—. Berreas como ese gato que tuviste...

—Lo siento —murmuró.

Aquel gato de apenas cinco meses murió a manos de los celos de mi hermano. Lo mató a golpes, porque sabía que eso le haría daño a su prima. Solo quería atraer su atención, y actitudes como esas no dejaron de repetirse, solo que con el tiempo se tornaron más silenciosas.

A los dieciséis las mieles del primer amor llamaron a la puerta de Nora y cayó prendada de un joven camarero de la cafetería que había frente a su instituto. Sandro estaba en el último curso. Obtuvo las pruebas necesarias para amenazarla con decírselo a la familia.

Nora nunca supo cómo manejarlo. Jamás fue capaz de negarle algo, y Sandro siempre encontraba la manera de hincarla de rodillas y hundirse en su boca.

La sumisión de Nora era habitual. Estaba destinada a ser la esposa de un hombre poderoso, alguien a quien servir y dedicar sus días, como mi madre, como su abuela, como todas las mujeres de nuestro círculo. De modo que opinar, participar, decidir eran privilegios que no estaban destinados a una mujer como ella, la única descendiente que su madre trajo al mundo antes de abandonarlo por una sobredosis de ansiolíticos. A veces pensaba que Nora tendría un final similar. Que un día se cansaría de ser la amante resignada de mi hermano y encontraríamos su cadáver.

—¿Qué me dices entonces, Vittorio? ¿Debe preocuparme su falta de interés y notable irresponsabilidad? —Mi madre volvió a la carga al descubrir que sus palabras no estaban surtiendo efecto.

—Es evidente —repuso este—. Regina siempre ha sido de lo más irreverente.

—Salta a la vista —protestó mi padre.

Entonces Vitto se puso en pie.

—Se me ocurren varias formas de corregirla. Si me disculpáis.

—No —gruñí de súbito asombrándolos a todos. Clavé los ojos en mi futuro suegro y lo desafié, a pesar de ignorar el verdadero porqué—. No será necesario, señor Fabbri. Yo me encargaré. —Dejé la servilleta sobre la mesa y me levanté—. Al fin y al cabo, soy yo quien va a casarse con ella.

Abandoné la sala sin molestarme en observar las reacciones. Salvo excepciones, como Camila, me costaba comprender que Regina fuera a sacrificarse por su familia.

Me acerqué a Draghi, que esperaba en la puerta junto a varios camareros. Le pedí con un gesto que me siguiera. En cuanto nos hallamos lo bastante lejos, empecé a hablar:

—Pídele a uno de tus hombres que sea la sombra de la pequeña hasta que abandone la isla.

—¿Camila Fabbri? —quiso confirmar mientras me encaminaba hacia los ascensores.

—Exacto.

—¿Hay algún problema? —inquirió.

Con darle un nombre bastaría para que entendiera.

—Mi tío. Y Sandro.

Apretó los dientes.

—De acuerdo.

Subí al ascensor y marqué la última planta especulando de dónde demonios surgía aquel extraño y recóndito instinto protector hacia una maldita desconocida. Era una especie de hormigueo que me ceñía la boca del estómago y aceleraba mis pulsaciones. Lo único en lo que podía pensar era en alejar a Regina de su padre.

El hormigueo aumentaba conforme recorrí el pasillo que me llevaba a su suite.

No era cierto que estuviera indispuesta. Lo único que Regina pretendía era mantenerse lo más alejada posible de mí.

Llamé a la puerta, aunque no esperaba una respuesta. Me había preparado para ello. Pero me asombró que Attilio abriera y se adelantara para bloquearme el acceso. No solía intimidarme con frecuencia, pero aquella mirada estuvo muy cerca de conseguirlo. Ese hombre podía ser muy violento si se lo proponía.

—¿Y bien? —me retó.

—Quería saber cómo se encuentra Regina —suspiré—. No ha bajado a desayunar.

—Ya he hablado con Vera. Está indispuesta.

Hizo el ademán de volver a entrar en la habitación, pero mi voz le detuvo.

—Attilio.

Entonces, cerró la puerta y me encaró de nuevo.

—Quiero dejarte algo bien claro, Berardi. Será tu esposa,

pero mi lealtad es hacia ella. Así que no esperes que obedezca tus órdenes o las de cualquiera de los tuyos, ¿me has entendido?

Desde luego que lo había entendido. Había sido un mensaje con demasiada firmeza, pero también me permitió entrever cuán implicado estaba Attilio con Regina. No era una lealtad impostada, la sentía de verdad, casi como una razón de ser. Algo que se iba generando con el paso de los años.

Aprecié esa conexión que muchos no sabrían comprender. La distorsionarían con sus mentes corruptas porque no estaban acostumbrados a que dos personas compartieran un vínculo de afecto y respeto sano.

—Han empezado demasiado pronto los rumores. Deberías tener cuidado —le advertí.

—Me importa un carajo.

—Debería importarte si le eres leal.

Era un consejo y me satisfizo que finalmente lo considerara. Attilio no cambió su actitud recia y severa conmigo, pero percibí en sus ojos que estaba un poco más dispuesto a escucharme.

Cogí aire y me humedecí los labios.

—Sé por qué no quiere salir —admití.

—¿Y también sabes qué haces tú aquí?

No, eso no lo sabía. Ni siquiera podía hacerme una ligera idea. Solo respondía al impulso para ahorrarme así debates internos. No estaba acostumbrado a dudar.

Attilio se dio cuenta de lo complejo que era para mí admitir que Regina me suscitaba una emoción tan confusa. Nadie antes lo había logrado, y mucho menos había sentido yo aquel desorden alguna vez.

—Escúchame bien. Regina se disfraza de mujer insolente y vanidosa, pero es todo lo contrario. Se obliga a interpretar un papel por miedo a romperse. Ya sucedió cuando perdió a su madre y ha estado a punto de ocurrir cuando ha descubierto que toda su vida está más podrida de lo que ella creía. Pero es fuerte y valiente, tanto que a veces me asombra. Afrontará esta situación mientras su familia banaliza que vaya a sacrificar su propia vida para salvarlos a ellos —gruñó cargando con un notable rencor—. Fingen compasión, manipulan el verdadero contexto de todo con tal de escapar de la sensación de cobardía. No te haces ni idea de lo lamentable que es ver eso y que después reinen las sonrisas de cortesía. Tú y yo entendemos toda esta basura porque estamos diseñados para el desastre, pero ella no. Es demasiado compasiva. No quiere ver que su familia es su peor enemigo, que el riesgo que va a asumir no merece la pena por ninguno de ellos.

Cerró un instante los ojos y se pellizcó la frente. Imaginé que aquella era la primera vez que verbalizaba toda la repulsa que le había granjeado la situación. Attilio no parecía un hombre locuaz o vehemente, a pesar de su evidente fortaleza y carácter.

—No te pido que le muestres empatía, Marco —me dijo más amable de lo que había sido hasta el momento—. Solo te pido que hoy no llames a esta puerta.

Tragué saliva y asentí con la cabeza. No insistiría, le daría al menos la oportunidad de reponerse y prepararse para uno de los peores días de su vida.

Attilio agradeció mi gesto en silencio antes de regresar a la habitación. Yo, en cambio, me quedé observando la puerta con ciertas ganas de cruzarla y mirar a Regina a los ojos. Me dieron igual las razones. Quería verla.

Pero acepté su voluntad y me alejé sin ser consciente de que terminaría sentado frente a la barra del bar. No tuve que pedir, el camarero me sirvió una copa de whisky escocés en cuanto me vio. Unos segundos después repitió la maniobra y se tomó la licencia de dejar la botella a mi disposición. Intuyó bien que la necesitaría. Quizá el alcohol me facilitaría el proceso de entender por qué Regina estaba a punto de convertirse en el mayor punto de inflexión al que me sometería jamás.

Una hora después supe que no lo conseguiría, y salí del bar. Subí de nuevo al ascensor y volví a marcar la última planta. Una vez más avancé por el pasillo que me llevaba a la suite de Regina.

Pero esta vez no llamé a la puerta. Tan solo apoyé la frente en la madera y detesté aquella sensación de necesitarla por incomprensible que eso fuera.

Entonces, eché mano de mi teléfono y marqué el número de la única persona que podía arrojarme un poco de luz.

—¿Qué es la empatía, Saviano? —pregunté en cuanto el doctor descolgó.

—Un sentimiento —respondió amable—. El acto de sentirte identificado con alguien, de compartir un estado emocional, de asumir las cargas emocionales de otro con el objetivo de convertirte en su sostén. La empatía puede ser todas esas cosas, Marco.

—¿Y por qué me ocurre con ella? ¿Por qué ahora, después de todo lo que he visto y hecho? —casi gruñí y me puse a negar con la cabeza.

—Porque es un reflejo de ti mismo. Porque la ves tan perdida como tú mismo lo estuviste una vez.

Me giré hasta apoyarme en la pared y mirar al techo.

—¿Me perdí? ¿Eso crees?

—Insistiré de nuevo en lo que siempre te digo: ¿acaso tuviste elección?

No sabía que la hubiera. Nadie nunca me dijo que había opciones. Pero mi silencio fue la respuesta que Saviano necesitaba para saber que la conversación había llegado a su fin.

Aquello no iba de sentir empatía de pronto. No podía resolver años y años de total ausencia de empatía solo porque ahora creyera estar arrepentido de haber herido a Regina. Maldita sea, solo era la primera vez de miles. Sucedería constantemente. Esa mujer debería acostumbrarse a recibir decepciones.

Sin embargo, el remordimiento era muy molesto. Una especie de cosquilleo constante en la nuca que me erizaba la piel y me increpaba con preguntas que no quería responder.

Empezaba a recelar de las ocasiones en que Regina lograría tocar los botones precisos que me convertirían en una marioneta emocional. Y lo detestaba, pero también me intrigaba. Porque nunca había sucedido.

14

GENNARO

Vi nuestro reflejo en un espejo. Dos cuerpos desnudos, enredados entre sí, retozando con aspereza. El vaivén del mío por las rudas embestidas del otro. Y sus gruñidos ocultando mis jadeos sollozantes.

En algún momento estalló el placer. Un delirante regocijo que se aferró a mi garganta y empujó hasta que el mío propio saltó sobre mi vientre. Luego, me quedé muy quieto, rogando por respirar, aborreciendo que aquellos resuellos pronto se convirtieran en lametazos que cruzaban mi cara.

No supe si aquello duraba ya un rato o si acababa de empezar. La espesura de mi mente apenas me permitía controlar el tiempo o mis propios actos. Aunque lo hubiera querido, ni siquiera habría podido enfrentarme a ese hombre antes de que me atara a la cama de aquella habitación roja.

Oponerse no era una opción.

Vagaba entre la inconsciencia y la lucidez como una hoja azotada por el viento. Nunca supe dónde caería, contra cuántas rocas me estrellaría. Fue doloroso, pero no tanto como otras veces. El pinchazo facilitó el proceso. Me hizo receptivo e incluso me animó a participar, o al menos a evitar pensar que estaba siendo violado por enésima vez. El tiempo se había convertido en una distorsionada huella de un sufrimiento que había normalizado.

Los recuerdos eran confusos. Se amontonaban unos sobre

otros, estaban tan ligados que era casi imposible descifrar la realidad de la ficción.

Pero no olvidaba aquellos abrumadores ojos azules. Tampoco cuando despertaba por culpa de las acometidas.

Cuando se me permitió dormir, soñé con ellos sobre un rostro níveo de belleza pasmosa. Me observaban aterrados, desesperados por darme aquello que ni mi familia había fantaseado con entregarme.

Libertad, quizá también alivio.

No le reprochaba no haber sido capaz. Ella no tenía la culpa del mundo en el que estábamos atrapados. Pero me entregó un instante de esperanza, la ilusión de imaginarme muy lejos de allí.

Me despertó una suave caricia. Comenzó en mi mejilla y resbaló por mi pecho hasta frotar mi miembro. Sentí que mi cuerpo flotaba. Aquellos brazos me transportaron a una bañera de agua tibia. Fue la razón por la que pude vislumbrar lo que me rodeaba sin ningún tipo de interferencia.

La bruma insistía, sí, pero ahora en forma de jaqueca. Ya no neutralizaba mis sentidos ni me convertía en su marioneta. Di por sentado, pues, que los síntomas habían cedido. Pero el miedo arreciaba. Y el asco también. Estaba tan sucio como malherido.

Ugo Sacristano apartó a una de sus sirvientas y ocupó su lugar para sentarse en el borde de la bañera. Cogió una esponja y comenzó a frotarme la espalda. Me hice pequeño ante el escrutinio de aquel canalla y los dos secuaces que estaban en el baño con nosotros.

Cabizbajos, evitaban observar la escena, pero sabía que tenían una buena panorámica y me asombró que aceptaran aquello con total normalidad. Quizá ellos también eran esclavos, de los que pertenecían al grupo obligado a servir. No tenía ni la menor idea, pero me negué a creer que hubieran escogido aquel trabajo voluntariamente.

Sacristano continuó enjabonándome. Lo hacía con meticulosidad y delicadeza, todo lo que no había hecho en la cama. Aquella maldita bestia recorría mi piel centímetro a centímetro cerciorándose de su pulcritud.

Me fue imposible contener los espasmos de puro terror.

—No tengas miedo —me dijo con voz suave y ronca.

Ese hombre tenía la edad de mi padre y un rostro amable que engañaba. Lograba convencerte de que su actitud era cordial, pero esta desaparecía en cuanto se desnudaba. Era un salvaje que sabía fingir lo contrario. Como si dentro de él hubiera otra persona luchando por imponerse.

Yo sabía bien que no se trataba de ningún trastorno. Era su propia naturaleza, que no podía mostrarla en todo su esplendor fuera de la alcoba. Lo supe la primera vez que lo vi.

«No tengas miedo», me había dicho, y me violó hasta dejarme inconsciente. Y luego otra vez y otra y otra.

No me creía una maldita palabra suya.

—Listo —dijo en cuanto hubo terminado de lavarme.

Me cogió de las axilas y me ayudó a salir de la bañera. Me costaba mantener el equilibrio, pero detestaba aún más tener que apoyarme en él. Así que me enderecé e intenté caminar al tiempo que intentaba ocultar mi desnudez.

Ugo no me lo permitió. Me detuvo frente al espejo de aquel enorme lavabo y me obligó a mirarme de frente. La timidez me llevó a curvar los hombros hacia delante y contorsionar las piernas para ocultar mi miembro. Pero aquel tipo me agarró de las manos y apoyó su creciente erección en mi trasero.

—Mi pequeño príncipe —me susurró al oído mientras acariciaba mis brazos—. ¿Eres consciente de tu pureza? Brillarás como una estrella durante la subasta. Se comerán entre ellos por ti.

Se me puso la piel de gallina, no solo por las caricias, sino también por sus palabras. Fueron capaces de neutralizar cualquier cosa que no fuera mi propio pulso atronándome en los oídos.

Y me pregunté de nuevo si realmente merecía tal castigo. Podía comprender que mi padre odiara la idea de tener un hijo homosexual, pero eso no le daba suficientes razones para destruirme de aquella manera. A menos que fuera un salvaje como Ugo. Era evidente que no podía descartarlo.

El hombre me guio de regreso a la habitación. Se negó a cubrirme, me quería desnudo.

Me asombró descubrir una mesa en la que los sirvientes habían dispuesto un suculento desayuno. Por las ventanas herméticas se colaban los rayos del sol que reinaban aquel día. No había nubes en el cielo, la hierba verde resplandecía. No había rastro del espejo o las paredes de rojo oscuro. Seguramente me habrían trasladado en cuanto Ugo se sació lo bastante. Tampoco había señales de las ataduras de cuero ni de la bandeja con el amplio surtido de estupefacientes.

Ese lugar era acogedor. Una enorme suite decorada pensando en la sofisticación y la comodidad. Me costaba creer estar rodeado de semejante belleza cuando mi cuerpo apenas respondía por el dolor.

—¿Tienes hambre? —preguntó Ugo—. Ven, siéntate. Come.

Eso hice, pese a que no había cubiertos y la vajilla era de papel. Llevaba días sin probar bocado. Me importó un carajo quemarme el gaznate. Engullí unos huevos revueltos y un poco de pan tostado como si se me fuera la vida en ello. Noté cómo bajaban por mi tráquea mientras los ojos de Ugo Sacristano me analizaban satisfechos.

Comí sin descanso, como un famélico animal abandonado, pensando que tal vez no volvería a saborear nada en varios días.

—Hoy se casa mi sobrino. Es un gran día, ¿no crees? —comentó Ugo, que había empezado a vestirse asistido por su ayudante de cámara.

Le ignoré, pero esa vez no pareció importarle porque no me abofeteó. Simplemente sonrió y me permitió seguir devorando todo aquello que había sobre la mesa.

Unos minutos más tarde, carraspeó para llamar mi atención. Le miré, y él estiró los brazos y se giró sobre sí mismo. Lo habían ataviado con un refinado esmoquin gris oscuro que le hacía parecer un hombre de lo más decente.

—¿Qué tal estoy? —Me sonrió a la espera de recibir lo mismo por mi parte—. Oh, vamos, regálame una sonrisa.

Verlo acercarse a mí con aquella mirada felina y tan peligrosa me intimidó bastante, así que obedecí y él me acarició como si fuera mi dueño.

—Eso es, mi pequeño. Eso es. —Se inclinó para robarme un beso—. Regresaré después, tú repón fuerzas mientras tanto, ¿de acuerdo?

Tuve un escalofrío que aumentó al oír como se cerraba la puerta. Me quedé muy quieto, rígido, con los dientes apretados y las manos grasientas convertidas en puños. Todavía tenía hambre, pero temí vomitarlo todo. Porque sabía que aquella comida solo pretendía darme la fuerza necesaria para resistir lo que estaba por venir.

—¿Qué es eso de la subasta? —pregunté afónico a la sirvienta que todavía estaba allí.

—El lugar donde te venderán al mayor postor. Siéntete orgulloso, no todos logran un puesto en la Noche Dorada.

Lo dijo con cierto desdén, como si no me considerase lo suficientemente bueno para merecer semejante honor. Ella aspiraba a eso. Lo ansiaba, lo vi en sus ojos cuando la miré, asombrado con su respuesta.

Desnudo como estaba, ignoró las señales de mi tortura. Las menospreciaba, quizá asumiera que me las merecía, que yo valía incluso menos que ella.

No imaginó que yo estaba acojonado y que, de haber dispuesto de las herramientas necesarias, habría cogido cualquier objeto punzante y me habría rebanado el cuello allí mismo. Seguramente, le atormentaría más el hecho de que pudieran culparla de mi muerte que de verme tendido sin vida sobre mi propia sangre.

La sangre de un napolitano defectuoso.

Lancé toda la comida al suelo y proferí un chillido. No dejarían que me encerrara en el baño, rompiera el espejo y llevara a cabo mi deseo de morir. Pero sí logré cobijarme en un rincón y aferrarme a mis rodillas como si así quedara apartado por completo del resto del mundo.

Y pensé de nuevo en esa chica. En sus ojos terriblemente azules, en sus brazos menudos que se hicieron fuertes en torno a mí. En el miedo que me causó no saber qué había sido de ella.

Cuánto me hubiera gustado verla una vez más.

15

REGINA

La puerta de la habitación se abrió muy despacio durante unos pocos segundos, derramando la luz que provenía del salón. Luego, alguien se deslizó adentro con pasos suaves.

No sabía qué hora era, pero ya había anochecido y yo seguía encogida en la cama pensando en los ojos de ese pobre chico y en los labios que lograron silenciar su nombre.

Gennà. El mercenario.

Ambos convertidos en una macabra y tentadora presentación de la miseria que estaba por venir. De nada servía haber imaginado que ese cazador aparecía de pronto y nos protegía a mí y a ese joven muchacho. Tampoco me ayudó imaginar el reflejo de las caricias que ansié obtener por su parte. La ilusión de haberme quedado atrapada en sus brazos, porque cuando rodearon mi cuerpo no me atreví a pensar que era desafortunada.

La cama cedió y pronto sentí cómo una suave presencia me frotaba el brazo.

—Eh, rubia. ¿Cómo estás?

Elisa tenía la costumbre de aparecer cuando más la necesitaba.

Me acongojaba que eso fuera a cambiar ahora que debía vivir junto a mi esposo en Porto Cervo.

—Hola —suspiré tumbándome bocarriba—. ¿Te ha dejado entrar? —Me refería a Attilio y su extraordinaria habilidad para custodiar mi puerta. No le permitía el acceso ni a mi padre.

—No ha podido resistirse a mis encantos.

Ambas nos echamos a reír.

—¿Hace mucho que has llegado?

—Unos diez minutos, que es el tiempo que he tardado en saludar a la gente a toda hostia y subir hasta tu habitación.

Prendí la lámpara de la mesilla y me incorporé un poco para poder ver el bonito rostro de mi amiga. Se cruzó de piernas y frunció los labios. Quería hablar, pero no estaba segura de cómo hacerlo.

—Atti me lo ha contado todo —dejó caer.

—Eso te ha costado por lo menos dos sonrisas —bromeé.

—Y algún que otro pucherito. Tiene un corazón de piedra, pero es un buenazo.

Agaché la cabeza y apreté los dientes. No quería volver a sentir la maldita niebla que no había dejado de empañar mis ojos a lo largo de todo el día. Pero apenas pude evitarlo.

—Soy una egoísta, Elisa. No dejo de lamentar la decisión que he tomado y tengo ganas de huir muy lejos de aquí.

Gennà personificaba todas las situaciones dantescas a las que tendría que enfrentarme, y no estaba segura de contar con la fortaleza suficiente. Era un estilo de vida demasiado cruel e indignante.

«Y ahora, además, no podrás dejar de pensar en esas fuertes manos que tanto prometían», recordé contra todo pronóstico.

—Si lo hicieras, no estarías cometiendo un error —comentó Elisa mientras me recogía un mechón de cabello tras la oreja.

Tragué saliva.

—¿Y mi familia?

—Hay cosas más importantes que la riqueza, Regina. Si ellos no lo entienden, tú no deberías pagar las consecuencias. Ya sabes cuál es mi opinión al respecto.

Sí, la sabía. Pero quizá era demasiado tarde para echarse atrás.

«Puedo borrarte del mapa». Su voz me atravesó como una corriente eléctrica.

—¿Te quedas conmigo esta noche? —le pedí a Elisa.

—Por supuesto.

Quizá más tarde le contara lo sucedido con el mercenario, pero por el momento quería que fuera solo mío.

Dormimos aferradas la una a la otra. Pero ni siquiera el calor amable de Elisa me ayudó a olvidar el rostro de aquel desconocido. La suavidad con la que me acarició. El magnífico y poderoso roce de sus labios, la erótica fuerza que ejercían sobre los míos. Mis ganas de volver a probarlos. Quizá solo fue el embrujo del momento. Porque hombres así no eran compasivos.

Su gesto se enredó en mis frustraciones, me reveló una rabia más propia de los rencores ciegos. Así transcurriría mi vida a partir de entonces, cualquier deseo estaría ligado a la inherente necesidad de huir de él. Sentirlo era cometer un error en un mundo que se encargaba de destruir todo lo bello.

A la mañana siguiente, me resigné a abandonar la cama y convertirme en la muñeca que todos querían que fuera ese condenado sábado.

Iba a casarme con Marco Berardi, el maldito heredero de un reino corrompido, y debía estar a la altura. Así que no me opuse a nada porque eso era parte del trato.

Me dejé adecentar, peinar, maquillar y vestir bajo la impostada jovialidad de las mujeres de mi familia. Evitaban premeditadamente imaginar que Marco era un villano con rostro de ángel y una actitud capaz de convencer de que dentro de él se alojaba un corazón amable.

Fue quizá lo que más me molestó. Estaba bien disimular los estragos, pero me aturdía la naturalidad con la que lo hacían.

Me calcé mis zapatos en cuanto terminaron de ajustarme el vestido y me obligué a exhibirme. No había elegido la prenda, pero, desde luego, debía reconocerlo. Saveria tenía buen gusto.

Era un diseño de lo más abrumador, de corpiño escotado sin hombros, ceñido a la cintura, y falda amplia de satén, seda y organza que daba la sensación de estar flotando sobre un mar de nubes esponjosas. Las joyas terminaban de resaltar la belleza del vestido. Diamantes en armonía con un peinado que remataba una diadema más propia de las bodas reales.

Mi tía y mi abuela fueron las primeras en besarme. También lo hizo Camila. Elisa, en cambio, bebió una vez más de su copa de champán y miró por los ventanales. No soportaba estar allí.

—Estás preciosa... —suspiró Vera cogiendo mis manos—. Pareces una emperatriz.

—Que va hacia el patíbulo —bromeé.

Pero a ella no le hizo gracia.

—Sonríe, por Dios, no me hagas quedar mal.

—Siempre has sido tan irónica.

Eso lo sabía bien. Cuando Vera me conoció ya era una niña bastante insolente y descarada. Con el tiempo, perfeccioné esas características que me habían empujado, precisamente, a ese momento en que me creía en la obligación de salvar un legado podrido y nefasto.

La abracé. Vera sabía muy bien cómo darme el cariño que necesitaba y en qué medida. La justa ahora para no acojonarme.

—No dejes que papá te someta —le dije al oído. No quería que mi abuela me escuchara. Era demasiado doloroso para ella saber que su hijo no era un buen hombre—. Ya sabes cuán molesto puede llegar a ser.

—Conozco a tu padre, Regi. —Se apartó un poco para acariciarme la cara—. Pero eso es asunto mío. Eres tú quien me preocupa. Prométeme que tendrás cuidado. Esta no era la idea de felicidad que soñaba para ti.

Claro que no. Ella soñaba con que me enamorara locamente de un hombre maravilloso. Un hombre que lo más probable es que no existiera en nuestro universo.

—El amor es engañoso, no te dejes cegar por él —dije con ironía.

—El escepticismo es otra de tus características.

La abracé de nuevo antes de que llamaran a la puerta.

A continuación, apareció mi padre.

—Ha llegado la hora.

Toda la comitiva se encaminó hacia los ascensores dejándonos a Vitto y a mí a solas en uno de ellos. Reinó un silencio incómodo. Ni siquiera se molestó en disfrutar de la imagen de su hija ataviada de novia.

Siempre me había imaginado a un padre dando rienda suelta a su vena más sensible en un día como ese. Supuse que para él era un mero formalismo y, honestamente, no le culpaba.

Fue al llegar al cenador, desde donde debíamos iniciar el paseíllo hacia el altar, cuando decidió hablarme.

—Ugo me ha contado vuestro altercado.

Puse los ojos en blanco. La música había comenzado y Camila se deslizaba con el cojín de los anillos tras la estela de las damas de honor, entre las que se encontraba Nora, que sonrió triste al verme.

—Ahórrate el sermón.

—La moralidad no es bienvenida aquí, Regina. Vas a formar parte de esta familia. Más te vale estar a la altura.

No supe si me molestaron más sus putas palabras o que no me mirase a la cara al pronunciarlas.

—De lo contrario, te tienen a ti para dar los correctivos adecuados, ¿cierto? —espeté ignorando que esa vez sí me clavaría una mirada severa.

—O quizá se tomen la libertad de llevarlos a cabo ellos mismos. No me opondría.

—Claro que no. Ahora seré la esposa de un Berardi, y tú solamente serás el padre que lo verá todo desde la otra orilla —contraataqué—. ¿Por qué castigar cuando tienes a otros hijos de puta dispuestos a hacerlo?

—No merecerás ningún castigo si actúas como corresponde. Y gobernar Nápoles me mantendrá lo suficientemente ocupado.

Eso era lo que más le importaba. Lo curioso fue que aquella era la primera vez que lo confesaba sin tapujos. Así que el hecho de entregar a su hija a los lobos le daba igual si con ello reinaba sobre la ciudad de sus amores.

—Siempre y cuando su justicia no recaiga de nuevo sobre ti —gruñí.

Habíamos empezado a movernos. Atraje la atención de todo el mundo, incluso la de Marco Berardi. Clavó sus ojos azules en mí y no se permitió alejarlos ni un instante.

No supe si se compadecía o se resignaba, pero me aturdí ante la sutil desesperación con la que me aferré a su mirada, como si fuera casi un insoportable salvavidas.

«Ese hombre nunca te hará daño», recordé y me estremecí.

—Hasta la justicia tiene un precio, y este ya se ha decretado. Es cuestión de tiempo que tu tío salga de Poggioreale.

Lo miré de soslayo, con el corazón en la garganta.

—Fíjate cuánto ha logrado tu lealtad a la familia, querida mía.

Así que Saveria había movido sus hilos y cumplido con parte de su trato, salvar a Alberto de la posible condena que le caería.

—No me has contado los acuerdos que has alcanzado, pero espero que también sirvan para que te comportes como un verdadero hombre con los tuyos —susurré.

—Alza el mentón, hija mía. Vas a casarte.

—Que te jodan, papá.

Llegamos al altar. La gente exclamó de pura felicidad al ver cómo el delicado y atento padre me entregaba al hermoso novio. Tomé la mano de Marco con más fuerza de lo normal mientras ocupaba mi lugar a su lado.

Nos miramos con fijeza. No, más bien nos devoramos y enseguida rememoré de nuevo a ese mercenario.

«Espero que lleve razón», pensé al recordar el momento en el que me dijo que Marco nunca me haría daño.

—Fabbri —murmuró.

—Berardi.

—¿Lista?

«No. Quiero huir muy lejos de aquí. De ti».

—Sí.

No me creyó.

Aun así, continuamos aferrados el uno al otro y dejamos que el tiempo se derramara hasta convertirnos en compañeros que no se amaban.

16

REGINA

Aquel lunes brillaba el sol sobre las aguas del lago Ceilán. Había sido nombrado así en consideración a las dependencias del edificio homónimo, una residencia de unos dos mil metros cuadrados de extensión por cada una de las cuatro plantas de altura que tenía.

Durante el desayuno, Nora me había contado que el entorno era relativamente aceptable por la mañana. No me atreví a indagar demasiado en sus palabras, pero bastaría para cumplir mi promesa. Camila quería ver cisnes antes de regresar a Nápoles. Así que cogimos una barca y nos alejamos de la orilla mientras mi hermana se preparaba para lanzar migas de pan.

Los estragos de la boda todavía perduraban en la gente. Muchos de los invitados se habían marchado, pero otros tantos seguían en las inmediaciones disfrutando de los servicios del Marsaskala.

Había sido un evento de lo más abrumador, cargado de excesos, de tediosos discursos y halagos, una fiesta inagotable y comportamientos cuestionables. Marco se pasó la boda pegado a mí ensayando sonrisas que cada vez eran más impostadas. Parecía tan cansado de todo como yo.

Desconecté en cuanto el vino surtió efecto en mi padre, que tomó el control del micrófono y atrajo la atención de los más de mil invitados al contar lo hermosa y dulce que era su hija. Recurrió a los días en que correteaba por el jardín de casa con apenas un par de años detrás de alguna mariposa porque, por entonces, creía que podía convertirme en una de ellas. Supo emocionarse e incluso provocó unas confusas lagrimillas en Vera que pronto contagiaron a los demás. Y yo apreté les dientes y agaché la cabeza sin ser consciente de que los dedos de Marco se convertirían en lo único auténtico a lo que poder aferrarme esa maldita noche.

Después del discurso de mi padre, solo tuvimos que fingir un par de horas más. Cortamos la tarta, nos robamos varios besos, abrimos el baile y simulamos estar cómodos con la atención que suscitábamos.

Fuimos los reyes de la noche.

Dos protagonistas que, tan pronto como fue posible, buscaron la mínima oportunidad para desaparecer. Me asombró que, al acceder a la suite nupcial, Marco me ofreciera una copa en riguroso silencio. Brindamos, me dedicó una suave mirada y se colocó detrás de mí antes de empezar a trastear con la cremallera de mi vestido.

Iba a girarme y a reprocharle que me creyera capaz de meterme en la cama con él. Pero Marco solo desabrochó la prenda, regresó a su posición inicial, asintió con la cabeza y se encerró en la habitación opuesta a la mía.

Su ayuda me sirvió para poder terminar de desvestirme, un tanto aturdida ante el decoro que Marco había demostrado. Ni siquiera me había obligado a hablar. Apenas nos habíamos dirigido la palabra.

—¡Se está acercando! —exclamó Camila devolviéndome al presente.

—¡Bien hecho! —le dije al ver que un cisne flotaba en nuestra dirección picoteando las migas de pan que había sobre el agua.

Mi primo rompió a aplaudir. Estaban tan bonitos que se me cerró la garganta. En adelante los vería crecer desde la distancia. Cerdena no estaba lejos de Nápoles, pero no podríamos vernos con la frecuencia que deseábamos. Y atesoré aquel momento porque era el último que tendría antes de verlos abandonar la isla aquella misma mañana.

Me mordí el labio y miré hacia otro lado. Elisa había decidido acompañarnos y estaba medio tumbada en el otro extremo de la barca con la cara cubierta por un sombrero de paja. Tras ella, en la distante orilla, esperaba un hombre fornido que no nos quitaba ojo de encima.

Le reconocí. No había dejado de seguir a Camila en los últimos dos días. Siempre estaba a su lado y supervisaba su entorno con ojo avizor. Solo descansaba cuando sabía que ella estaba en su habitación. Parecía estar allí para preservar la seguridad de mi hermana, detalle que no se extendía al resto de mi familia. Lo que me indicó que su único cometido era cuidar del eslabón más débil.

—¿Te has fijado en ese guardia? —le murmuré a Elisa, que miró hacia la orilla.

—¿El que está más fuerte que el vinagre?

—Sí.

—¿Qué pasa con él?

—No se ha alejado de ella ni un instante. —Señalé a Camila con la cabeza sin quitarle ojo al hombre.

—Se llama Wilhelm Mattsson y es de Helsingborg, en Suecia.

—Vaya, qué informada estás.

Elisa se encogió de hombros.

—Sondeé las posibilidades de cazarlo. Pero no hubo manera de atraerlo a las tinieblas.

Suspiré algo ausente.

No supe por qué, pero en mi interior intuí que Marco tenía algo que ver. Quizá porque su segundo, Draghi, era quien le daba las órdenes a ese hombre. Y me tentó agradecerle su interés, pero también temí constatar lo que suponía. Que Camila era una buena presa para los depredadores, y esa era una razón demasiado espantosa, teniendo en cuenta que el peligro se daba frente a las malditas narices de sus propios progenitores. Unos padres que no parecían temer por ella.

—Háblame, Regina —me pidió Elisa.

Se incorporó para coger mis manos. El gesto nos aisló un poco más de los niños. No queríamos que nos escucharan.

—Sospecho que Marco le ha puesto seguridad porque teme que uno de los suyos le haga daño —confesé bajito, consternada.

—Pues de ser cierto, eso dice mucho de él. Por ejemplo, que no es tan cabrón como se esfuerza en demostrar.

—Me cuesta creerlo después de lo que vi el otro día.

Marco ni se inmutó cuando se llevaron a Gennà. Ni siquiera se conmovió ante su estado o mis reproches. Tan solo se comportó como el témpano de siempre que le había granjeado una reputación tan severa.

—No te diré que lo olvides, cariño, porque sé que es muy duro —comentó Elisa—. Pero no te conviene torturarte con algo que no depende de ti. Es probable que ese chico esté...

Guardó silencio. Sí, yo también lo había pensado.

—Debería haberlo salvado —dije sin aire.

Jamás podría olvidarlo. Cargaría toda la vida con esa culpa.

Un rato más tarde, dimos por cumplidas las expectativas de Camila y regresamos al complejo para prepararnos para la despedida. Ya habían cargado el equipaje en los maleteros de los vehículos y mi familia esperaba en el vestíbulo en compañía de Saveria y los Berardi.

La tía Mónica fue la primera en lanzarse a mí junto a su hijo. Le siguió Vera y, a continuación, la abuela, que no entendía por qué demonios lagrimeaban sus nueras.

Papá prefirió ser tan indiferente como siempre y apenas me dio un beso.

—¿Me llamarás en cuanto vuelvas de Port Louis? —preguntó Elisa aferrada a mí.

—No voy a esperar hasta entonces. Te llamaré cada día, tonta.

—Eso suena mejor. Ah, Regina, cuídate mucho, compañera.

—Voy a echarte de menos.

Pestañeó para ahorrarse las lágrimas y buscó con la mirada a una Camila que se mantenía rezagada porque no quería que nadie la viera llorar. Me acerqué a ella y me arrodillé dándole la razón perfecta para hacer unos pucheros adorables.

—Eh, no llores, enana —susurré limpiándole las mejillas.

—Pero es que yo no quiero separarme de ti —sollozó.

—Nos veremos a menudo.

—¿Lo prometes?

—¡Pues claro! Ven aquí. —La cogí en brazos mientras la besuqueaba—. Hazle caso a mamá y pórtate bien en clase, ¿entendido?

Ella asintió y me consintió entregársela a su madre. Vi cómo aquella comitiva de coches se alejaba de mí.

Fue triste y desolador, porque ese instante se convirtió en el primero a solas conmigo misma en aquella jungla. Attilio lo supo en cuanto le eché un vistazo de reojo, pero evité ampararme en sus ojos porque sentía el acecho de Massimo a mis espaldas.

Ese fue el motivo por el que no me opuse a que Marco apoyara una mano sobre mi hombro. Lo apretó con la fuerza necesaria como para transmitirme un alivio inesperado.

—Será mejor que nos preparemos —me dijo. Me regaló la excusa perfecta para alejarme de allí.

Apenas dos horas después, su chófer, Cassaro, nos trasladaba al aeródromo privado desde donde cogeríamos el jet que nos llevaría al destino de nuestra luna de miel.

Dos malditas semanas aislados en un exótico resort en las paradisiacas islas Mauricio. Amaneceres eternos, sol reluciente, lujo que debería evocar sonrisas y besos, y noches de desbordante pasión y, quizá, lujuria. Un entorno ideado para acaudaladas parejas que sabían apreciar las mieles de un amor interesado.

Allí iba a compartir lecho con Marco, deberíamos fingir que estábamos capacitados para ahogarnos en los placeres de la carne para así engañar a los espías de Saveria. Los tentáculos de la matriarca no escaparían a momentos de tanta intimidad. Se esperaba de nosotros la consumación de nuestra alianza, la pronta gestación de un heredero. Cuánto orgullo supondría para ambas familias.

Pero Cassaro no tomó el desvío esperado. Continuó conduciendo hacia el norte más aislado de la isla, ajeno al aturdimiento con el que miré a mi esposo.

—No viajaremos —anunció Marco.

—¿Puedo saber por qué?

Me miró con respeto, amable.

—Me ha surgido un imprevisto que debo resolver con urgencia.

Me inquieté en mi asiento y empecé a estrujarme las manos.

—Tu tía no estará de acuerdo —dije bajito.

Marco miró al frente y suspiró.

—Lo que ella opine me importa un carajo.

—Bien —acepté sin más, pero mis pulsaciones eran una tormenta.

Supuse que aquella escueta respuesta bastaba para confirmarle lo mucho que me aliviaba ahorrarme veinte días en el paraíso junto a él. Aunque ni siquiera yo me la creí del todo.

A su lado me convertía en una vorágine de contradicciones. Le guardaba rencor y me intimidaba la frialdad con la que aceptaba el estilo de vida que le rodeaba, pero también me procuraba una sensación de calidez muy aturdidora, una tranquilidad y seguridad que al fin y al cabo tampoco había sentido en mi hogar.

Pude confirmarlo mientras me perdía en sus pupilas.

—Ese viaje era una pérdida de tiempo.

—Estoy de acuerdo. —Fui de lo más sincera.

—Entonces, he tomado una buena decisión.

Guardé silencio. No le daría la razón. No le diría cuánto se lo agradecía, porque, en cierto modo, quedarnos en Cerdeña me hastiaba casi tanto como viajar con él. Íbamos a compartir un hogar, estaríamos condenados a vernos cada día. No existía diferencia alguna.

Marco debía de intuir mis pensamientos. Parecía incómodo, y suspiró.

—No me llevará mucho tiempo resolver...

—No tienes que explicarme nada —le interrumpí.

Frunció los labios y se resignó a asentir. Pude ver que algo de él no estaba conforme con los derroteros que había tomado nuestra relación. Aunque habían sido escasas, las ocasiones que habíamos compartido podían describirse como agradables y cómodas, casi cómplices. Pero ahora que apenas hablábamos resultaba demasiado cargante estar en el mismo espacio.

El coche se detuvo frente a una enorme verja de varios metros de altura custodiada por cámaras y dos guardias. Al atravesarla, la vegetación se tornó tan frondosa que apenas podía vislumbrarse el cielo. Por entre las copas de los árboles se colaban sutiles rayos de sol que salpicaban el camino.

Unos minutos más tarde, comenzó a vislumbrarse la silueta de una mansión de fachada blanca tan idílica que apenas pude apartar los ojos de ella. Aquello era el corazón de la intimidad de Marco Berardi. El lugar donde se ocultaba del resto del mundo y aislaba sus emociones.

Lo había imaginado tan frío y severo como él. Algo aséptico, digno de los hombres que solo buscaban disfrutar de un entorno caro y privilegiado. Pero aquella residencia tenía un aspecto más propio de alguien acogedor y tímido, alguien que ansiaba refugiarse en un hogar y olvidarse de quién era por un instante.

Le miré. A simple vista, me costaba relacionar la casa con

aquel hombre, pero si me esforzaba, podía desentrañar al Marco que se ocultaba allí dentro y nadie más conocía.

Entonces, me sobrevino un impulso.

—¿Mattsson es uno de tus hombres? —pregunté a tiempo de impedirle bajar del coche.

—Sí —dijo bajito y me clavó una mirada de lo más esclarecedora.

En efecto, había protegido a mi hermana y no supe si sentirme orgullosa o aterrorizada.

—Entiendo —murmuré. A través de sus ojos vi la sombra de todos los peligros que acechaban. Peligros que ni él quería mencionarme, y se me cortó el aliento—. Gracias.

Marco cogió aire y volvió a asentir con la cabeza antes de bajar. Me abrió la puerta y me guio hacia la casa con una mano apoyada en mi espalda.

Subimos por la pequeña escalinata y accedimos al amplio vestíbulo, donde nos esperaban tres hombres y una señora de rasgos asiáticos, impertérritos. La costumbre debía de haberlos inmunizado ante semejante lugar. A pesar de haberme criado en lugares magníficos, aquel derrochaba riqueza allá donde mirase y me asombró que se mostrara de un modo tan amable.

—Ella es Kannika, nuestra ama de llaves —me dijo Marco al tiempo que la mujer asiática hacía una pequeña reverencia—. Se ocupará de mostrarte la casa y ayudarte a instalarte mientras estoy fuera.

—Encantada, señora. —Sonrió—. Será un placer para mí servirla.

Tragué saliva. No me gustaba esa palabra. Servir. Era demasiado añeja y tirana. Sin embargo, forcé una sonrisa. Al parecer, ella la tenía perfectamente asumida.

—Muchas gracias, Kannika.

—Y ellos son Nicola Conte, Dino Palermo y Luciano Gattari —continuó Marco señalando a los guardias.

El primero debía de ser el mayor y el que más rango ostentaba en la residencia, con permiso de Draghi. De mueca estricta y gran corpulencia, desprendía seriedad, pero no la suficiente como para intimidarme.

El segundo, Palermo, era tan esbelto y refinado que me asombraba su ocupación. Tenía ese porte más propio de los letrados o catedráticos. Y, por último, Gattari, que parecía el más benjamín y guardaba cierto parecido con el chófer, Cassaro. Ambos atléticos y atractivos, de grandes ojos verdes y la tez bronceada propia del sur de Italia.

—Si a Attilio le parece bien, le mostrarán cómo funciona el sistema de seguridad.

—Por supuesto, jefe —dijo uno de los guardias echándole un vistazo amable a Atti.

—Os sigo —respondió mi compañero, que abandonó el vestíbulo tras dedicarme una mirada.

Unos segundos después, desvié la vista hacia Marco, que estaba un tanto tenso. No supe determinar si era porque yo me encontraba en su casa o por otro motivo. Pero lo cierto es que su actitud me confundió.

—Bien. Debo irme...

—Buena suerte con lo que sea que vayas a hacer —le dije bajito.

—Gracias.

Se acercó un poco más a mí. Noté que iba a decirme algo más. Se humedeció los labios preparándose para ello. Pero guardó silencio.

Y de repente levantó una mano y me acarició la mejilla con los nudillos.

Me atravesó un escalofrío. Fue tan severo que pronto tuvo su réplica en Marco. Ambos nos miramos extrañados, pensando que, en nuestro caso, ser matrimonio no nos obligaba a tener ese tipo de contacto. Y tampoco me pareció que tuviéramos que fingir amor delante de su servicio.

Aquello fue un gesto más propio de la impulsividad más inesperada e incomprendida. Algo a lo que Marco no estaba acostumbrado y que yo nunca esperé obtener de su parte.

Sin embargo, no me negué a ello. Por asombroso que fuera, cerré los ojos y barrunté sobre cómo sería ese hombre en su versión más amable y emocional. Cómo hubiera sido de haber tenido alternativas, si habría escogido esa vida a sabiendas de los matices que existían.

Me hubiera gustado preguntarle qué o quién provocó que fuera tan frío. Si esa desidia surgió innata o le obligaron a aceptarla cuando todavía era un crío.

Marco era todo un enigma que no dejaba de suscitarme dudas. Sin embargo, callé y lo dejé ir.

17

MARCO

El edificio Hanói lucía una belleza armónica y placentera. Grandes salones y jardines interiores, pasillos acristalados, fuentes de piedra e incluso pequeñas cascadas, decenas de rincones destinados al descanso y la serenidad. Era algo así como un balneario casi feérico, donde la desnudez se aceptaba y prácticamente era una exigencia.

Pero el verdadero cometido del lugar estaba bajo su estructura. Un universo completamente diferente. Un edén de placeres extremos solo aptos para los individuos más adinerados y atrevidos.

Entre los servicios estrella del Hanói estaba la Noche Dorada, que se celebraba dos veces al mes y siempre entre semana. Las plazas eran limitadas y la inscripción costaba medio millón de euros dada su exclusividad. Podría decirse que los servicios que se ofrecían bien valían su precio. Y, ante todo, se preservaba la identidad del usuario.

Nadie sabía quiénes participaban. Podían ser presidentes de alguna potencia mundial o señores de la guerra. Quizá altos rangos de la Santa Sede o jefes de Estado.

Lo que aquel lupanar procuraba era máxima discreción. Se accedía por un túnel subterráneo a bordo de vehículos blindados con cristales tintados que cedía el complejo. El chófer no mostraba su rostro en ningún momento. Desde el terminal del propio coche, se introducía el código proporcionado al realizar la inscripción y era entonces cuando se permitía el acceso y se entregaba el número de pujador.

A continuación, los clientes eran conducidos a unos cubículos con el mismo número, donde tomaban asiento en un cómodo y amplio sillón de cuero negro. Disponían de bebidas y aperitivos de primer nivel. Todo un agasajo previo al desfile de esclavos que estaba por verse.

Junto al asiento, pendía una pantalla táctil. Se introducía el código y aparecía la interfaz de la puja, que solía iniciarse en cien mil. Era un espectáculo de unas dos horas de duración. Al otro lado de la pared de cristal, un pequeño escenario circular situado en el centro, rodeado de sombras.

Los esclavos hacían su aparición por un arco cubierto con una cortina negra que los llevaba directamente al escenario. Allí una luz blanca les enfocaba mientras veían cómo se encendía la bombilla roja del cubículo que había pujado por ellos.

En caso de una subasta desierta, el esclavo tenía una nueva oportunidad a la siguiente semana. De repetirse el resultado, se valoraban sus habilidades para asignarle un puesto adecuado. Así era como muchos terminaban sirviendo. Y si no valían para nada, la Bacanal Negra, las sumisiones o la extracción se convertían en las principales alternativas.

Pero el príncipe de Secondigliano no tendría esa suerte.

Estaba seguro de que su puja ascendería a números récords por su condición. Pocas veces se vendía al niño de un capo napolitano.

El Hanói era uno de los grandes orgullos del Marsaskala por su capacidad para complacer. Atraía a todo aquel que quería perder la cabeza abandonándose a los placeres. Entre sus paredes, que tan bien preservaban ese aire vietnamita, nadie juzgaría que la demencia sexual terminara empujando al asesinato. Porque Saveria entendía bien el sacrificio que suponía controlar el estrés. Comprendía cuán necesario era complacer la enajenación para que el mundo siguiera funcionando, para que no se desmoronara.

Nunca había puesto un pie allí durante una subasta o para disponer de servicios sexuales. Jimmy Canetti tenía razón cuando decía que yo odiaba ser tocado, incluso en los momentos en que mi propia necesidad apretaba. Pero cuando esto sucedía, jamás recurría a mi entorno y siempre procuraba evitar hacerlo cara a cara.

La lujuria desinhibía a las bestias y yo prefería continuar creyendo que tenía el control. Así que simplemente seleccionaba a un amante más que excitado y preparado, capaz de darme la espalda y soportar los escasos minutos que yo estaba dispuesto a penetrarle.

Tomé asiento. Me preparé.

Había sido el último en inscribirme. El número veintidós, que coincidía con la edad de la persona que me había arrastrado hasta allí. Regina Fabbri jamás imaginaría lo mucho que había influido en mis decisiones de aquel día.

Solo Draghi sabía la verdad. Pocos comprenderían por qué demonios me había convertido en un pujador. En realidad, ni siquiera yo lo entendía todavía. Pero ese era el único modo de hacerme con las riendas de la situación y reconducir mi relación con Regina.

Que tuviera sentido o no ahora mismo me importaba un carajo. Solo aspiraba a deshacerme de la sensación de remordimiento que me embargaba.

Según el catálogo, el chico napolitano tenía previsto abrir la puja. Así que maté el poco tiempo de espera intentando leer su presentación.

Carne napolitana de primera calidad. Diecinueve años.

Tuve suficiente. Apreté los dientes y escudriñé el escenario. Ese chico pronto estaría sobre él, consumido por el miedo y la incertidumbre, como todos antes que él.

Me urgieron las ganas de salir de allí. No era mi lugar. Cualquiera podía considerarme un hijo de puta por consentir semejantes barbaridades, pero no lo era por dirigirlas o disfrutarlas. Y ese no era el tipo de mafia que yo manejaba.

Los intermediarios podían considerarse unos implacables salvajes, pero solo mediaban, al fin y al cabo. Nada más. Esa era mi función, y no aquellas en las que me convertía en una marioneta en manos de nuestros clientes para satisfacer sus peticiones, como era el caso de mi tía. Pero es que a ella no le importaba de dónde provenía el dinero y admiraba ser respetada y reconocida como la feroz guardiana del paraíso del diablo.

—Participantes, la subasta va a comenzar —dijo una voz por megafonía—. Les recordamos que pueden pujar las veces que deseen y retirarse en cualquier momento a lo largo del evento.

Entonces el foco blanco se encendió y contuve el aliento. Sobre el escenario, un joven completamente desnudo tendido en el suelo. Dormitaba, aunque se esforzaba en mantener los ojos abiertos a pesar de la niebla aturdidora.

Respiré hondo. Era tan menudo y escuálido. Estaba tan indefenso. Su preciosa piel nívea estaba salpicada de moratones y heridas. El cabello castaño le caía sobre la frente, acariciaba el inicio de sus pómulos, dándole un aspecto aún más pueril si cabía.

Era hermoso. Del tipo de belleza cegadora que atraía incluso a aquellos que confiaban en sus preferencias. El napolitano encandilaba contra todo pronóstico. Suscitaba la necesidad de alcanzarle y repasar cada línea de su cuerpo con la yema de los dedos. Explorar incluso aquello que no estaba a la vista, como sus facciones cuando sonreía o sollozaba.

El pulso me estalló en los oídos, taponándolos y empujándome a un estado de narcótica desesperación. Fruncí el ceño. Había visto auténticos adonis en el pasado, incluso con una belleza más extraordinaria y exquisita que la de ese chico, pero ninguno de ellos podía compararsele.

Tan perdido estaba en su hechizo que no tuve en cuenta la puja. Alcanzaba ya los dos millones. Introduje una cifra. La superaron de inmediato. Repetí el proceso. Ascendió.

Varios pujadores se retiraron. Quizá creyeron que no merecía la pena acercarse a los cinco millones. Así que ahora me enfrentaba a un solo oponente, que no dejaba de incrementar la cifra de cien en cien. Había empezado a recular. La puja se movía mucho más lenta. Creí que con seis bastaría. Y el tipo subió cien de nuevo.

Hasta que marqué ocho.

—El príncipe de Secondigliano ha sido vendido al pujador veintidós —dijo la voz de megafonía y dos tipos enmascarados recogieron al joven del suelo.

Confirmé la transferencia y abandoné la subasta a toda prisa. Ahora que el príncipe me pertenecía, Regina no debía temer por su integridad. A pesar de ser consciente de que nada de aquello estaba bien.

Me llevé la mano a la boca y cerré los ojos.

No, nada de aquello estaba bien.

Y mi corazón lo sabía.

GENNARO

La luz roja del cubículo veintidós se quedó prendida. Alcancé a verla por entre la bruma de mis ojos. Enseguida me sobrevino un escalofrío que fue capaz de surcar todas las capas del sedante que me habían inyectado para arrastrarme a un temor muy ácido.

Me aterrorizaba ignorar qué clase de monstruo se ocultaba allí. Me preguntaba si sería incluso más salvaje que Ugo, aunque debía ser honesto y admitir que Sacristano disponía de una rudeza que nunca excedía los límites. Asfixiaba solo hasta la línea que delimitaba el peligro.

Pero el tipo que se escondía tras el número veintidós quizá no fuera tan considerado. Porque me había comprado y ahora le pertenecía. Me había convertido en un objeto que podía deformar a su antojo, y estuve tentado de romper a llorar, ajeno a que ya había empezado a hacerlo.

Las lágrimas no cesaron ni un instante. Caían lentas y silenciosas por mis mejillas mientras me acicalaban como si fuera una pieza de un valor incalculable.

Detesté aquellas manos extrañas. Eran delicadas y engañosamente amables, pero ninguna de ellas me consoló. A través de sus movimientos deduje lo acostumbradas que estaban a ver llorar a un esclavo. Me ignoraron porque era mucho más importante cerciorarse de que aquel conjunto de seda blanca se adaptara a mi cuerpo tal y como habían previsto.

La tela se deslizó por mi piel, me estremeció hasta hacerme sentir náuseas. Sabía qué significaba aquello. Me querían impoluto antes de ser entregado a mi dueño. La tarea tenía un punto casi macabro, incluso más severo que las lecciones de protocolo a las que había sido sometido el día anterior.

«Arrodíllate. Mantén la cabeza baja en su presencia, nunca le mires a los ojos. Obedece cada una de sus órdenes, jamás te opongas a ellas, jamás te quejes. Adora a tu amo como a un dios. Guarda silencio hasta que te pidan lo contrario. Sé delicado, sé limpio, deslízate en cada uno de tus movimientos».

Aquella maldita mujer me hizo repetir el mantra una y otra vez hasta que lo memoricé a base de latigazos con una fina vara.

Pero en cuanto supe que había llegado el momento de enfrentarme a mi «amo», me olvidé de absolutamente todo. Hasta de respirar. La incertidumbre empezó a comérseme por dentro.

Terminaron de ajustarme el collar al que engancharon una cadena y tiraron de ella como si yo fuera un animal antes de cedérsela a un tipo trajeado. Aquella sería la última vez que viera a esas personas, así que las miré suplicante creyendo que, de alguna manera, despertaría en ellas algo de clemencia. Otros ya lo habrían intentado en el pasado, y el gesto de puro pavor las habría curtido. Porque no mostraron ni una mínima señal de compasión.

El tipo me guio por un pasillo. Caminaba delante de mí, cadena en mano. Cada uno de sus pasos me provocaba un escalofrío, que incrementaba una sensación que ya había empezado a devorarme. Realmente creí que todo lo que había experimentado hasta el momento no era más que un aperitivo de lo que estaba por venir.

La visión se me nubló cuando llegamos a un aparcamiento subterráneo. Otros dos tipos esperaban junto a un Suburban negro. Entonces, uno de ellos se acercó a nosotros y le quitó la cadena al guardia. Este asintió con la cabeza y decidió que lo mejor era abandonarme allí a merced de aquellos hombres.

No hubo reacción hasta que el eco de sus pasos desapareció por completo y solo podía escucharse mi aliento precipitado. Tenía los puños y los dientes completamente apretados. Temía que el pulso no me dejara escucharlos hablar.

Pero me equivoqué. Porque el chasquido que produjo la puerta pude sentirlo hasta en las entrañas.

Di un corto paso hacia atrás. La cadena se tensó, pero el esbirro no tiró de ella, no me creyó capaz de intentar huir. Quizá por mi visible debilidad o por su evidente corpulencia. Puede que ambas.

Al mismo tiempo, su compañero terminó de abrir la puerta trasera del vehículo. Lentamente, asomó una elegante figura masculina ataviada con un traje que nada tenía que ver con el de sus dos secuaces. Su prestancia me desveló la posición que ostentaba. Era el comprador. Y no lo supe solo por la distinguida elegancia con la que se movía, sino porque su actitud desprendía poder.

Me atreví a mirarle y tragué saliva.

Apenas me separaban unos dos metros de ese hombre, y sus pupilas me abrasaron. Aquel azul quimérico se clavó en mí implacable, casi molesto. Pero no me contuvo de continuar mirándole.

«Solo un poco más», me dije con temor. Porque algo de mí no pudo resistirse a la influencia que ejerció.

Cabello de un rubio oscuro, rostro asimétrico de un atractivo pasmoso. La complexión exacta para atraer sin remedio. No comprendí cómo un hombre tan hermoso y fascinador había recurrido a semejantes servicios. No los necesitaba. Gozaba de la belleza y el porte perfectos para conquistar todo aquello que se propusiera.

Tenía ante mí al hombre por el que habría perdido la cabeza en el pasado, cuando todavía creía que existía una oportunidad de amar para mí, aunque sabía que jamás se me habría ocurrido atreverme a aspirar a semejante individuo. Estaba a miles de universos de distancia, aunque ahora lo tuviera a solo unos pocos metros.

Por extraño que fuera, me percaté de que hubiera preferido estar en cualquier otro lugar. Pero él se mantenía firme, observándome solo a mí. Analizando cada detalle del esclavo que había comprado. Y no debía dejarme engañar por esa expresión impertérrita y distante. Ese hombre podía ser un monstruo y me sometería hasta quebrantar cualquiera de las ilusiones con las que me hubiera atrevido a soñar a lo largo de mi vida.

Ese hombre sería el principio de mi final. Debía aceptarlo.

Lentamente, agaché la cabeza y aflojé las rodillas hasta hincarlas en el suelo. Así me lo habían indicado. No podía mirarlo de frente, no podía estar a su altura, no podía negarle nada que me pidiera, ni siquiera la muerte.

Me clavé las uñas en los muslos. El gesto me dolió, pero me procuró un poco de control sobre los espasmos que amenazaban con brotar. Con las lágrimas no tuve tanta suerte. Pendían de la comisura de mis ojos, muy seguras de los surcos que dibujarían al resbalar por mis mejillas.

Y cerré los ojos al escuchar los pasos. Se acercaron lentos y no se detuvieron hasta dejar unos centímetros entre mis rodillas y la punta de sus relucientes zapatos.

Lo que no imaginé fue el estremecimiento que me provocaron sus dedos al deslizarse por mi barbilla. Fueron suaves, muy delicados. Apenas ejercieron fuerza para levantarme la cabeza. Fue más bien una invitación.

Cuando volví a mirarle, mi pulso estalló. Temí que él pudiera sentirlo, que me creyera demasiado defectuoso. El insoportable instinto de supervivencia me gritaba que mostrara resistencia. Mi presentación había dejado claro que un ejemplar gay soportaba cualquier cosa por ser hombre. Si ahora le indicaba lo contrario, quizá me hiciera daño.

—Nombre —dijo con voz grave. Tuve otro escalofrío.

—Ge... Gennaro Cattaglia...

—Esas heridas... —aventuró frotando el hematoma de la comisura de mi boca con su pulgar—. ¿Son de Nápoles o te las ha causado Ugo Sacristano?

Tragué saliva. Se me empañó la vista. Prefería guardar silencio, pero sus ojos me pidieron sinceridad. No me consentirían lo contrario.

—Ya no me... acuerdo —susurré jadeante.

Su mandíbula se endureció.

—Entiendo.

Se alejó frotándose los dedos que antes me habían tocado. Los miró y frunció el ceño. Me dio la sensación de que se sentía incómodo con sus pensamientos.

Cogió aire, se humedeció los labios y volvió a mirarme.

—Solo te diré una cosa más. No vuelvas a arrodillarte. No lo soporto —me ordenó un poco más severo—. En pie.

Enseguida obedecí, algo tambaleante. Sentí las piernas demasiado débiles. El sedante todavía ejercía algún efecto en mí. Pero logré enderezarme ante su atenta mirada y crucé las manos en el regazo como si de pronto estuviera completamente desnudo y tratara de ocultar mi desnudez con ese gesto.

El hombre se acercó un poco más a mí. Apenas había distancia entre nosotros. Su pecho casi tocaba el mío. Percibí su aliento sobre mis labios, que se entreabrieron asombrados bajo el poderoso influjo de aquella mirada azul.

Sus dedos alcanzaron mi cuello, repasaron mi yugular. Me expuse un poco, porque la caricia me invitó a hacerlo. Entonces comenzó a trastear el collar hasta que logró quitármelo y lo lanzó al suelo sin apartar los ojos de mí. Todo fue tan lento, tan suave.

Esperó un instante. Quizá a que me consumieran las dudas o a que él comprendiera qué se proponía. Ambos supimos que no lograríamos ni lo uno ni lo otro. Que todo aquello era demasiado nuevo para los dos.

—Sube al coche —gruñó bajito y me dio la espalda a tiempo de ver cómo su esbirro me cogía del brazo—. No. Puede él solo, ¿verdad?

Asentí, y por un momento creí que me estaba dando la oportunidad de escapar.

Nunca entendí por qué le seguí.

18

REGINA

Belarmina Calo no lo vio venir. Solo intuyó el desastre por el estruendo y el calor abrasador que rápidamente se extendió por su pecho.

No entendió que había empezado a desangrarse y que pronto dejaría de respirar y que, mientras el miedo la invadía, su propia sangre le taponaría las vías respiratorias hasta arrancarla de la vida.

Tendida en el suelo, aferrada a los ojos de su esposo, aún confiaba. Todavía sospechaba que todo era fruto de su imaginación, una riña más. La realidad se había desarrollado demasiado veloz como para pensar lo contrario.

Nunca creyó que el resentimiento se tornaría violento. En cierto modo, llevaba razón. Siempre esquivó los asuntos más escabrosos porque el amor y la obsesión se encargaron de endulzar esa verdad. Sin embargo, olvidó que la mafia es una caprichosa voluntad incorpórea que lo deforma todo a su incontrolable antojo.

Belarmina no creyó en la muerte hasta que oyó las disculpas suplicantes de mi padre. Y buscó aquellos ojos de azul imposible que tanto creía adorar mientras sus temblorosas manos trataban de cortar la hemorragia.

Mi padre continuó gritando. Le reclamaba, la maldecía. Mamá ya no le escuchaba, solo quería conservar el aliento. Se aferraba a la consciencia y a la mirada desquiciada de su esposo.

Ambos sabían cuál iba a ser el resultado. Y tuvieron miedo. Un miedo devorador. Porque Belarmina iba a morir en los brazos de su adorado esposo mientras yo lo veía todo desde el umbral de las escaleras.

Desperté justo antes de verla desfallecer, con la imagen de mi padre inmóvil frente a su lápida, bajo la lluvia de aquella mañana de diciembre.

Respiré despacio. Enseguida noté una desagradable presión en el pecho que apenas me permitió absorber el oxígeno que necesitaba. Sabía que era cuestión de tiempo, solo necesitaba unos minutos para volver en mí. No era la primera vez que me sucedía.

Miré hacia el exterior. Había empezado a atardecer. Hacía un poco de frío. Por la ventana se colaba una suave brisa y el agradable trinar de unos pájaros. Aquella pared acristalada me ofrecía una amplia panorámica de la campiña verde salpicada de árboles.

Me encontraba sobre la cama, al cobijo de aquella preciosa habitación. Kannika me la había mostrado después de hacerme un tour por toda la casa. Me contó que Marco le había pedido adecentarla con mis pertenencias, y la mujer había observado cada detalle con empeño. Tanto que por un instante creí estar en mi propia casa. Razón por la que me tendí en la cama y cerré los ojos. No creí que el sueño me vencería con tanta contundencia.

Me incorporé despacio. Sentí un sutil dolor amenazando en la parte frontal de mi cabeza. Soñar con mi madre se había convertido en una especie de alerta de mi subconsciente. Como si ella fuera la representación del caos que estaba por venir.

Era extraño que no hubiera sucedido antes. Supuse que esa reacción solo se reservaba a los momentos en que más delicada me encontraba. Quizá porque era mucho más vulnerable. Pero lo verdaderamente insólito fue descubrir que estaba cómoda. Que el ambiente que se respiraba en aquella casa no tenía nada que ver con la tensión que desprendía el Marsaskala o mi propio hogar en Nápoles. No me sentí extraña a pesar de ser una invitada a la fuerza.

Alguien llamó a la puerta. Un instante después, Kannika asomó con sigilo y me regaló una sonrisa que apenas duró. Enseguida se acercó a mí y me cogió de la mano.

—¿Se encuentra bien, señora? —preguntó preocupada.

—Preferiría que me llamaras Regina, Kannika —le pedí.

Ella asintió con la cabeza, toda ruborizada.

—Está pálida.

—Sí, he tenido una pesadilla. —Me pellizqué la frente—. ¿Cuánto he dormido?

—Solo un par de horas. ¿Quiere que le prepare algo? No ha comido nada desde que llegó.

—No te preocupes. Prefiero dar un paseo.

Me acerqué al vestidor, cogí una chaqueta de punto y me la puse contemplando a través del espejo la mueca de inquietud del ama de llaves.

Kannika era una mujer de más de sesenta años. De cabello blanco, muy menuda y tez morena y arrugada, con unos rasgos impresionantes. Era tailandesa, pero había heredado aquellos ojos verdes como esmeraldas de su abuelo holandés.

Esta era una de las pocas cosas que había podido sonsacarle. No hablaba mucho. Apenas me había contado que llevaba seis años al servicio de Marco, desde que se trasladó a aquella casa. Me transmitía una ternura de lo más amable y sorprendía lo mucho que disfrutaba del lugar que ocupaba. Esperaba que nuestra confianza incrementara conforme avanzara el tiempo.

—¿Ha vuelto Marco?

—No, señora...

La miré de reojo.

—Regina.

—Bien. —Le sonreí y me encaminé hacia el pasillo seguida por ella.

—No se aleje demasiado. La cena estará lista en un rato.

—Gracias, Kannika.

La dejé al borde de las escaleras y yo empecé a bajarlas maravillada ante su intrincada forma de forja negra y mármol que destacaba las elegantes pinturas que colgaban de la pared.

Al llegar a la planta baja, miré a mi alrededor. Aquella residencia era acogedora y encantadora, jugaba a conectar los grandes espacios que componían las salas principales mediante arcos, escalones y muros de separación, creando así una arquitectura de lo más original, que sorprendía constantemente. Su estilo, casi jovial, contrastaba con la serenidad y el bienestar que ofrecía la decoración inspirada en los bosques nórdicos y la cultura japonesa. Un conjunto armónico que alcanzaba su perfección gracias a los toques mediterráneos.

Aquellas paredes no solo desprendían riqueza, sino algo que el dinero no podía comprar. Una intención muy firme de su propietario.

De haber tenido la oportunidad de conocer el lugar antes que a la persona que habitaba en él, habría creído que Marco Berardi era un hombre compasivo, generoso y afectuoso, capaz de suscitar cariño en los demás e incluso devoción. Tal vez por eso observé cada rincón con asombro, preguntándome si el verdadero hombre con el que me había casado era precisamente el que describía aquella formidable casa. Las incógnitas para las que no tenía respuesta no dejaban de aumentar. Me dividía entre si seguir a pie juntillas todo lo que decían de él o aferrarme a la cortesía con la que me observaba. Los ojos no podían fingir tan bien. Los suyos habían sido precisos al analizar a su hermano o a su padre o a su tía. Descubrí rechazo, una fingida subordinación, algo de rabia y frustración. Pero cuando me observaban a mí, advertía curiosidad, mesura y quizá desconcierto. Aunque también una amabilidad que incluso a Marco le extrañaba.

Sin embargo, la mentira era un arte que la mafia había aprendido a perfeccionar. El dueño del lugar había sido capaz de mirarme impertérrito y no hacer nada mientras intentaba salvaguardar la integridad de aquel muchacho. Era algo que me costaría perdonarlo.

Negué con la cabeza y me obligué a centrarme de nuevo en el entorno. Ni siquiera me atrevía a pensar en mi madre. Con el aniversario de su muerte tan próximo tenía sentido que mi sensibilidad volviera a estar a flor de piel. Además, mi vida había cambiado demasiado en las últimas semanas. Ya ni recordaba cómo era antes de que todo estallara. Parecía que me habían arrancado una parte de mí.

Apenas recordaba a mamá. Solo conservaba vagos recuerdos de ella. Siempre ebria, siempre impaciente. Nunca fue una mujer «sana». Quizá esa fue la razón por la que se quitó la vida pegándose un tiro. Prefirió perecer en las aguas del Tirreno que soportar la realidad. Y me dejó sola para aprender a aceptar todo lo que ella no quiso para sí misma.

Ahora las lamentaciones importaban un carajo, tanto como a Belarmina Calo dejar sola a una niña de ocho años.

Pero a veces pensaba en ella con una sonrisa triste en la boca y no podía evitar creer que, a lo mejor, aquella mueca era una llamada de auxilio que nadie escuchó. Y tal vez por eso mi mente se empeñaba en distorsionar la realidad y mostrarme escenarios que nunca existieron en momentos en los que no podía defenderme.

Así serían mis días a partir de ahora. Sentí un cierto temor, porque no se me daba bien gestionar la soledad.

Me pareció un buen momento para llamar a Elisa. Ella sabía cómo ayudarme a contener las emociones más enfermizas. Podría sugerirle que cogiera un avión y se instalara allí conmigo. Razones no le faltarían, odiaba a su familia.

Pero entonces escuché un revuelo proveniente del vestíbulo. Me acerqué deprisa. Me encontré a Atti junto a Nicola Conte, que hablaba a través de un auricular sin quitar la vista de la pantalla que había en la pared. Esta mostraba una panorámica del acceso principal.

—¿Va todo bien? —le pregunté a mi compañero.

—Sí, señora —intervino Conte—. No se preocupe.

—¿Quién es?

—Nadie —gruñó y yo fruncí el ceño.

—¿Nadie? —Me acerqué a la pantalla y descubrí a una mujer que parecía discutir con uno de los guardias frente a la verja—. Es Nora Sacristano. ¿Es que habéis olvidado quién coño es? Abridle.

No me podía creer que le estuvieran prohibiendo la entrada a un familiar directo de Marco.

—Tenemos órdenes estrictas de no permitir el acceso a nadie, señora.

—Me llamo Regina —le especifiqué—, e inevitablemente esta ahora también es mi casa. Dejadla pasar.

Nos miramos con fijeza. No había querido sonar desafiante y mucho menos caprichosa. Solo creía que era demasiado irrespetuoso negarle la entrada a un Sacristano y que aquel guardia quizá había malinterpretado las órdenes de su jefe.

—Lo que usted diga —cedió y, a continuación, se dirigió a sus compañeros—. Abrid la verja.

Unos minutos después, Nora detenía su vehículo en la explanada principal. Se bajó toda alegre. Cogió una caja del asiento del copiloto y subió por la escalinata mirando con asombro a su alrededor.

—Hola —la saludé.

—¡Hola! —exclamó ella dándome un sonoro beso en la mejilla—. No me puedo creer que mi primo tenga a unos gorilas como guardias.

—¿Te apetece tomar algo? —La guie dentro, hacia la terraza de la cocina.

Hacía buen tiempo, las vistas eran preciosas y me pareció una gran idea.

Debía admitir que me desconcertó aquella explosión de amabilidad por su parte cuando apenas nos conocíamos y no habíamos charlado más de quince minutos seguidos. Pero me agradó. Al menos la compañía me ahorraría fustigarme.

—Un té, por favor. He traído unos dulces. Pensé que te gustarían.

Me entregó la caja y se acomodó en una butaca mientras se quitaba la bufanda.

—Huelen bien —le aseguré—. Voy a prepararlos.

Al encarar el camino a la cocina, Kannika se interpuso y me arrebató la caja mirando de reojo a Nora Sacristano.

—Iré yo, señora —me dijo, sin dejarme opción a quejarme por el apelativo.

No tuve más remedio que aceptarlo y asentir con la cabeza.

—Gracias, Kannika.

No fue lo único extraño. Attilio y el resto de los guardias se habían apostado alrededor, a varios metros de distancia y camuflados, pero a la vista. Nora parecía tan acostumbrada a la presencia de seguridad que pasó de ellos completamente.

—¡Vaya, es precioso! —me aseguró señalando el entorno—. Es la primera vez que vengo.

Alcé las cejas, perpleja, mientras me sentaba.

—¿Lo dices en serio?

—Marco siempre ha sido un hombre muy reservado. Y desde que se independizó, no admite visitas. Es él quien se reúne con nosotros en el Marsaskala.

Evité indagar porque no creí que Nora pudiera darme las razones adecuadas. Además, me sentía extrañamente incómoda, así que decanté la conversación por el camino más sencillo.

—¿Tú vives allí?

—Sí, en la villa Sacristano.

Nora residía en la famosa mansión de aspecto palaciego que se alzaba tras la sombra del Marsaskala y casi desdibujaba la grandiosidad del resto del lugar.

Kannika apoyó una bandeja sobre la mesa y nos sirvió los tés y un plato con los dulces. Nora enseguida se lanzó sobre uno de ellos y lo saboreó sin molestarse siquiera en agradecerle el gesto a la asistenta.

La miré de reojo y le ofrecí una sonrisa. La mujer estaba demasiado tensa y no respondió.

Bebí de mi taza y suspiré.

—¿No has pensado en vivir sola? No sé, ¿mudarte a Olbia o Cagliari? —quise saber.

—No me dejarían, y tampoco sé si querría. Esto no está tan mal.

Esa vez no pude contenerme y adopté una mueca que apenas daba lugar a dudas. Me costaba creer que alguien con un mínimo de principios aceptara una vida tan cuestionable. Desde luego, había que ser un maestro de la ignorancia para evitar verse salpicado por su influencia.

Cuando la conocí, Nora se me había presentado como una mujer hastiada de estar allí. Aquella versión era completamente nueva para mí, una señal de lo poco que conocía a las gentes que habían alzado el Marsaskala hasta convertirlo casi en una cultura paralela al mundo.

—Sé que puede ser un poco abrumador al principio —me dijo apoyando una mano en mi antebrazo—. Bueno, en realidad, nunca deja de serlo. Pero por desgracia cumple una función, ¿no? Mi tío Massimo dice que no somos nadie para juzgar los deseos de la gente.

El malestar dentro de mí no dejaba de crecer y me erguí.

La diferencia entre Nora y yo era precisamente que ella conocía a la perfección todo lo que sucedía en el Marsaskala. Sus costumbres, sus maneras, sus servicios, sus clientes. Yo, en cambio, solo había visto una mínima fracción, pero la imaginación hizo el resto y tampoco se necesitaba de gran sagacidad para lograr intuir la verdad. Seguramente la esclavitud sexual y el tráfico de seres humanos era un nudo más en la enorme tela de araña que conformaba aquel universo.

Por eso mismo me exasperó el hecho de que Nora hablara

con semejante normalidad de algo tan insoportable y dantesco.

—Siendo honesta, no sé hasta dónde alcanzan dichas funciones —espeté molesta. Estoy al tanto de las actividades de nuestras familias, aunque he sabido mantenerme al margen, a pesar de lo hipócrita que me hace parecer. Pero no las defiendo y mucho menos las acepto.

Nora sonrió, apoyó los codos en la mesa y se cruzó de manos mirándome por encima de los nudillos. Disfrazó aquel sutil desafío de una amabilidad un tanto venenosa. Supe entonces que esa mujer podía fingir una debilidad muy mordiente solo para complacer a su interlocutor.

—¿Y qué podríamos hacer dos mujeres como tú y como yo, Regina? —Casi sonó a ironía—. Entiendo que no lo aceptes ni lo defiendas. Creo que ninguna de nosotras lo hace. Pero estás aquí, recién casada con uno de los hombres que alimentan a la bestia que es este lugar, con el futuro heredero. —Sus ojos adoptaron un matiz muy peligroso—. Vas a nutrirte de los privilegios que genera ese poder. Porque, en el fondo, comprendes que el orgullo no da de comer y te has resignado a cumplir con la tarea que te han encomendado.

Apreté los dientes de pura indignación. Nora acababa de describirme como una persona lo bastante cínica como para vivir a costa del sufrimiento de los demás, y me hirió que estuviera tan cerca de tener razón. Porque pensé de nuevo en ese joven desvalido entre mis brazos y en que ni siquiera fui capaz de sostenerlo con la suficiente fuerza.

Me costaba creer que nuestra conversación se hubiera tornado de pronto en algo tan ofensivo y humillante por la actitud de una mujer que aparentaba amabilidad y dulzura. Y por un momento se me ocurrió ponerme en pie y abalanzarme a su cuello, pero me contuvo su parentesco con mi esposo y las represalias que pudiera haber.

—Por mucho que creas saberlas, no conoces las razones exactas por las que me he visto obligada a estar aquí, ni tampoco las entenderías, porque nunca has salido de tu burbuja, Nora —rezongué con los ojos clavados en los suyos—. Así que te pido que cuides tus palabras cuando te atrevas a hablar de mí. No consentiré que una mujer que tiene alternativas y decide ignorarlas por cobardía sea despectiva conmigo.

La próxima vez quizá no tuviera tanta paciencia y le demostraría cuán salvaje podía ser si me lo proponía.

—Yo tampoco acepto ni defiendo —afirmó ella un poco más tranquila—. Pero asumo que habrá otros, Regina. Nunca dejará de existir ese mal. Ahora mismo, muy lejos de aquí. Y, honestamente, prefiero ahorrarme las molestias que supone pensar como la gente corriente. He tenido la suerte de nacer en este lugar y sería una estúpida al no aprovecharme de sus ventajas, por cínico que parezca. Unos nacen para servir y otros, para someter. Es la ley de la jungla, y no nos queda más remedio que aceptarla.

Debía darle la razón en que el mal del mundo no se podía erradicar. Porque las personas que lo ejercían no creían estar haciendo algo malo, sino sobrevivir en la dichosa jungla de la que Nora hablaba. Por cada uno que cayera, surgirían cien más perpetuando una cadena sin fin. Así había sido siempre, y pensar en cambiarlo era una tarea tan imposible como alcanzar el sol sin quemarse en el intento.

Sin embargo, y a pesar de saber que era una hija de la mafia, mi vida nunca se sostuvo sobre un terreno tan maquiavélico como el que pisaba Nora. Aquello, más que un negocio ilícito, era un estilo de vida.

—¿Esa es tu idea de la vida, vivirla a costa de inocentes? —inquirí asqueada.

—Hablas como si fuera algo horrible, como si creyeras que existe el amor puro y honesto. Y la vida, amiga mía, no es pura y mucho menos honesta. ¿Cómo demonios esperas que la gente lo sea?

—Quiero creer que existe ese amor puro y honesto del que hablas. Que está ahí fuera, junto a la oportunidad de vivir muy lejos de toda esta basura.

Y la certeza de que, si lo hago, ninguno de los míos sufrirá consecuencias ni yo seré castigada por mis remordimientos.

Hablé desde las entrañas, pese al esfuerzo que había vertido en acallar esa parte de mí, la que era soñadora y apasionada. Sobresalió la indignación que se había ligado al rencor que tanto trataba de esquivar, que me amenazaba constantemente.

Me sentía frustrada, dolida y decepcionada por haberme visto obligada a aceptar las sugerencias de mi padre con intimidaciones. Se me había empujado a temer por el sufrimiento de mi hermana o mi primo, ambos criaturas inocentes e ingenuas. Y me propuse darles lo que a mí no me permitieron tener, esa maldita oportunidad de escoger sin temor a los resultados, mientras sus progenitores se ahogaban en el alcohol, la rabia y el lamento de no ser los tiranos. Y no quería incluir a mi madrastra, ni mi tía ni mi abuela en esa tormenta de maldad. Ellas supieron mirar hacia otro lado y aceptar mi sometimiento.

Ahora estaba encadenada a esa obligación, pero eso no me libraba de tener deseos, de soñar con días más amables y momentos inolvidables. De creerme con el derecho a experimentar sentimientos tan enormes, tan necesarios como respirar.

Era una maldita cría de veintidós años casada con un hombre despiadado solo porque de ese modo salvaba lo poco que quedaba de bondad en mi familia. Podía explicarlo de mil formas, pero todo ello continuaba pareciéndome desolador y desproporcionado.

Nora nunca lo entendería. Ella era demasiado afín al mundo que yo detestaba. Quizá por eso frunció el ceño y me observó meditabunda.

—La primera impresión que tuve de ti era la de una mujer que aceptaba su sino —me confesó—. Pero eres demasiado ilusa para haber nacido en la mafia. No creí que siendo napolitana tuvieras una idea tan romántica de la vida. Cuanto antes aceptes la realidad, menor será el daño.

Conocía ese discurso. Me había criado con él. El amor no

existe. Lo creí. La lealtad no es intrínseca, me obligué a creerlo. Obedecer, eso intentaba hacer.

Qué insoportable era todo.

Me puse en pie. No quise mirar en rededor, sabía bien que Attilio se había ido acercando conforme la conversación se crispaba. Pero no había nada más que hacer. No me apetecía continuar. Así que miré a Nora con severidad y alcé el mentón.

—Será mejor que te vayas —le pedí y ella asintió con la cabeza.

—Entiendo.

Se levantó, se puso la chaqueta e hizo el amago de encaminarse a la puerta. Pero se detuvo a mirarme. Volvía a ser la chica amable de la primera vez, con aquellos ojos dulces y tristes que tanta empatía me despertaron.

—Regina, yo... Siento mucho si te he ofendido —dijo consternada—. No era esa mi intención.

—Pues no lo parecía —espeté.

Se acercó un poco a mí.

—Soy sincera cuando te digo que el dolor será demasiado insoportable para ti si te muestras tan vulnerable.

—Y si lo soy, ¿qué tiene de malo la vulnerabilidad?

—Que te hace prescindible. —Se detuvo a tragar saliva y suspiró—. Mi madre se suicidó.

—La mía también —gruñí con rabia.

—¿Y queremos terminar como ellas? —contraatacó—. La supervivencia es horrible, Regina. Encarnizada y devoradora. No te conviertas en su alimento.

Pero no fui yo quien respondió.

—No puede serlo si es mi esposa. —La voz de Marco me procuró un escalofrío voraz. Descubrí su poderosa y absoluta presencia en el umbral de la puerta—. Si es la señora de esta casa y compañera de quien da las órdenes.

Los dos se miraron. Marco no desveló nada, solo la bella frialdad que acostumbraba, pero ella se convirtió en una marea de contradicciones. Un resentimiento tan grande como el anhelo por saltar sobre ese hombre y aferrarse a él hasta olvidar su propia piel.

—También recibes órdenes, primo —rezongó Nora.

Entonces, Marco pestañeó con lentitud, se humedeció los labios y se guardó las manos en los bolsillos del pantalón de su impoluto traje azul marino. Salió a la terraza y comenzó a moverse alrededor de su prima como si esta fuera su presa. Ella lo observaba sedienta, irremediablemente hechizada por la sugestiva influencia que ejercía Marco. Y es que Berardi sabía muy bien cuán peligroso y bello podía ser.

—Dime, ¿quién te ha enviado a proferir amenazas? —dijo con voz ronca y grave—. ¿Mi padre o el tuyo?

—¿Qué quieres decir? —escupió ella.

—En seis años no has sentido la necesidad de poner un pie en esta casa. Hasta hoy. —Torció el gesto y entornó los ojos. Sus pupilas estaban más azules que nunca—. ¿Intentas decirme cuán insoportable te resulta saber que comparto lecho con otra mujer? ¿O solo intentas evaluar la supuesta debilidad de mi esposa para obtener réditos de la familia?

Tragué saliva, aturdida. Estaban sucediendo demasiadas cosas. No sabía cuál de estas logró que mis pulsaciones se disparasen. Si la insólita protección de Marco hacia mí o la certeza de saber que su prima estaba enamorada de él.

Se aniquilaron con la mirada. Ninguno de los dos cedió al enfrentamiento, ni siquiera Nora, que apretaba con fuerza los puños.

—Fuera de mi casa —gruñó Marco, despiadado.

Nora Sacristano abandonó el lugar tan rápido como recibió la orden.

Traté de recomponerme. No podía apartar los ojos de la elegante silueta de Marco. Me costaba creer que un cuerpo tan hermoso desprendiera semejante severidad.

—¿Era necesaria una defensa tan tosca? —inquirí.

Él me observaba por encima del hombro.

—¿Habrías sabido cómo morder a un enemigo que no conoces?

—Desconocía que tenía enemigos aquí. Tan pronto.

Maldita sea, apenas había memorizado sus nombres.

La punta de su lengua perfiló su labio inferior.

—Eres mi esposa. Por supuesto que los tienes.

Cogí aire. Todavía me asombraba ostentar ese papel.

—Creí en la amabilidad de Nora —le aseguré.

Se acercó a la mesa y acarició el borde de mi taza.

Marco era insondable incluso cuando me clavaba la mirada.

—¿Por eso te has saltado mis órdenes y le has permitido el acceso?

—Jamás imaginé que entre tus preferencias estaría negarle la entrada en tu casa a tu familia —aseveré alzando el mentón.

—Pues ahora ya lo sabes.

—Desde luego.

Seguía sin entenderlo, pero con su silencio, Marco me consintió percibir que su residencia era el único lugar donde nada que tuviera que ver con el Marsaskala ejercía influencia.

Quizá él también necesitara alejarse de la podredumbre pese a perpetuarla constantemente.

Desvié la mirada. En realidad, ya no teníamos nada que decirnos, y me propuse abandonar la terraza. Su voz me detuvo.

—La vulnerabilidad no resta inteligencia.

—¡No soy vulnerable! —exclamé mirándole de nuevo. Furiosa.

—No lo eres...

Avancé hacia él para encararle.

—¿Qué esconde el Marsaskala? ¿Cuál es su auténtica verdad? Más allá de mis suposiciones. Cuéntamelo. Tú. Dímelo tú de tu propia boca. Veamos si realmente soy tan débil —escupí. Me frustró que él mantuviera aquel ademán tan estoico.

—Solo tienes que imaginarlo, Regina. Sé que ya has empezado a hacerlo. Y cuando llegues al punto en que no puedas soportarlo, entonces añade un poco más de degeneración y estarás cerca de alcanzar un atisbo de realidad. Pero si necesitas que sea cruel, puedo dejarme de descripciones banales y mostrártelo.

—Cruel... —resoplé—. ¿Acaso no es lo que dicen que eres?

—Pero no es lo que tú crees, aunque quieras hacerlo.

—No me conoces, Marco. No tienes ni idea de quién soy. Así que no des por buenas tus impresiones.

—¿Eso crees? —me desafió, y mi mente saltó al instante en que no le importó entregar a un joven malherido.

—Sí...

—¿Por ese chico?

Había infravalorado su falta de empatía. Marco no parecía sentir absolutamente nada. Era como intentar que una pared mostrara afecto. Ni siquiera podía intuir algo a través de aquellas pupilas de azul imposible que me observaban, pero que solo eran capaces de despertarme impotencia y frustración.

Días atrás había creído que Berardi y yo realmente podíamos formar un buen equipo. Dos compañeros que se respetaban y protegían y quizá disfrutaban de largas conversaciones. De verdad pensé que no me intimidaría oírle llegar a casa o compartir una cena conmigo. Que seríamos como dos colegas compartiendo piso.

Se había mostrado amable e incluso me había descubierto un sentimiento de conexión al que pronto quise aferrarme. Pero tras aquel rostro de porcelana solo existía un hombre sin corazón. No perdería mi tiempo en explicarle qué sentía porque jamás lo entendería.

Apreté los dientes. Honestamente, lo lamentaba. Hubiera sido un buen aliado. O tal vez había pecado de ingenua.

Traté de esquivarlo. Mi hombro chocó con el suyo al querer tomar el camino hacia la puerta. Tuve un nuevo escalofrío cuando sus dedos lo evitaron. Se encadenaron suaves a mi brazo y me retuvo encargándose de llenar el corto espacio que nos separaba de una tensión demasiado intrincada.

—Se llama Gennaro Cattaglia —dijo bajito, consciente de que le observaría atónita y contendría el aliento—. Su valor ha alcanzado los ocho millones de euros durante la subasta, lo que te ha convertido en su propietaria.

La estupefacción me golpeó con severidad. Sus dedos seguían encadenados a mi piel.

—Haz lo que te plazca con él. Incluso puedes darle la libertad. Pero te sugiero que lo pienses antes. Probablemente no tenga tanta suerte en el futuro. Tú mejor que nadie conoces a su familia, ¿no?

Cogí aire. Noté que no me llegaba a los pulmones, que el corazón se me estrellaba raudo contra las costillas, y las rodillas me temblaban.

No podía creer que Marco Berardi hubiera cancelado nuestro viaje para salvar a ese joven. Ni tampoco podía creer que lo hubiera hecho solo para ahorrarme sufrir por la incertidumbre. Se suponía que a él no le importaba nada ni nadie. Yo misma acababa de certificarlo hacía un instante.

Agaché la cabeza. No podía mirarlo a la cara. Era un cúmulo de emociones que se incrementaron en cuanto sentí sus labios sobre mi oreja.

—Ni tú ni yo deberíamos dar por buenas tus impresiones y mucho menos creer lo que la gente dice —me susurró antes de volver a mirarme—. Al parecer, soy un lienzo en blanco cuando estoy contigo y, créeme, es igual de desconcertante para mí que para ti. —No me cabía la menor duda—. Está en el salón.

Miré hacia la puerta y de nuevo a él. Marco, impertérrito, con las mejillas un poco rosadas y las pupilas ligeramente titilantes, más brillantes. Me hubiera gustado darle un abrazo y gritarle un gracias.

Pero me contuve y eché a correr hacia el salón. Allí estaba Gennaro. Un Cattaglia de pura cepa. Un descendiente de una de las estirpes más canallas y salvajes de la historia reciente de Nápoles. Sentado en un rincón del sofá, haciéndose pequeño, todo indefenso y tembloroso. Solo. Abandonado. Herido.

Me asaltaron las preguntas. Cientos de ellas. Sin embargo, levantó la cabeza y aquella agónica mirada de puro consuelo me conmovió tanto que olvidé cualquier cosa que no fuera saber que estaba a salvo. Y el estallido de sus lágrimas terminó por darme el empuje necesario para arrojarme sobre él y aferrarnos el uno al otro.

Que tuviera sentido me importaba un carajo. Que fuera desmedido me daba igual.

Lo único que me valía era que Marco no dejó que yo cargara con la muerte de un inocente.

19

MARCO

La casa permanecía en silencio y penumbra, como era costumbre a esas horas de la madrugada. El servicio se había retirado a sus aposentos en el ala oeste, los guardias hacían su ronda nocturna por los alrededores y los sensores de movimiento registraban hasta la más mínima oscilación de una simple hoja.

Una noche más en mi residencia. Nada diferente. Excepto que no era el único durmiendo bajo aquel techo.

Lo intenté. Di tumbos en mi cama hasta arañar la desesperación. Supuse que la certeza de tener a Regina al otro lado de la puerta que conectaba nuestras habitaciones influyó más de lo que había pensado.

Pero ella no era lo único extraño aquella noche. Gennaro Cattaglia también estaba allí.

Le había pedido a Kannika que le asignara un espacio donde descansar. No quise reparar en la estupefacción que le causó semejante petición. Y es que era la primera vez que se usaba uno de los dormitorios para un «empleado».

Nadie nunca había pernoctado allí, ni siquiera había permitido visitas a la mujer que me trajo al mundo. Aquel rincón de la región fue creado al detalle para mantener a cualquier indeseable fuera y hacerme sentir lo más próximo a un hogar de lo que estaría en toda mi vida. Aunque la soledad a veces mordiera con fiereza.

Todos sabían que no era un hombre familiar o con ínfulas de

anfitrión. Si alguien quería algo de mí, era yo quien se desplazaba. Jamás al revés. Era una lección de sobra aprendida.

Por eso me disgustó la visita de Nora.

De todas las alimañas que componían mi familia, ella era quien mejor lo disimulaba. A veces incluso parecía bondadosa, sobre todo cuando la observaba en la distancia, parloteando con alguien o deambulando por los jardines.

Mi prima sabía sonreír, sabía conquistar y sabía qué palabras decir en cada momento. Nunca dejaba nada al azar. Había sido amaestrada para ser una buena Sacristano. Y yo mejor que nadie conocía qué tipo de sangre corría por nuestras venas, así como las intenciones que se escondían tras los comportamientos amables.

Desconocía cuándo empezó a amarme. Era difícil sentir aprecio por alguien como yo, pero Nora apartó mi actitud y carácter y se aferró a la belleza, a todo lo que esta le despertaba. A la soñadora creencia de poder cambiarme.

Sin embargo, no tardó en descubrir el verdadero trasfondo de sus sentimientos hacia mí. Una mujer, dispuesta a soportar la misantropía y dureza de su compañero, más allá de su atractivo, solo buscaba poder. Y a Nora parecía agradarle convertirse en mi consorte, a pesar de nuestro parentesco.

De modo que Regina era una rival a la que erradicar.

—Disculpa, jefe —me había dicho Conte al llegar—. No he sabido cómo negarme a recibir a la señora Fabbri sin desvelar demasiado.

—Has hecho bien. Yo me encargo.

Cuando dije aquello, de alguna manera sabía lo que estaba a punto de encontrarme. Y debía admitir que me enfureció escuchar a Nora diciéndole a mi esposa que su vulnerabilidad terminaría matándola.

No perdería el tiempo en buscarle un sentido a la imperiosa necesidad que sentí de proteger a Regina de las fauces de esa mujer. Solo obedecí por instinto. Me dejé llevar.

Pero ya era demasiado complicado dejarlo pasar. Mi reacción había sido más visceral que nunca. Impulsiva. Y ahora tenía a dos personas descansando en mi casa, ajenas a que, por desconcertante que esto fuera, yo quisiera asegurar su descanso.

Me incorporé de golpe y me llevé las manos a la cabeza. Estaba a punto de perderla, no me cabía duda. Aquello era insostenible, y me hostigaba por ello.

Quizá tomar una copa me ayudaría a dejar la mente en blanco, a olvidar el rostro de Gennaro o la devota mirada que me regaló Regina.

Sí, tenía que alejarlos de mi pensamiento tanto como fuera posible. Así que me levanté, dispuesto a salir de la habitación. Todo marchó bien hasta que vi la puerta de Regina. Mis pies se detuvieron de súbito. Les ordené seguir avanzando hacia las escaleras, pero no obedecieron, sino que me aproximaron a la madera.

Resignado, acerqué los dedos al pomo y cerré los ojos. No tenía ni la menor idea de qué me proponía. Una vez más me dejé llevar y abrí con sigilo. Fue entonces cuando lo supe. Que solo necesitaba saber que ella descansaba bien.

Pero no lo estaba haciendo sola.

Gennaro se había aferrado a ella en un abrazo más propio de parientes afectuosos. Regina lo protegía entre sus brazos. Se había quedado dormida con el mentón apoyado en la cabeza del joven mientras este tenía el rostro enterrado en su cuello.

Apreté los dientes cuando me fijé en su silueta. La sinuosa curva de sus muslos, su pequeña cintura, la atrayente línea de su espalda. Su cuerpo desprendía una masculinidad muy delicada y esbelta, casi infantil. Era todo lo que nunca creí que vería. Aquello que de algún modo siempre había deseado. Y lo imaginé de nuevo tendido sobre aquella plataforma, desnudo. Tan insoportablemente hermoso.

Recordé el temblor que atravesó sus pupilas canela al mirarme por primera vez y el escalofrío que le marcó la yugular.

Ese maldito crío estaba ahora en mi casa y no me costaba

afirmar que supondría un desafío. Porque una parte de mí se imaginó tocando su piel hasta ahogarme en ella.

Cerré la puerta. Me alejé de allí. Logré al fin lo que me proponía y me senté en el jardín a beber con más frustración que ganas.

La última vez que llevé a cabo ese mismo ritual mi tía Saveria acababa de anunciarme que contraería matrimonio con una napolitana. Por entonces no creí que esa decisión lograra suscitarme algo.

—¿No puedes dormir?

Attilio logró que volviera la cabeza hacia él de inmediato. Vestía unos pantalones cortos y una camiseta blanca que se ceñía a sus bíceps y perfilaba la evidente definición de su pecho.

Torcí el gesto. Era un hombre atractivo, pero también severo, y me extrañó que estuviera dispuesto a compartir un rato conmigo.

—Entiendo que tú tampoco —le dije.

—Me cuesta adaptarme.

—¿Una copa? —Le señalé la botella.

Enseguida se acercó al minibar que había en el rincón y cogió un vaso. Tomó asiento en una de las butacas de mimbre y se preparó su copa mirándome de reojo con una mueca traviesa en los labios.

—¿El señor de la casa suele confraternizar con sus empleados? —se mofó.

—Técnicamente no eres un empleado a mi cargo.

Alzó un poco el vaso en un ademán por afirmar mi comentario y agradecerme la invitación, y tragó hasta vaciar la copa. Se sirvió de nuevo. Cuando hubo terminado, se acomodó en su asiento y observó la tranquila madrugada.

El cielo salpicado por unas ligeras nubes, las estrellas resaltando en la oscuridad, la tenue luz del candil de forja incidiendo en nuestros rostros y una suave brisa fresca acariciando el agua de la piscina y la hierba. Me gustó no verme en la obligación de analizar a Atti. Entendía por qué Regina lo adoraba. Y es que el tipo sabía bien cómo trasmitir serenidad sin parecer despreocupado.

—He indagado sobre ti —me confesó al cabo de un rato.

—Lo imaginaba.

—No eres amable ni tampoco sociable. —Me clavó una mirada mansa—. Sin embargo, tus hombres te respetan y te son leales.

Me encogí de hombros.

—Les recompenso bien.

—Ambos sabemos que eso no es lo único.

—Pura hipótesis. —Le di un trago a mi copa.

—Has seleccionado a tu personal fuera de las garras de tu tía.

—Garras... —murmuré observándole con los ojos entornados—. Veo que yo no soy el único sobre el que has indagado.

Pocos se atrevían a mencionar a Saveria en un tono tan despectivo si no eran ajenos a sus funciones. Y Attilio no me parecía un hombre que hablara para rellenar silencios.

—Ha sido más fácil entenderla a ella que a ti —aseguró.

Alcé las cejas, incrédulo.

—¿Sugieres que ahora me entiendes un poco más?

—Alguien sin empatía no se habría comportado como tú lo has hecho con Regina. Y mucho menos estaría prestándome atención a la espera de obtener un poco de aprobación por mi parte.

No intenté ocultar mi sonrisa. Y no lo hice porque, de verdad, admiré la capacidad del napolitano de sacar conclusiones. Pero me adjudicó una intención que ni yo mismo sabía que existía.

—Vaya, qué risueño —admitió algo sorprendido.

—Eres muy entretenido.

—¿Me he equivocado en algo? —Sus palabras sonaron como un pequeño desafío.

Cogí aire. No me gustaba hablar de mí mismo, ni siquiera

con el doctor Saviano, que era a quien más le había permitido conocerme. Pero, por extraño que fuera, como casi todas las situaciones en los últimos días, escogí explorar un poco más mi propia impulsividad y ver hasta dónde podía llegar.

Así que le miré. Esperé a que él respondiera a mis ojos. Reparé en las ganas que tenía de escuchar lo que fuera que yo quisiera decir.

—Los problemas de empatía se los debo a mi madre —reconocí con más comodidad de la esperada—. Yo tenía quince años cuando su «bendito» padre falleció. Era un hombre adorado en la región, todo el mundo lo admiraba y veneraba casi como si fuera una maldita deidad. Podrás imaginar cómo fue su entierro. Un desfile inagotable de asistentes. Desde políticos hasta genocidas. Me resultaba irónico que la muerte de un canalla lograra semejante proeza. El evento duró tres insoportables días y en cada uno de ellos reinaron las lágrimas y la tristeza más encarnizada, algo así como una maldita competición por ver quién era el más afectado.

—¿Qué era eso, el funeral del puto Kim Jong-il? —se burló Atti.

Los dos sonreímos.

—Casi, salvo por la pantomima militar.

—Menos mal.

Miré al frente. Podía verme a mí mismo ataviado con aquel traje negro, con las manos cruzadas sobre el regazo y aquella mueca de fastidio en la boca. Mi madre me increpaba tapándose la boca con su pañuelo para que la gente creyera que buscaba contener los gemidos de dolor.

—No derramé ni una lágrima —rezongué medio atrapado en ese maldito recuerdo—. Honestamente, estuve más cerca de escupir sobre su féretro que de sentir tristeza alguna. En términos prácticos, lo odiaba. Con todas mis putas fuerzas. En verdad, los momentos más amables que guardaba de él eran de cuando desaparecía. Y la excusa que mi madre se inventó para justificar mi indolencia fue que la muerte del jodido Amadeo Sacristano me había trastornado tanto que era incapaz de mostrar nada. La gente se lo creyó. Y a mí me agradó que nadie se molestara en atosigarme con preguntas estúpidas sobre emociones innecesarias.

—Pero te granjeaste una reputación de hombre sin corazón.

Attilio parecía un poco contrariado con ese hecho. Una parte de él no daba con la maldad que se me otorgaba. Y probablemente tenía razón al dudar de ella.

—Algo que con el tiempo no se alejó mucho de la realidad —admití a pesar de todo.

Entonces, el napolitano entornó los ojos y torció el gesto.

—Puede, pero cuando te dije que no te pedía empatía hacia Regina, no creí que mostrarías precisamente lo contrario. —Lo dijo bajito, como si fuera un secreto, como si quisiera que yo aceptara esa verdad sin prisas, sin imposiciones. Lentamente.

Nos miramos con fijeza. Él, a la espera de rebatir una posible negación por mi parte. Yo, incapaz de negarme a los hechos. Su comentario escondía una verdad muy molesta e insólita, pero verdad al fin y al cabo. Lo supe en ese preciso instante, que el hombre que había diseñado el Marsaskala quizá contradecía al hombre que vivía dentro de mí, oculto bajo el yugo de mi apellido.

Attilio dejó el vaso sobre la mesa, se puso en pie y suspiró.

—¿Crees que podremos repetirlo, Berardi? —Se refería a conversar sin ánimo de cuestionarnos ni interrogarnos. Hablar porque sí, de todo y de nada. Solo para hacer más llevadero el paso de las horas.

—Admito que tu compañía no me resulta desagradable —le dije irónico arrancándole una sonrisa.

—Lo tomaré como un sí.

Al verlo marchar, tragué saliva y cerré los ojos. El gesto me llevó a hundirme un poco más en mi asiento. El hielo tintineó. Me sentía extrañamente relajado. Nunca creí que compartir tiempo con alguien más sería gratificante.

20

REGINA

Me despertó un temblor que no era mío. Lo noté hasta en las entrañas. No radiaba temor, pero sí una desesperación y angustia que nada tenían que ver con mi letargo. Nacían de realidades que consternaban.

Un poco desorientada, abrí lentamente los ojos. Tenía a Gennaro refugiado entre mis brazos. Al principio me aturdió, porque dos desconocidos no solían tocarse de ese modo tan protector. Pero enseguida detecté que al joven no le había valido con saber que estaba a su lado a lo largo de la madrugada.

Recordé el momento en que Kannika nos mostró su habitación, el modo que tuvo de aferrarse a mi brazo. Le dio igual que el lugar fuera precioso, con una terraza privada y hasta vestidor. Él solo quería mantenerse lo más pegado a mí, como si creyera que fuese a desaparecer.

Por eso me lo llevé a mi dormitorio y logré que se durmiera tarareándole canciones por lo bajo como si fuera un crío asustado. Y es que realmente lo era. Tenía tanto miedo que casi me contagié de él.

Sin embargo, la inconsciencia no varió el resultado de su apego. El modo en que se había agarrado a mí evidenciaba lo mismo que sus temblores. A pesar de estar profundamente dormido, Gennà sufría.

El cabello húmedo le cubría la cara, los brazos formaban una cruz contra el pecho y las piernas se encogían en posición fetal.

Había hundido la cabeza en mi clavícula. Era casi tan menudo como yo. No pude verle la cara. Pero tampoco fue necesario para intuir que no estaba bien.

Me alejé un poco. Estaba empezando a amanecer, así que aproveché las primeras luces del día para resolver por qué demonios temblaba Gennaro.

—Lelluccio... —murmuró tan bajito que a punto estuve de creer que era fruto de mi imaginación. Sin embargo, lo mencionó de nuevo—. Lelluccio... Lelluccio.

Apenas se le entendía. Eran balbuceos jadeantes y agotados. Gennà tenía los labios secos y blancos y las mejillas tan pálidas como un cadáver. Pero lo verdaderamente alarmante fue el sudor que perlaba su piel.

Aquello no era la consecuencia de una pesadilla. No me pareció que estuviera soñando con ese tal Lelluccio o recordando lo que sea que hubiera compartido con él. O quizá sí, pero no era lo único. Había una vulnerabilidad que no dependía de las emociones. Era física. Lo supe por el insoportable calor que irradiaba su cuerpo.

Gennaro estaba ardiendo y me puse a inspeccionarlo en busca de la dolencia hasta que di con los golpes. Tragué saliva, casi me pudo la desolación. Su escuálido cuerpo estaba salpicado de moratones recientes, tenían un color tan vivo que intimidaba. Aumentaban en la curva de sus costillas o los huesos de la cadera. Lo que sea que hubieran hecho con él había tenido que ser muy doloroso. Y me entraron unas ganas insoportables de gritar y llorar al mismo tiempo. Me costaba creer que existieran personas capaces de herir por placer.

A pesar de la contundencia que vi y que no tardó en cortarme el aliento, Gennaro no mostraba nada lo bastante grave como para provocar semejantes síntomas.

Hasta que lo cambié de postura.

A la izquierda de la zona lumbar había una herida reciente suturada. Tenía mal aspecto, toda rojiza salpicada por unos puntos blancos supurantes. Se había infectado, estaba segura.

Me puse en pie de golpe y me llevé las manos a la cabeza. No sabía qué hacer, una simple cura no resolvería el problema. Gennà necesitaba un médico para que evaluara su estado.

Attilio sabría cómo reaccionar y decidí ir a buscarle, pero escuché un ruido suave al otro lado de la pared. Miré hacia la puerta. Mi habitación conectaba con la de Marco a través de ella. Cuando la vi la primera vez nunca creía que la usaría.

En realidad, no debía hacerlo. Dudaba que Marco supiera reaccionar como necesitaba. Pero ese hombre era quien había rescatado a Gennà de las garras equivocadas. Mis instintos no se equivocarían si decidía darle una oportunidad.

Me acerqué a la madera, cogí aire y golpeé con suavidad. Me tentó demasiado irrumpir allí dentro aprisa, pero me obligué a conservar la calma y esperar a recibir respuesta. Esta apenas se demoró. Berardi abrió unos segundos después y me miró, confundido.

Le había interrumpido vistiéndose tras su ducha matutina. Su presencia me desveló un aroma de lo más cautivador. Estaba a medio vestir, con la corbata pendiendo de su cuello y la camisa revelando una franja de piel lisa y definida.

Marco frunció el ceño, me observaba como si fuera un fantasma. Supuse que él tampoco esperaba que alguna vez llamara a su puerta o estuviera dispuesta a pedirle ayuda.

—Siento mucho interrumpirte, pero se trata de Gennà.

La arruga de su entrecejo se acentuó.

—¿Qué?

—Tiene fiebre y no deja de temblar —expliqué inquieta—. He descubierto una herida infectada en el costado. Creo que necesita un médico, Marco.

Se humedeció los labios. Sus ojos no se alejaron de los míos. Me analizaban en busca de concretar la curiosa cantidad de emociones que se amontonaban dentro de mí, como si nunca hubieran visto una reacción tan empática.

Algo de mí se compadeció de él. La educación emocional era

tan importante como aprender a leer o escribir, era un elemento esencial que no se aprendía en la escuela, sino que recaía en la formación que se recibía de los padres.

Marco no la había recibido ni tampoco me pareció que hubiera estado expuesto a las emociones lo bastante como para aprender a identificarlas o apreciarlas. Pero Gennà no disponía de tiempo para que yo lo empleara en explicarle lo natural que era sentir preocupación por alguien.

Estuve a punto de salir a por Atti. Sin embargo, Marco se adentró en la habitación y clavó una rodilla en el colchón para inspeccionar al joven, que seguía murmurando y cada vez estaba más pálido.

—Es reciente. —Señalé la herida acercándome precipitada—. Alguien debió de suturarla. Pero no se ha curado.

Marco acarició la zona con delicadeza. No prestó atención a nada que no fueran sus dedos sobre aquella piel malherida. Deslizó su mirada por el vientre del chico y luego por su rostro adoptando una mueca que no supe identificar. Aunque intuí algo muy recóndito y secreto, algo que Marco no quería sentir. Una sugestiva sensación de interés irremediable.

Suspiró con los dientes apretados en un gesto de pura frustración.

—Está infectada..., maldita sea —rezongó por lo bajo. Entonces se puso en pie y se acercó al interfono que había al lado de la puerta principal—. Draghi, avisa a Manfredi. Es urgente.

No esperó respuesta. Enseguida regresó a la cama y controló la temperatura del joven. Marco no creía que estuviera siendo compasivo, por eso no se contuvo de observar a Gennà como si este estuviera a punto de hacerse añicos entre sus brazos.

Su reacción me dejó pasmada. Pupilas dilatadas, labios fruncidos, aliento ligeramente precipitado y mejillas sonrojadas. Marco acababa de convertirse en el reflejo de un hombre preocupado y frustrado, ya no había disimulos. Porque había sido él quien había rescatado a ese chico frágil y no advirtió que estaba herido.

—¿Se pondrá bien? —inquirí.

Berardi no respondió, solo me miró.

Reconocí sus ganas de decirme que sí, pero también las reservas, ya no solo por el diagnóstico sino por como se estaba mostrando ante mí. Marco se reprimía, quizá por costumbre u obligación. Pero allí estaban todas esas barreras que se había impuesto y que le impedían explorar sus propias emociones, lo que de verdad quería sentir.

—Iré a vestirme —me dijo antes de volver a su habitación.

Me aferré a la mano de Gennaro. No quería que se sintiera solo.

Quizá más tarde reflexionara sobre lo que acababa de suceder. En la posibilidad de estar ante un Marco que era más visceral de lo que cualquiera de los dos creíamos.

Gennà se enganchó a mi camiseta. Sus dedos estrujaron la tela sin apenas fuerza, me quería más cerca, y yo obedecí porque era el único modo que se me ocurrió de ayudarle hasta que el doctor apareciera.

Cuando Marco volvió a la habitación, se acercó a la puerta principal, la abrió y esperó quieto en el umbral, dividiendo su atención entre el pasillo y yo. Me miraba con el mentón alzado, como si quisiera recuperar su habitual actitud de hombre impertérrito.

Habría logrado engañar a cualquiera, pero no a mí. Había visto demasiado como para olvidarlo. Esa era la versión más auténtica de Marco Berardi, aquella que ni él conocía.

—¿Crees que le hirió tu tío? —quise saber.

—No. Él aprecia demasiado sus tesoros. Los usa hasta la extenuación, pero también los preserva.

—Entonces...

—Tuvo que ser durante la Bacanal Negra —admitió estricto—. Alguno de los invitados quizá se propasó.

Tragué saliva en vano. De pronto se me hizo un nudo en la garganta. No necesitaba más datos para imaginar de qué se trataba aquella práctica.

—¿Es lo habitual? —inquirí de improviso.

Me miró altivo.

—Es lo lógico.

Apreté los dientes y cerré los ojos. Era demasiado difícil digerir aquella realidad tan terrible. Saber que existían otros prisioneros allí, inocentes condenados a servir a personas dementes.

—Jefe... —escuché decir a Draghi antes de verlo aparecer junto al doctor.

No venían solos. Los acompañaban un joven muy alto y una señora de mediana edad, además de Atti.

Berardi les saludó con un leve movimiento de cabeza.

—Buenos días, Manfredi. Adelante.

Me aparté para que pudieran trabajar. Gennaro parecía tan pequeño entre las manos del doctor, tan desprotegido, y yo me sentí tan desolada que no pude continuar mirando.

Salí de la habitación y me crucé de brazos creyendo que el gesto me haría controlar la desazón.

—¿Qué ha pasado? —preguntó Atti por lo bajo.

—Gennà está herido. Le apuñalaron y ahora tiene la herida infectada. —Gimoteé y contuve el aliento porque no quería echarme a llorar delante de Marco.

—Eh, tranquila —me susurró Atti, acariciándome el cabello antes de darme un abrazo—. Se pondrá bien.

Bastaron aquellas tres palabras para que mi cuerpo se acomodara entre sus brazos y absorbiera todo el afecto que ese hombre solía darme. Pero me atrajeron los ojos de Berardi.

Nos observaba de reojo, intrigado, medio cabizbajo. No había duda sobre la relación que Atti y yo compartíamos, solo curiosidad sobre las razones que teníamos para estimarnos tanto.

Añadí esa evidente falta de afecto a la lista de detalles que Marco iba desvelando sin darse cuenta.

—Bien, se le ha infectado la herida —anunció el doctor en cuanto se acercó al umbral de la puerta. Se estaba secando las manos con una toalla—. Hemos limpiado los puntos y le he administrado un antibiótico por vía para que actúe de inmediato. Debería mejorar en las próximas horas. —No se molestó ni en mirarme, a pesar de ser la que más atención le prestaba. Pero recomiendo un reposo absoluto de al menos una semana para una recuperación estable, además del tratamiento que os dejaré indicado en el informe. ¿Podemos hablar, señor Berardi?

El tipo me echó un vistazo rápido como indicando que yo le resultaba un inconveniente para sincerarse. Tenía esa actitud odiosa que había mostrado Massimo, alguien que me creía inferior y de mala calidad.

Pero me importó un carajo y decidí acercarme a Gennà para darle un beso en la frente. Todavía murmuraba, pero parecía más calmado. Le habían puesto un vendaje que cubría todo su abdomen. Confiaba en su recuperación. Sabía que en un par de días volvería a mirarme.

Atti apoyó una mano sobre mi hombro.

—Ve a comer algo. Yo me ocupo de lo demás —me dijo.

—De acuerdo.

Me cambié de ropa, me recogí el cabello y salí de la habitación sintiendo un poco más de alivio. Al menos ahora sabía que la vida de Gennà no corría peligro.

Bajé las escaleras y encontré a Marco, que volvía del vestíbulo. Se detuvo al verme, con las manos escondidas en los bolsillos del pantalón y ese ademán que me invitó a acercarme.

—¿Qué te ha dicho? —pregunté con respecto a Manfredi.

Frunció los labios. No quería mantener esa conversación, pero mi silencio no le dejó alternativa.

—Que no sirve de nada perder el tiempo en él. Está defectuoso.

De un esclavo se esperaba un servicio completo e ilimitado, una resistencia infinita y unos modales dignos de la servidumbre de cualquier rey. No debían quejarse, no debían sufrir. De sentir cualquiera de las dos cosas, serían descartados.

—¿Y qué le has respondido? —espeté.

—Que un esclavo tiene más usos que solo follar. —Me desafió. Yo le había pedido honestidad, y él me la entregó sin escrúpulos—. ¿Esta es la franqueza que buscabas, Regina?

Nos miramos el uno al otro como si esa fuera la primera vez que nos veíamos.

—Manfredi...

—Sí —me interrumpió, más por ahorrarme el sacrificio de mencionarlo todo que por fastidio—. Es el jefe del servicio sanitario del Marsaskala. Así que está perfectamente familiarizado con la situación.

—Y, al parecer, le importa un carajo desahuciar a las personas —dije entre dientes.

—Entra dentro de sus muchas labores. En fin...

Echó mano al bolsillo interior de su chaqueta y extrajo un sobre, que me entregó.

—¿Qué es esto?

—Códigos de acceso, el documento de empadronamiento y una tarjeta de crédito. Puedes usarla a tu antojo, sin límites. Invierte en lo que más te complazca.

Torcí el gesto y alcé las cejas.

—¿Incluso en largarme de aquí?

—Nadie tendría por qué saberlo —dijo bajito.

—Y tú financiarías mi vida lejos de ti. No es un plan demasiado rentable, ¿no crees?

Marco no apartó la vista de mí ni tampoco mostró nada que no fuera su disponibilidad a aceptar mis deseos. Quizá él también lo había pensado. Ahora que las familias de ambos habían logrado lo que se proponían, nosotros no teníamos por qué seguir contribuyendo a una mentira.

—Debo irme —anunció y trató de esquivarme ajeno a que yo se lo impediría.

Honestamente, me asombró el modo en que me aferré a su brazo.

—Hoy no, Marco —le pedí—. Hoy podrías quedarte conmigo. Desayunaremos en la terraza y charlaremos hasta que se nos ocurra qué otra cosa hacer.

Tragó saliva. Vi a la perfección como su nuez subía y bajaba. Estaba nervioso. Pero no se negó a mi petición ni tampoco se inquietó por que le tocara. Solo me miraba como si el fantasma que yo era antes se hubiera convertido en la imagen más asombrosa que vería jamás.

—Eso no facilitaría tu huida.

—Pero me dará información.

—¿Sobre qué? —murmuró.

—Sobre ti.

Me alejé lentamente, dándole unos segundos para que escogiera qué hacer. No tenía por qué aceptar seguirme. Yo solo lo había sugerido. En cierto modo estaba preparada para verlo marchar y no me habría importado porque esa era su elección.

Le di la espalda y me encaminé a la terraza. Kannika pasaba por allí y me dedicó una sonrisa cómplice. Quizá lo había oído todo y estaba de acuerdo con mi actitud. Me alegró tenerla a favor.

Tomé asiento en la mesa. El sol brillaba sobre la hierba, el agua de la piscina ondeaba suave al ritmo de los delicados chorros de la fuente de piedra. Esta presidía el camino empedrado que serpenteaba por el jardín, rodeando los cenadores de forja. Pasarían semanas antes de acostumbrarme a semejante belleza. Aquel lugar era fascinante.

—¿El joven se encuentra bien? —me preguntó Kannika mientras preparaba la mesa con esmero.

Descubrí que tenía una habilidad innata para convertir el menaje sobre una mesa de cristal en algo digno de admirar.

—Mejorará pronto —confesé absorta en el delicado centro de flores que colocó en medio. Combinaba a la perfección con la mantelería y el modo en que había dispuesto la vajilla y unas frutas cortadas.

—Es una gran noticia. —De pronto se irguió—. Oh, supongo que desea desayunar aquí, ¿cierto?

—Me agradaría mucho, Kannika —le sonreí antes de verla ausentarse toda orgullosa.

Unos minutos más tarde, apareció empujando un carrito rebosante de comida, desde pan tostado y huevos revueltos hasta porciones de tarta y embutido asado. Aquello era un dispendio de absoluta exquisitez que no compartiría con Marco. No lo había oído marcharse, pero era evidente que él no asistiría.

—Le serviré un poco de todo, seño... Regina —se corrigió compartiendo una risita conmigo—. Disfrute de lo que más le guste.

—Muchísimas gracias.

En realidad, miré aquel banquete con algo de intimidación. Estaba convencida de que no habría podido ser engullido ni por seis personas y me supo mal no disponer de la envergadura suficiente como para probarlo todo. Así que opté por los huevos revueltos y un bagel de salmón que habría hecho las delicias de mi amiga Elisa.

Me bastó un solo mordisco.

—¡Joder, Kannika, esto está delicioso! —exclamé provocándole una carcajada.

Fue tan espontánea que incluso ella se extrañó.

—Todo es labor de Faty —me aseguró—. Ella quería agasajarla por su llegada, ya que anoche no cenó.

Fruncí el ceño.

—¿Faty?

—Sí, la cocinera...

—¿Vive aquí? No la he conocido.

—Es muda —intervino Marco—. Le cortaron la lengua y le avergüenza mostrarse en público.

Me congelé, ya no solo por ver a Berardi tomar asiento a mi lado, más que dispuesto a quedarse conmigo, sino por lo que acababa de contarme. Curiosamente había sonado delicado, pero no existía delicadeza alguna en la crueldad, y me costó digerir que en aquella casa Gennaro no era el único esclavo.

—¿Por qué? —quise saber.

—Porque se negaba demasiado y a mi padre no le gustó.

Cogí aire con la intención de recomponerme, pero apenas logré que llegara a mis pulmones.

—Y ahora trabaja para ti.

—Era eso o morir —sentenció Marco al tiempo que su ama de llaves le servía una taza.

—Su café, señor.

—Gracias, Kannika.

La mujer nos dejó a solas, algo consternada por mí. Ya estaba acostumbrada a la frialdad de su jefe, pero mis reacciones eran algo nuevo en aquel rincón del mundo.

Escudriñé a Marco. Se había acomodado en su asiento y cruzado de piernas. Le dio un sorbo a su café y echó un vistazo al jardín mientras la brisa jugaba con varios mechones de su cabello rubio.

—¿Y dejarla ir? —indagué atrayendo su atractiva atención.

—La puerta está ahí. Son quinientos metros hacia la verja principal y cuatro kilómetros más hacia la parada de autobús más cercana. Pasan dos líneas, una que lleva a Olbia y otra, a Arzachena. Podría costearse cualquiera de las dos. Sé que dispone de ahorros suficientes.

Porque era él quien le pagaba un sueldo y le procuraba un lugar donde vivir. Pero me aturdía que Marco fuera capaz de ofrecer una solución tan admirable.

—Ninguno de mis empleados es prisionero, Regina —desveló.

—¿Y tus problemas de empatía dónde quedan, señor Berardi? Porque, te recuerdo, que también me sugeriste que eras una bestia más.

—De algún modo lo soy si existo en este lugar.

—¿Y tú crees serlo?

Silencio. Sí lo creía. Lamentablemente lo había aceptado y

convivía con ello. Sin embargo, no se atrevía a confesar que lo odiaba.

Bebí un poco de mi café e imité su postura mientras compartíamos una mirada extrañamente acogedora.

—Me dejaste creer que Gennaro te daba igual, que no te importaba que yo sufriera.

—Él me da igual —espetó forzado.

—¿Y yo? —Levanté una mano—. Tranquilo, conozco la respuesta. Lo que no entiendo es por qué dejaste que se lo llevaran si pensabas comprarlo después. Era mucho más fácil desafiar a tu tío.

Marco se lamió los labios algo incómodo y echó mano a su paquete de tabaco. Cogió un cigarrillo y lo prendió con parsimonia. Supe que aprovechó ese instante para ordenar sus pensamientos.

—Sin propietario, Gennaro está condenado a la muerte —afirmó un poco severo—. Ya ha caído en manos de la trata, no se podrá librar así como así. Para rescatarlo, como tú bien pedías, debía acatar las reglas básicas.

Me incliné hacia delante y apoyé los codos en la mesa.

—¿Por qué lo hiciste? Ocho millones, Marco. ¿Por qué?

—No lo sé... —suspiró.

—O en realidad sí y no quieres admitirlo en voz alta.

—No. —Negó con la cabeza—. Te aseguro que no lo sé.

Acaricié el borde de mi taza, pensativa. No sabía si era demasiado pronto para inmiscuirme un poco más en su forma de ser, pero me lancé a probar.

—¿Me lo dirás cuando lo descubras?

—¿Querrías saberlo?

—Sí... Me gustaría.

Ese largo silencio me dio la respuesta más inesperada. Marco vendría a mí y yo ni siquiera le había agradecido cada uno de los gestos que había tenido conmigo.

—Gracias —dije de repente—. Por salvarlo. Por intentar... ser amable. Por ofrecerme un alivio en el que no crees.

—¿Te resulto... amable? —inquirió alzando las cejas, todo incrédulo.

Tienes un modo un tanto extraño de serlo, pero sí.

Asintió con la cabeza antes de darle una calada al cigarrillo. Soltó el humo hacia un lado centrándose de nuevo en el paisaje.

—Nunca dije que fuera un buen hombre, Regina.

—Tal vez yo tampoco soy una buena mujer. Tal vez...

—¿De verdad crees que la vida puede ser honesta? —me interrumpió clavándome una mirada llena de curiosidad. No le creí dispuesto a oír las quejas que tenía sobre mí misma—. Se lo dijiste a Nora, que creías en la existencia de un amor puro y honesto. De una vida lejos de toda esta basura. ¿Lo crees?

Los ojos de aquel mercenario inundaron mi mente. Me produjeron un escalofrío y mis labios temblaron porque extrañaban ese calor en el que se vieron atrapados.

—Sí —suspiré bajito.

Aunque nunca tuviera esa oportunidad, aunque me hubiera impuesto defender que el amor no existía para evitar lamentar que albergaba esperanza.

Y Marco lo supo. Que ocultaba esas ganas de verme atrapada por unas fuertes y cálidas manos, que ansiaba que estas fueran dignas y me libraran de sentirme una mujer retenida en un mundo odioso.

—Una mala mujer no lo haría. —Sonó casi tan estricto como amable, con un desconcertante rastro de orgullo en su voz—. Eres afortunada.

—¿Te lo parece?

—Sientes. ¿Eso no te parece suficiente para sentirte afortunada?

Yo no lo creía. Sentir no me dejaba olvidar.

«¿Dónde estarás ahora, mercenario? ¿Qué demonios estarás haciendo? ¿Piensas en mí?».

—Tú podrías sentir —le rebatí—. Solo tienes que querer.

Pero para Marco, en realidad, no era tan fácil, porque un

sentimiento conllevaba una carga que él no estaba dispuesto a soportar.

El silencio se tornó espeso. Por suerte, no restó comodidad a la escena, pero ya no sentía la liviandad de hacía un rato. Berardi terminó el cigarrillo y lo apagó. Ya había acabado el café y no tenía apetito. Quedarse conmigo parecía una pérdida de tiempo.

Sin embargo, alcanzó la bandeja de huevos revueltos y se sirvió unos pocos. Los acompañó con un poco de pan tostado, queso y mermelada de naranja. Me miraba de reojo, sabía que yo no podía alejar la vista de cada uno de sus movimientos. Y es que asombraba lo dócil que podía llegar a ser. No solo había escogido aparcar su trabajo, sino que se esforzaba en que no fuera una situación banal o irritante.

Para cualquiera hubiera sido una estupidez. Para mí fue una clara declaración de intenciones. Marco quería agradarme y lo estaba consiguiendo.

Me animé a comer un poco más.

—¿Cuál es tu ciudad favorita? —pregunté toda espontánea.

—Roma —respondió de inmediato.

—Coincido. ¿Horóscopo?

—¿El tres de noviembre?

Era su forma de decirme que no tenía ni idea.

—Escorpio —le desvelé—. ¿Color?

—El negro.

—Aburrido. Cuéntame más. —Apoyé la barbilla en la mano, francamente interesada. Quería saber lo que habitaba en la mente de ese precioso rostro severo que ahora me observaba indagador.

—¿Vas a hacerme uno de esos test de compatibilidad de revistas femeninas?

—Oye, a veces aciertan —bromeé.

Se limpió la comisura de la boca y cogió aire. Acababa de darse cuenta de mis intenciones.

—Regina...

—Eres mi esposo, Marco.

—Te he dado la oportunidad de escapar —aseveró.

Era fácil pensar que no le agradaba charlar conmigo. Pero no era el caso. Lo que Berardi quería era ahorrarme la necesidad de involucrarme con un hombre que no merecía la pena.

—¿Realmente puedo escapar? —rezongué y agaché la cabeza—. Dime, ¿tanto deseas que me vaya? Entendería que sí, pero quiero oírlo.

—No se trata de mí. Yo ya he aceptado mi lugar y las obligaciones que conlleva, pero nunca me ha gustado obligar a nadie.

—Estás descartando que mi presencia aquí haya sido una decisión propia.

—De terceros.

—Como en tu caso —contraataqué.

Marco ni siquiera estaba de acuerdo con la alianza. Él sabía tan bien como yo que Nápoles no se podía gobernar, que eran demasiadas las personas que aspiraban a ese puesto y se mataban entre ellos. La Camorra era un estilo de vida en la ciudad y no consentirían que un forastero interviniera. Era como una ley.

Marco Berardi no había escogido. Saveria le había impuesto desposarme. Pero de haber sido por él, jamás habríamos compartido espacio a solas en la misma habitación. Nuestras vidas no estaban destinadas a cruzarse, nos habían obligado a ello. En mi caso, todo era un poco más lamentable. Tanto que solo me permitía pensar que estaba salvando a mi familia de la decadencia. Preservar el estatus, eso era lo que importaba. Ese era mi deber, aunque tras él se ocultara uno mucho más grande.

Esos ojos de un azul imposible se clavaron en los míos. Temí profundamente que lograran saltar la barrera que me había impuesto y navegaran con total libertad por mi mente. Marco tenía esa habilidad.

—Si temes por tu hermana, quiero que sepas que he enviado a Mattsson a Nápoles para que cubra la baja de Attilio. —Contuve el aliento y me tensé—. Tu padre es bastante testarudo, pero logré convencerle. Y Mattsson sabe muy bien cómo ganarse a la gente. Pero si regresas con tu guardaespaldas, no cambiaría nada.

—Lo cambiaría todo porque me convertiría en una traidora.

El castigo me tumbaría al menos una semana antes de ser devuelta a las garras del Marsaskala. El convenio se modificaría, y entonces se abriría la veda.

Esa maldita veda.

Tragué saliva, los ojos se me empañaron de pura frustración. No sabía cómo combatir contra Marco y para colmo me había cazado con la guardia baja. Creía que nos estábamos entendiendo. Hasta el momento había sido estupendo.

Ahora no soportaba las miradas abrasadoras de Berardi.

Quería desaparecer antes de que mis demonios salieran a la superficie.

21

MARCO

Regina escondía mucho más de lo que podía soportar. Encerraba recuerdos que había convertido en mitos solo porque alguien le dijo una vez que así debía ser. O quizá se lo había dicho a ella misma.

Mecanismo de defensa lo llamaban. Uno se mentaliza de que no ha sucedido y finalmente se convierte en una especie de pesadilla. Precisamente por eso jamás pude concretar nada.

Sin embargo, necesitaba saberlo. No era urgente ni necesario. Pero allí estaba Regina, convertida en la única persona que había conseguido que ignorase mis responsabilidades y disfrutara de un instante de inesperado bienestar a su lado. Me había observado toda preciosa y delicada, me había escogido como refugio ante el estado de Gennaro. Y, de pronto, me pareció insoportable que alguien como ella se sintiera tan atrapada.

Aquello iba más allá de la empatía. No solo me identificaba con ella, sino que me despertaba un instinto de protección inédito. Quería preservar su tranquilidad, procurarle las salidas que necesitara. Todas las opciones. Quise volver a ser ese refugio al que acudir cuando precisara ayuda.

Y sabía que era demasiado repentino, pero algo de mí parecía haber estado a la espera de encontrar a esa chica. Ella había tocado los puntos exactos para despertar en mi interior un caos que lentamente crecía y no sabía cómo controlar.

—¿Vas a darme un heredero, Regina? —espeté forzando la

situación. Estaba siendo cruel porque quería saber cuánto merecía la pena arriesgarse por esa mujer—. El trato alberga esa condición con un límite de tiempo. La gente espera la noticia de un embarazo para Navidad. ¿Te ves a ti misma permitiéndome entrar en tu alcoba en plena noche para hacerte el amor? ¿Llegarías tan lejos solo porque tu padre te lo ha ordenado?

Regina apretó los dientes, se le habían enrojecido los ojos y las mejillas. Se sentía decepcionada y desilusionada. Había vertido mucha esperanza en aquel momento.

—Él no me ha ordenado nada —gruñó.

Torcí el gesto.

—Pero todo transcurre tal y como te lo ha pedido. ¿Cuáles fueron las motivaciones? Porque está claro que no desprendes la suficiente codicia ni ambición.

—No vayas por ahí, Berardi —me advirtió.

—Tengo entendido que los terapeutas hicieron muy buen trabajo enterrando realidades. Pero alguna de ellas no ha tardado en salir a flote en el momento oportuno.

—¡Basta! —Su silla arañó el suelo cuando la empujó para ponerse en pie al tiempo que apretaba los puños.

Ese rostro, invadido ahora por la rabia, se contrajo de pura angustia. Supe que su mente le desveló pequeños fragmentos de un pasado nefasto por el modo en que le temblaron los labios. Los frunció para contener el temblor, pero este insistió y se extendió por todo su cuerpo.

Regina se sentía despreciable, insignificante, subyugada por una responsabilidad impuesta que había aceptado por un bien superior a su propia felicidad. No soportaba la idea de que su pequeña hermana fuera el alimento de los oscuros deseos de su padre, Vittorio Fabbri, ese repugnante ser que se atrevió a amenazar con su hija.

No me hicieron falta las palabras, Regina me facilitó entenderlo con la humedad que jugaba en los bordes de sus extraordinarios ojos.

—Lo sabías y aun así me has mostrado una salida. Eso es ruin —gimoteó asfixiada caminando de un lado a otro.

Siempre manteniendo una distancia prudencial de la puerta. No se iría. Quizá esperaba encontrar la fuerza para atacarme.

—Solo es un rumor. —Yo también me puse en pie—. Tú eres la única que puede decirme qué tiene de cierto.

Se detuvo y me miró furiosa.

—¿Para qué? ¿Para sentir que tienes el control sobre mí, que tu poder alcanza incluso mis secretos? Bastaba con que te negaras a sentarte conmigo en la mesa.

—No quiero que te vayas —dije de súbito cortándole el aliento, con mis propias pulsaciones atronándome en los oídos. No podía creer que hubiera soltado semejante confesión—. No sé por qué, pero no quiero...

Esa vez, Regina me observó aturdida, completamente atónita y un poco sofocada.

—Es que no puedo irme —dijo bajito y se llevó las manos a la cabeza—. Maldita sea, yo solo... solo buscaba tener una relación contigo libre de prejuicios y condiciones. Aquí no está ni tu familia ni la mía, somos tú y yo, y estamos condenados a entendernos si quiero...

—Adelante, continúa. —Me acerqué a ella.

—Camila es solo una niña... —gimió con los ojos húmedos. No quería llorar—. Le ha tocado ver la peor versión de su padre, sé qué significa eso, y Vera... Ella ni siquiera contempla alejarse de él. Se aferra a ese vínculo de retorcida lealtad que le profesa, a pesar del dolor que le causa.

Lentamente, toqué sus dedos con la punta de los míos. Me consintió enroscarme en ellos y dar un paso más hacia ella. Era tan menuda, tan frágil y tan poderosa al mismo tiempo. Tan adictiva.

—Me gusta montar a caballo —confesé en voz baja y ronca. Pronto se me instaló un nudo en el estómago—. Hace mucho que no lo hago. Solía perderme por el monte hasta que caía la noche. Cabalgaba junto a la costa y después me tendía bajo las estrellas junto a mi... Ana. —Su nombre me produjo un doloroso escalofrío, pero no me alejé de los ojos de Regina. Atrapado en ellos poco importaban las consecuencias—. Eso enfurecía a mi madre. Y más tarde encontré a mi yegua sobre un charco de sangre. Bastaron dos balas para arrebatármela.

Apretó mis manos y tragó saliva. Una sola lágrima atravesó su mejilla.

—¿Por qué me cuentas esto?

—Querías saber cosas de mí. No he mencionado su nombre en los últimos quince años. Ana... —murmuré—. Es de las pocas cosas que atesoro y de las muchas que jamás confesaré.

Regina agachó un instante la cabeza, su frente tocó mi pecho. Supe de inmediato que mi pulso no le pasó desapercibido, que esa cercanía le permitiría escuchar mi corazón con total claridad.

—¿Tienes... caballos? —preguntó.

—Ahora sí. Seis. Dos de ellos compiten. Son ejemplares pura raza.

—Tu verdadera familia. —Me miró y yo no dudé en asentir—. Me gustaría verlos.

No solté su mano mientras nos dirigíamos hacia los establos y tampoco cruzamos más palabras. Simplemente anduvimos en silencio, disfrutando de la excelente tranquilidad que nos rodeaba.

Nunca antes mi hogar me había resultado tan increíble, a pesar de haber escogido cada centímetro que lo componía. Era como si hubiera dado con la oportunidad de maravillarme con él de nuevo.

Saludé a los mozos y nos adentramos en las caballerizas. Regina ahogó una exclamación y enseguida se lanzó al cubículo que contenía al joven caballo negro. Abrí la puerta y le ofrecí entrar mientras yo me acercaba al siguiente.

—Eh, grandullón, ¿cómo es que eres tan guapo? —le dijo a mi muchacho con tanto cariño que me estremeció.

—Se llama Raymondo.

—¿Y ese? —Señaló a la yegua que enseguida se me acercó para darme un cabezazo a modo de saludo.

—Mi Lily —sonreí dejándome olisquear por ella—. Es su madre e hija de...

Apoyé la frente en su testuz y traté de tragarme el nudo que se me había formado en la garganta.

—Ana. —Regina la mencionó con un tacto sobrecogedor.

Y nos miramos con tanta complicidad que pude sentirla instalándose en mi pecho.

—¿Me dejarías montarla?

—¿Sabes?

Por supuesto que sabía. Vittorio le había obligado a recibir clases de equitación en su empeño por convertir a su hija en una refinada dama. Lo había logrado, pero no consiguió lo mismo al tratar de borrar su identidad. Regina era tan carismática que fascinaba.

—Ponme a prueba, estirado —se mofó.

—Bien... Sin montura. Solos tú y ella.

Aceptó el desafío. Guiamos hacia fuera a los caballos y la ayudé a subirse al lomo de Lily. Ella dio unos pasitos, estaba emocionada ante la idea de galopar por la campiña en una mañana que lentamente se encapotaba.

Yo tomé mi lugar sobre Ray y, como si lo supiera, arrancó con firmeza en dirección al este. La brisa pronto agitó mi cabello, me golpeó amable en el rostro. Sentí esa sensación de libertad tan propia del momento, tan adictiva, y me extrañó haberme contenido de hacer aquello más a menudo.

Aunque los visitaba cada día, mis caballos eran un tesoro para mí.

Lily galopaba serena, pero firme. Regina la dirigía con un ademán fascinante. Los dedos enlazados al grueso cabello negro de la yegua, la espalda recta, los muslos apretados y una nostálgica mueca de satisfacción.

Qué afortunado sería el hombre que lograra tocar su corazón.

—Se te da bien.

—Es la primera vez que monto así —me aseguró.

—Me gusta que galopen libres cuando están en casa.

—¿Te obedecen?

—Me atienden, que no es lo mismo.

Ray seguía cabalgando. No le impuse ninguna dirección, él sabía adónde quería ir. Había estado conmigo en ese lugar cientos de veces junto a su madre, que logró adelantarnos y dejarme disfrutar del largo cabello rubio de Regina ondeando sin control.

Ella lo vislumbró primero, por entre los árboles más cercanos al precipicio. Las columnas romanas de piedra blanca que franqueaban un mausoleo custodiado por una escultura de Vesta, la diosa del hogar.

No tenía paredes. Solo unas verjas de forja oscura y un techo abovedado que resguardaba un único sepulcro. Un panteón cuyo propósito era atesorar al único ser vivo que había amado.

Lily y Ray se detuvieron lentamente.

Fui el primero en saltar y contemplé el templo notando un extraño alivio. Avancé despacio. Sabía que Regina me seguía. Tres escalones de mármol y estábamos en su interior, ante la imponente presencia de Vesta, que parecía estar mirándonos bajo el velo que cubría su rostro. Portaba entre sus manos el cetro con la llama que solía poblar de flores porque en el fondo me intimidaba su solemnidad. Me hacía ser demasiado consciente de lo que significaba ese lugar.

Entonces, miré su nombre. El mismo que coronaba el sepulcro de piedra que había en el centro.

—Aquí descansa Ana —murmuró Regina.

—Aquí no podrán hacerle daño ni robármela de nuevo.

Se dedicó a alternar su mirada entre el lugar y yo mientras caminaba despacio en torno a la escultura. Me atrapó, no pude apartar los ojos de ella. Ignoraba qué significaba, pero me hizo sentir bien, demasiado relajado. Una sensación que ni siquiera había sido capaz de percibir estando a solas conmigo mismo.

Unos minutos más tarde, cuando Regina sació lo bastante su curiosidad, bajó los peldaños, acarició las testuces de Ray y Lily y sonrió al ver cómo se pavoneaban ante ella. Desde luego, los había conquistado casi tan rápido como a mí. Y aprovecharon la calma y la fresca brisa de aquel día para pasear por la zona mientras ella se estiraba en la espesa hierba.

Allí tendida, con su cabello enmarcando su preciosa cara y sus refinados hombros, parecía un hada tan menuda y delicada, salpicada por los suaves rayos de sol que se colaban por entre las nubes y los árboles.

Dio unos toquecitos mirando en mi dirección. Quería que la acompañara, y no comprendí muy bien qué me hizo obedecer. Pero apenas tardé en tumbarme en dirección opuesta a su cuerpo, de modo que nuestras cabezas quedaron paralelas a solo unos centímetros de distancia.

Nos miramos en silencio un largo momento hasta que Regina asintió.

—Vives tan alejado porque no soportas a tu familia. —No buscaba una afirmación por mi parte, había entendido bien la realidad—. ¿Te gusta estar solo?

—En realidad no, porque detesto el rumor de mi mente. —Miré al cielo.

—¿Y qué te dice?

—Que soy imperfecto.

Cerré los ojos, la escuché respirar.

—Yo prefiero creer que tienes miedo a oírte.

—¿Es lo que te ocurre a ti? —inquirí, y Regina supo bien a qué me refería.

Cogió aire y lo liberó muy despacio. Ray y Lily olisqueaban el pasto a unos metros de nosotros.

—Negué la realidad porque era insoportable y nadie parecía dispuesto a asumirla —confesó—. Con el tiempo, perdió importancia...

—Pero la tiene. De lo contrario, no estarías aquí. —Volvimos a mirarnos y me urgió saber lo más importante—. ¿Te hizo daño?

—Nunca se atrevió a cruzar la línea. O eso creo. Ya no me acuerdo... —Tragó saliva.

De pronto, sentí la certeza de que Regina no soportaba recordar que su padre y su tío escogieron ser hombres y no familia.

—Después murió mamá y yo callé durante mucho tiempo...

—Por eso empatizaste con Gennaro.

—Jamás me vi en su lugar. No al menos de ese modo tan lamentable. No puedo ni recordarlo. O me romperé en mil pedazos.

—Eres más fuerte de lo que crees.

Lo era, a pesar de haberse visto en la tesitura de aceptar los afectos desproporcionados de dos dementes que deberían haber pensado en ella como una cría a la que proteger.

—Me sobrestimas —resopló con el amago de una sonrisa jugando en la comisura de sus labios.

—Elisa puede venir cuando quieras —dije bajito—. Tampoco me importaría que se instalara aquí si lo necesitas.

Sabía bien cuán abrumadora podía ser la soledad y el lento paso de las horas sin nada a lo que aferrarse más que ser la esposa de un hombre cuestionable.

Regina entonces se puso de lado y acercó unos dedos a mi rostro. Contuve el aliento bajo su atenta mirada. Iba a tocarme y no sabía si estaba preparado. Pero el contacto fue muy tenue, como un cosquilleo. Perfiló mi nariz y la curva de mis cejas, y yo volví a cerrar los ojos al tiempo que me invadía un escalofrío.

No tenía ni la menor idea de cómo esa mujer lograba que

aceptara cosas que normalmente odiaba. Y como si de un empujón se tratara, me sinceré con una autenticidad que ni tan siquiera me permitía tener conmigo mismo.

—No me di cuenta de que el chico estaba malherido, y eso que no aparté los ojos de él... —murmuré.

Los dedos de Regina se detuvieron. Creí que podría ahogarme en aquellos ojos azules tan hipnóticos.

—Quizá no estabas mirando sus heridas...

Tragué saliva. Temblé.

—Ese fue el error.

Ella entornó los ojos. Noté que tenía arrojo suficiente como para derribar todas mis barreras y hurgar hasta en mis entrañas.

—Pues no deberías verlo así —espetó—. Fuiste real.

Volvió a tumbarse a mi lado. Ahora su hombro estaba completamente pegado al mío, y ambos respirábamos casi al unísono.

—Marco —me llamó en un suspiro—. ¿Crees que Gennà se pondrá bien?

Esa era la misma pregunta que no le había respondido antes. La misma que me había imaginado respondiendo y traté de evitar por temor a crear un vínculo con Regina. Pero los indicios de este estaban ahí, ante mis narices. Nada me impedía aceptarlo, salvo yo.

—Sí... Haremos lo posible. —Fui honesto.

Ella sonrió.

—Gracias.

Me hubiera gustado decirle que el único que tenía que mostrar agradecimiento era yo.

22

REGINA

Un par de horas después, regresamos a las caballerizas. Marco había decidido mostrarme el yate que fondeaba en el muelle de su cala privada y yo propuse almorzar allí para disfrutar de la brisa marina y de aquel agradable día en las aguas turquesas de la Costa Esmeralda.

Pero en cuanto dejamos a Ray y Lily en manos de los mozos, uno de sus hombres, Nicola Conte, apareció y no perdió tiempo en dirigirse a Berardi.

—Jefe, Draghi necesita hablar contigo sobre el encargo de la Kirovsky Bratva* —comentó provocando que Marco endureciera su expresión.

—Saggio recibió instrucciones la semana pasada —espetó—. ¿Cuál es el problema, Conte?

—Que Borisov quiere incrementar la cantidad. Por el mismo tiempo.

Desde luego, no le sentó nada bien aquella noticia.

—Maldita sea...

—¿Qué sucede? —pregunté ganándome un vistazo incómodo.

A Marco no le atraía la idea de hablarme de los pormenores de su trabajo, pero de eso iba la confianza. Si queríamos construir una buena relación, necesitábamos contar con todos los

* Hermandad de la mafia rusa. *(N. de la A.)*

datos y, por mucho que me desagradara, la mafia era uno de ellos.

Marco se tomó un instante para entenderlo. Cogió aire y se humedeció los labios. Había observado que solía hacer ese gesto cuando se disponía a hablar.

—Saggio es nuestro jefe de contabilidad.

—Entiendo.

No lo decía por decir. No ignoraba la existencia de la mafia rusa y mucho menos al blanqueamiento de capitales. Desconocía cómo se hacía, pero recordaba haber visto a mi padre entregar a sus hombres varias bolsas de basura llenas de dinero que misteriosamente terminaba invertido en las cuentas de alguno de los paraísos fiscales con los que operaba.

—Y Borisov...

—Necesita blanquear más dinero, ¿no es así? —terminé por él—. Los chicos de la Kirovsky no son muy bienvenidos en Nápoles. Crispan demasiado a los Confederados.

No estaba muy al tanto, pero podía imaginarme que la animadversión de estos podía deberse a que no soportaban que otros fueran todavía más salvajes que ellos mismos. Pero lo cierto era que los rusos, así como otras bandas extranjeras, tenían una actividad muy limitada en Nápoles y nunca estaba exenta de polémica y violencia.

—Creo que allí no aceptan a ningún forastero —bromeó Marco.

—Razón no te falta. —Sonreí y le di un pequeño empujón—. Lárgate.

—No tardaré.

Me dedicó una mueca a modo de sonrisa y se marchó caminando deprisa, ajeno a que su jefe de seguridad se había quedado en su lugar observándome desconcertado. Tan intensos fueron sus ojos que me moví incómoda.

—¿Ocurre algo? —quise saber.

—Oh, no... Nada. —Se recompuso de inmediato y se preparó para seguir la estela de su jefe—. Disculpe, señora.

—Nicola —le detuve. Se volvió hacia mí atento.

—Puede llamarme Conte, señora... Quiero decir, Regina.

Contuve una sonrisa y agaché la cabeza. Nicola y yo no habíamos empezado con buen pie, y aquella me pareció una excelente oportunidad para aclarar las cosas con él.

—Yo... quería disculparme por lo de ayer. No estuvo bien obligarte a desobedecer instrucciones. Y, además, fui un poco arrogante, y ese no es mi estilo. —Me encogí de hombros—. Digamos que solo soy arrogante cuando me increpan lo suficiente, y no fue el caso. Tú solo hacías tu trabajo.

—No era necesario, Regina —me dijo él—. Fui yo quien cometió el error al no explicarte nada. Espero que eso no merme tu concepto de mí.

—En absoluto. —Le sonreí—. Aunque podrías decirme en qué estabas pensando antes.

—Eres curiosa, ¿eh?

—Bastante.

Cogió aire desvelando unas arruguitas muy carismáticas en los bordes de los ojos. Conte debía estar próximo a los cuarenta, con un estado de forma francamente admirable y un temple que solo la madurez procuraba.

—Marco parece cómodo contigo, cosa que me alegra. Creo que es la primera vez que lo veo tan relajado. Así que te felicito.

Le miré con los ojos abiertos de par en par. Me asombró tanto el comentario que tuve que moverme para recordarme que todavía me hallaba de pie.

—Todos aquí estábamos bastante nerviosos con tu llegada, pero ha sido mucho más gratificante de lo que creíamos —añadió.

Carraspeé. No me solían halagar de ese modo. Para la mayoría de las personas a mi alrededor, siempre hacía las cosas mal. Era demasiado insolente, demasiado descarada, demasiado problemática.

—Bueno, solo llevo aquí un día.

—Y ya has logrado que Berardi falte a su trabajo por primera vez. —Me sonrió.

—Lo tomaré como un cumplido.

—Lo es.

Empecé a estrujarme los dedos.

—¿Os conocéis desde hace mucho? —me atreví a preguntar.

—Mi familia siempre ha trabajado para la suya. Incluso compartió universidad con mi sobrino. Lo he visto crecer.

—Vaya...

Sabía que Conte se estaba guardando información, quizá porque era bastante personal o tal vez porque no quería abrumarme con los detalles. No insistí. Era demasiado pronto para hacerlo. La confianza debía generarse con el tiempo, a base de esfuerzo y demostraciones. Y yo tenía todo el tiempo del mundo. Al fin y al cabo, iba a compartir mi vida con todos ellos.

—¡Mierda! Me cago en la puta, ¡me ha mordido! —exclamó alguien desde el interior de los establos.

Vi a Ray encaramar su trasero en el rostro de un tipo que se cayó al suelo agitando la mano. Le reconocí. A Cassaro se le daba mejor conducir que tratar con caballos.

—¡Serás palurdo! —Gattari, otro de los guardias, se carcajeó animando al resto de los mozos—. ¿Cuántos mordiscos necesitas para darte cuenta de que no le gusta que le toquen el hocico? Qué gilipollas.

Cassaro se puso en pie.

—Pero a la señora le ha dejado.

Sí, hablaba de mí.

—Porque ella es más bonita que tú, imbécil. Mírate, pareces un orangután.

—Soy de constitución gruesa, capullo.

Y así continuaron, sin reparar en que me suscitaron una sonrisa bobalicona. Aquello no estaba tan mal. La residencia era hermosa, el entorno, fascinante, y sus gentes parecían amables y divertidas. Después de todo, ya era más de lo que había experimentado en mi propia casa.

—Se pasan el día discutiendo —me anunció Conte—. Ya te acostumbrarás.

—Es divertido.

—Bueno, tienen sus momentos. Me sorprende que sean familia.

—¿En serio?

—Son primos maternos. De Sicilia. —Eso explicaba el parecido y aquellos ojazos verdes que ambos tenían—. Será mejor que intervenga antes de que se partan la cara por tercera vez esta semana.

Se me escapó una carcajada. Aquellos dos ya habían empezado a empujarse.

—Hasta luego —me despedí. Conte me guiñó un ojo.

Entraba en la casa cuando el reloj que pendía de la pared del vestíbulo marcaba casi el mediodía. Decidí ir a visitar a Gennà mientras Marco resolvía sus asuntos.

Lo habían trasladado a su habitación. Solo tres metros separaban mi puerta de la suya. Continuaba durmiendo, conectado a la bolsa de suero mediante una vía. Habían bajado las persianas a media altura, para que solo entrara la luz necesaria, que invitaba a relajarse y descansar. Se respiraba un aroma cítrico muy reconfortante.

Saludé a la enfermera, que leía acomodada en una butaca acolchada. Ella asintió y continuó con su lectura. Me acerqué a la cama y me senté. Tomé la mano de Gennà y le acaricié la frente. Seguía estando un poco caliente, pero ya no sudaba y no parecía sufrir en su letargo.

Ese chico contenía demasiada tristeza y desolación. Por eso me alivió saber que ya estaba a salvo.

Era él quien desprendía ese perfume tan agradable. La enfermera lo había adecentado con una muda de ropa limpia. Todavía tenía el cabello un poco húmedo.

Besé sus nudillos y me despedí de la mujer antes de toparme con Atti de brazos cruzados en el umbral de la puerta. La cerré detrás de mí.

—Se recuperará —me dijo y yo lo miré con adoración antes de encaminarme hacia las escaleras.

—Lo sé porque tú nunca mientes —aseguré.

—«Nunca» es demasiado.

—Y, sin embargo, no es suficiente.

Al llegar al descansillo, nos desviamos hacia el pasillo de ventanales que bordeaba la sala principal y accedimos a ella. Me agradó que Atti no se detuviera a mirar a su alrededor para decidirse a sentarse un rato conmigo. En casa nunca lo había hecho, y apoyé la cabeza en su hombro.

—Les he echado una mano a la hora de bañarlo. Kannika y Laura no podían arrastrarlo ellas solas —explicó.

—Gracias.

—¿Cómo estás?

Me dio un golpecito cariñoso en la cabeza con la barbilla y lo miré medio sonriente. Asombraba lo mucho que se preocupaba por mí. Ese hombre lo había dejado todo en la ciudad que lo había visto nacer para seguirme.

—Me siento tan cómoda que resulta desconcertante. Jamás creí que sería así. No sé... —Me encogí de hombros—. Pensé que viviríamos en una suite del complejo o en algún ático de esos minimalistas. Pero todo esto es...

—Confortable.

—Así es.

Tanto que alarmaba. Y no era un teatro. Marco de verdad vivía así, en contraste con lo que en realidad era su vida de puertas para fuera. Como si de alguna forma quisiera escapar de ella y solo lo consiguiera cuando llegaba a su residencia. Empezaba a entender el porqué de su rechazo a recibir visitas. Nadie de su entorno entendería el concepto de aquel hogar.

—Marco lo sabe... —suspiré.

No hacía falta que le explicara nada a Atti. Él sabía tan bien como yo todo de lo que habían sido capaces Vittorio y Alberto Fabbri e incluso conocía mejor la imposición de quererlos que yo misma me había hecho.

—Lo suponía —me advirtió—. Es demasiado perspicaz y observador como para ignorarlo.

O quizá yo fuera demasiado transparente para alguien como él. Tal vez fuese una mezcla de ambas cosas. Pero lo cierto era que Marco había dado con aquella parte de mí que ni siquiera me atrevía a mencionar en la intimidad de mi mente.

Tío Alberto me sonreía desde su hamaca junto a la piscina, me llamaba y hacía un gesto con la mano. Mis pequeños pies se movían reticentes hacia él, pero terminaban alcanzando el inicio de sus rodillas. Siempre me sentaba a horcajadas y apretaba mis caderas hasta que se tocaba la punta de los dedos. Allí atrapada era donde terminaban mis recuerdos. Porque todo lo demás era demasiado insoportable.

Me recompuse y respiré hondo.

—Te cae bien.

—No me cae mal —dijo por lo bajo mirando a un lado.

—Te cae muy bien. —Sonreí.

Atti era demasiado instintivo para esas cosas. No daba segundas oportunidades. Sentenciaba a la primera y nunca fallaba. Era toda una sorpresa que hubiera aceptado a Marco.

—Parece resentido con la idea de ser un buen tío.

—Has interrogado a los guardias, ¿verdad? —Lo conocía tan bien.

—Debo valorar el terreno. Esos tíos le son leales, y uno no se gana la lealtad de la gente si no hace méritos para ello, Regina. Ni siquiera por un gran sueldo.

—Tú estás aquí y todavía no hemos hablado de retribuciones.

—Tengo cama y comida. ¿Necesito algo más?

Me incorporé. Eran palabras tan bonitas y auténticas, pero limitaban su propia vida porque había escogido dedicarla a mí.

—Algún día podrías cansarte de ser el ninero de la cría traviesa y querrás formar tu propia familia y fundar ese pub irlandés que tienes en mente.

—Corrección: escocés.

—Disculpe, su eminencia —bromeé.

Atti recogió un mechón de mi cabello y me lo enroscó en una oreja.

—Marco ya me ha asignado un sueldo muy por encima del anterior —anunció para tranquilizarme—. Conte me informó de ello ayer, durante la instrucción. Y déjame decirte que estoy donde quiero estar. —Golpeó mi nariz con la punta de un dedo—. Justo donde quiero estar, mocosa. Cobrando o sin cobrar.

Tragué saliva.

—A veces me pregunto qué haría yo sin ti.

—Conquistar a Berardi —bromeó.

—Imbécil.

Le di un codazo que le arrancó una sonrisa justo cuando Palermo apareció por la puerta.

—Napolitano, ¿no decías que entendías de bujías? —inquirió con un toque de camaradería—. Pues ven a ver estas. Ese maldito motor no hay quien lo arregle.

—No será para tanto. —Atti se acercó a él.

Palermo le revolvió el pelo.

—Qué sabiondo estás hecho.

Ambos se marcharon dejándome con una sonrisa. Todo estaba marchando demasiado bien. Se desarrollaba de un modo natural, como si ese estilo de vida siempre hubiera estado ahí, a nuestro alcance.

De pronto, no me costaba imaginarme viviendo así en un futuro. Entendía que nunca estaría plenamente completa, habría huecos que jamás podría rellenar, como enamorarme o formar una familia de verdad. Pero, por inesperado que fuera, intuía que Marco me procuraría un bienestar que muy pocos habrían sabido darme.

Curiosamente, había tenido suerte. Los matrimonios de conveniencia nunca salían bien, a menos que ambas partes fueran demasiado interesadas. El odio o el rechazo eran los factores predominantes y sabía bien que la comprensión entre cónyuges era forzada. Aunque todavía era muy pronto, entre Marco y yo había una buena comunicación e intenciones de formar una relación estable y agradable. Quizá divagaba, pero creía de verdad que podíamos llegar a apreciarnos.

Me acerqué a su despacho. La puerta estaba entreabierta y le vi hablando por teléfono. El Marco que tenía delante de mí no era el hombre del que tanto me habían hablado, sino alguien dispuesto a convertirse en mi compañero.

Sin amor, pero con lealtad.

Desvió la mirada hacia mí y pronto sentí un escalofrío al ver la sutil sonrisa con la que me obsequió. Se la devolví y mantuvimos el contacto visual un instante más antes de alejarme de allí.

Suponía que todavía le quedaba un rato, así que decidí dar un paseo por los alrededores. Pero al llegar al vestíbulo, reparé en que había una persona en aquella casa a la que todavía no conocía.

Faty.

Por la hora que era, debía de estar preparando el almuerzo, así que me desvié hacia la cocina más que dispuesta a presentarme.

La descubrí cortando unas verduras, toda sonriente por los comentarios que Kannika hacía sobre los guardias. Que si eran unos revoltosos, que si la edad no los apaciguaba, que si invertían demasiada energía en chincharse los unos a los otros.

No me costó imaginar nada de eso porque había sido testigo de ello hacía un rato.

Me eché a reír llamando la atención de ambas mujeres. Faty soltó el cuchillo y se irguió con una mueca de espanto. Kannika, en cambio, se puso a exclamar.

—¡Seño... Regina! ¿Puedo ofrecerle algo? ¿Tiene hambre?

Tragué saliva. No pretendía intimarlas con mi presencia.

—Solo quería saludar —anuncié y me armé de valor para acercarme a la cocinera—. Hola, soy Regina. Es un placer conocerte, Faty. Kannika me dijo que tú habías preparado el desayuno tan exquisito de esta mañana. Déjame felicitarte. Estaba delicioso.

La mujer solo podía mirarme como si estuviera a punto de saltar sobre ella. Era razonable teniendo en cuenta los maltratos a los que se había visto expuesta. Jamás escucharía su voz.

Faty seguramente se comunicaba a través de la libreta y el bolígrafo que guardaba en uno de los bolsillos del mandil. No tenía más de cuarenta años y su lenguaje corporal mostraba a una mujer demasiado traumatizada.

Su preciosa piel de color chocolate hacía resaltar aquellos ojos negros curiosamente pueriles. Faty era delicada, tan delgada y esbelta como una esfinge, y lucía un cabello trenzado que se había recogido en un moño alto y había decorado con un pañuelo amarillo. Parecía una monarca tribal, fuerte y elegante al mismo tiempo.

Agaché un poco la cabeza en señal de respeto. Me consideraban la señora de la casa, pero yo me veía a mí misma como la chica que prefería sentarse allí con ellas, charlar hasta la madrugada, comer helado, disfrutar de alguna telenovela. Cualquier cosa de la que pudiera nutrirse un grupo de mujeres solas.

Faty tragó saliva, cogió un paño de la encimera y desapareció en la alacena.

—Creo que no le agrado —lamenté.

—Oh, no. Eso no es cierto —me aseguró Kannika acercándose a mí para cogerme de las manos—. Faty es demasiado tímida al principio. Se avergüenza. Pero, mire, estaba preparando un almuerzo con platos típicos su tierra. Quiere que se sienta como en casa.

Era todo un detalle. Faty no podía saber que mi casa era un lugar en el que evitaba estar. Pero el gesto decía mucho de ella y no podía estar más agradecida.

Lo intentaría de nuevo mañana. Y eso hice.

Tras haber disfrutado de una velada de lo más interesante junto a Marco, sin yate de por medio, pero con mucho chocolate y pequeñas sonrisas, desperté al día siguiente con un objetivo. Me acicalé, visité a Gennà, desayuné con Marco y me puse a ello.

No podía pasarme el día deambulando de aquí para allá. Quería invertir el tiempo en hacer algo de provecho. Conocer bien el territorio y a sus gentes. La novedad estaba muy bien, pero pronto pasaría y me consumiría el aburrimiento.

Quería evitar como fuera la marea de pensamientos a los que me someterían mis remordimientos. Pero, sobre todo, deseaba ahorrarme el recuerdo de las caricias de aquel mercenario.

No me abandonaban. Estaban ahí, agazapadas, más que dispuestas a estremecer mi piel en cuanto me expusiera a un instante de silencio y soledad.

Siempre aparecía luciendo una mirada escudriñadora, enigmática. Ojos que ocultaban demasiado, que prometían momentos inolvidables y terriblemente adictivos. Sus labios mencionaban mi nombre con voz ronca, como si quisiera advertirme de la cercanía que estaba por llegar, la de sus manos apoyándose en mis caderas, empujándome contra él para volver a consumirme en un beso voraz.

No volveríamos a vernos. No estábamos destinados a cruzarnos. Aquella noche solo había sido un desvarío como cualquier otro antes de él. Sin embargo, había empezado a calar hondo. Cada día que pasaba lo sentía más y más ligado a mis entrañas. Y su recuerdo se negaba a obedecer mis ganas de enterrarlo en el rincón más recóndito de mi memoria.

Era tan injusto. Tan molesto.

Me planté frente a la cocina. Podía oír la vocecilla de Kannika, que comentaba algo sobre el libro que estaba leyendo, y entendí que los silencios estaban relacionados con las respuestas de Faty.

La tailandesa hablaba mucho. No tenía ningún problema para dar conversación y eso me facilitaría bastante la situación.

Entré. Esta vez, Faty se entiesó, pero no me observó tan intimidada. Se arrimó un poco a Kannika, que apoyó una mano en su hombro a pesar de ser mucho más bajita que la senegalesa. Supe que el gesto ocultaba una conversación y la inyección de valentía. Que quizá la mayor le había advertido de lo inofensiva que yo era y de mis intenciones.

La vi coger aire y nos dimos un apretón de manos que me provocó una sonrisa enorme. Poco a poco, Faty se fue destensando. Llegó incluso a escribir en su libreta una bienvenida en mayúsculas.

Así fue como rompimos el hielo, y Kannika enseguida comenzó a parlotear. No creí que me vería envuelta en un debate sobre preferencias literarias. A mí me iban los romances, mientras que al ama de llaves le fascinaban las historias de terror paranormal.

Faty sonreía y no se negó a que le echara una mano en la cocina. Logré incluso pelar una patata sin rebanarme un dedo. Todo un logro. Corté verduras, las salteé, removí un caldo. Me atiborré de cualquier cosa que pillaba y no dejé de sonreír.

Sí, sonreí mucho, incluso cuando los guardias llegaron para su turno de comida. Ninguno de ellos se opuso a tenerme en su mesa y chismorrear sobre los Sacristano.

Al parecer, era el tema principal, burlas y más burlas sobre la familia. Hablaban de ella como si fuera una especie de realeza que solo visionaban por televisión. Obviaban por completo a qué se dedicaban, evitaban destripar sus labores. Solo se mencionaba aquello que tuviera que ver con su comportamiento.

No los apreciaban. A ninguno. Excepto a Marco, que enseguida supe era muy querido y respetado por todos. Incluso Faty asentía emocionaba cada vez que se decía el nombre de su jefe.

Recogí muchos datos de la situación, fue la mejor forma de afirmar mis hipótesis sobre la familia, que no era peor que la mía, pero sí un poco más desoladora.

Al atardecer, guardé en un bolso una botella de vino, dos copas y un par de sándwiches que yo misma había preparado. Marco llegó pronto, justo como había prometido, y lo arrastré a los establos. No se opuso a montar y tendernos sobre la hierba del rincón de su adorada Ana, y le ofrecí nuestra cena tras haberle dado un sorbo al vino.

Marco masticó todo meticuloso, con el ceño fruncido y una mueca de desagrado que quiso ocultar con amabilidad. No tuvo éxito.

—Me sorprende que te haya salido mal un bocadillo —refunfuñó.

—Es un sándwich y no está tan mal. De hecho, Kannika me ha dicho que estaba delicioso. —Aunque yo ya sabía que había exagerado.

—Porque es demasiado amable.

—Deberías tener en cuenta mi esfuerzo —me hice la ofendida—. Es la primera vez que pongo un pie en la cocina.

—¿Y qué pretendías, provocarme una indigestión? ¿Tan malo soy?

—Idiota. —Me carcajeé dándole un codazo. A continuación, respiré hondo y decidí ser honesta—. Lo que pasa es que... no tengo nada que hacer. Pienso en cómo se van a desarrollar los días y me veo a mí misma deambulando sin rumbo. —Marco me observaba atento, como pensando que aquello no era diferente a lo que hacía en Nápoles—. Sé lo que vas a decirme y tienes razón, pero...

Quizá la mansión Berardi me había despertado esa necesidad de hacer algo con mi vida más allá de irme de fiesta y acumular conquistas de una sola noche.

—¿Siempre te has sentido así o es algo nuevo? —inquirió dándole otro mordisco al sándwich.

No le gustaba y, sin embargo, seguía comiendo.

—Supongo que en Nápoles lo soportaba porque iba y venía.

—¿Adónde?

—Pues al Marine Caracciolo o al club deportivo o de fiesta. Compras, restaurantes, eventos. Como unas vacaciones interminables. Aburridas.

—Supongo que hay una razón detrás de todo.

Me gustaba que fuera tan astuto. Desde luego, asombraba su capacidad para leer a las personas.

—A mi padre no le agradaba la idea de darme una formación que fuera más allá de convertirme en una buena anfitriona y señora de la casa. La instrucción de la esposa perfecta. La universidad era solo para gente necesitada u hombres ambiciosos. Y yo no pertenecía a ninguno de esos grupos.

—¿Qué te hubiera gustado estudiar?

Le clavé los ojos. Había creído que la conversación se decantaría más hacia hablar de lo lamentable que en realidad había sido mi vida. Nunca imaginé que se molestaría en querer saber algo que ni siquiera mis padres me habían preguntado nunca.

—Literatura, quizá. Filología. Historia del arte. —Agaché la cabeza con las mejillas súbitamente encendidas.

—La escritura, la docencia, los museos —aventuró ignorando premeditadamente mi repentina timidez.

—La idea de escribir me parece muy atractiva. Tenía cajas llenas de diarios...

—¿Te los has traído?

—Me deshice de ellos —suspiré—. Contenían demasiado dolor y Camila está creciendo. No me gustaría que descubriera lo triste que es su hermana.

Ni siquiera yo me había atrevido a echarles un vistazo cuando subí a recoger mis cosas. Solo conservaba el primero de todos, ese que me regaló mi madre y en el que me dejó una nota en la primera hoja.

Per il mio cuore bianco.

Lo había guardado en el primer armario de mi vestidor, junto a la caja que contenía el collar de diamantes con el que mi madre se casó.

—Podrías escribir ahora. —Tuve un escalofrío—. Dispones de tiempo, espacio y recursos. ¿Qué te lo impide?

Tragué saliva. El corazón me saltó a la garganta. Era una buena propuesta y contaba con su compresión. Ciertamente, nada me lo impedía. Al menos podía intentarlo.

Escribiría sobre ese mercenario que apareció una noche y decidió invitarme a recorrer un camino demasiado solitario. Porque él no iba a mi lado y yo no sabía hacia dónde mirar para encontrarlo de nuevo.

—Escribiría sobre un hombre serio, despiadado, frío como el hielo —dije bajito con toda la intención de acallar mis pensamientos.

Era un momento demasiado agradable como para estropearlo con mi nostalgia y mucho menos para que Marco descubriera que existía un hombre que no era él.

Pero debía empezar a asumir que no había modo alguno de ocultarle algo.

—Imaginación no te falta.

Me encantó que lo disimulara. Le di un sorbo a mi copa de vino.

—¿Estudiaste Derecho porque te gustaba?

—Era conveniente —dijo sin más.

—No ignores el verbo gustar, Berardi.

Engulló el último pedazo del sándwich y se tomó su tiempo en limpiarse la comisura de los labios.

—No. Lo detesto. —Su honestidad fue abrumadora, incluso para él—. Lo mío eran los caballos. Vivir rodeado de ellos.

—Decenas de Anas...

—Miles de ellas... —susurró volviéndose hacia su hogar.

—Podrías haber estudiado Veterinaria.

—Es una carrera muy bonita.

La noche comenzó a instalarse lentamente. Apenas se intuía un pequeño rastro de luz en el horizonte. Ahora era el turno de las estrellas, y me tendí sobre la hierba a contemplarlas. Invité a Marco a imitarme.

Disfrutamos de un silencio amable bajo aquel manto de azul oscuro salpicado de elegantes destellos.

—Mira, ahí está tu constelación —le indiqué.

Escorpio se veía mucho mejor a comienzos del verano, pero allí estaba, con Antares brillando en todo su esplendor en una noche un poco fría pero muy reconfortante.

—Parece un signo de interrogación —admitió Marco.

—Te representa bastante bien. Todo tú eres un cúmulo de preguntas. No hay más que prestarte un poco de atención.

Desvió la cabeza hacia mí para mirarme circunspecto, aunque esa mueca ya no me engañaba. A Marco le gustaban nuestras conversaciones.

—¿Y cuáles crees que son? —preguntó casi en un susurro, como si tuviera un poco de recelo a oír mi contestación.

—«¿Soy yo quien ha escogido mi propia vida? ¿Me equivoco si empatizo con alguien? ¿Es un error sentirme atraído por un hombre?».

Me reservé decenas de cuestiones, pero estaba segura de que ninguna de ellas le suponían una carga tan grande como aquellas tres.

Nos miramos con fijeza. Le temblaron los labios y terminó frunciéndolos para ocultarlo. También lo hicieron sus pupilas, que titilaron más dilatadas de lo normal, aunque seguían centelleando. Ahora con más razón, dado que se había topado de lleno con alguien que no juzgaba sus preferencias.

Todo lo que sabía de Marco era fruto de lo que me había ido entregando y de pura intuición por mi parte. Pero a esas alturas sabía que no me equivocaba en nada.

—¿Qué respuesta les darías tú? —dijo afónico, algo timorato.

—No a todas —sentencié—. ¿Y tú?

—Ojalá lo supiera... —Volvió a mirar al cielo.

—Lo sabes... Solo que no te atreves a aceptar la respuesta.

Y aquel murmullo me invitó a tocar su mano. Con la vista clavada en la constelación, Marco consintió que nuestros dedos se entrelazaran.

23

GENNARO

Abrí los ojos con las primeras luces del amanecer. El suave crepúsculo matutino que anunciaba el lento nacimiento de un nuevo día. Pude intuirlo a través de la espesura de mis ojos, así como por la notoria mejoría de mi cuerpo. Y miré alrededor algo confundido.

No reconocí el entorno ni su perfume. No confiaba en aquella sensación tan acogedora y confortable, ni tampoco en el apacible silencio que se respiraba o lo poco que me perturbaba la oscuridad.

Clavé los dedos en el colchón. La suavidad de las sábanas contrastó con el lejano resquemor de mis magulladuras. Me habían dolido tanto que ahora no me veía capaz de incorporarme.

Lentamente, giré la cabeza. Traté de discernir qué había pasado y cómo había llegado hasta esa habitación, pero en la búsqueda de explicaciones di con una figura tendida en un sofá que había a solo unos metros de la cama.

Y como si de una tormenta se tratara, recordé los brazos de esa joven, el modo en que me desveló su nombre y cómo me aferré a ella pensando que era lo más amable que había experimentado jamás.

Se me contrajo la respiración. Hasta entonces, nadie nunca me había tocado de esa manera. Jamás me habían creído alguien digno de proteger y cuidar. Y allí estaba esa chica que, sin conocerme de nada, fue capaz de transmitirme un sentimiento honesto y desinteresado.

Algunos no le darían la suficiente importancia. En mi caso, pensé que Regina, que dormía ajena a mis pulsaciones, no tenía por qué velar mi descanso por las noches.

Reuní valor y me enderecé muy despacio sobre los codos. Apreté los dientes preparándome para el dolor, pero este nunca llegó. Al menos no con la contundencia que esperaba. No reconocí el atuendo que llevaba puesto, un suave pijama de seda azul.

Alguien se había tomado muchas molestias para procurar que mi descanso fuera adecuado y notaba su efecto. Hasta que me acerqué al borde de la cama y me atravesó un cosquilleo punzante. Contuve el aliento a la espera de sufrir mayores consecuencias, pero estas solo eran como pequeños avisos de algo pasado. Algo que había dejado de hostigar.

Me eché una mano al vientre, notaba la presión de un vendaje. Al levantarme la camisa lo descubrí rodeándome el torso. Que fuera tan aparatoso quizá pretendía proteger mis costillas, que parecían bastante más recuperadas de lo que recordaba.

Conteniendo el aliento, me puse en pie ayudándome de la mesilla de noche por temor a caerme. No quería despertar a Regina. Merecía dormir un poco más, aunque yo no supiera muy bien qué hacer con mi desvelo.

La observé con los ojos entelados. No, más bien me atrapó. Su cabello rubio como el trigo tendido sobre un mullido cojín. Algunos mechones delimitando la sutil y elegante curva de su mandíbula, enmarcando aquella fascinante cara de labios seductores, nariz refinada, pómulos altos y ojos de un azul quimérico que ahora permanecían cerrados.

La sinuosa curva de su cadera me recordaba una complexión menuda, atrayente y sugestiva. Quizá no era del todo exuberante, pero hipnotizaba irremediablemente.

Regina tenía ese tipo de belleza que suponía un peligro y un problema para la sociedad. Que podía ser cruel, pero no lo conseguía. Que atraía lo que no debía, lo que no podía ni deseaba gestionar, algo que la destruiría. Más pronto que tarde, empezaría a temer lo que veía en el espejo, todo lo que ella era. Porque no se podía ser tan bella en un mundo tan despiadado como el nuestro.

Pero Regina no solo tenía un aspecto admirable. Su fuero interno era tan puro que me aturdió saber que estaba enredada con ese maldito lugar.

Cuando su esposo me había pedido que esperase en el salón jamás imaginé que volvería a verla. Entonces ni siquiera sabía su nombre, no me lo dijo hasta que se aseguró de que mis lágrimas me dejarían oírlo. Tampoco conocía quién demonios era el hombre que me había comprado.

Descubrirlo fue casi tan asombroso como verme incapaz de alejarme de Regina. Y cuando cayó la noche y me preguntó si quería comer algo, mi única respuesta fue negar con la cabeza antes de enterrarla en su cuello. Me asaltaron unas ganas terribles de dormir. No temí obedecerlas, pero me asombró que ella las compartiera conmigo.

Desconocía cuánto tiempo había pasado desde entonces. Quizá días.

Me temblaron un poco las piernas cuando decidí encaminarme hacia Regina. Cogí la manta que había a los pies de mi cama y la tendí sobre su cuerpo antes de retirarle el libro con el que seguramente se había quedado dormida.

A continuación, me tomé un instante más para mirarla, como si algo de mí temiera no poder volver a verla, y abandoné la habitación.

Me pregunté si recibiría algún castigo por deambular por aquella enorme residencia. Sin embargo, la casa estaba en silencio. El amanecer comenzaba a abrazarla lentamente, rodeándola con delicadeza.

Por los grandes ventanales se colaba una luz cada vez más acogedora, de un cálido amarillo que nunca había visto. En Secondigliano la vida era mucho más desagradable, sus gentes no se detenían a conservar el paisaje, cuidar de él o dotarlo de más belleza. Vivíamos entre ruinas, solo centrados en las diversas formas de matarnos por conseguir más poder, más miseria que paulatinamente iba consumiendo cualquier esperanza.

Esa preciosa luz acariciaba la campiña, potenciaba el húmedo verdor. Me habría gustado tenderme sobre la hierba y disfrutar de la sensación de aparente libertad. Aunque esta solo fuera un espejismo.

Por eso solo me permití mirar. Me dejé caer en la atracción situándome en el umbral de la puerta que entreabrí para que la brisa matutina me acariciara el rostro. Cerré los ojos. Olía a naranjos y a hierba. Se oía el rumor del agua y el trinar de unos pájaros. Me asaltó un escalofrío lastimero y unas ardientes ganas de llorar.

—Has despertado.

Me sobresaltó el sonido susurrante de esa voz grave y tropecé al intentar descubrir de quién provenía. Pero ese hombre me sostuvo a tiempo de caer y me clavó una mirada intensa.

Respondí con temor. Empecé a temblar. Intuí casi de inmediato lo que pretendía. Aquellos ojos de azul imposible no necesitaban preguntar para saber, les bastaba con guardar silencio y examinar cada detalle. Ya había sucedido antes, cuando me entregaron a él.

Su mirada se coló bajo mi piel, me estremeció. Me atravesó.

Aquel rostro de belleza implacable se mostraba reservado, pero sorprendentemente tranquilo. No había rastro de la tensión con la que me había observado la primera vez.

Contuve el aliento. No sabía qué demonios tenía ese hombre que tan capaz era de noquearme sin necesidad de hacer nada.

El corazón me saltó a la garganta y me procuró una sensación de sed inédita. De pronto, necesitaba responder todos los porqués que no me habían importado mientras estaba entre los brazos de Regina. Me urgía saber por qué me había comprado, si me lo haría pagar, si me exigiría ser algo que no podría soportar. No tenía sentido pagar una cantidad tan desorbitada por alguien como yo simplemente para tenerme deambulando por su casa.

Sin embargo, no fue lo único. También divagué sobre sus razones. Cómo sería el tacto de sus dedos sobre mi piel, con qué palabras me susurraría al oído, cómo serían sus abrazos, sus sonrisas, sus labios. Si sabría amar.

Muy despacio, sin soltarme, el hombre se acercó un poco más. Su presencia me engulló. Me hizo sentir muy pequeño. Lo supe por mi reflejo en sus pupilas azules. Me observaban serenas, pero también estrictas, como si quisieran gritarme que jamás me atreviera a tocarle de nuevo.

Agaché la cabeza. No era un soñador, ni siquiera me había consentido soñar cuando era un adolescente en plena batalla interior. Sabía que la vida era más gris que rosa.

—Lo siento... No quería... No quería molestar... —tartamudeé.

Entonces, me soltó y le oí suspirar.

—Debes de tener hambre... Sígueme —dijo estricto antes de encaminarse hacia el pasillo de arcos.

No me quedó otra que obedecer. Me guio hacia una cocina enorme en la que había una mujer que portaba una caja de madera llena de verduras. La dejó sobre la isla principal y se enderezó al vernos.

—Buenos días, Faty —le saludó el hombre—. Regina bajará más tarde, pero nos gustaría desayunar antes de lo previsto. ¿Es posible?

Asintió toda efusiva con la cabeza y enseguida se puso manos a la obra. Su jefe, en cambio, se dirigió a la terraza y me señaló la mesa mientras él se acercaba a la chimenea eléctrica que había en la pared más cercana. La prendió y tomó asiento a mi derecha.

Agradecí bastante la calidez que desprendió porque corría

una brisa fría que calaba los huesos. El pijama tampoco ayudaba. Era de un material bastante liviano y solo llevaba unos calcetines. Así que me encogí un poco en mi silla tratando de acoger todo el calor posible.

Reinó el silencio. Un poco incómodo, pero también desconcertante. No podía creer que estuviera sentado a la mesa junto a ese hombre. Me habían contado que eran muy pocas las ocasiones en que un comprador trataba a sus esclavos como compañeros. Quizá ese hombre prefería salirse de la norma. Me mataba la duda por saber qué demonios habitaba en su cabeza.

—Buenos días, señor —mencionó otra mujer, un poco más mayor y vivaracha, que portaba una bandeja—. Ha madrugado bastante.

—Me ha costado conciliar el sueño —se sinceró.

La mujer dejó la bandeja sobre la mesa y le sirvió una taza al hombre antes de entregarle un periódico.

—Aquí tiene su café y la prensa del día.

—Gracias, Kannika.

Entonces me miró sonriente y con unos ojos resplandecientes de pura satisfacción.

—¿Cómo te encuentras, joven? —me preguntó.

Me sentí muy aturdido. Al parecer, allí todo el mundo sabía que el señor de la casa había comprado a un esclavo y no les importaba en absoluto. Quizá hasta Regina lo supiera y ese tipo tenía la costumbre de tratarnos como compañeros reales. Extrañezas de hombre rico, no tenía ni la menor idea.

—Bien. Bueno..., me duele un poco el pecho. Pero me siento mucho mejor —expliqué nervioso y tenso.

—Cuánto me alegro, nos tenías preocupados. Enseguida vuelvo con el desayuno. Debes reponer algo de fuerza, querido.

La mujer regresó a la cocina ajena a mi ceño fruncido. Que alguien se preocupara por mí era raro. Pero que además insinuara que esa preocupación se había dilatado más de lo debido era sumamente desconcertante.

—¿Cuánto... cuánto he dormido? —tartamudeé.

—Cuatro días —respondió el hombre centrado en su diario.

—Oh...

Así que había pasado todo ese tiempo desconectado del mundo por puro agotamiento. Honestamente, creía haber dormido unas pocas horas. Me sentía descansado, pero no me hubiera importado dormir un poco más. Las últimas semanas me habían destruido demasiado.

Kannika regresó al cabo de un rato con un carrito y preparó la mesa con la vajilla. Llenó los vasos de zumo de naranja, me sirvió café y, a continuación, fue a por los alimentos, que pronto colocó a mi alcance.

Panqueques con salsa de arándonos, huevos, pan tostado y un poco de embutido. No era mi concepto de algo rápido para desayunar, y mucho menos si tenía en cuenta la preciosa presentación. Parecía demasiado, pero estuve seguro de que podría engullirlo todo. No había sido consciente de hasta qué punto me moría de hambre.

—Aquí tienes, pequeño —me dijo Kannika antes de retirarse.

Observé al señor, cabizbajo. El aroma a comida recién hecha hizo que me rugiera el estómago.

—No esperes a que te dé permiso —espetó sin apartar la vista del periódico—. Si tienes hambre, come. Es simple.

Eso hice. Cogí el tenedor y lo clavé en los panqueques. Me llené la boca al tiempo que hacía hueco para degustar los huevos. Me importó un carajo quemarme el gaznate. Engullí cada cosa que había sobre la mesa como si se me fuera la vida en ello y noté cómo bajaban por mi tráquea mientras los ojos del hombre me analizaban de reojo. Quizá ignoraba que la última vez que comí fue aquel día con Ugo Sacristano.

Dejó el diario sobre la mesa, le dio un sorbo a su café y echó mano al bolsillo interior de su chaqueta, del que extrajo una pluma y una tarjeta. No alcancé a ver qué escribió en ella porque

Kannika añadió un plato de cruasanes recién horneados y rellenos de chocolate.

—Kannika, ¿puedes poner esta nota sobre el paquete que he dejado en la mesa de la biblioteca? —le pidió el hombre.

—Por supuesto, señor.

No supe cuánto tiempo me pasé comiendo ante aquella mirada azul que dividía su atención entre su teléfono y yo. Pero lo cierto fue que me sentía a punto de estallar y en los platos apenas quedaban unas pocas migajas de comida. Nunca había comido tanto.

Esperé un rato para asimilar que mi cuerpo volvía en sí mucho más renovado. El día ya era un hecho, apenas resistía la oscuridad en el cielo.

—Yo... —dije de repente, sin saber qué carajos pretendía.

—Tú...

Nos miramos. Con sus ojos clavados en los míos iba a ser muy difícil verbalizar mis intenciones. Pero es que una parte de mí temía encontrarse con una respuesta más propia de Ugo Sacristano. Que me sometiera hasta olvidar mi propio nombre. No podía imaginarlo siendo un canalla.

Yo era un necio, ya lo sabía. Seguramente lo era. Alguien tan cruel y despiadado como mi familia. Me lo insinuaba su mirada. Él quería que yo le tuviera miedo, que me aterrorizara estar cerca de él. Quizá debía sentirlo. Lo hacía. Pero me podía más la curiosidad y la extraña e insólita necesidad de mantenerlo cerca, de indagar en él.

Comencé a estrujarme las manos. Me sentí indefenso.

—Sé que ha invertido en mí... una cantidad desmedida y... no sé cómo voy a devolvérsela, pero...

—No estás aquí para complacer los deseos de nadie —me interrumpió estricto—. Sino porque mi esposa detestaba la idea de saber que estabas en peligro. Así que evita volver a mencionar que estás en deuda conmigo, ¿me has oído?

Tragué saliva de nuevo y alcé el mentón.

—Entonces, le daré las gracias.

—Dáselas a Regina —aseveró poniéndose en pie y ajustándose la chaqueta.

Porque de haber sido por él seguramente no le habría importado, y no fui capaz de discernir por qué me alivió tanto verle más predispuesto a ignorarme que a torturarme. Al menos así podría observarle a hurtadillas.

No dejaba de mirarme. No, más bien me devoró de un modo escalofriante. Me detestaba, eso lo supe bien. Pero no entendí por qué no se marchó. Por qué esperó un poco más y me dio la oportunidad de volver a preguntar.

—¿Puedo al menos saber su nombre?

Frunció los labios y entornó los ojos.

—Marco Berardi —rezongó.

—Gracias, señor Berardi —musité, honestamente agradecido por lo que había hecho por mí.

—Solo Marco.

Asentí con la cabeza y forcé una sonrisa suave.

—Marco —musité.

El modo en que su nombre resbaló de mis labios me produjo un escalofrío que no pude ocultarle. Y de nuevo reinó el silencio, solo interrumpido por mi propio aliento, ahora un poco descontrolado.

Marco seguía observándome, sabía que sus ojos estaban convirtiéndome en una vorágine de contradicciones, que me despertaban un interés que lentamente se hacía poderoso. Pero no quise interrumpir el contacto. Por extraño e ilógico que fuera, me sentía cómodo en su mirada.

—¿Ya se va, señor? —intervino Kannika.

—Sí.

—Que pase un buen día.

—Gracias.

Le miré hasta que desapareció y solo entonces confirmé que sería muy complicado compartir espacio con él, que todo lo que me despertaba pronto se convertiría en un serio problema.

Me recompuse y miré a Kannika, quien me observaba amable.

—Debe de estar pensando que soy un maleducado. Soy Gennà. Encantado de conocerla, señora —me presenté poniéndome en pie para tenderle una mano.

Kannika tuvo que levantar un poco la cabeza para mirarme. Era una mujer de lo más tierna.

—Lo sé, jovencito. —Sonrió aceptando el apretón—. Regina no ha dejado de hablar de ti. —Me sobrevino un estremecimiento adorable—. Por cierto, he preparado una muda de ropa limpia. No disponemos de prendas de tu talla, pero servirá. Está en tu baño. ¿Por qué no vas a darte una ducha y a cambiarte mientras llega la enfermera? —Lo dijo como si fuera un secreto, con una complicidad más propia de las madres.

Ahí estaban de nuevo las ganas de echarme a llorar.

—¿Puedo? —inquirí.

—Por supuesto que puedes. Largo de aquí.

El empujón que me dio sirvió para darme el valor de echar a caminar.

REGINA

Me desvelé lentamente, con la ayuda de varios rayos de sol que incidían sobre mi cuerpo. Al principio, me aturdió encontrarme en el sofá de una habitación distinta a la mía, pero me bastaron unos segundos para recapacitar y enseguida me incorporé.

La manta cayó al suelo. El libro que recordaba haber estado leyendo antes de dormir reposaba en una mesilla. La cama de enfrente estaba vacía. Gennà ya no descansaba en ella.

La noche anterior, tras despedirme de Marco, decidí visitarlo. Ya no dormía como si dormir fuera un sacrificio, sino que desvelaba una tranquilidad que no había conocido en él hasta el momento.

Gennà mejoraba, y prueba de ello era el hecho de estar sola en su habitación.

Me encaminé hacia la puerta. Quizá había bajado a comer algo. Apenas eran las siete de la mañana, todavía tenía un poco de sueño, pero me tentaba mucho más pasar tiempo con el joven, conocerlo de verdad, sin miedos ni sufrimiento de por medio.

El pomo giró entre mis dedos sin que yo ejerciera fuerza y entonces la madera me hizo retroceder. Ahí estaba Cattaglia, todo pueril y bonito, mirándome con unos ojos castaños enternecidos. Ese rostro no merecía castigos. Lamenté muchísimo que perteneciera a una casta tan desagradable como la suya.

—Oh... Hola... —tartamudeó cabizbajo e inseguro.

Le acaricié el rostro y sonreí emocionada.

—Eh, tienes muy buen aspecto.

—¿Eso crees?

—Mírate, te veo muy bien. —Se mantenía en pie, y eso ya era digno de admirar—. ¿Te encuentras mejor?

Gennà asintió, se tiró de las enormes mangas de su camiseta y se mordió el labio antes de obedecer a sus instintos. Se lanzó a abrazarme medio tembloroso y tímido. No dudé en responder. Fue tan gratificante.

—¿Has desayunado? —le pregunté.

—Sí, con Marco.

—Vaya, resulta que tiene modales —bromeé al alejarme arrancándole una sonrisilla.

—Subía a darme una ducha y a cambiarme.

—¿Podrás solo?

—Sí.

—De acuerdo, te veo abajo.

Le revolví el cabello y empecé a alejarme con un aire renovado. Que Gennà estuviera recuperado era una gran forma de empezar el día. Me invadió una sensación tan agradable que me dibujó una sonrisa en la cara, y sonriendo entré en la cocina.

—Hola, Faty —saludé a la senegalesa, que todavía me miraba con reserva.

Las cosas habían mejorado mucho en los últimos días, pero Faty era tímida por naturaleza y le costaba abrirse a mí, a pesar de tenerme casi todo el día parloteando a su alrededor.

—¡Oh, cruasanes! —exclamé al ver la bandeja.

Cogí uno y le di un mordisco. El chocolate me estalló en la boca provocando que se me erizara la piel. Estaba delicioso y a Faty le complacía muchísimo verme saborear su comida. Así que las dos salimos ganando.

—¡Regina! —me llamó Kannika poniendo los brazos en jarras—. Siéntese a desayunar como es debido, muchacha.

El ama de llaves me tenía completamente conquistada. Siempre me había llevado bien con el servicio, pero lo que estaba experimentando allí no lo había vivido nunca. Estaba segura de que, con el tiempo, aquellas mujeres serían como de mi familia.

—Estoy bien, Kannika. —Le sonreí dando otro bocado—. Por Dios, están de muerte. Podrías enseñarme a prepararlos en nuestra próxima clase —le dije a Faty.

Ella frunció el ceño y se puso a gesticular con las manos. Por suerte, la tailandesa era bastante versada en el lenguaje de signos.

—¿Qué ha dicho? —quise saber.

—Que asuma lo mal que se le da cocinar.

Kannika soltó una carcajada, cosa que me emocionó, porque me sacaba por completo de mi posición como la señora de la casa. Fue la señal de que me aceptaban como una más y no como alguien a quien debían obedecer.

—Creía que todo era cuestión de práctica —protesté risueña, y Faty gesticuló de nuevo avivando las sonrisas de las dos mujeres—. Eh, no es justo que os riais a mi costa.

La cocinera cogió otro cruasán y me lo metió en la boca. Fue un gesto tan tierno y espontáneo. Tan divertido.

—No me opondré a que me ataquen con chocolate, la verdad —bromeé al tiempo que masticaba.

—Ah, por cierto, el señor ha dejado algo para usted en la biblioteca. No olvide pasarse por allí.

No iba a perder el tiempo, así que me eché un vaso de zumo y me encaminé a la puerta.

—¡Pero desayune antes!

Le guiñé un ojo antes de alejarme de allí. Sabía que en esos primeros segundos Kannika protestaría por lo irreverente que era, pero también sospechaba que eso le agradaba. Facilitaba mucho las cosas tener buena relación con las personas que habitaban en aquella casa.

La biblioteca era una estancia a doble altura situada al este de la residencia, desde donde podía verse la mayor extensión del bosque. Su amplitud permitía una distribución más propia de las librerías universitarias, con los estantes formando pasillos de lo más íntimos y reconfortantes, y unas escaleras de caracol y un rincón con mesas y sillones presidido por una enorme chimenea que parecía llevar mucho tiempo sin usar.

La sala disponía de dos pisos y se comunicaba con la segunda planta de la propia casa. Esta fue, precisamente, la entrada que había usado la noche anterior, y me recordaba contemplando la pieza desde la baranda como si este hubiera sido extraído de una maldita postal navideña.

Sobre la mesa principal reposaba un paquete envuelto en papel azul y una nota en la que se destacaba una bonita caligrafía. La leí.

No cocines para celebrar tu primer día de escritora.
Me basta con una copa.

Marco

Sonreí emocionada porque, de pronto, aquel paquete me parecía el mejor gesto que había recibido jamás. Lo abrí de inmediato para descubrir una caja que contenía un portátil nuevo, una libreta de cuero y unas plumas de plata con mi nombre grabado en ellas.

Marco no solo me había prestado atención, sino que me consideraba lo bastante válida como para animarme a realizar aquellas cosas que nunca me había atrevido a probar. Por reservas, por temor a la frustración de mi padre, por resignación. Incluso por miedo a mis entrañas.

Ese hombre realmente me creía capaz de lograr cualquier objetivo que me propusiera, y eso me enterneció tanto que apenas pude controlar que se me empañara la mirada.

Desconocía cuándo había empezado a despertar ese interés en Marco. Hacía falta más empatía de la que ambos creíamos para responder de esa manera ante una extraña. Y entonces, con sus regalos delante de mí, confirmé lo que no había dejado de pensar en los momentos que había compartido con Berardi, que era ese tipo de personas reprimidas por obligación, por mandato.

Se le había enseñado a ser despiadado y frío, se le había amonestado por ser lo contrario, y Marco se deformó hasta convertirse en aquello que los demás requerían de él. Jamás se escuchó a sí mismo y, si lo hizo, seguramente se impuso aquello a lo que estaba acostumbrado.

Pero aquel gesto revelaba demasiado. Manifestaba la conformidad de Marco a pasar tiempo conmigo, llegar pronto a casa y compartir una larga cena, a pesar de que todo ello lo hiciera insistiendo en esa mueca impertérrita que tan divertida empezaba a parecerme.

Eché mano del teléfono y busqué su chat.

Yo

Por ofender mis dotes culinarias, ahora voy a hacerte el protagonista de mi libro. Con un romance de lo más tórrido y montones de ñoñerías

Marco
No sé si prefiero que cocines, la verdad

Yo
Estirado.

Abrí la aplicación de la cámara, me acerqué a sus regalos y formé el símbolo de la paz con dos dedos antes de hacer una foto de lo más divertida. Se la envíe con un «gracias» que me produjo un cosquilleo de emoción. Empezaba a atesorar la relación que había comenzado a construir con Marco.

Justo entonces alguien golpeó la puerta y asomó la cabeza.

—¿Se puede? —preguntó Gennà.

—Por supuesto, ven. —Sonreí tendiéndole una mano.

El joven la cogió sin dejar de admirar el entorno.

—Este lugar es... fantástico.

—Yo también lo creo. No había estado aquí hasta anoche.

Eso debió de extrañarle porque me lanzó una mirada aturdida. Quizá pensaba que llevaba una vida entera allí y debía conocerme cada uno de los ladrillos que componían la casa.

Sin embargo, supe que su mirada ocultaba mucho más. Unas dudas que, en las pocas ocasiones que habíamos compartido, se escondían detrás de aquella vorágine de dolor. La misma que de algún modo persistía en sus ojos.

—¿Puedo preguntarte algo? —dijo bajito.

—¿Y por qué no ibas a poder hacerlo? —Torcí el gesto.

—Bueno, yo... —Agachó la cabeza y comenzó a pellizcarse las manos.

—Gennaro... —Me acerqué un poco más a él—. La única norma que deberías establecer entre los dos es que tú no estás prisionero en este lugar. Me aliviaría que no te vieras como...

—¿Un esclavo? —me interrumpió—. Pero lo soy... Me ha comprado.

Sus palabras cargaban con más desesperación de la que

había creído. Era cierto que Gennà no había tenido tiempo de aceptar la situación. Maldita sea, ni siquiera se le había informado de ella. Para él solo existía el momento en que fue expuesto y pujaron por su integridad. Teníamos tanto de que hablar.

—Esa era la única manera segura de salvarte —le tranquilicé, y sus ojos cambiaron. Me observaron consternados y frágiles.

—Porque tú se lo pediste.

—En realidad, yo creía que estabas... lejos de aquí. —Suspiré evitando recordar el momento en que lo alejaron de mí—. Fue Marco quien medió. Fue una decisión totalmente suya.

—Él dice lo contrario.

—No le hagas caso, es alérgico a los agradecimientos —me mofé logrando que esbozaba una sonrisilla.

—Marco es... tu esposo. —Lo dijo azorado, como si hubiera pensado demasiado en él.

Asentí con la cabeza. Todavía no me atrevía a normalizar esa realidad.

—Pero... eres muy... joven. ¿Qué edad tienes?

—Veintidós.

Abrió mucho los ojos, sorprendido.

—Pensaba que eras incluso menor que yo. Yo tengo diecinueve.

—Por eso me piden una identificación cuando salgo por ahí —bromeé.

La sonrisilla que soltó me pareció mucho más cómoda y sincera que la anterior.

—Debéis de amaros mucho si has decidido casarte tan joven.

Entorné los ojos. Debía ser honesta, me aliviaba que no me hubiera reconocido. Ambos éramos de Nápoles y, aunque nos movíamos en ámbitos muy diferentes, nuestras familias tenían negocios juntas. Sin embargo, no me parecía honrado ocultarle mi identidad completa. Gennà debía saber quién era si aspiraba a ganarme su confianza y a ayudarle en el proceso de recuperación.

Así que cogí aire y me armé de valor.

—Tu familia pertenece a los Confederados. ¿Cuánto sabes del grupo? —quise saber.

—¿Por qué lo dices?

Estaba desconcertado, pero empezaba a intuir algo. Me observó receloso.

—Soy una Fabbri, Gennà. —Suspiré.

Su cara reflejaba su estupefacción ante mis palabras, pero proseguí:

—Mi matrimonio con Marco no es más que un acuerdo. No se ha cumplido siquiera una semana de nuestro enlace. Apenas nos estamos conociendo. —Cerré un instante los ojos—. Esa noche... Esa noche fue la primera vez que puse un pie en... este lugar.

Gennaro seguía observándome impresionado. Su nuez subía y bajaba, su pecho se agitaba asfixiado. Empalideció casi de inmediato.

—Fabbri... ¿Eres la primogénita de Vittorio? —murmuró.

Solo me atreví a asentir. No había esperado que ese dato fuera a perturbarle tanto. Retrocedió unos pasos sin quitarme ojo de encima. Quizá creía que todo aquello había sido una trampa, que negociaría con él o que lo entregaría a su familia. Quién sabe, el miedo empuja a pensamientos demoledores, y los suyos podían arrasar con todo.

—Si Vitto me ve, avisará a mi padre y entonces...

Calló, y fruncí el ceño. Sus palabras habían salido de sus mismas entrañas, sin tapujos ni adornos. Solo había honestidad en ellas. Y ocultaban la verdadera razón de un trauma que incluso a mí me intimidó. Porque desvelaban realidades demasiado insoportables.

Un padre que no quiere a su hijo.

—Nada —espeté de súbito—. No pueden hacerte daño. Aquí no. No lo permitiré.

—¿Y cómo lo evitarás, Regina? —me suplicó con los ojos enrojecidos y desencajados de puro espanto. Habían debido de hacerle mucho daño—. ¿Por qué me has traído aquí? —gimió.

Ahí estaba la duda, tan densa como peligrosa, y detesté descubrir que mi apellido se alzaba entre los dos.

—No sabía quién eras.

—Claro, no lo sabías...

Resopló y miró al techo.

Supe que quería escapar de allí, que sus piernas no se lo permitirían, que tal vez ya no le quedaban energías para hacerlo porque no confiaba en conseguirlo. Pero había olvidado que no era un prisionero. Ya no. Podía salir por la puerta principal caminando lento y seguro, con la certeza de que yo solamente le observaría desde el umbral de la puerta hasta que la distancia lo engullera.

—¿Puedo mostrarte algo? —le pedí.

Gennà tardó un instante en asentir con la cabeza. Me hirió ver el miedo en sus pupilas.

Cogí su mano con suavidad y lo guie fuera de la biblioteca, hacia el vestíbulo. Una vez allí, abrí la puerta. Una brisa fresca nos acarició las mejillas. Allí estaba el maravilloso jardín principal salpicado por el sol. Señalé el camino de robles que llevaba hacia la salida de la residencia. Gennà miró en su dirección con cierta agonía.

—Caminarás medio kilómetro y encontrarás una verja —le anuncié justo antes de que nuestras miradas se cruzaran.

Él, aturdido. Yo, consternada.

—Dos guardias la custodian —continué—. No se opondrán a abrírtela porque yo misma les habré avisado. —Me acerqué al ropero que había al lado, extraje el monedero de mi bolso y saqué la tarjeta de crédito que Marco me había dado hacía unos días—. Coge esto. Te llevará hasta donde quieras, podrás hacer lo que quieras.

Ni siquiera hizo el amago de obedecer. Gennà se mantuvo inmóvil, con los labios temblorosos y los puños apretados. Contenía las ganas de llorar.

—Eres libre, Gennaro. Libre. Sea cual sea tu decisión, la aceptaré y te apoyaré. Pero debes saber que, si eliges marcharte, no podré protegerte.

—¿Por qué querrías protegerme? —balbuceó.

—Porque te vi, Gennà. Puede que eso no explique del todo los motivos, hasta yo los desconozco. Pero te vi y, de haber sido otra persona, habría reaccionado igual porque ninguno de los dos hemos elegido esto. Nadie nos dejó margen de decisión. No tiene por qué haber lógica tras la compasión.

Gennà era solo uno de las decenas de esclavos que vivían atrapados en el Marsaskala, ocultos en un rincón al que yo no podía acceder. La mera idea de rescatar a uno de ellos no resolvía mis inquietudes, pero me aliviaba. Era más de lo que se me había permitido jamás.

Él lo supo; supo que, de haber tenido la suficiente autoridad, revolvería cielo y tierra hasta dar con esos pobres inocentes. Pero comprendíamos que todo aquello era mucho más grande que nosotros. Una entidad que se disfrazaría con tal de no desaparecer.

—No puedo pasarme la vida siendo mantenido por ti y tu esposo. ¿Cómo voy a devolveros todo lo que habéis hecho por mí? —Se limpió las lágrimas con el reverso de la mano.

—Sonriendo, por ejemplo. —Le señalé las mejillas.

—Mis sonrisas no son tan caras.

—Pero sí preciosas. —Lo cogí de las manos—. Quédate, al menos hasta que te veas con fuerzas para emprender una vida lejos de todo esto. Si llega ese día, ahí me tendrás.

—Mi madre siempre decía que yo no vivía en la mafia, sino que la mafia vivía en mí.

Pude ver en sus pupilas lo mucho que detestaba ese recuerdo. En ese momento, pensé que si una mujer era capaz de decirle algo así a su hijo, desde luego que la existencia de su propia bondad quedaba en entredicho.

—Pues qué suerte que ella no esté aquí —ironicé.

Gennà me observó un instante más con una mueca pensativa. Sus ojos me dieron la respuesta. La poca desconfianza que tal vez hubiera sentido por mí se había desvanecido del todo. Terminó por confirmarlo en cuanto se lanzó a abrazarme. Y lo acogí con un escalofrío que se topó de lleno con sus temblores.

Iba a ser muy bonito ver cómo ese chico se recuperaba y aprendía a confiar. Me prometí a mí misma esforzarme al máximo por conseguirlo. Porque aquellas cosas eran lo que harían de mi vida algo más amable y tolerable.

—Si eso es un sí y te quedas, dejarás que te arrastre a un centro comercial —le dije antes de deshacer el abrazo.

—¿Qué? —preguntó extrañado.

—No pensarás ir por ahí con ese aspecto, ¿verdad? —Le señalé. Aunque estaba precioso, era evidente que necesitaba atuendos de su talla—. Te compraré ropa y productos de higiene personal. Quizá también algunos enseres. Venga, vamos, pasaremos el día de compras y comeremos algo rico en el puerto de Olbia. ¿Qué te apetece? Dime.

Se humedeció los labios.

—Una hamburguesa de ternera con doble extra de queso.

—Con una buena guarnición de carne rebozada y patatas fritas. —Lo dije como si fuera un secreto—. Todo sanísimo.

—Y helado —sonrió.

—Nene, mezcla helado y chocolate y darás con una de las razones de mi existencia. Que vivan las calorías vacías. Total, tu culo se lo puede permitir. —Estaba tan escuálido y paliducho que aturdía—. Cálzate con lo primero que encuentres, iré a por Attilio. ¡A la aventura!

No me equivoqué al exclamarlo.

Unas horas después, justo cuando el sol se ponía, Gennà se quedó dormido con la cabeza apoyada en mi hombro mientras Attilio conducía de vuelta a casa. El maletero estaba a rebosar de bolsas. Tenía los pies cansados y sentía la certeza de haber pasado un día maravilloso junto a ese chico.

—Tiene diecinueve años, nació en Secondigliano y, sin embargo, parece un crío perdido —aventuré en voz alta mientras contemplaba el paisaje y mis dedos seguían acariciando el cabello de Gennà.

—Lo criaron para ser un depredador. Todo lo demás es un descubrimiento nuevo para él.

Attilio hablaba de la expresión de emoción contenida, de aquellas pupilas castañas dilatadas, de la prudencia con la que Gennà había mirado algunos escaparates. De su modo de caminar, inseguro, avizor, tenso. De los estremecimientos ante algún sonido inesperado o la cercanía de la gente a su espalda.

Gennaro no había negado saber cómo era la vida. De hecho, la reconocía más por sus factores negativos que positivos. Había entrado en una cafetería, había ido de compras, había paseado. Pero ninguna de esas cosas naturales y normales las había realizado con la comodidad de quien no es cuestionado o reprendido.

Sus días se resumían en droga, palizas, reyertas, enfrentamientos... En el terror de haber nacido en un lugar que odiaba y tener que asumir un estilo de vida que detestaba y del que no podía huir.

—Pero no es ese depredador que se espera de él. —Suspiré. Ese chico era demasiado honesto.

—Y por eso le han castigado.

Tragué saliva.

—Es triste... Tan triste...

24

GENNARO

Regina sabía de mí más de lo que ambos estábamos dispuestos a admitir. No solo por la cantidad de conversaciones que habíamos tenido, alguna de ellas hasta el amanecer, sino porque ella era demasiado astuta. Solía nutrirse muy bien de los silencios que a veces compartíamos. Y me observaba con esa ternura imperiosa, como si fuera capaz de detener cualquier ataque contra mí con sus propias manos.

Sin embargo, en aquellas dos semanas nunca preguntó cómo demonios me había convertido en esclavo del Marsaskala o por qué aquella nueva vida me parecía tan anómala.

La respuesta pendía de mis labios a todas horas, a pesar de no haber oído la pregunta. A veces ensombrecía toda la belleza que me rodeaba, salpicaba de horrores los rincones de aquella preciosa casa y me ensuciaba hasta recordarme que no tenía derecho a estar en un lugar tan espléndido.

Había noches en que me despertaba perlado en sudor, pensando que mi hermana volvería a encontrarme y me hundiría de nuevo en el terror. Enseguida prendía la luz de la lamparilla y abandonaba mi cama para mirarme al espejo y recordarme a mí mismo que estaba muy lejos de ella. Otras, reparaba en las últimas palabras de mi padre o volvía a sentir las duras manos de Sacristano sobre mí. Entonces, salía de la habitación y deambulaba por los pasillos hasta llegar al sofá del salón para contemplar el amanecer a través de los ventanales.

Se había convertido en una especie de penitencia que no dejaba de repetirse. Solo buscaba torturarme. Porque yo no era digno de semejante vida.

La mansión Berardi no era mi hogar, nunca lo sería. Eso lo tenía muy claro. Pero no podía ignorar que cada una de las personas que habitaban allí me habían mostrado una versión de la cotidianidad que nada tenía que ver con lo que yo había experimentado.

Las riquezas estaban bien, facilitaban mucho la vida. Pero el ambiente no se podía comprar; la cordialidad, la diversión, el afecto. Todo ello conformaba una vorágine de sensaciones a la que temí volverme adicto. Porque después de aquello no habría nada que pudiera igualarlo. Lo ratificaba cada amanecer, cuando el sol asomaba lento en el horizonte y acariciaba la superficie del bosque con delicadeza.

Qué diferente era de Secondigliano. Qué amable y esperanzador. Y cómo se enfrentaba a mí, a mis entrañas, a todos los recuerdos que poblaban mi cabeza y pudrían mi vida.

Me convertía poco a poco en un cúmulo de contradicciones. Por un lado, el chico soñador que aspiraba a una vida agradable, lejos de la miseria. Por otro, el defectuoso hijo de la mafia.

Empezaba a creer que no tenía margen para escoger. Que aquello solo era un espejismo y pronto cesaría para devolverme a la cloaca de la que había salido. Y me apenaba, a pesar de que odiaba sentir lástima de mí mismo.

—¿No puedes dormir? —La voz de Marco me estremeció, como era costumbre.

Allí estaba él, ataviado con un traje azul oscuro que no hacía más que resaltar ese carisma enigmático que desprendía y lo atractivo que era.

Berardi me observó fijamente. Tenía el don de hacerme sentir expuesto, casi desnudo. Me encogí un poco más en el sofá y fui sincero.

—He tenido una pesadilla.

Se acercó a uno de los muebles. Sobre él reposaba una bandeja de plata con una botella de alcohol, cuatro copas y una cubitera que ahora estaba vacía. Había visto a Kannika rellenarla a menudo aquellos días, a pesar de saber que a veces no se usaba. Había rincones similares por toda la casa. Aportaban un toque a la decoración, la dotaban de elegancia.

—¿Bebes? —preguntó dándome la espalda.

—No me sienta bien el alcohol —dije bajito, sin poder apartar los ojos de su cuerpo.

Ese hombre era tan impresionante que me parecía una ensoñación. Nunca me acostumbraría a tenerlo cerca. Pensé que sería fruto de las primeras veces. Quizá con el tiempo asumiera que existían personas como él, capaces de enmudecer a cualquiera con su sola presencia.

Pero Marco se encargó de contradecirme. Evitaba cruzarse conmigo, pero las ocasiones en que nos encontrábamos, lograba que no pudiera más que observarle. Conseguía que mi mente divagara sobre un instante a su lado, sobre las palabras que podríamos decirnos, las sensaciones que podríamos regalarnos.

Se acercó a mí.

—Mójate los labios —me aconsejó entregándome una copa—. Eso ayudará. Es coñac.

—Gracias. —La acepté e hice lo que me sugirió sin apartar los ojos de él.

A continuación, tomó asiento en el sillón y le dio un sorbo a su copa. Respondió a mi mirada. No pude evitar el asombro. Era la primera vez que Berardi se decantaba por estar en la misma habitación que yo. Y el corazón me saltó a la garganta, se me disparó el pulso y tragué saliva porque de algún modo supe que esa era su manera de preocuparse por la situación.

—¿Tampoco puedes dormir? —pregunté, inseguro.

—Tengo trabajo pendiente.

—¿Tan temprano?

No respondió, pero sus ojos insistieron en los míos. Me dejé analizar, qué otra cosa podía hacer. No era más que un títere en sus manos. Un títere que lentamente aceptaba sentir algo erróneo por ese hombre.

—He pensado que ya es hora de que me marche —comenté de pronto. Noté cómo se activaban mis defensas. No me consentiría enamorarme de alguien inalcanzable. Yo no estaba creado para aspirar a Marco. Y, maldita sea, ni siquiera jugaba en mi territorio—. He abusado demasiado de vuestra hospitalidad y no quiero molestar. Sois una pareja recién casada.

—Que nunca podrá amarse de ese modo —espetó.

—¿Por qué?

Dejé la copa en la mesa y apoyé la barbilla en las manos. Tras unos segundos de silencio, entendí que no quería compartir esa información conmigo.

—Lo siento, no quería ser impertinente —murmuré.

—En realidad, no lo has sido. Solo que te has buscado el compañero de conversación equivocado.

Se terminó la copa y la dejó junto a la mía para regresar a la postura inicial y volver a clavar la vista sobre mí. Esa vez, entornó los ojos. Me estaba leyendo y no serviría de nada levantar mis defensas. Sabía bien que Marco las asaltaría en segundos.

—¿No te gusta hablar? —indagué.

—No me gusta la gente en general.

Respiré hondo.

—Entiendo.

—¿Seguro? —me desafió.

Cogí aire y decidí envalentonarme.

—Mi padre solía decirme que era un estúpido ingenuo. Pero en realidad yo solo lo fingía para que no me incluyera en sus reuniones. No me gustaba participar en ellas. —Mi voz sonó mucho más ronca de lo que pretendía—. Así que creo entender a la perfección lo que has querido decir.

—¿Y qué es lo que he querido decir?

—Que me hayas acogido en tu casa no significa que te caiga

bien. De lo contrario, no te ausentarías en las cenas ni esquivarías a tu esposa cuando estoy delante.

Regina y Marco compartían una relación preciosa. A veces, cuando sabía que Berardi no podía verme, me fascinaba observarles. Cómo ella lograba convertirlo en un hombre mucho más amable y relajado, más auténtico. Cómo lograba sonsacarle una sonrisa o animarle a bromear.

Todo eso se congelaba cuando yo aparecía y, de inmediato, Marco regresaba a su actitud fría y estricta.

—¿Eso crees?

—Detestaría pensar que mi condición te afecta.

No podía descartarlo. Quizá me despreciaba por haber compartido cama con su tío.

—Que seas gay no cambia nada, no eres distinto al resto de los mortales —gruñó—. Tienes brazos, piernas y ojos, además de un corazón que late.

—Y un cerebro que recoge una información que no desea.

—No tienes por qué caerme bien y tú no deberías sentirte en la obligación de agradarme. Conoces la razón por la que estás aquí.

Sus palabras fueron tan severas que tuve un escalofrío.

—Y por eso no me parece una buena idea quedarme.

—Díselo a Regina mirándola a los ojos, por favor —me desafió de nuevo, tremendamente consciente de la bonita amistad que estaba naciendo entre su esposa y yo—. No me gustaría verla decaída porque tú te has ido.

—La aprecias.

Eso era un hecho. Lo había notado desde el principio, el modo en que Marco la observaba, a medio camino entre la curiosidad y el apego. Y lo entendía. Regina tenía esa capacidad de encandilar a la gente. Conquistaba.

Berardi se reservó la respuesta, dando por sentado que entendería su silencio como una afirmación, y se puso en pie ajustándose la chaqueta.

—Debo irme. Sea cual sea tu decisión, no la tomes pensando en los demás. Esta casa es demasiado grande. Hay espacio de sobra.

—¿Para esquivarme? —balbuceé.

—¿Preferirías lo contrario?

Otro escalofrío, que esta vez me tocó el corazón.

Yo también me incorporé y me erguí despacio hasta observarlo de frente. Marco era unos centímetros más alto y algo más corpulento que yo, por lo me llevó a sentirme mediocre.

—Preferiría... conocerte... —le aseguré tirando de un valor que no sentía para mirarlo—. Que tengas un buen día, Marco.

No esperé a verlo partir, me volví notando la intensidad de su mirada en mi espalda hasta que empecé a subir la escalera.

Esa misma noche, Marco compartió cena con Regina y conmigo por primera vez. Saludó a su esposa con un beso en la frente y me dedicó un escueto gesto con la cabeza antes de ocupar su lugar frente a mí.

Me puse nervioso. No porque me observara, sino por los modales con los que se preparó para degustar el plato que Kannika le sirvió.

—Os dejaré...

—Sienta tu trasero en esa silla, Cattaglia. —Me detuvo Regina lanzándome una mirada cómplice. Sabía más de lo que yo era capaz de admitir—. Quiero que probéis mi creación. Tarta de chocolate.

—¿Has cocinado tú? —inquirió Marco, incrédulo, y su esposa lo miró altiva.

—Por supuesto.

A continuación, Regina me contó los diversos accidentes culinarios que tuvo hasta lograr formar un sándwich decente que no estaba sabroso, pero que Marco se comió por pura amabilidad.

—¿Os importa hablar en italiano cuando yo esté delante? —pidió Berardi, quien no comprendía nada del dialecto napolitano que a veces usábamos Atti, Regina y yo.

—¿Temes que estemos conspirando contra ti? —bromeó ella atenta a las buenas habilidades de su compañero usando los cubiertos.

—Aprecio la sinceridad.

—Pues te seré sincera y te diré que esta vez te chuparás los dedos hasta el codo porque esa tarta me ha quedado buenísima.

Justo entonces apareció el ama de llaves con la creación de la señora de la casa. Desde luego, atraía a simple vista. Un bizcocho bien grueso coronado por unas flores de crema de avellanas.

—Kannika, será mejor que prepares la sal de frutas —bromeó Marco desde la más absoluta seriedad.

No lo pude evitar y estallé en carcajadas ignorando que contagiaría a la tailandesa.

—¡Oye, no le rías la gracia! —Sonrió Regina—. ¿Ahora os vais a poner en mi contra?

Acto seguido, nos aventuramos a probar aquella preciosidad.

—Está deliciosa —admití.

—Estoy sorprendentemente de acuerdo.

Y creí que aquella curiosa y cómoda velada no volvería a repetirse. Pero Marco regresó la noche siguiente y añadió el desayuno a la ecuación asegurándose de pronunciar al menos un par de palabras.

Unos días después, justo antes del mediodía, me tendí en el sofá a soñar despierto con la sensación que me causaba la voz de Berardi. Era tan profunda y delicada que estremecía, tanto como sus ojos.

Por eso me asombró no identificarlo en el texto que Regina decidió mostrarme. Estaba explorando su faceta de escritora y se lo había tomado muy en serio. Se pasaba las mañanas encerrada en la biblioteca mientras yo echaba una mano en los establos o con algún que otro quehacer para mantenerme ocupado.

—No se parece en nada a tu esposo —le confesé con la atención fija en la última frase.

Arrodillada en el suelo, con la cabeza apoyada en una de sus manos y ataviada con aquel grueso jersey de lana blanca que tan bien le quedaba, Regina me observó decepcionada porque había querido inspirarse en Marco y no lo había logrado.

—Ya lo sé.

—Este hombre es más... visceral, más salvaje. Lo has descrito robusto, de tez dorada y ojos de color ámbar y verdes. No tiene nada de elegante ni refinado, sino que parece un guerrero que se desdobla ante su mujer.

Y era cautivador. Había embrujo en sus palabras, una conexión muy específica, casi primitiva. Como si Regina hubiera estado atrapada en los brazos de ese desconocido por un instante y quisiera volver a experimentarlo.

—¿Todo eso crees? —preguntó asombrosamente tímida.

Y lo vi en sus ojos. La sombra que daba forma al rostro de ese hombre que tan cerca estaba de tocar su corazón.

—Te has inspirado en alguien, ¿cierto?

Apoyó la nuca en el borde del sofá para clavar la vista en el techo y cerrar los ojos. Supe que Regina atesoraba a ese hombre contra sus propios deseos.

—Ni siquiera sé quién es, y no creo que volvamos a vernos.

De pronto, se incorporó y buscó la tecla precisa para eliminar lo escrito.

—¡Ni se te ocurra! —Le di un manotazo—. Es hermoso, Regina.

—¿Lo dices en serio?

—Nena, no soy un erudito en literatura, pero te aseguro que quiero seguir leyendo.

—Eres tan maravilloso, Gennà...

Una vez más, Regina logró dibujarme una sonrisa que me nació desde lo más profundo, de esas que solo le había mostrado a ella porque confiaba en sus palabras. A su lado tenía la sensación de que nada podía herirme.

Quizá por eso me asombró ser asaltado por aquella pesadilla tan nefasta.

Desperté de golpe, con la cabeza en su regazo porque me había quedado dormido en cuanto nos sentamos en el sofá después de comer.

La película seguía reproduciéndose. Se respiraba la calma típica de las cuatro de la tarde en un día un poco más nublado de lo normal.

—Eh, tranquilo —me dijo Regina al verme temblar y mirar desorientado a mi alrededor. Por un momento, no reconocí dónde estaba—. Soy yo.

—Eres tú... —Respiré y enseguida regresé a su regazo.

Me acariciaba el cabello con los dedos y logró apaciguar mis pulsaciones. Pero no me ahorró las ganas de llorar porque por una vez en toda mi vida ahora sí sentía que tenía mucho que perder.

No podía imaginarme volviendo a pasar por todo o regresando junto a mi odiosa familia.

—¿Puedo preguntarte algo? —inquirí asfixiado.

—Hemos quedado en que no pedirías permiso para nada, Gennà.

Pero lo que Regina no imaginaba era lo mucho que me carcomía su bondad y lealtad.

—¿Por qué nunca me has preguntado cómo llegué aquí?

—¿Quieres contármelo?

Me incorporé para mirarla.

—Es algo que no puedo olvidar —sollocé señalándome el centro del pecho—. Me persigue constantemente.

—Tu padre no puede hacerte daño aquí, Gennà.

—Me vendió, Regina. Dijo que prefería verme muerto a permitir que un maricón viviera en su casa. Me vendió y me usaron... —gimoteé sin apenas aliento, tartamudeando y con los ojos tan empañados que Regina pronto se convirtió en una silueta difusa—. No estoy defectuoso, ¿verdad?

Eso debió de partirle el corazón porque Regina desveló una mueca de terrible dolor.

—Por supuesto que no, cariño —respondió envolviéndome con sus brazos—. Es solo esa gente, que está podrida. —Me cogió la cara—. Escúchame, eres precioso. Puedo repetirlo cada día si eso te ayuda, no sería mentira.

Perdí la cuenta del tiempo que estuve aferrado a esa enjuta chica. Hasta que descubrí las primeras sombras del atardecer y la asombrosa presencia de Berardi observándome impertérrito.

—Tengo un poco de sueño. Subiré a descansar —anuncié frotándome los ojos antes de ponerme en pie.

—¿Quieres que te acompañe? Podemos comer helado hasta que nos salga por las orejas.

El travieso comentario de Regina logró arrancarme una sonrisa.

—No te preocupes, estoy bien, de verdad. Os veo después.

Evité cruzar la mirada con Marco y me encaminé hacia el pasillo de arcos para apoyarme en la pared a recuperar el aliento. Odiaba la idea de que Berardi me hubiera visto en mi peor estado. Me bastaba con imaginarlo oculto en uno de los cubículos de la subasta pujando por mí, y ya era suficiente carga.

—Os he oído —le escuché decir justo cuando me disponía a subir las escaleras.

—El único error que cometió fue aceptar lo que es. Y ni siquiera eso lo concibo como una equivocación. Está lleno de traumas. —Había mucha tristeza en la voz de Regina. Tristeza que nacía de la más absoluta empatía.

—Pero tú no puedes borrarlos, Regina, ni con todo el amor del mundo. La mejor manera es recurrir a ayuda psicológica. Debe aprender a gestionar el dolor.

—¿Ricardo Saviano?

—Si Gennaro está de acuerdo, no me importaría concertar una cita para él.

Respiré hondo. Desconocía a quién se refería, pero parecía hacerlo con cierto grado de admiración y respeto.

—Hablaré con Gennà —le aseguró su esposa—. ¿Y tú, cómo es que has llegado tan temprano?

—Quería... Me apetecía desconectar. —La sinceridad de Marco a veces me estremecía.

—Entonces, llévame a ver a Ana, Berardi.

Los oí marchar, y me acuclillé en el suelo para romper a llorar como un crío perdido. Porque atesoraba aquella vida y me destruía pensar que tarde o temprano la perdería.

25

MARCO

Supe que todo había empezado a cambiar cuando una tarde Palermo entró en mi despacho sin apenas llamar a la puerta. Sus nudillos tan solo rozaron la madera alentándome a levantar la cabeza de unos documentos. No esperó a que le diera permiso. Abrió y saludó con una mueca más despreocupada que solemne, como era habitual en todos mis hombres cuando se referían a mí.

Eso me hizo fruncir el ceño y mirarle un tanto aturdido. Pero mi seriedad no le contuvo de acercarse todo vivaracho.

—Jefe, quería pedirle algo —comentó con una naturalidad que no le había conocido en los cuatro años que llevaba trabajando para mí en aquella casa—. Necesito el día de mañana libre para unos asuntos propios.

Alcé las cejas. Dino Palermo era un tipo de treinta y dos años, sin familia, que casi no quería saber nada de su maldito padre. Barés de nacimiento, se crio en la ciudad calabresa de Cosenza, donde vio morir a su madre por una sobredosis de heroína y su progenitor lo apaleaba siempre que no llevaba a casa la cantidad de dinero que le exigía a diario. Y como eso sucedía la mayoría de los días, Palermo no sabía lo que era tener el cuerpo sin un moratón.

Se había jactado de decir que jamás tendría descendencia porque temía transmitir los genes de su dichosa estirpe. Además, era amante de una sola noche.

—¿Tienes asuntos propios? —pregunté confuso y, debía admitir, también intrigado. Él solo frunció los labios para ocultar una sonrisa.

—Me temo que no puedo decirle nada. Por ahora.

—Ya...

—En realidad, solo serán unas horas.

—¿Las mismas que ayer te pasaste con Regina fuera de casa?

Attilio y Gennà los acompañaron adonde sea que fueran y no llegaron hasta bien entrada la noche. Fue la primera vez que cené solo desde que Regina Fabbri había puesto un pie en Cerdeña y también la primera en que no me hizo un resumen exhaustivo de su ajetreado día. Tan solo cogió un poco de helado, me dio un beso en la frente como si fuera un crío y tiró de Gennà escaleras arriba mientras el joven me miraba de reojo todo azorado.

—Más o menos, quizá más —confirmó Palermo.

—Vale, sí. Largo. —No quería saber nada.

—Gracias, jefe.

—Y cierra la puerta.

Lo hizo. Esperé que bastara con eso para que regresara la vieja costumbre de no molestarme mientras estuviera en mi despacho. Funcionó un rato, el tiempo que invertí en contemplar el paisaje que se veía a través de los ventanales.

El otoño se había asentado con rigor, las hojas se habían teñido de naranja y el aire arrastraba un aroma a madera que siempre lograba apaciguarme. Había pasado casi un mes desde la boda y mi vida dentro de aquellas paredes había empezado a sufrir cambios a los que, por extraño que fuera, no me había opuesto.

No sabía en qué momento se había tornado en una costumbre, pero el reloj nunca pasaba de las nueve de la noche cuando atravesaba el umbral de casa. La cena esperaba en la mesa y, junto a ella, una Regina que repartía sonrisas sin ningún pudor.

Ella había sido la que me había instigado a dedicar unos minutos a desayunar cada mañana después de salir a correr y también a visitar a Ana con más frecuencia. Atrás iban quedando las ocasiones en que solo pasaba por allí o montaba cuando me sentía desesperado.

Esas dichosas rutinas alimentaban algo muy recóndito en mí y, a veces, me encontraba a mí mismo contando las horas para volver a pasar tiempo con esa cría que había revolucionado mis frías y estrictas costumbres.

Se había adaptado con tanta pericia que tenía a todo mi servicio comiendo de la palma de su mano. Les había procurado esa comodidad que yo no había sido capaz de concederles, por muy bien que les remunerase. Y poco a poco fui descubriendo que existía un aprecio hacia mí que no había advertido antes. No sabía si lo merecía, pero, desde luego no puse objeción, y me hizo estar mucho más atento a los detalles.

Las botellas de coñac siempre llenas, el café recién hecho, solo, sin edulcorante y servido en una taza pequeña junto a dos galletas de mantequilla con mermelada de naranja. La verdura sin aliñar, la carne poco hecha, el pescado con una pequeña rodaja de limón, el vino de una botella sin abrir, aunque no terminara de consumirse. El coche preparado en la puerta con el motor encendido a la espera de mi decisión de ir solo o con compañía. Las ventanas en todo momento a media altura. La prensa del día lista.

Tonterías a las que no había prestado atención porque las entendía como parte de las obligaciones de la gente que había contratado. Pero eran mucho más que eso. Eran acciones hacia una persona que respetaban y, tal vez, apreciaran. Y no me di cuenta de ello hasta que Regina se instaló allí.

Mi casa, ese remanso de aislamiento cargado de formalidad, se había convertido en un hogar acogedor y alborotado.

A veces me quedaba obnubilado observando cómo los mozos de las cuadras o mis guardias saludaban a Regina como una más y no como la señora de la casa. La hacían partícipe de las bromas, contaban con ella para alguna caminata e incluso la instruían en el arte de la mecánica o la cocina.

Siempre junto a Gennaro, que parecía absorber cada instante como si fuera el último. El joven que ignoraba la cantidad de tiempo que me pasaba estudiándole cuando no me veía. Ese joven de sonrisa espléndida, puramente sincera, que a veces amenazaba con contagiarme.

Era como una especie de imán que me atraía. Pero también una espina que no me dejaba respirar con normalidad.

Ese chico despertaba sensaciones que necesitaba mantener enterradas, no me las podía permitir. No quería verme en la tesitura de aceptar que me gustaba tenerlo por allí. A él y a la mujer que lo había salvado.

Llamaron a la puerta de nuevo.

—¿Qué pasa ahora? —protesté antes de que Attilio irrumpiera allí con más descaro que Palermo.

Sonrió irónico y se encaminó al minibar sabiendo que no le quitaba ojo.

—Te noto un poco tenso —parloteó mientras llenaba dos copas.

Maldita sea, ni siquiera le había dado permiso o dicho qué tipo de licor me gustaba. No tenía por costumbre beber con mis empleados.

—¿Será que se acerca tu cumpleaños y la edad no perdona? Veintinueve tampoco son tantos.

Entorné los ojos con ganas de pedirle que respetara su lugar. Pero venció la curiosidad y también la certeza de que Atti jamás me obedecería como un subalterno. Tenía un concepto un poco extraño de su rango.

—¿Qué pretendes? —quise saber antes de aceptar la copa.

—Es martes, querido. —Se balanceó sobre sus pies.

—¿Y qué pasa los martes?

—Pues que jugamos al póquer y nos ponemos hasta arriba de nachos. Te vendría bien.

Le dio un sorbo a su bebida mientras yo le observaba con recelo.

—¿Desde cuándo el jefe se une a sus empleados?

—Desde que no hay una regla escrita que lo prohíba. Estaremos en el jardín. Solemos reunirnos en el cenador junto al cobertizo, pero, como intuyo que te unirás a nosotros, creo que estarás más cómodo en la terraza principal.

Era un buen momento para pedirle una explicación sobre el alboroto de los fines de semana.

—¿Tiene el póquer algo que ver con que os encerréis en mi sala de juntas para ver el fútbol?

—Oh, en absoluto —dijo travieso—. Es solo el ocio necesario. Como lo es asistir a misa para un religioso. Además, esa sala no se usa y tiene una pantalla enorme. La hemos acondicionado para disfrutarla.

—La hemos...

—Regina les da un toque especial a las cosas.

Toqueteó las plumas del lapicero, vació su copa de un trago y la devolvió al minibar. Atti había cumplido con su cometido, hacerme sentir parte de un algo que ni siquiera sabía que existía, pero ahí estaba, ante mis narices. Lo verdaderamente preocupante era si yo me permitiría formar parte de él.

A punto estuve de empezar a hiperventilar en cuanto aparecí en el jardín esa noche. Todos mis hombres me observaron estupefactos. Todos menos Attilio, que me miró divertido y recogió arrogante los billetes de sus compañeros. Yo acababa de hacerle ganar una apuesta.

—Jefe... —dijo Cassaro.

Su primo, Gattari, incluso hizo el amago de levantarse.

—Marco Berardi. —Sonrió Atti con su habitual descaro, y enseguida supe que Regina estaba detrás de todo aquello—. Acomoda tu trasero, querido. Voy a machacarte.

Me desplumaron las once primeras veces. Pero vencí en la duodécima y me retiré con la cabeza bien alta al reclamo de cobarde. Tuve que decirles que un caballero sabía cuándo parar, y lo cierto era que no me apetecía seguir viendo cómo me convertía en el blanco de las bromas.

Me aturdió ver que sonreía cuando subí a mi habitación. Había disfrutado y eso era mucho más de lo que me había permitido nunca. Pero ni siquiera tuve tiempo de abrir la puerta.

Desde la habitación de enfrente, la que pertenecía a Gennaro, se oyeron sollozos. Fruncí el ceño. Era tarde, el joven hacía rato que se había retirado. Quizá había tenido una pesadilla. Otra más.

No pude contenerme y abrí la puerta. Gennaro me miró sobresaltado al mismo tiempo que se limpiaba las mejillas. Gracias a la luz de la lamparilla pude ver su frente perlada en sudor y cómo su pecho subía y bajaba desesperado en busca de aire.

—Lo siento. ¿Te he despertado? —dijo consternado.

—No. —Lo miré tan fijamente que creí poder sentir los latidos de su corazón en mis entrañas—. ¿Estás bien?

—Sí, es una tontería. —Forzó una sonrisa.

Pero no me convenció. Aquellos ojos tan cándidos no sabían mentir. Al menos no en mi universo.

—Pues no lo parece —reconocí.

—Estoy bien, de verdad.

Se acercó a la ventana y abrió para respirar un poco de aire fresco. Noviembre había traído consigo un frío impropio de Cerdeña.

Observé su figura, la refinada silueta que se había reforzado en las últimas semanas. Gennaro ya no parecía un chiquillo a punto de desfallecer, sino un hombre capaz de robarme una ojeada más larga de lo normal. Alguien que se cruzaba por mi mente con demasiada frecuencia.

Él nunca se daría cuenta de la sensación de ahogo que se instalaba en mi pecho siempre que le tenía cerca. Seguramente no imaginaría que había empezado a temer dormir porque aparecía cuando menos lo esperaba y mis manos tomaban el control.

Acariciaban su piel con ese deseo que, lento, se instalaba en mí.

—Había pensado en viajar a Roma la próxima semana —anunció de pronto, nervioso—. Tengo asuntos que resolver. Podrías venir. He oído que te gusta la ciudad, que siempre has querido visitarla. Sería un buen momento.

Regina era una buena emisaria, y Gennaro sonrió.

—¿Para visitar al doctor Saviano?

—Entre otras cosas. —Me encogí de hombros—. El mirador de Villa Borghese es de visita obligada.

Algo propio de los traumas era que no se debía forzar a la persona que los padecía. Ella misma debía escoger cuándo actuar y cuánta importancia darle, a pesar de los esfuerzos que pusiera su entorno por aliviarle. Debía al menos tener el control sobre eso.

—¿Kannika y Faty también necesitaron ayuda? —preguntó, tímido.

Qué bonito era.

Carraspeé y me rasqué la nuca.

—Kannika nunca fue ese tipo de esclava, sino alguien destinado a la servidumbre. El caso de Faty fue más grave. Se pasó dos meses en el hospital y quince más recibiendo ayuda psicológica.

Conocí a la primera a los doce años. Habían traficado con ella desde pequeña, cuando unos mercenarios la secuestraron y vendieron a un orfanato chino. Pero Kannika nunca fue apreciada por su belleza, y sus compradores no pudieron obtener su retribución en el mercado de adopciones ilegales.

Pasó toda su adolescencia sirviendo en dicho orfanato. Hasta que, durante unas revueltas, fue arrastrada hasta un barco y vendida a Europa del Este. De nuevo se repetía la misma situación. Kannika no atraía para ser esclava sexual, pero era obediente. Así que explotaron esa faceta de ella hasta que fue a parar al Marsaskala, ajena al rechazo que el lugar sentía por la madurez. Encontró su lugar en las cocinas y siempre tuvo una sonrisa para mí. Nunca recibió respuesta por mi parte, sin embargo, procuraba poner buena cara.

Llegado el momento, no quise dejarla atrás y ella escogió quedarse bajo mi cobijo en vez de marcharse lejos. No podía olvidar la frase que me dijo aquel día: «Solo sé servir. No hay lugar para mí fuera de aquí». Me sentí terriblemente identificado y profundamente culpable.

En contraposición, Faty Mansaly se cruzó en mi vida de pura casualidad. Mi padre no cerró bien la puerta de aquella habitación el día que decidió desvelar su verdadero rostro. Yo recordaba a la perfección el modo en que lanzó la lengua al suelo y cómo observó a la mujer con arrogancia mientras sus berridos me perforaban los tímpanos.

No reaccioné, pero cuando Faty fue trasladada a la sala de saneamiento que había en el subsuelo, ese maldito lugar donde los sobrantes se convertían en polvo, intervine. No era justo que esa mujer tuviera un final tan triste. A pesar de todos los que lo habían padecido antes y todos los que lo harían después de ella.

—¿Por qué le ofreciste tu ayuda? —preguntó Gennaro cruzándose de brazos.

—Digamos que no me pareció honesto acogerla si se aterrorizaba por el chasquido de una puerta.

La verdad, no me gustaba hablar de ello. Me hacía demasiado consciente del monstruo que era.

—¿Sigue recibiendo ayuda psicológica?

—De vez en cuando, sí.

—¿Con Saviano?

—No. Con una terapeuta especializada en... —Me detuve. Verbalizarlo nunca había sido tan devastador.

—Víctimas de la trata de blancas.

Me erguí. Gennaro no buscaba desafiarme, no hallé intimidación en aquella mirada que me clavó, sino más bien el plano preciso para ver un reflejo de lo que yo era en realidad. Ese ser podrido que no sabía cómo escapar del infierno. Lo cierto es que no era diferente al resto de los esclavos.

—Te dejaré descansar —le dije y me encaminé hacia la puerta.

—No eres un monstruo. —Su voz me detuvo—. A mí no me lo pareces. De lo contario, me habrías sometido. Y en estas semanas ni siquiera me has mirado.

—¿Qué te hace pensar que no lo he hecho? ¿Cómo estás tan seguro de que no estoy al acecho esperando cualquier descuido para asaltarte? —Lo miré por encima del hombro con toda la intención de acobardarle.

—Has pagado por mí.

—Deja de recordarlo —gruñí.

—Es un hecho —contraatacó—. Pagaste por mí. No tienes que pedir permiso para coger algo que te pertenece.

Desde luego que podría hacerlo. Ganas no me faltaban. Podía acercarme, empujarlo hasta la cama, arrancarle la ropa y hundirme en él hasta olvidarme de todo. Gennaro me despertaba esa necesidad ferviente que tan poco conocía. Era como si mi cuerpo hubiera estado a la espera de encontrarle para sentir los estragos de la excitación más genuina. Y una parte de mí sabía que no me rechazaría. Que ese chico me complacería, me dejaría enterrarme en su piel hasta saciar aquella hambre que solo él había sido capaz de provocar.

Porque se creía mi siervo.

Porque creía estar en deuda conmigo y no encontraba el modo de saldarla más que entregándose a sí mismo.

Sin embargo, detestaba la idea de convertirme en ese tipo de hombre. Aquel que compensa lo que ha pagado sometiendo y destruyendo. Detestaba no tener el control, sentir que su cercanía me debilitaba más cada día que pasaba.

—Mi vida ya es demasiado compleja como para que me la compliques recordándome continuamente que soy tu propietario —le reprendí—. Existen razones por las que no te he tocado, alguna de ellas ya te las he dado, pero la más importante es que eres un hombre.

Mis ojos le intimidaron. Terminó agachando la cabeza y estremeciéndose.

—Lo siento —murmuré.

No había sido mi intención dejar entrever que su identidad sexual me repelía. Gennaro no tenía la culpa de que yo careciera del valor para aceptar los hechos. Pero era más adecuado que siguiera creyéndome heterosexual.

—No, he cometido un error. Yo solo... solo quería decirte que me pareces un buen hombre...

—No hay bondad en los hombres de la mafia, Cattaglia.

—Eso no es cierto —se quejó—. Yo nunca he sido capaz de herir a nadie.

—Pero te han herido a ti —espeté—. Y yo hiero a los demás. Las cosas en este lugar pueden ser idílicas, pero no obedecen a la realidad. No eres un necio. Ahórrate posibles decepciones.

Lo vi bien, el modo en que sus pupilas titilaron y el rubor de sus mejillas. Gennaro no se escondía de aquello que sentía. Luchaba contra el sentimiento porque no lo consideraba correcto en su posición. Pero lo atesoraba y aceptaba. Y me inquietó que fuera tan vulnerable a un rostro hermoso y un cuerpo elegante porque yo solo era una máscara. Yo no merecía ser amado por alguien tan puro como él.

—¿Decepciones contigo?

—Sí, conmigo —le aseguré.

Quizá de ese modo nos bloquearía a los dos la tentación de seguir buscándonos con la mirada. Esa extraña inercia que lentamente se convertía en una necesidad.

—Está bien, aceptaré esa ayuda —repuso recuperando el tema inicial—. Creo que sería bueno empezar a trabajar para borrar este capítulo de mi vida.

Entendí bien que me había incluido en ese capítulo.

—Avisaré a Saviano. Trata de descansar.

—Marco... —me llamó de nuevo.

Le miré.

—Gracias.

No pude dormir pensando en cómo controlar algo que no parecía responder a razones. Algo tan visceral e instintivo.

Esa noche deslicé una mano por mi vientre y apreté los ojos. Tragué saliva al vislumbrar el rostro de Gennaro. Ese modo dulce y casi suplicante con el que me observó me produjo un escalofrío. Le oí mencionar mi nombre en un susurro, y mis dedos continuaron bajando. Pronto dieron con una dureza. Esta tembló. Ansié acariciarla. Necesitaba ese alivio.

Pero me detuve. No, mejor dicho, me lo prohibí.

No cruzaría una línea que me llevaba a un páramo tan desconocido. No me atrevía a explorar esa versión de mí que se volvía dependiente de la piel y el afecto. Bastante molesto era ya contar las horas para compartir tiempo con Regina, para llegar a casa y disfrutar de mi... de nuestro hogar. De ese lugar que lentamente despertaba mis emociones.

Gennaro no bajó a desayunar a la mañana siguiente.

—Anoche te equivocaste —me dijo Regina.

—¿Te lo ha contado él? —quise saber.

—Os escuché.

Dejé el periódico en la mesa y suspiré.

—¿Me vas a obligar a recordarte qué soy? —lo dije más severo de lo que esperaba.

Pero Regina nunca se amilanaba ante mi carácter incisivo. Ella siempre tenía una respuesta a la altura.

—¿Acaso no lo somos también Gennà y yo? —Se inclinó hacia delante—. Nacimos en familias dedicadas a la mafia. Nos criaron para heredarla u obedecerla. ¿Por qué te empeñas en blanquearnos?

«Porque no quiero que terminéis convertidos en alguien como yo. No soporto la idea de veros involucrados en todo esto. Ahora ya no».

Fue un pensamiento impulsivo. Una voz dentro de mí que

casi exclamó cada una de esas palabras. Era la verdad más honesta que me había dicho nunca. Y tuve que pensarlo con demasiada fortaleza, porque Regina abrió los ojos y tomó aliento.

—¿Me lo dice el hombre con el que me han obligado a casarme? —ironizó.

—Ha sonado horrible.

—Porque lo es y lo sabes. —Me cogió de la mano.

Estaba tan bella como cada mañana.

—No hagas o digas aquello que no eres capaz de aplicarte a ti mismo, Marco.

Quise confesarle que yo era el hombre que hacía del Marsaskala el pérfido lugar que era. Que contribuía a que así fuera. Que mis días no habían cambiado cuando salía por la puerta de aquella casa. Cada cosa seguía su curso, acaso con más ruindad si cabe. Porque ahora el objetivo era ser los más poderosos de Europa. Y para colmo debía sentirme orgulloso de mi vida, de haber nacido en el seno de los Sacristano. De situarme en el lado vencedor.

—¿Tú también has empezado a idealizarme? —rezongué.

—Gennà no te ha idealizado. Ha mirado dentro de ti. Exactamente como he hecho yo.

—¿Y qué habéis visto? —dije bajito.

—Al hombre que él describió anoche. —Nos miramos con la calidez con la que solíamos hacerlo. Aquella mujer era mi compañera—. Dices no tener empatía porque nunca te has rodeado de personas que la incentiven, pero lo cierto es que ha surgido desde tu interior. ¿O debo recordarte a la mujer que te ha cocinado esas tostadas? ¿O a la que te ha servido el café?

Qué bien sabía Regina acorralar desde la honestidad más pura. Me sorprendía que fuera hija de un hombre como Vittorio Fabbri.

—No es un error sentir —murmuró.

Y yo me ahogué en sus ojos terriblemente azules.

—Ni siquiera por él —remató.

Ahí estaba la verdad. Esa que ella había descubierto y yo me negaba a ver. Precisamente porque creía que alguien destinado a la crueldad no merecía decencia alguna. Y amar lo era. El amor que Regina insinuaba, el mismo que lentamente se asentaba en nuestro hogar, era demasiado sincero para un hombre que traficaba con humanos.

Prefería aceptar esa dichosa y podrida realidad a través de la frialdad. Aunque me arriesgara a perderme a mí mismo en el camino.

—Llegaré tarde —anuncié más que listo para marcharme.

—Tú esquívame, Berardi.

—Es mejor así.

—Creo que ya no.

Yo también lo creía, y por eso mi vida se me hacía más y más insoportable cada día. Había empezado a desmoronarse. Lo supe cuando miré a Saveria a los ojos esa mañana y no pude escapar de sus brazos. Nunca lo haría.

Tres de noviembre. Se cumplían veintinueve años de mi maldito nacimiento, del día que vi la luz para convertirme en alguien tan censurable. Tan despiadado y perverso. Tan digno de orgullo para las bestias. Ahora era una de ellas.

Acepté las felicitaciones.

La reunión con la cúpula se desarrolló como de costumbre. Mi padre a la derecha de Saveria, mi tío Ugo a su izquierda. Con los jefes de las familias Capocelli y Esposito, íntimos asesores de la matriarca del Marsaskala. Y sus secretarios, Natale y Golia.

Hablaron de visitas de algún jefe de Estado, encuentros con varios distribuidores, cargamentos por gestionar. Nadie reparó en mi silencio, porque, por lo general, era un hombre callado, y eso me dio la oportunidad de atender el mensaje que recibí.

Regina

¿Podrías venir a mediodía?

Tengo algo para ti, estirado

Yo

Lo intentaré, mocosa

Me tentó sonreír ante la camaradería con la que me hablaba. Pero, aunque me contuve, a Saveria mi gesto no le pasó desapercibido.

—¿Tu esposa? —quiso saber.

La sala se había vaciado, tan solo quedábamos ella y yo, lo que me dejó entrever que había despachado a sus hombres porque quería un momento a solas conmigo, incluyendo a mi padre, quien no me había quitado ojo de encima en toda la sesión.

—Así es. —Me incorporé de mi asiento y me dispuse a ponerme la chaqueta—. Debo volver.

—Veo que habéis congeniado muy bien. Ya casi no te vemos trabajando hasta altas horas de la madrugada. —Lo dijo pausada, sin molestarse en mirarme a los ojos, centrándose en ordenar unos documentos que había sobre la mesa.

Entorné los ojos. La conocía muy bien y sabía que Saveria no había esperado que yo encajara en una relación con la esposa que ella misma me había escogido.

—¿Supone eso un problema?

—En absoluto. —Sonrió—. Pero no olvides a quién se debe tu lealtad. No dejes que esa mujer te nuble el juicio y te aleje de nuestros objetivos.

«El juicio me lo está nublando un hombre, no una mujer».

—¿Acaso fueron míos alguna vez? —le cuestioné.

Saveria se acercó a la mesa con el cáterin, cogió un platito, se sirvió unos canapés y regresó a la mesa para tomar asiento como si fuera una soberana inmortal. Muchos lo creían, incluido yo. No podía imaginar que algún día perecería.

—Sabes cuán importante eres para mí —comentó tras masticar uno de los canapés. Se limpió la comisura de la boca con una servilleta—. Sabes también que aspiro a convertirte en el rey más poderoso de los últimos tiempos...

Tía Saveria...

—Lo sé, odias las referencias monárquicas —me interrumpió y se metió otro canapé en la boca—. Pero somos reyes, Marco. Lo somos, con todas las letras. Y un rey necesita que su poder sea inagotable. No debería bastarnos con unas fronteras que hace tiempo alcanzaron su mayor apogeo.

Me molestó que quisiera inmiscuirse en mi matrimonio. No necesitaba lecciones sobre cómo manejarme con la gente. Lo que tenía con Regina era solo mío. Lo único real y fidedigno que dependía de mí.

—Ese rey del que hablas todavía no lo es —espeté—. Obedece a su reina, y es ella quien aspira a gobernar sobre una tierra de salvajes incontrolables. Acepté seguirte, pero no me conviertas en la razón por la que quieres embarcarte en esta guerra. Ambos sabemos que lo haces para someter a mi padre.

No quería convertirme en la herramienta que utilizaran paran aniquilarse entre ellos. Pero no pude evitar cierta confusión al afirmarlo en aquel momento.

—Para demostrarle que una mujer puede con cualquier cosa que se proponga —masculló—. Ese miserable se casó con mi hermana para arrebatarme el Marsaskala.

Razón no le faltaba. Los Berardi eran una prominente familia del sur de la isla que nunca logró igualar la influencia de los Sacristano. Ni siquiera cuando aceptaron convertirse en nuestros representantes legales.

Mi padre intentó cazar a Saveria, a pesar de haber llegado justo cuando ella contraía matrimonio con su primer esposo, el mismo que falleció en circunstancias poco claras, igual que los dos siguientes.

Tuvieron una aventura, pero Saveria Sacristano, tan sibilina como era, leyó bien las intenciones de Massimo Berardi. Y no quería compartir el poder con él. Así que a este no le quedó más remedio que casarse con mi madre e intentar dominarlo todo desde dentro. Mi padre era un hombre fuerte y maquiavélico, pero no convencía. Por ende, jamás pudo vencer.

—Cosa que no ha logrado —le aseguré.

—Por ahora.

También porque se dejaba follar con un regimiento de guardias aguardando en la habitación contigua.

No quería prolongar más aquella conversación. Saveria, sin embargo, no estaba dispuesta a dejarme zanjarla sin más. Tenía ese brillo especulativo en la mirada. La maldita señal de que su idea ya había pasado todos los filtros mentales para convertirse en un objetivo. Y este ya no tenía vuelta atrás.

Así que me preparé de inmediato para lo que estaba a punto de decirme.

—He pensado en iniciar la operación.

Me mantuve impertérrito. No quería que Saveria confundiera mi rechazo con debilidad.

—Una vez dijiste que la mejor forma de someter a un tirano era arrebatándole lo más indispensable para su gobierno. Para los Confederados esto es la droga.

Se trataba de un mercado que nosotros no controlábamos, a pesar de conocer muy bien cada uno de sus entresijos.

—Decenas de plazas distribuidas por toda la ciudad, beneficios de más de veinte mil millones al año —continuó—. Es el principal mercado de estupefacientes de Europa y goza de gran presencia en las Cortes de Italia, además de influencia en negocios capitales. Viven bien esas bestias, ¿no crees?

Era demasiado insoportable lo bien estructurado que Saveria tenía su discurso. Lo había practicado, se había convencido y ahora solo le quedaba verbalizarlo ante mí, lo que me convertía en el único oponente claro. Conocía su poder de oratoria para conquistar a cualquiera.

—Así que pretendes bloquear el mercado —desvelé sin reservas.

Ella sonrió. No le costaba demostrar cuánto me adoraba en mi versión más insensible. Y, de pronto, entendí aquello como una especie de castigo. Saveria no iba a permitir que todos mis años de educación y adoctrinamiento fueran manipulados por una cría impulsiva. Debía recordarme que yo era ese hombre astuto capaz de manejar la mafia a mi antojo.

—Vittorio Fabbri tiene el control sobre el puerto. Todos los cargamentos de procedencia ilegal debían pasar por su empresa, para así ahorrarles a los Confederados la tediosa carga de soportar una inspección. Estuvo a punto de perderlo con aquella redada de la Guardia di Finanza. Su hermano cayó en desgracia. Pero ahora que todo ha vuelto a la «normalidad», tiene sentido nuestra alianza. Y se me da muy bien que la gente se arrodille.

Alberto Fabbri tenía previsto salir de la cárcel en cuanto se oficializase la absolución y la fiscalía retirara los cargos que se le imputaban. El proceso podría haber sido más rápido, pero Saveria había preferido complicarlo un poco más para asegurarse de la implicación de Vittorio y así demostrarle hasta dónde llegaba su glorioso poder desde la isla.

—Cuando esas fieras descubran que no tienen más remedio que recurrir a mí para preservar sus ingresos, no les importará que un forastero gobierne en sus tierras. Más aún si este les procura mayores beneficios.

Esto se traducía en cortar enlaces con los exportadores latinoamericanos que vendían a los proveedores de la zona. Sabíamos que eran tres los capos que trabajaban al por mayor en Casavatore, Ponticelli y Castagnaro, siendo el capo de este último lugar el más influyente al ser también el más veterano.

Pero para erradicarles como competencia, había que aniquilarlos o ponerlos de nuestro lado, y Saveria no parecía muy convencida de lo segundo. Bloquearía sus cargamentos, complicaría de ese modo su relación con los Confederados y los neutralizaría del único modo en que sabía hablar la Camorra: matando.

—Si vas a prescindir de ellos, alguien deberá ocupar su lugar para garantizar el producto.

Saveria ya lo sabía. Estaba disfrutando.

—La Kirovsky Bratva tiene experiencia. Ya sabes que Borisov domina buena parte del mercado del este. Es perfectamente capaz de suministrar hasta el último gramo que necesiten.

—A cambio de...

Porque Borisov nunca hacía nada sin recibir recompensa.

—Mayor rendimiento de blanqueo.

Tenía sentido que el ruso hubiera pedido aumentar el capital a blanquear hacía unas semanas. Saveria ya había dado luz verde a sus propósitos. Solo me estaba informando de los movimientos para que yo pudiera coger las riendas de acuerdo con sus peticiones.

—Entiendo. ¿Quieres que un ruso domine la entrada de estupefacientes en Nápoles?

Era una maldita locura.

—Borisov tiene un capital que iguala el PIB de Mónaco, Marco.

—En negro, tía. Ni siquiera puede invertir parte de ese capital. Nace de la financiación del terrorismo y de ventas ilícitas. Nuestra posición siempre ha sido neutral. Hemos sido meros intermediarios.

No estaba seguro de poder garantizar nuestra seguridad si decidíamos formar parte de la acción.

—La mejor de las tapaderas. —Sonrió ella—. ¿Quién iba a sospechar del imperio Sacristano? Aquí nunca pasa nada.

Y, sin embargo, pasaba de todo.

De todo.

El infierno más impecable y cándido que existiría jamás.

Cogí aire. Tenía ganas de irme a casa y perderme en la sonrisa de Regina. Quería olvidarme de que ese era mi maldito mundo, aunque solo fuera por un corto instante.

—Borisov dispone de la mejor cocaína del mundo —insistió Saveria. No me dejaría ir hasta haberme convencido—. Tan pura como un bebé y a un precio mucho más asequible que el que procuran Casavatore, Ponticelli y Castagnaro. No tiene rival. Eso lo saben los napolitanos, que desde hace una década no dejan de ver peligrar su influencia en el mercado europeo.

—Es complicado convencer a un napolitano y aspirar a unificar todo su mercado. La Alianza Napolitana solo trabaja en sintonía para evitar los derramamientos de sangre entre facciones que tanto daño hicieron a la imagen de la ciudad durante los ochenta, noventa y los primeros años del siglo —le recordé—. Conseguirás persuadir a varios, pero dudo que puedas convencerlos a todos. La discordia se les da tan bien como matar.

El fin de mi comentario llevaba por objetivo ahorrarle disgustos demasiado sanguinarios. Podía confundirse con el aprecio, quizá tenía algo de eso, pero en realidad era más por egoísmo. Saveria me encargaría a mí supervisarlo todo porque sabía que yo era el único capacitado para moverme como una serpiente entre los depredadores. Pero olvidaba con frecuencia lo mucho que repudiaba tratar con malhechores tan imprevisibles.

Saveria entornó los ojos.

—¿Cómo que «puedas»? ¿Desde cuándo prescindes del plural?

—Podamos —rectifiqué con desinterés y ella sonrió de nuevo.

—Cuando el hambre apriete, no tendrán más remedio que aceptar.

Aquello constituía una maldita declaración de guerra.

—Tía...

—Mi Marco. —Se me acercó para cogerme la cabeza entre sus manos—. Eres tan diferente a ellos. Tan leal. —Me dio un beso en la mejilla—. Ve con tu esposa. Te veré esta noche. Hoy es tu gran día.

Cassaro aceleró el vehículo con la misma rapidez con la que yo tomé asiento. No mencionó nada, ni siquiera me saludó. Supo que quería hermetismo y mucho silencio. Necesitaba desprenderme del malestar antes de cruzar el umbral de mi casa para que Regina advirtiera que poco a poco se me hacía cada vez muy difícil ser el hombre que Saveria esperaba de mí.

Al llegar, respiré profundamente y me bajé, agradeciendo en silencio que mi chófer hubiera sido tan diligente. Me encaminé hacia la puerta ignorando que Regina abriría y tiraría de mí hacia los establos.

Se detuvo en la entrada, me miró emocionada y empezó a estrujarse los dedos. Me aturdió tanto que apenas me di cuenta del modo en que Palermo se acercaba a nosotros tirando con suavidad de la cuerda que se enroscaba holgada al cuello de un joven potrillo canela.

Sus pasos saltarines y torpes me hicieron mirar con fascinación. Tenía unos ojazos castaños muy pueriles y la actitud de una cría. Aquel ejemplar apenas contaba con un par de semanas de edad.

Palermo le entregó la correa a Regina, se guiñaron un ojo y se alejó para darnos un momento a solas. Ella acarició al potro y lo besuqueó en la testuz recibiendo un cariñoso cabezazo como respuesta.

—Se llama Margarita. Es hija de caballos ganadores. Pura raza árabe. Apenas ha aprendido a caminar —me explicó.

—Margarita. —La miré estupefacto.

—Por las florecillas que crecen en torno al sepulcro de Ana —reveló Regina ruborizada de la emoción—. Y porque mi querida Lily no podrá seguir dándote descendencia al ser la única yegua.

En eso tenía razón. Habíamos comentado que soñaba con encontrar un ejemplar de color canela al que aparear con Ray. Pero nunca creí que Regina lo haría posible y mucho menos que hiciera partícipes a mis hombres de semejante regalo.

Tragué saliva. La potrilla se me acercó y comenzó a olisquearme. Era tan refinada y bonita. Toda una princesa de cuento.

—Hola, preciosidad —le dije bajito acariciándola—. ¿Era esto por lo que Palermo me pidió el día libre?

Regina contuvo una sonrisa.

—Él entiende mucho más que yo de caballos. Y contaba con los recursos necesarios para transportarla. Así que aquí está, tu nueva chica. Feliz cumpleaños, Berardi.

Nunca imaginé que aquella mujer lograría despertar en mí una cálida emoción que pronto me embargó el pecho. Solo pude mirarla sintiéndome extrañamente agradecido por haberme cruzado en su camino.

—En serio, ¿ni siquiera vas a darme un abrazo o un «gracias, mi amada esposa»? —protestó antes de darme un empujoncito—. Qué estirado eres.

Me lancé a ella para rodearla con mis brazos. Al principio fue una acción un tanto agarrotada y torpe, pero conforme Regina se aferraba más a mi cintura, mis músculos fueron encontrando alivio. Y cerré los ojos para disfrutar de aquel contacto.

—Vaya, qué avance —bromeó ella.

—Deberías dedicarte a la psicología. Seguro que se te da mejor que describirme.

Se alejó para mirarme toda frustrada.

—¿Has espiado mis escritos, cretino?

—«Ese hombre de ojos ámbar y resplandor verde tan brillantes como diamantes» —le cité.

—¡Cállate! —exclamó ella y yo sonreí.

No le diría que al leer esos delicados párrafos imaginé el rostro de ese hombre y pensé que era más real de lo que ambos creíamos. Tampoco le dije que me colaba en la biblioteca y me quedaba embelesado observándola dormir sobre sus propios escritos, esparcidos por el suelo y por toda la mesa. Hojas en blanco con una sola palabra. Otras cargadas de repeticiones. Algunas rotas o arrugadas. Y Regina con los brazos flácidos y esa mueca presa de un sueño anhelado.

«Ese hombre de ojos ámbar y resplandor verde, tan brillantes como diamantes». Sí, le reconocí. Cómo no hacerlo si Regina lo había descrito con gran precisión. Sus manos, su rostro, sus labios, su cuerpo. La imperiosidad de su presencia, ese intimidante carisma.

Nunca le diría que mencioné su nombre en mi mente y lo imaginé colmando la hermosa y delicada piel de mi esposa de pequeños besos un amanecer cualquiera. A pesar de su mundo. Porque ninguna de aquellas palabras que le había adjudicado Regina contenían sombra alguna de los terrores que él había provocado. Tan solo temor a aceptar la realidad. Temor a que esta se enquistara en su corazón y tuviera que soportar la carga de buscar a ese hombre en los ojos de cualquiera. No daría con él porque ese mercenario no querría herirla. No se atrevería a destruir a mi esposa con una promesa que jamás podría cumplir y mucho menos la obligaría a convertirse en amante de un hombre que mataba y robaba por dinero.

—Es bonito —me atreví a decir.

—No más bonito que esta cosita hermosa.

Margarita se dejó sobar.

—Es un nombre precioso.

—Al menos tendremos algo en lo que pensar esta noche. Viene mi padre.

—¿Solo? —Fruncí el ceño.

—Al parecer, Vera se encuentra indispuesta.

Se encaminó hacia fuera con toda la intención de concederme un rato a solas con Margarita.

Observé su cuerpo recortado por las sombras y las luces de aquel mediodía. Cómo destellaban sobre su cabello, cómo definían la delicada silueta de su cintura y sus caderas.

«¿Cuándo he empezado a quererte?», pensé, aunque, si era sincero, no me importaba. Me daban igual las razones. Yo solo...

—Eh, Regina —la llamé.

Me estremeció el brillo cegador de sus preciosos ojos y esa sonrisa cómplice que leyó el agradecimiento que pendía de mis labios. Pero una vez más sobraron las palabras. Y ella me entendió. Me entendía tan bien.

—Alguien me dijo una vez que nunca me harías daño. Cuánto me gustaría poder decirle que tenía razón...

Fue una confesión muy cercana a obtener permiso para acceder a su mente y escuchar sus pensamientos más recónditos. Lo dijo con un aire ausente y demasiado honesto, como si estuviera hablando con una persona que estaba muy lejos de allí y muy lejos de ella.

Pero duró poco. Se recompuso y cogió aire mientras pestañeaba aturdida.

—Ten cuidado, Berardi, no vaya a ser que ahora te vuelvas humano.

Escogió bien la ironía.

—Qué descarada eres —repliqué sonriente.

Un rato más tarde, después de haber observado a Margarita correteando por la campiña junto a una Lily emocionada, me retiré a mi despacho y llamé a mi guardaespaldas de Nápoles. Había algo que me preocupaba.

—Mattsson, informe de situación.

—Los señores han discutido. La cuñada tuvo que intervenir para apaciguar la tensión. Ni siquiera sé cómo empezó todo —me contó.

—¿Dónde se encuentra la señora Bramante?

—En la cama. Tiene un moratón en el ojo. Me he llevado a la cría al jardín en cuanto comenzó la refriega. No ha visto nada.

Lo que imaginaba. Vittorio no sacaría a pasear a su esposa después de haberla agredido. Era un hijo de puta, pero todavía disponía de sentido común.

—Mantenme informado. Y activa el protocolo de evacuación si es necesario.

—De acuerdo, jefe.

26

REGINA

Los Sacristano y los Berardi tenían un concepto de celebración un tanto desproporcionado. Les importaba un comino el protagonista de la velada. Ellos creían que cuanto mayor fuera el espectáculo, más reconocimiento obtendría. Ya lo habían demostrado durante nuestra boda. Pero aquello era innecesario, igual que la asistencia de tantos invitados.

Se movían de un lado a otro por aquel salón tan propio de los grandes palacios. La orquesta tocaba jazz de ambiente, los camareros recorrían la sala ofreciendo aperitivos y copas. No había detalle que faltara. Tampoco el rincón donde los invitados habían escrito dedicatorias a Marco en un libro de visitas y dejado sus regalos.

No me alejé de él ni un instante, ni tan siquiera para saludar a mi padre, que charlaba amigablemente con Massimo en uno de los extremos de la barra. Demasiado pronto para beber, pero lo prefería a tenerlo cerca.

Marco me consintió aferrarme a su brazo. Hacíamos una pareja de lo más atractiva. Incluso llegamos a combinar nuestros atuendos. Corbata y vestido de color azul. A juego con nuestros ojos, decía la gente que nos detenía para comentar estupideces.

—¿Qué opinas de la viudedad? —le murmuré a Marco en cuanto se alejaron el alcalde y su esposa.

—Que, de ser esta noche, sería muy inoportuna. No tengo tu habilidad para despachar a la gente con tanta ironía.

Me siguió el juego.

—Pues será mejor que la aprendas, tu prima me está fulminando con la mirada. Es posible que me salte al cuello en cuanto tenga una oportunidad.

La susodicha estaba en una esquina junto a su padre y el hombre que pretendía cortejarla. Y, aunque se mostraba receptiva y complaciente, solo tenía ojos para su primo.

—Qué suerte haber traído a Atti —confesó Marco.

Cogí una copa de la bandeja de un camarero.

—Veo que te llevas muy bien con él.

—Es un buen tipo. Demasiado, la verdad.

—Te van los napolitanos, ¿eh?

—Cállate. —Me pellizcó una mejilla.

Me hubiera gustado seguir bromeando con él. Había logrado que se sintiera un poco más cómodo. Pero Saveria llamó para la cena y todos nos trasladamos al comedor contiguo para seguir disfrutando de una velada cargada de excesos y pedantería.

Tomamos asiento en nuestra mesa e intenté que no se me notara lo mucho que detestaba tener a mi padre enfrente cuestionando cada uno de mis gestos. El ágape se componía de seis platos y tres postres, lo que implicaba quedarme con hambre. Pero me hice la fina y elegante y degusté cada porción con el afán de una mujer que acababa de meterse un pollo asado.

—¿Y dónde está mi príncipe? —intervino Ugo clavándole un vistazo severo a Marco bajo aquella falsa sonrisa.

Intenté disimular el cambió en mi pulso.

—He sabido —prosiguió— que lo adquiriste por la friolera de ocho de los grandes. Qué despliegue de exceso viniendo de una persona que siempre ha repudiado las subastas.

—Mi esposa se encaprichó.

«Bien dicho, de esa manera no hurgará». De eso iba todo, de fingir que Marco me había sometido. Pero me equivoqué al creer que Ugo cesaría.

—Oh, sí. Lo recuerdo muy bien. Supongo que ahora menguarán las protestas y lecciones de moralidad, ¿no? —Esta vez se dirigió a mí—. ¿O piensas robarme también a mi nuevo cachorrito?

Ganas no me faltaron. Pero fueron mayores las náuseas que sentí y la extraña desesperación que se arremolinó en mi vientre. Había estado tan centrada en mi nueva vida en la mansión Berardi y esquivando cada detalle que componía nuestras vidas que había olvidado que estábamos en un paraíso horrible.

—Ella no ha robado nada —espetó Marco.

—¿Y a qué se debe ese capricho por el crío? —intervino su madre con esa vocecilla de impertinente que tan nerviosa me ponía. Esa mujer le daba un nuevo sentido a la frivolidad—. Por aquí hay cientos de ellos, incluso más hermosos.

—Tráigalos si son de Secondigliano —escupí rematando con una sonrisa tan falsa como la suya.

—La batalla napolitana por los barrios —se burló Ugo.

—Eso se lo dejo a quien sabe. Yo solo me divierto dándoles órdenes.

Fue el único modo que se me ocurrió de zanjar el tema, frivolizar sobre la integridad de los demás inocentes que se habían visto atrapados por las garras de ese maldito lugar. Pero no estaba allí para enzarzarme en un debate que podía costarme una paliza.

—¿Se extienden a la cama? —quiso saber Sandro.

Mi cuñado me observó como si fuera capaz de atravesar la mesa de un solo salto y devorarme allí mismo.

Sonreí con ironía.

—Ya veo, viene de familia el interés por mis actividades sexuales —dije recordando el comentario que me había hecho su padre durante mi primera noche allí.

—¿Seguro que es solo por eso? —intercedió este. Y es que a Massimo no le cuadraban las intenciones de su hijo—. Que solo quiere someter a un barriobajero de Nápoles.

Lo desafié con la mirada.

—Adelante, sorpréndanos con qué más podría ser. Me muero por escucharlo.

—Es curioso que mi hijo haya permitido a un esclavo el acceso a una residencia que ni siquiera ha mostrado a su familia justo ahora que tú has aparecido.

—Massimo...

—Cállate, Elena —le gruñó más violento de lo que esperaba.

Entorné los ojos. Nadie se inmiscuiría, ni siquiera Marco, que prefería exterminar a su propio padre por haber mencionado semejante probabilidad.

—No le hacía tan ambiguo. ¿Por qué no insinúa con un poco más de claridad? —ataqué.

—No me desafíes, napolitana.

Marco dio un golpe en la mesa atrayendo la atención de todos los comensales. Se respiró un silencio terriblemente incómodo durante un instante.

—Regina. Se llama Regina y te conviene respetarla.

Aquella fue la primera vez que pude corroborar lo despiadado que podía llegar a ser Marco. Despiadado y peligroso. Porque realmente le vi capaz de matar a su padre.

Respiré hondo y advertí las miradas de la matriarca. Me observaba escudriñadora.

—Qué noche tan agradable se ha quedado, ¿no es cierto, Saveria? —ironicé.

—Por supuesto, querida.

Aquel enfrentamiento pasó muy poco desapercibido. Al parecer, todos cuestionaban las inclinaciones de Marco. Todos esperaban averiguar cuánto había de real en que el heredero fuera gay. Cuán aberrante sería descubrir que habían compartido espacio con un desviado.

Hipócritas. Eso es lo que eran. Hipócritas mal nacidos, tan pérfidos que no merecían el oxígeno que respiraban. Pero no podía ponerme a gritárselo en sus asquerosas caras. Debía preservar la imagen del que era mi esposo. Del hombre que había aprendido a darme una sonrisa como saludo.

No iba a consentirle a nadie que dudara de él. Porque fuera lo que fuese, seguiría siendo Marco Berardi.

Así que lo cogí de la mano en cuanto abandonamos la mesa. Uno de los postres debía tomarse de pie, una fondue de chocolate y fruta que habían dispuesto en el centro de la sala. Aproveché que la mayoría nos observaban para acercarme un poco más a Marco.

Besé la curva de su mandíbula, él se estremeció y apretó mi mano. Solo yo lo vi tragar saliva. Pero desvió su rostro y me miró. Fue una mirada tan nítida que me reconocí en sus pupilas y me acerqué un poco más. Tanteaba su predisposición, no quería obligarle a nada, pero creía necesario dar semejante espectáculo.

Fue Marco quien apoyó sus labios en los míos. Los sentí cálidos y tensos, tan inofensivos y cuidadosos. Me retorcí un poco en ellos, aumentando la inercia, dejando que el contacto se tornara auténtico y algo vistoso. Y me satisfizo muchísimo descubrir exclamaciones de sorpresa cuando me alejé. Pero ninguna hizo que ninguno de los dos saliéramos de la burbuja que nos habíamos construido.

—He sido impertinente, ¿verdad? —le pregunté.

—No voy a darte un correctivo, Regina.

Él sabía, mejor incluso que yo, qué intenciones guardaba aquel beso. Un beso que protegería aquello que solo yo sabía. Aquello que no me había dicho, pero que necesitaba preservar.

—Yo no estoy tan de acuerdo —intervino mi padre estricto y ansiando serlo más. Tenía los puños cerrados y unos ojos furiosos—. ¿Nos disculpas, Marco?

—Me temo que no, Vittorio. —Marco se interpuso cogiéndome de la cintura—. Le debo un paseo a mi esposa. —Le tendió una mano que mi padre se vio obligado a estrechar—. Muchas gracias por venir. Salude a Vera de mi parte.

Caminamos aprisa hasta salir al jardín y alejarnos del tumulto de la gente. Fue entonces cuando estallé en carcajadas. Berardi me observó con una extraña mueca de alivio en el rostro.

—¿Crees que notarán nuestra ausencia? —inquirí.

—¿Sabes qué? Me importa un carajo.

—Me gusta este Marco. —Sonreí y entonces me permití obedecer a un impulso—. Oh, enseguida vuelvo.

Me colé de nuevo en el salón, evitando que alguien me viera. La idea era cerrar aquel día como merecía, sin tanta parafernalia falsa ni pomposidad. Solo sentimientos honestos y reales.

Así que me acerqué a la mesa donde estaba la tarta, agarré un plato, arranqué la parte superior y cogí una sola maldita vela porque temía que me pillaran. No dudé en echar a correr y sonreí cuando vi que Atti mantenía la puerta abierta.

—¿Acabas de robar la tarta? —preguntó Marco con el ceño fruncido.

—Solo la parte de arriba y técnicamente no es un robo si el cumpleañero se la va a comer. Ahora corre.

Incluso Attilio comió después de ver a Marco tomarse su tiempo para apagar la única vela. Después esperó en el coche junto a Cassaro y Conte para dejarnos tendidos en la arena de aquella playa. El cielo estaba tan estrellado que no parecía real.

—Regina... —suspiró Marco al cabo de un rato.

—¿Sí?

—¿Pensabas que sería así? Tan fácil y natural... Tan...

—Agradable y encantador —terminé la frase por él—. No, no lo creía.

En realidad, hacía mucho tiempo que me había convertido en una pesimista y no iba a ser menos con Marco Berardi. Pero todo había resultado ser maravilloso.

—Estaba preparada para soportar a un capullo estirado. Eres lo segundo, pero no logras ser lo primero —confesé.

Ambos sonreímos sin quitarnos los ojos de encima dejando que nuestros dedos se buscaran hasta enroscarse.

—Qué fácil es... quererte —me dijo bajito arañándome una sensación increíble de afecto por él.

—Pero no es ese tipo de amor...

—Podría serlo... —Cerró los ojos—. Debería serlo.

Acaricié su mejilla para que volviera a mirarme. No quería que se fustigara con su orientación. Solo quería ayudarle a aceptarse.

—Yo no lo necesito y tú no lo mereces.

—¿Es que acaso me merezco algo?

No podía cambiar toda una vida de crueldades en unos pocos minutos. Y mucho menos darle una justificación. Pero el mal a veces tenía un razonamiento mayor tras todo el caos que provocaba, y yo sabía que Marco no había escogido ser un canalla. Lo sabía sin necesidad de palabras, lo sabía en el fondo de mi corazón.

—Mira tu constelación, Marco —le pedí—. Hoy brilla más que nunca.

27

GENNARO

Aquella pequeña constelación de cuarzo azul destellaba sobre la palma de mi mano gracias al reflejo de la luna que reinaba esa noche. Estaba atrapada en una esfera de cristal de un tamaño un poco superior al de una canica y de ella colgaba una corta cadena de plata y cuero. Cuando la compré, imaginaba que Marco la colgaría del llavero. ¡Qué iluso era!

Regina decía que la estrella de Antares era la que más brillaba de todas, quizá por eso me cautivó que el diseñador de aquella joya se decantara por destacarla con un pequeño zafiro.

La pieza disponía de la elegancia propia de Marco Berardi. De alguna manera, me parecía verlo retenido allí dentro, con todo lo que ese hecho suponía. Y es que le había observado lo suficiente como para intuir que Marco callaba demasiado, incluso para sí mismo.

Era un hombre hermético y enigmático, que sabía mirar a los ojos, pero nunca desvelaba nada. Para mí era como un laberinto. La primera vez que lo vi me dije que no accedería a él porque sabía que me depararía una profunda oscuridad. Las probabilidades de encontrar la salida eran mínimas.

Sin embargo, me vi empujado hacia él y pronto me encontré con los primeros obstáculos, aquellos que me hicieron comprender cuán estúpido sería si me enamoraba de él. Pero no podía detenerme. No sabía cómo mirar hacia otro lado cuando Marco aparecía o evitar estremecerme al oír el sonido de su voz.

Ese sentimiento se instalaba lentamente en mí. Me apretaba el corazón. Yo divagaba sobre cómo sería sentarnos en el sofá y charlar hasta que nos diera el amanecer, como hacía con Regina. Conocer sus secretos, entregarle los míos, construir una confianza real, casi tangible, que nos convirtiera en compañeros. Y no me importaba pasarme la vida deseándole en secreto, porque sabía que, al menos, contaba con su amistad.

—¿Vas a dárselo? —me preguntó Regina aquella tarde, mientras terminaba de maquillarse.

Me había apoyado en la superficie de su tocador. La había ayudado a elegir el precioso vestido que luciría durante la fiesta de cumpleaños de su esposo.

—Después.

Hizo un mohín y apoyó una mano sobre la mía.

—Gennà...

—Lo haré, lo prometo —la interrumpí.

Esa mujer era demasiado astuta. Había descubierto con demasiada facilidad que las razones por las que mi piel se erizaba nacían de la cercanía de Marco Berardi. Y ese hecho siempre le provocaba una sonrisa traviesa. Pero a mí me hacía sentir un traidor.

—Lo sabes, ¿cierto? —dije cabizbajo—. Que ya he empezado a soñar con él y, sin embargo, hablas conmigo como si estuviera enamorándome de uno de los guardias.

Para colmo, no tenía sentido. Todo era demasiado precipitado. Había nacido de la forma más inesperada, de acciones que no deberían haber logrado neutralizar todo el dolor al que me habían sometido. No era un maldito hombre frívolo e hipócrita. Venía de haber experimentado situaciones que tendrían que haberme enterrado. Y, no obstante, yo solo tenía memoria para aferrarme a un Marco que se había visto obligado a contribuir a mi infierno para liberarme de él.

—¿Eso te molesta? —preguntó Regina.

Se aplicó un poco de máscara de pestañas, y su mirada se tornó poderosamente felina. Me costaba creer lo preciosa que era.

Es tu esposo, por el amor de Dios —protesté.

—Sí, por el que empiezo a sentir mucho afecto. Pero eso no cambia los hechos. Nunca nos amaremos de ese modo.

—¿Cómo estás tan segura? No pareces haberte dado cuenta, pero ese hombre casi besa el suelo que pisas.

Nos miramos de frente.

—Además, no me quiere cerca —añadí con un hilo de voz.

Tal vez ni me soportara en su casa, pero lo aceptaba por ella.

—Miente y cada vez se le da peor hacerlo.

No me atreví a preguntarle qué demonios sugería. Me pareció que Regina buscaba que yo meditara sobre cada una de sus palabras y lo consiguió, pero apenas pude sospechar de los sentimientos que Marco se guardaba.

Tal vez eso explicaba por qué me observaba con una fijeza tan intimidante o mantenía las distancias conmigo. Sin embargo, me parecía demasiado arrogante por mi parte suponer que quizá sintiera atracción por mí.

Cené solo. La cajita de terciopelo en la que guardaba la esfera reposaba sobre la mesa, a mi lado. Había prometido dársela antes de que se marcharan y no fui capaz. Ni siquiera me despedí de ellos. Y terminé junto a los establos tendido en la hierba que había bajo uno de los porches mientras la luna seguía jugando con las estrellas atrapadas en la esfera.

—¿Qué haces aquí? —La voz de Marco me produjo un escalofrío tan severo que me hizo incorporarme de golpe.

Enseguida escondí la esfera en su caja y le miré sorprendido, con el pulso disparado. Tenía las manos guardadas en los bolsillos de su pantalón de pinzas, los primeros botones de la camisa desabrochados, las mangas un poco remangadas y la corbata pendiendo del cuello.

Respiré hondo. Después de casi un mes allí, todavía no me

acostumbraba a su belleza, a ese atractivo tan magnético que desprendía. Marco me observaba con la misma seriedad de siempre. No había ni un ápice de confusión en él, lo que me indicó que me había visto antes de decidirse a hablarme. Quizá también había descubierto su regalo. Pero por un instante me dio igual.

Esa noche, tal vez por la oscuridad o por la corta distancia que nos separaba, reuní el valor suficiente para ahogarme en su fascinante silueta e imaginar todo lo que su piel podría provocarme con solo pegarse a la mía. Sentí cómo aquella vigorosa cadera, atrapada entre mis piernas se estrellaba contra mí mientras sus labios resbalaban por mi mentón.

De algún modo intuí que Marco sospechó de mis pensamientos. Probablemente fueron mis ojos los que me delataron. Pero percibí algo nuevo en él, una suavidad que nunca me había dedicado, ni siquiera cuando apareció en mi habitación.

—Ya habéis vuelto —suspiré.

—Hace un rato. Regina ha subido a su habitación. Está cansada.

Asentí con la cabeza. Nunca sabía cómo actuar ante la cordialidad de ese hombre, pero quería dilatar el momento todo lo posible.

—¿Os habéis divertido?

—Es difícil usar ese término con una familia como la mía.

Se acercó lentamente a uno de los ventanales del establo y echó un vistazo dentro. Eso era lo que había venido a hacer, pasar un rato con sus caballos en el riguroso silencio de la noche. Tal vez quisiera montar a Ray.

—Margarita se ha quedado dormida junto a Lily —comenté—. Esas dos han congeniado muy bien.

—Como tú y Regina.

Volvió a mirarme y yo me encogí de hombros.

—¿Tú crees?

—Te aprecia bastante.

—Yo también la aprecio.

Para mí era casi como una hermana. Y decía «casi» porque

no me atrevía a poner a Regina en una posición tan lamentable como la de Inma. Regina Fabbri tenía demasiada categoría.

—Os debo mucho, a los dos. A todos. Es... sois los únicos amigos que he tenido.

Marco torció el gesto y entornó los ojos. Maldita sea, tenía demasiado control sobre mí.

—¿Me incluyes a mí? —ironizó.

—Si me lo permites...

Adoptó una mueca a medio camino entre una sonrisa y un frunce y me cautivó con un brillo peligroso en su mirada antes de avanzar hacia mí.

—Bien, amigo, entonces cuéntame por qué estás aquí a las tres de la madrugada bajo la llovizna.

Presté atención.

—Oh... No me había dado cuenta de que había empezado a llover.

—Ya, parecías muy ensimismado.

Apreté la cajita de terciopelo antes de mostrársela.

—En realidad... Esto... es para ti... —Se la entregué sin pensar que Marco la aceptaría sin quitarme los ojos de encima, cosa que me puso muy nervioso—. Ah, lo he pagado con las propinas que tus empleados me han dado por echarles una mano. Les dije que no hacía falta. Lo hago porque quiero y para mantenerme ocupado. Pero he creído... oportuno invertir el dinero... en ti... No solo porque es tu cumpleaños, sino también por todo lo que has hecho por mí.

Marco abrió la caja y acarició la esfera.

—La constelación de escorpio —susurró muy consciente de mi inquietud.

—Si no te gusta, puedo devolverla.

No respondió. Simplemente la cogió y miró a través de ella antes de adoptar una expresión un poco más adusta.

—Sabes que soy un mal hombre, aunque ahora me pintes de salvador —dijo severo, clavándome unos ojos que no contenían ni una pizca de bondad—. Tarde o temprano, te decepcionaré. Y si continúo por este camino me volveré dependiente de un sentimiento que no soportaré perder.

—¿Por qué habrías de perderlo? —inquirí bajito.

—¿Ves el espacio que nos separa? ¿Puedes decirme qué hay en él, «amigo»?

Aquella palabra sonó irónica, horrible.

Pero no quise amedrentarme. Ya sabía que Marco se comportaba así de estricto cuando la gente intentaba hacerle ver que no era un monstruo.

Di un paso más hacia él.

—Una distancia que puedo salvar.

—Yo veo algo de lo que nunca podré escapar. —Se señaló el pecho—. Porque vive dentro de mí.

No supe por qué, pero quise detener aquellos golpecitos secos que se dio en el esternón. Retrocedió de inmediato.

—No te acerques —masculló—. No se te ocurra tocarme, Gennaro.

Tomé aliento. Percibí el reflejo de un temor muy inesperado. Algo de mí no soportaba temer a Marco, pero lo hacía de un modo innato, como si necesitara esa excusa para ahorrarme el hecho de sentir algo por él.

Asentí con la cabeza, se me empañó la mirada. Lamentaba tanto creer que no podría ser amigo de ese hombre.

—Entendido... —balbucí asfixiado—. Puedes... puedes tirarlo si quieres. Yo solo quería... —Me callé.

No iba a lograr dar con las palabras exactas. Estas no dirían la auténtica verdad, que lo deseaba y que no era simple atracción física. Maldita sea, podía imaginarlo haciéndome el amor con la misma claridad que dándome un abrazo.

Me dispuse a irme. Iba a encerrarme en mi habitación y someterme al dilema que vivía dentro de mí. Abandonar aquella casa o quedarme un día más. En realidad, no tenía sentido seguir postergando lo inevitable.

Me moví. Le di la espalda y avancé un par de pasos. Iba a lograrlo. Marco seguramente me observaba, aliviado.

Sin embargo, hizo algo inesperado.

Me detuvo cogiéndome del brazo y me estrellé contra su pecho. De inmediato, apoyé las manos en su vientre y le miré como si una estrella se hubiera caído a mis pies. Con los ojos empañados y el aliento entrecortado, con ganas de aferrarme a sus hombros y la esperanza de poder arañar un poco de simpatía en él.

Pero a Marco debía entendérsele por los silencios. Lástima que yo no dispusiera de la suficiente confianza en mí mismo como para atreverme a indagar en aquellos ojos rabiosamente azules. Y traté de alejarme, pero sus manos se resistieron.

Entonces, alzó una de ellas. Sus dedos se apoyaron muy despacio sobre mi mejilla. Se me cortó el aliento al sentirlos tan cálidos sobre mi piel fría. El contraste de temperatura me estremeció casi tanto como su mirada. Furiosa, aturdida, tal vez un poco decepcionada. Todo eso me dijo con sus ojos. Y me hirió porque atisbé lo mucho que Marco detestaba la cercanía de un crío que ya no podía ocultar lo que sentía por él.

Deslizó un dedo por mi mandíbula y lo dirigió hacia mis labios. Tragué saliva de nuevo. Ni siquiera me atrevía a respirar, apenas me permitía pestañear. El dedo repasó mi labio inferior, vi cómo sus ojos se centraban en el contacto y me recordaron a los de un depredador a punto de dar caza a su presa.

—Vete —gruñó acercándose a mi boca.

—¿Adónde? —susurré.

—Muy lejos de mí.

Cerré los ojos un instante.

—¿Es una orden?

—¿La obedecerías si lo fuera?

—Probablemente.

Esa vez su mirada me sometió por las razones equivocadas. Sentí cómo crecía la sospecha dentro de mí. Si decidía besarlo, sabía que Marco me devolvería el beso.

—Qué necio eres... —masculló antes de alejarse.

Me dejó allí, solo de nuevo, con el corazón latiéndome en la lengua y la piel desesperada por volver a sentirlo.

MARCO

Algo de mí se quedó con Gennaro. Esa parte que no se arrepentía ni creía estar equivocándose, que no pensaba negarse a las evidencias ni prohibirse satisfacciones. La que era visceral, ilógica e impulsiva.

En el pasado, ni siquiera cuando fui un simple adolescente, jamás me tentó con sobresalir y provocarme una vorágine de contradicciones. Quizá porque no había nada a mi alrededor que la estimulara lo suficiente.

Pero ese hecho ahora, por simple que fuera, casi parecía una batalla encarnizada. Dentro de mí se había desatado esa guerra entre lo que debía hacer y lo que deseaba irremediablemente. Me encontraba en la tesitura de contener unas ganas que nunca antes habían aparecido. Y no tenía ni la menor idea de cómo controlarlas. Nadie me había enseñado esa parte, la de ahorrarse la exposición a un sentimiento y no darle la suficiente importancia.

Pero estaba ahí. Cada día era más palpable. Crecía a cada instante. Se hacía enorme a cada momento.

Gennaro era la maldita materialización de lo que podía transformarme en un ser visceral, en esa clase de hombre que a veces imaginaba que era, natural, impulsivo. Honesto consigo mismo.

Robarle un beso no habría sido complicado. Era tan fácil como inclinar mi cabeza y adentrarme en el calor de su boca.

No me iba a engañar con excusas baratas. Lo había deseado. Un rincón de mi mente estaba dedicado a soñarle constantemente, a imaginar cómo sería un momento de intimidad con él. Nada más que su piel contra la mía. Y en ninguna de esas elucubraciones aparecía la culpa. Regina se había encargado de ir menguándola conforme pasaban los días. Debía reconocerle el mérito, estaba logrando hacer de mí un hombre que apenas podía resistirse a las evidencias.

En esa visión de mí mismo junto a Gennaro, bajo la suave llovizna de aquella madrugada, encontraba el modo de alargar mis caricias sobre sus mejillas. Las extendía hacia su cuello, inclinaba su cabeza y me acercaba. Lento, muy despacio, evitando asustarle.

Él contenía el aliento, cerraba los ojos, me daba permiso para continuar. Lo quería tanto como yo. Y entonces mis labios caían sobre los suyos. Empezarían suaves, se acomodarían hasta que mi lengua se atreviera a iniciar la incursión hacia el interior de su boca.

Ese beso nos llenaría de escalofríos, nos arrancaría un jadeo. Podía sentirlo en la boca de mi vientre. No podría resistirme a obtener más y sucumbiría a las ganas de empujarlo contra la fachada para convertir aquel pulcro contacto en algo precipitado y excitante.

Acorralaría su cuerpo, mordisquearía su cuello, me estremecería con cada uno de sus gemidos. Y querría un poco más. Lo necesitaría tanto que apenas nos daría tiempo a encerrarnos en mi habitación y solo entonces sabría lo que era perder la cabeza.

Tragué saliva. Apreté los dientes. Respiré hondo.

La realidad era bien diferente. Aquel llavero de alta joyería que reposaba en mi mano derecha demostraba que no había tenido el valor de ofrecernos lo que de verdad sentía. Me recordaba que no había dejado de pensar en Gennaro en toda la noche, pero mi temor había vuelto a empujarlo lejos de mí, a pesar de odiar la idea de verlo partir.

Honestamente, nunca había estado tan frustrado. Sentía que había renunciado a todo.

Entré en la biblioteca. Supuse que había optado por ir allí porque era un espacio demasiado grande y solía sentir la certeza de que mis pensamientos quedaban bien almacenados. También porque Regina había dotado el lugar de una viveza que me estimulaba a creerme un hombre más compasivo. Aquí, la alargada sombra de mi figura no resultaba una amenaza.

Probablemente era un espejismo, pero me satisfacía pensar lo contrario. Pensar que estaba cambiando. De verdad. A mejor. Esa noche me aferré bien a esa hipótesis, como hace un sediento a un vaso de agua fresca.

Deambulé entre los estantes de libros. Pasos lentos, una respiración un tanto inestable, mi piel exaltada. Llovía, pero la luna seguía estando ahí, toda gloriosa coronando un cielo nublado. Sus destellos se colaban en la sala, la salpicaban de una tenue luz plateada que irónicamente acariciaba el hermoso desorden que Regina había dejado sobre la mesa central.

Me acerqué a la mesa. Continuaba aturdido por los contrastes a los que me había visto expuesto en las últimas horas. La bondad de Regina, la candidez de Gennaro y la jovialidad de mis hombres en oposición a mi familia y sus invitados. Las conversaciones sobre el sometimiento a los Confederados y las artimañas de un Borisov más que dispuesto a plantarle cara a Nápoles.

No quería inmiscuirme. Me importaban un carajo las ambiciones de todos ellos. Aspiraba a quedarme encerrado en mi casa de por vida. Junto a mi... gente.

Me pellizqué la frente, volví a suspirar. Necesitaba una copa. En cuanto me la serví, regresé a la mesa. Bastó un suave toque sobre aquellos folios para sentir la tentación de coger uno. Al azar, uno cualquiera.

«¿Por qué no puedo olvidarte? ¿Por qué apareces en mi mente constantemente y te busco, a pesar de saberte tan lejos de mí? Y creo que vas a llegar en cualquier momento para decirme que soy demasiado necia. Una maldita hipócrita que no cree en un sentimiento que no deja de crecer dentro de mí y contra todo pronóstico. Entonces te diré que detesto el momento en que te descubrí y que me odio aún más a mí misma por aferrarme a un único instante contigo».

Aquello era casi como una declaración. Palabras cargadas de frustración, remordimiento y decepción. No era un personaje quien se expresaba, era la propia Regina vertiendo en aquella hoja en blanco realidades contra las que luchaba.

No todo era una desconfianza atroz en el amor, en la que me reconocí, sino la rebeldía a rendirse a la evidencia. La negativa total a creer que era vulnerable ante las emociones.

Regina no quería enamorarse. Vertía en sus hojas todo el malestar que esa idea le causaba como si fuera a desaparecer. Pero entendí bien que nunca desaparecería. Que por más que fingiera, esa sombra siempre la perseguiría. Y me sentí culpable porque quizá era su fidelidad hacia mí lo que le impedía descubrir la sinceridad de ese sentimiento. Descubrir si era tan honesto y puro como creía.

Dejé el folio sobre la mesa. Intenté ordenar un poco el resto de las hojas y, entonces sobresalió aquella pequeña tarjeta. Cayó a mis pies, tan blanca como la nieve, con las esquinas un poco dobladas y claras arrugas atravesándola.

En ella solo había impreso un número de teléfono con un prefijo italiano. Sin nombre ni sello. Sin más señales que aquellos dígitos.

Fruncí el ceño, sentí un escalofrío.

Creí saber quién era la persona que se ocultaba tras aquella tarjeta. A mí también me dio una en el pasado.

Eché mano del teléfono.

Al marcar el quinto número, la agenda encontró la coincidencia que esperaba.

Jimmy Canetti.

Llamé. No supe qué le diría. Solo necesitaba que su voz confirmara mis sospechas. Era él quien estaba atrapado en cada línea escrita por Regina.

Descolgó al tercer tono. No habló, solo se le oía respirar. De algún modo intuyó que aquella llamada no tenía por objetivo encomendarle una misión. Era algo más... personal.

—Dime, Canetti —murmuré—, ¿qué salida le ofreciste?

Reinó el silencio durante unos largos segundos.

—La que ella me pidiera —respondió.

Cerré los ojos y vi de nuevo a Regina observando con afecto y ternura.

«Alguien me dijo una vez que nunca me harías daño. Cuánto me gustaría poder decirle que tenía razón...». Esas habían sido sus palabras mientras su belleza se derramaba en el corto espacio que nos separaba.

Ahora no me costaba imaginarla mirando a ese desconocido a los ojos en el momento exacto en que este le confesó aquello. A unos centímetros de su boca, con el deseo pendiendo de ella. Con las ganas hirviendo en la cercanía.

—Fuiste tú quien le dijo que yo nunca le haría daño —suspiré tomando asiento en la butaca—. ¿Cómo estás tan seguro?

Me sentí agotado, pero la voz grave de Jimmy al otro lado de la línea me produjo una sensación de bienestar muy inesperada.

—¿Por qué lo das por hecho? Tal vez se haya cruzado con más personas dispuestas a decirle lo mismo.

Escogió quitarle importancia, quizá porque no se atrevía a confesarme que lo había dicho con total honestidad.

—Estás hablando conmigo. No me creas tan ingenuo —espeté.

—Lo creía de verdad —respondió de un modo tan tajante que me sorprendió.

—¿Lo sigues creyendo?

—Hay cosas que nunca te atreverás a admitir, Berardi. Y es una lástima. Porque nunca nos pondremos de acuerdo en el tipo de hombre que eres.

Quise echarme a reír, pero solo logré dibujar una mueca triste y desamparada.

La gente solía creer que yo era un salvaje disfrazado de ángel. No me había enfrentado a nadie que lo pusiera en duda. Se me temía por mi siniestra impavidez ante cualquier circunstancia.

Pero con Regina y Jimmy toda esa realidad se desmoronaba. Ellos escarbaban en mis entrañas con confianza. En ella tenía sentido, era mi compañera, mi esposa. Pero Jimmy solo era un mercenario acostumbrado a la oscuridad en la que se desarrollaba mi vida. Él la fomentaba, formaba parte de ella. No había nada hermoso en ser un sanguinario. Un guerrero sin escrúpulos.

Me asombraba que me creyera compasivo. Que, tras todas las capas de ruindad, intuyera a un hombre que aspiraba a ser gentil.

—Has sonado demasiado fraternal, Canetti —me mofé sin humor.

—Son más de las tres. Quizá me has pillado en un momento vulnerable.

Entonces pensé en Regina observando aquella tarjeta, pensando en las posibilidades que se ocultaban en ella. Y cerré los ojos, intimidado ante la idea de saber que tenía ganas de huir de mí.

«Regina... Mi Regina...».

—¿Ha marcado este número?

Silencio.

—Dime la verdad —insistí.

—No. Lo que debería tranquilizarte, porque es el mejor indicativo de que se siente a salvo a tu lado.

Jimmy rellenaba mis vacíos con realidades que me costaba verbalizar. Y me empujó a pensar en lo que estaba por venir. En la inestabilidad a la que nos veríamos expuestos, el desconocimiento que me acechaba.

Nunca me había importado la integridad de nadie. Pero ahora y con la sombra de un enfrentamiento en ciernes, no quería que Regina se viera en la tesitura de temer por su vida.

—Esa oferta... Si la situación empeora y soy yo quien te lo pide...

—Seguirá en pie. Te lo aseguro.

Me estremeció la rapidez con la que respondió y la dichosa certeza que contenían sus palabras. Regina no era la única atrapada.

—La viste... La miraste, ¿cierto?

—Marco... —Trató de esquivarme.

—Eres un mercenario demasiado selectivo con tus actitudes. Nunca te embarcarías a ciegas en nada.

A Jimmy no se le conocían amantes, solo noches esporádicas de encuentros apresurados y concretos. Era un hombre más carnal que emocional. Por eso esperaba oírle negar algo tan intenso.

—La toqué. Y me arrepiento —gruñó para mi desconcierto.

—¿Por qué?

—Porque supone un problema demasiado serio para mi vida.

—Y ahora te persigue —afirmé por él.

—No hablaré sobre mis deseos con su esposo.

—Has dicho más de lo que esperaba.

Le oí resoplar una sonrisa. Volvía a ser él.

—¿Vas a irrumpir en mi casa a darme una paliza?

Le seguí el juego. Aunque con algo de verdad. No permitiría que nadie le hiciera daño a Regina.

—Puede.

—Bien, te espero, entonces. Veamos lo bien que se te da el cuerpo a cuerpo, Berardi.

Dejé que el silencio cayera entre los dos. Con la mirada perdida clavada en los ventanales, disfruté de la camaradería que se respiraba entre Jimmy y yo. Me hizo barruntar sobre las similitudes entre ambos y lo difíciles que eran de gestionar, aunque parecieran una simple tontería.

—¿No te frustra sentirte tan... a la deriva? —inquirí en voz baja.

—Mucho... —respiró él—. Sobre todo cuando vuestros nombres no dejan de mencionarse en los círculos más problemáticos.

Fruncí el ceño. No esperaba semejante afirmación ni que Jimmy estuviera al tanto de nuestros movimientos. Ni siquiera se habían desvelado todavía.

—¿Te refieres a los Confederados? —indagué.

—Cuídate del territorio en el que estás a punto de entrar. Solo te diré eso.

—¿Es una amenaza?

En realidad, no lo era.

—Déjame colgar, Marco.

Asentí con la cabeza y suspiré.

—De acuerdo...

—Feliz cumpleaños, Berardi —le oí decir.

Entonces colgó dejándome con el corazón en la garganta y la sensación de ser el maldito epicentro de un ataque ciego.

Jimmy no había sido nada concreto, algo raro en él teniendo en cuenta que nuestra relación siempre se había basado en una sinceridad casi insoportable.

Ese hombre conocía detalles alarmantes e ignoró sus labores para avisarme. No cometería el error de creer que éramos amigos. Pero quizá era eso lo que había intentado demostrarme. Tal vez quería ahorrarme un problema demasiado serio.

—¿Jefe? —Draghi asomó por la puerta de la biblioteca con aire cansado.

—Sí. —Me incorporé para ponerme en pie—. Creí que te habías retirado.

—Estaba haciendo una ronda. Los chicos han visto movimiento en la zona sur y he ido a comprobarlo. Puede que haya sido algún animal. Suele pasar.

—Bien.

Le vi asentir con la cabeza y hacer el amago de marcharse. Pero, de pronto, algo comenzó a molestarme.

—Ah... Draghi, ¿puedo pedirte algo?

—Claro. Adelante.

Respiré hondo. Era demasiado iluso creer que lograríamos algo. Conocía muy bien a Draghi y nunca erraba en sus labores. Era demasiado perfeccionista. Si de verdad existía algo extraño en el currículum de Jimmy, mi segundo lo habría descubierto. De eso estaba seguro.

Pero tampoco era propio de mí manifestar incertidumbre.

—¿Podrías investigar de nuevo a Jimmy Canetti?

—¿Ocurre algo? —preguntó aturdido.

—Nada, es solo que... tengo la sensación de que se nos han escapado algunos detalles.

—Veré qué puedo encontrar.

—Gracias —murmuré cabizbajo.

—¿Estás bien?

Probablemente, Draghi me había hecho esa pregunta cientos de veces. Pero yo nunca quise prestarle atención.

Esa vez decidí ser honesto.

—No sé qué decir...

28

REGINA

Las hojas del sauce que había junto al estanque se agitaron cuando miré hacia ellas. Acariciaron con delicadeza la superficie del agua como queriendo proteger los nenúfares que flotaban en ella. Su crepitante rumor y aquella brisa húmeda con aroma a madera y hierba apaciguaron el sutil malestar que me había producido la conversación con mi madrastra.

Vera Bramante respondió al tercer tono. Me había dicho, con voz impostada, que Camila ya se había marchado y la escuché suspirar. Yo no era ninguna erudita en las prácticas telepáticas, pero la conocía, y si algo sabía hacer esa mujer era disimular. Así que ese suspiro solo demostraba un agobio que necesitaba verbalizar.

Bastaron unas pocas palabras triviales para encarrilar el tema que verdaderamente me preocupaba: cómo estaba la situación en casa desde que me había marchado. Aunque nos habíamos llamado cada día, sabía bien que esa respuesta llegaría con el tiempo.

Y después de un mes, ya era hora de obtenerla.

Me dejó tan gris como el día. Con las mismas ganas de mostrar mi frustración que aquellas nubes de descargar una tormenta. Camila no estaba bien. Me contó que estaba demasiado irritable y desobediente. Que apenas comía y solía encerrarse en mi habitación. Que el colegio no dejaba de llamarle la atención por su carácter. Y que papá ya había dejado caer su posible traslado a un internado suizo.

Supuse que Camila me necesitaba más de lo que todos habíamos esperado. Ella estaba acostumbrada a tenerme a su lado continuamente. Manteníamos una relación muy estrecha, así que era lógico que se sintiera sola en una casa enorme, plagada de adultos con demasiados problemas y muy poco dispuestos a tratarla como la cría que era.

Pero no todo en aquella conversación fue negativo. Vera aceptó conmovida la idea que le propuse. Camila podría pasar los fines de semana conmigo en Porto Rotondo. Eso la estimularía y se convertiría en un aliciente semanal, además de recordarle que ella era el centro de mi universo. Mi pequeño gran tesoro. Así que disfrutaría de la presencia de mi hermana por aquí y no tendría que esperar a las fechas señaladas para compartir tiempo con ella.

Miré el teléfono, busqué el número de Elisa y la llamé. No lo pensé demasiado, sabía que mi amiga aceptaría la invitación más que encantada. Nos echábamos de menos y merecíamos un rato juntas.

—¡Oye, tú! —exclamó nada más descolgar.

—¡Oye, tú! ¿Cómo es que llevas dos días sin cogerme el teléfono?

La había llamado un día por la tarde y otro, después de medianoche. Pero si Elisa no respondía podía deberse a dos cosas. O estaba ocupada con un amante o en plena batalla con su familia. Quizá ambas.

—Quince horas para ser más concretas —matizó ella.

—Con un cambio de día entre medias.

—Porque estaba atareada entre los muslos del francés al que he dejado seco en la suite de tu hotel favorito.

Ahí estaba la razón, y me eché a reír.

—Esa es mi amiga, la que no pierde el tiempo.

—Era follar o quedarme en casa aguantando gritos.

Tomé asiento en uno de los bancos del cenador y clavé la vista en el horizonte. Al amanecer le estaba costando florecer tras el cielo encapotado y, sin embargo, el lugar no perdía ni un ápice de belleza. Era demasiado contradictorio estar rodeada de tanta fascinación y que mi amiga al teléfono me dejara entrever que todo seguía igual en Nápoles.

—¿Mamá o papá? —suspiré.

—Ambos. Se mataban, Regi. Volaron hasta las copas mientras la pobre muchacha se hacía un ovillo en el suelo. Tuve que sortearla para largarme de allí.

Su madre no se enfurecía por las amantes de su padre. Lo hacía cuando estas cruzaban el umbral de su casa. Así que no me costó imaginar el altercado. Los Ferrara tenían fama de explosivos por algo, maldita sea.

—Tuvo que ser una pelea gorda si te liaste con un francés. —Quise darle un punto de humor a la conversación, como ambas solíamos hacer—. Desde el lionés de hace tres años, te negabas a probarlo de nuevo.

—Desesperación, compañera —admitió—. Y para qué mentir, estaba tan bueno que le habría dejado cantarme la marsellesa hasta la semana que viene. Tú tienes la culpa, son los estragos de no tenerte aquí.

—Eso está a punto de cambiar.

—¡¿Vienes?! —gritó emocionada, sin ni siquiera plantearse que había una opción mejor.

—No, te vienes tú.

La oí farfullar varias exclamaciones que me granjearon una sonrisa.

—Con mi hermana. Todo el finde. ¿Qué te parece, te apuntas?

—Nena, yo voy allá donde esté Attilio Verni —bromeó.

—Serás cabrona —solté una carcajada.

Uno de los sonidos que más adoraba era el sonido de nuestras risas al mezclarse. Pero no duraron demasiado. Había mucha nostalgia en nosotras. Elisa y yo jamás habíamos pasado tanto tiempo separadas. Era cierto que hablábamos muy a menudo, pero todas nuestras rutinas diarias habían desaparecido.

—Tengo tantas ganas de abrazarte —me dijo.

—¿Más que a Atti?

—No me tortures, te lo suplico. —Sonrió, aunque la noté un poco triste—. Ese cabronazo no me dejaría tocarlo ni con un palo. Me ve como a una cría.

—Y, sin embargo, no dejas de buscarlo en todos los hombres a los que te arrimas.

—Pero ninguno es como él.

Era la primera vez que admitía estar enamorada de Attilio tan abiertamente. Elisa era demasiado física, reparaba más en la atracción sexual que en detalles más profundos. Pero desde hacía tiempo sabía que todo se debía al miedo, a la incertidumbre de entregarse a un hombre y perderse en el camino.

Atti era para ella ese ideal de compañero con el que soñaba. Un buen amante, un buen hombre. Alguien que jamás le permitiría experimentar lo que sus padres se hacían.

—En fin... Aparquemos los amores imposibles, y dime, ¿conoceré al fin a Gennà?

—Por supuesto, tiene muchas ganas de verte.

Gennà iba a emocionarse mucho cuando le dijera que Elisa y Camila venían a casa. No habíamos dejado de charlar sobre ellas, y eso les procuraba un brillo precioso a sus bonitos ojos castaños. Sabía que serían unos días maravillosos.

—Ah, Regina... —suspiró con la voz temblorosa.

—Lo sé, Elisa. —Me necesitaba, me añoraba, y yo también a ella—. ¿El viernes?

—El viernes, compañera. Estaremos ahí a primera hora de la tarde. Te lo juro.

—Te quiero.

—Yo te quiero más.

Al colgar, el nudo que se me había formado en la boca del estómago subió a mi garganta. Debería estar feliz, pero también sabía que aquello no era más que un parche. No iba a tenerlas a las dos allí de por vida. El lunes llegaría, y las vería partir.

Aun así, no quise angustiarme por eso. Tenía muchos planes y estaba dispuesta a llevarlos a cabo. Miré el reloj. Acababan de dar las nueve. Marco seguramente se había marchado y tendría que esperar a la tarde para hablar con él. No me gustaba molestarle en su trabajo, era como atraer la podredumbre del Marsaskala al interior de aquella magnífica mansión que tanto atesoraba.

Me encaminé hacia la terraza interior de la cocina dispuesta a desayunar. No imaginé que el corazón me daría un vuelco al ver a Marco. Todavía estaba allí. Leía el periódico. Su taza de café estaba vacía, su plato sin rellenar. Supe que me había visto charlando por teléfono y había querido esperar, a pesar de su horario laboral.

El hecho de acostumbrarnos a compartir la mesa había sucedido de un modo natural y pronto se volvió una rutina casi necesaria para los dos. Me gustaba ese cambio que lentamente se había ido instalando en él. Los buenos días, las buenas noches, las largas conversaciones de sobremesa. Incluso las noches de póquer con los chicos, a las que se había unido.

Nunca creí que el atractivo y enigmático hombre que un día vino a recogerme a casa se convertiría en un compañero tan maravilloso. Por extraño que pareciera, ver a Marco solía suscitarme una sonrisa tierna.

Me acerqué a él con sigilo y apoyé las manos en sus hombros antes de inclinarme a darle un beso en la boca. No se tensó, no mostró ni una pizca de incomodidad. Solo contuvo el aire para liberarlo con una disimulada sonrisa. No había querido marcharse hasta verme.

Tomé asiento a su lado y comencé a servirme el desayuno. Unas tostadas con mantequilla y mermelada de naranja, además de un poco de queso y nueces. No eran habituales en mi dieta, pero Marco me había animado a probarlos, y era una mezcla deliciosa.

—¿Un beso? ¿Con medio abrazo incluido? —inquirió dejando el periódico a un lado.

—¿Es que no puedo acariciar a mi esposo? —dije petulante y él entornó los ojos.

—¿Qué buscas, mocosa?

—Eres un estirado, Berardi. —Le di un mordisco a la tostada—. Con cero habilidades para dar o recibir muestras de cariño. Deberías visitar con más frecuencia a Saviano, a ver si con un poco de suerte te ayuda a mejorar.

—Qué ataque tan gratuito. —Se tomó su tiempo para comerse una galletita. A continuación, sirvió un poco de café en dos tazas y se encendió un cigarrillo—. Venga, dispara.

—He hablado con Vera. —Marco estaba al tanto de mis conversaciones con Nápoles, así que no le extrañó—. Camila no mejora, dice que está demasiado... rebelde. Se está metiendo en líos en el colegio, ya le han advertido que, si continúa con esa actitud, se verán obligados a expulsarla unos días. Si eso llegara a suceder, mi padre... —Me detuve.

Ni siquiera me atrevía a verbalizar las ganas de Vittorio Fabbri de encerrar a su hija en un internado solo porque estaba un poco triste. Si fuera un buen padre, apoyaría a Camila para que esta se sintiera rebosante de cariño.

—En fin, en casa tampoco está mejor.

Marco no necesitaba demasiados datos. Su natural perspicacia, unida a las largas conversaciones que teníamos, le dieron una imagen muy exhaustiva de la situación.

—Es una cría de ocho años. Ciertamente es pronto para que empiece a manifestar los primeros síntomas de la adolescencia.

—Hablas de ese proceso como si fuera una enfermedad —ironicé.

—Casi lo es... —Se acomodó en su silla y soltó el humo del cigarrillo—. Echa de menos a su hermana, es lógico que ande revolucionada.

Torcí el gesto.

—Mattsson es bastante eficaz.

Al parecer, el guardia que había enviado a mi casa en Nápoles le informaba de todo.

—Razón no te falta —me aseguró.

—He pensado... Bueno, le vendría bien un cambio de aires, ¿no crees? Algo que le recuerde que sigo estando a su lado.

Entornó los ojos y me clavó una de sus intimidantes miradas. En realidad, ya no me amedrentaban. Me indicaban lo concentrado que estaba en sus pensamientos. Si se prestaba la suficiente atención, Marco era de lo más transparente.

—¿Me estás pidiendo permiso para que tu hermana venga aquí? —inquirió.

—Digamos que busco saber si estás dispuesto a sonreír un poco si vamos a tenerla correteando por la casa. Intimidas. Y lo sabes.

Carraspeó y le dio un nuevo sorbo a su café. Me encantaba cuando se hacía el disimulado, era su bonita forma de darme la razón a lo que sea que estuviera diciendo.

—Podría intentarlo, pero no te prometo nada —rezongó.

—Cuando te lo propones, eres un encanto, ¿lo sabías?

—Y tú una aduladora.

—Eso es bueno, ¿no?

—Según se mire.

—No estoy mintiendo. Así que lo tomaré como algo positivo.

Las tostadas me habían saciado, pero los cruasanes de Faty reclamaron mi atención y no me pude resistir a catar uno.

—Esta es tu casa, Regina —anunció Marco, con un rastro de afecto que no le había oído nunca.

Me impresionó tanto que me quedé congelada mirándole de reojo. Él no se retractó.

—No me molesta recordártelo, pero me gustaría que lo asumieras de una vez —añadió.

Acerqué una mano a la suya y froté sus nudillos.

—La verdad es que te has encargado muy bien de ayudarme a aceptarlo. Desde el primer día.

—¿Lo dices por Gennaro? —Se hizo el arrogante. Pero sus dedos se enredaron en los míos sin quitarme ojo de encima.

—Y también por ti. Ambos os habéis convertido en toda una sorpresa.

—Aunque te cueste creerlo, me alegra.

—¿Incluso si te incluyo en la misma lista que a Gennà? ¿Superpegado a Gennà? —le increpé con el amago de una sonrisa pendiendo de mis labios.

Marco controló bien el rubor de sus mejillas, pero no consiguió ocultar el curioso brillo que inundó su mirada.

Se inclinó hacia delante.

—Según los rumores puedo ser muy despiadado. Solo tú tienes la habilidad para convertirme en un hombre dócil y todavía no entiendo cómo lo logras. No hagas que eso cambie.

Yo también me acerqué.

—Estás muy sexi cuando amenazas, ¿lo sabías?

—Impertinente. —Se puso en pie, se colocó la chaqueta y dirigió sus pasos hacia el interior de la casa.

Creyó que no repararía en las llaves que extrajo del bolsillo de su pantalón. De ellas colgaba el llavero de cristal con la constelación de escorpio destellando dentro. Y sonreí recordando la mirada tierna con la que Gennà lo compró.

—Eres estirado hasta para insultar —bromeé—. ¡No llegues tarde! ¡Ah, y déjame a Cassaro, le necesito para ir de compras!

—Entendido.

Agitó una mano a modo de despedida y me dejó allí toda sonriente y demasiado consciente de la persona que acechaba detrás de una de las columnas del corredor exterior que conectaba con el salón.

—¿Por qué te escondes como un cachorro acojonado? —pregunté mordisqueando mi cruasán de chocolate.

Gennà se mostró todo tímido, tan hermoso y ruborizado.

—No quería cruzarme con Marco —dijo bajito mirando en rededor.

Pues te has perdido lo bonito que queda tu regalo colgando de sus llaves, querido. Y eso te pasa por crío.

—Mírame bien. Soy demasiado poco para él.

Gennà lo creía de verdad. Nunca reconocería que Marco lo devoraba en silencio siempre que él aparecía en su campo visual. Ni tampoco aceptaría que el deseo era casi un hecho latente entre los dos y no algo unilateral.

Lo que a Gennaro Cattaglia le pasaba era mucho más profundo que la mera idea de creerse inferior. Partía de una base nefasta, producida por una familia que nunca le había consentido ser él mismo, sin olvidar la humillación de verse convertido en un esclavo y sometido como tal.

—Estoy como el día, enano. —Señalé el cielo—. A punto de soltar una tormenta. Procura no convertirte en mi receptor.

No le permitiría desprestigiarse. Era un príncipe, en el mejor sentido de la palabra.

Se acomodó en la silla donde había estado sentado Marco y acarició su taza.

—No te favorece ir de matona. —Sonrió.

Yo quise continuar bromeando.

—¿Qué futuro crees que tendría en Secondigliano?

—Uno muy negro con esa cara que tienes. Pareces una esfinge.

Puse los ojos en blanco.

—Oye, tu creciente e irreversible enamoramiento por Marco Berardi seguirá ahí mientras nos vamos de compras. Tenemos una semana para organizarlo todo. Viene mi hermana y trae compañía.

—¿Elisa? —preguntó emocionado.

—Exacto, querido. ¿Te apuntas?

—¡Por supuesto! —exclamó—. Ah, y no estoy enamorado de Marco.

—Poco te falta para estarlo.

—¡Regina!

Aquella no fue la única mañana que pasamos de compras. Lo hicimos durante toda la semana porque mi mente no dejaba de pensar en todas aquellas cosas que podrían hacer feliz a mi hermana.

Escogí para ella la habitación más próxima a la terraza superior, desde donde podría ver el estanque y la casa del árbol que haría instalar, la misma que nuestro padre no le había consentido tener.

Hasta ahora.

Tenía la intención de conectarla a la residencia principal por un corredor alto para que Camila pudiera cruzarlo desde su habitación cuantas veces quisiera. Pero Attilio me recordó que eso implicaba obra y que tardaría unas semanas. Así que mientras tanto debíamos conformarnos.

Junto con Kannika, Faty y Gennà cambiamos las cortinas y la ropa de cama por otras en tonos rosados. También renovamos los muebles por otros de un estilo más infantil y llenamos cada rincón de juguetes que sabía que la emocionarían, como el enorme oso polar que sonreía en su cama, el cuadro de luz en forma de cactus pendiendo de la pared o la enorme pizarra para que pudiera dibujar sus creaciones.

A Camila le gustaba la pintura, tanto como lanzarse por las tirolinas. Las probó hacía dos veranos, cuando mis padres aceptaron mis sugerencias de inscribirla en el campamento al que quería asistir en el lago Como. Desde entonces, siempre pedía una por su cumpleaños o Navidad, pero nunca llegaban. Papá solía ser muy estricto con respecto a las diversiones. Decía que una mujer debía aprender desde pequeña a ser una señorita obediente.

Su yugo no llegaba hasta Cerdeña. En aquella casa mandaba yo y, mientras Camila estuviera bajo mi techo, tendría cada uno de sus deseos. Como los columpios que instalamos en el jardín o el castillo con tobogán de espiral.

Fue de lo más divertido ver cómo cada uno de los empleados

se involucraba. Especialmente Faty y Kannika, que tuvieron la idea de organizar un gran banquete para celebrar la llegada de mis chicas en el que no faltarían sus platos favoritos y montones de dulces. Hacía mucho que no veían a una niña. Nunca imaginaron que tendrían la oportunidad de acogerla en aquella residencia.

Pero no fueron las únicas. Palermo incluso diseñó los planos de la casa del árbol y atendió mis sugerencias como si aquello fuera para su propia hija. Me enternecieron. Todos y cada uno de ellos convirtieron aquellos días en los mejores de mi vida.

—¡Te digo que no entra, Regi! —exclamó Cassaro observando el maletero como si en cualquier momento fuera a vomitar todo lo que habíamos guardado en él.

Faltaba menos de un día para que Elisa y Camila llegaran, y quería que todo estuviera listo. Así que fuimos de nuevo al centro comercial de Olbia a por las últimas decoraciones para la casita del árbol. Pero debía admitir que me había pasado bastante.

—Te digo que sí. Aprieta un poco más —le pedí.

—¿Quieres ir atada al techo? Si sigo empujando, no podréis meteros en el coche.

Tenía razón. Las cajas casi llegaban a los asientos delanteros, y me dio por reír junto a Attilio, que andaba la mar de ensimismado en su teléfono.

—Podríamos coger un taxi —sugirió Gennà.

—Niño, ¿quieres que el jefe me cuelgue del primer árbol que vea?

—No será para tanto —intervine.

Entonces, se nos acercó un coche y tocó el claxon.

—¿Necesitáis ayuda? —Luciano Gattari sacó la cabeza por la ventanilla mientras Palermo reducía la velocidad hasta detenerse a nuestro lado.

—¡Gattari! —exclamé emocionada.

Todo estaba resuelto ahora que teníamos dos transportes.

—¿Qué coño haces aquí? —protestó Cassaro al ver a su primo.

—Lo he llamado yo mientras vosotros perdíais el tiempo en enfurruñaros —comentó Attilio saludando a Palermo con un choque de manos.

Esos dos habían hecho muy buenas migas, y yo no podía alegrarme más.

—Con razón estabas tan callado —concluí antes de que Gattari empujara a Cassaro.

—Aparta, no estás hecho para el trabajo duro.

—Te arrancaré la cabeza, Gato.

—Y después se lo contaré a la tía. A ver cuánto te dura a ti la tuya enganchada a ese cuello de niño pijo.

—Chitón —se interpuso Attilio provocándonos una carcajada a Gennà y a mí.

—Aprendes rápido, napolitano —bromeó Palermo.

—Tengo un buen maestro, y me refiero a Conte.

Al mirarlos a todos, sentí un calor en mi pecho demasiado adictivo. Un calor libre de prejuicios y tensiones, lleno de la certeza de llegar a casa y no lamentar el momento. Porque en mi hogar no había espacio para las barbaridades que habitaban fuera. Porque aquella gente estaba muy cerca de darle sentido al verdadero significado de la palabra «familia».

Y me pregunté cuánto tardaría en convencer a Vera de que me permitiera mostrarle a Camila aquel tipo de vida. No buscaba arrebatársela ni tampoco distanciar a madre e hija, sino darle la oportunidad a mi hermana de explorar todas aquellas emociones. De ir al colegio sin el temor a una reyerta. De crecer sin que la mafia cobrara más y más protagonismo a su alrededor. Porque pronto ya no podría seguir mirando a otro lado. Pronto se convertiría en una mujer, y papá querría una nueva alianza. Y quizá Camila no tendría la misma suerte que había tenido yo.

—Eh, rubia. ¿Todo bien? —me preguntó Attilio devolviéndome a la realidad. Le sonreí como respuesta y le di un beso en la mejilla.

—¿Falta algo más? —quiso saber Cassaro.

Me recompuse.

—Está todo.

—Sería un gran alivio si lo dijeras de verdad. Es la sexta vez que venimos en lo que va de semana.

—Soy una mujer creativa.

—Con una energía inagotable, además. Hace semanas que no dormía como un bebé, me tienes completamente agotado.

Nos subimos al coche, Palermo y Gattari ya se habían adelantado.

—Deja de protestar, que todavía nos queda terminar de instalar la casita del árbol —anuncié con una sonrisilla que pronto contagió a Atti.

Me conocía muy bien y sabía que nunca me daba por vencida.

—Dirás mansión. Eso empieza a parecerse a un chaletazo —protestó Cassaro—. Más te vale recompensarme, Fabbri.

—¿Dos días libres y propina? —Se hizo el pensativo y yo le apreté los hombros—. Vamos, ¿qué haría yo sin el mejor chófer del mundo?

Él frunció los labios y buscó complicidad en Atti.

—¿Así es como te convence?

—Es bastante efectiva —afirmó mi compañero.

—Y que lo digas.

29

MARCO

Nunca creí que el caos sería amable y entretenido. Ni mucho menos que me atraería observarlo hasta percibir el inicio de una sonrisa. Pero no debería haberme sorprendido. Regina tenía esa habilidad para emocionar. Inundaba de alegría el ambiente con su preciosa risa y actitud descarada y contagiaba a cualquier persona que se le acercara.

Me incluía entre ellas. Porque una cosa era cierta y es que, con el paso del tiempo, a su lado empezaba a olvidarme de la maldad con la que había tenido que aprender a vivir.

Quizá era demasiado esperanzador pensar de ese modo. No estaba acostumbrado. Sin embargo, cada día me resultaba más complicado cruzar el umbral del Marsaskala y mirar de frente el infierno que era ese el maldito lugar.

La empatía era compleja. Había creído que podía manejarla. De hecho, así había sido hasta que Regina apareció en mi vida. Pero había puesto mi vida patas arriba como el buen huracán que era, y pronto empecé a descubrir que tal vez no estaba tan bien diseñado para la mafia como pensaba.

Ya no surgía innata. Ahora observaba los estragos de la crueldad sin los ánimos para resolverlos. Evitaba situaciones que me pusieran en primera línea del desastre, escenarios que me recordaran las bestias que éramos. Y es que al volver a casa y sentarme en la mesa, me resultaba insoportable mirar a mi esposa a la cara, a pesar de necesitar su sonrisa casi tanto como el oxígeno.

El *cuore bianco* no merecía que lo infectara con mi oscuridad. Quería preservar su pureza, porque empezaba a ser adicto a ella.

Y Regina no era la única en esa extraña ecuación en la que nos habíamos convertido.

Gennaro me evitaba. Siempre tenía una excusa para encerrarse en su habitación o en la biblioteca, visitar los establos, salir a correr por la campiña o dar un paseo por la playa. Las cenas habían dejado de ser una batalla silenciosa contra sus ojos castaños y mis propias ganas de colarme en su piel. Ya no disfrutaba de sus muecas tímidas ni del precioso rubor rosado que conquistaba sus mejillas y sus labios. Solo me quedaba la noche, esa dichosa soledad de mis pensamientos, al cobijo de la oscuridad de mi habitación, pensando que apenas nos separaban un par de metros. Que podía encontrar el valor, aparcar esa siniestra presión que me habían impuesto, y entrar en su habitación para robarle un beso del que no me arrepentiría.

Más tarde, quizá, si realmente fuera necesario, me preguntaría por qué necesitaba tocarle, cuándo empezó esa necesidad, si lo merecía, si era digno. Y trataría de darle una respuesta que seguramente jamás me atrevería a admitir. Porque el orgullo había sido un requisito que aprendí muy bien, y una parte de mí detestaba que un crío de diecinueve años estuviera a punto de hacerlo pedazos.

Esa mañana no fue diferente.

Bajaba las escaleras ajeno a que Gennaro se estrellaría contra mi pecho. Lo sostuve de inmediato para evitar que tropezara y él me miró aturdido, con una fina capa de sudor perlando su frente. Venía de hacer su rutina de ejercicio.

Su cuerpo se estremeció con un escalofrío. Estábamos tan cerca que me costó mucho mantener mis ojos clavados en los suyos. Su boca contuvo una exclamación. Sí, esa boca que parecía empujarme a ella a través de una fuerza incontrolable. Resistirse empezaba a ser una tortura insoportable.

Gennà tragó saliva, se alejó de un brinco y agachó la cabeza.

Mencionó unas disculpas en voz baja y desapareció escaleras arriba, dejándome con las ganas de atraparlo, de acariciar de nuevo su cuello y sentir su pecho contra el mío.

Debí haberme callado esa noche cuando nos encontramos en las caballerizas. Debí haberlo besado entonces y pasar de una maldita vez a esa torturadora fase de arrepentimiento.

Sin embargo, lo alejé una vez más porque estaba convencido del error que supondría caer en esa dichosa atracción. Me reafirmaría como el hombre que lo había comprado y que ahora reclamaba los servicios de su esclavo. Detestaba la idea de meterlo en mi cama y arañar mi placer a través de él.

—No vendrá —dijo Regina durante el desayuno, al descubrir que no dejaba de mirar la puerta por la que Gennaro debería haber entrado—. Se ha tomado al pie de la letra tu petición. «Vete muy lejos de mí». —Fue de lo más irónica—. Me ha costado bastante hacerle ver la paradoja.

—¿Cuchicheáis sobre mí?

—Menos de lo que me gustaría —bromeó entregándome una tostada untada en queso cremoso y naranja. Se había aficionado a una de mis debilidades, y la combinación de los dos sabores ahora me gustaba incluso más.

Mientras masticaba, observé a esa joven de cabello trigueño, rostro de porcelana y ojos capaces de parar el corazón. Sabía más de lo que mencionaba, era más astuta de lo que imaginaba. Regina era la combinación perfecta de belleza e inteligencia y sorprendía la templanza con las que las empleaba.

Había dado con uno de mis secretos sin apenas tener indicios. Lo había asumido sin que este supusiera un grave inconveniente. No lo cuestionaba, no me creía inferior o defectuoso. Simplemente lo aceptaba como quien asume que el agua es necesaria para vivir. Lo aceptaba sin ser algo que debía aceptarse.

—Nunca has preguntado... —murmuré algo cabizbajo.

Regina supo de inmediato a qué me refería.

—Las obviedades no necesitan una aclaración, querido.

—Pero son un problema.

—¿Y quién lo dice? Sorprendeme.

Todos. Y nadie. Porque nunca fue algo real y visible. Solo una pequeña sospecha que mis padres pronto arrancaron de raíz mencionando las palabras justas para convencerme del error que suponía sentir atracción real y no viciosa por otro hombre.

—Regina, no deberías convertirme en alguien que no soy.

Alguien que odiaba darles voz a sus verdaderos deseos.

—¿Qué eres entonces? —Se recostó en su silla, expectante—. Sería muy esclarecedor que tú mismo respondieras a esa cuestión. Creo que lo necesitas más que yo.

No supe qué responder. Como la mayoría de las veces, Regina sabía cómo acorralarme con la elegancia de una espada. Tan fina y concluyente.

Se acercó un poco a mí.

—No veo por aquí a ninguna de las sabandijas de tu familia. Y las quejas que sea que tengan con lo que metes en tu cama deberían importarte una mierda tan grande como esta casa.

Alcé las cejas.

—No acostumbras a ser tan gráfica.

—Paso demasiado tiempo con los chicos. Además, soy napolitana, ¿recuerdas?

Esbocé una media sonrisa. Tenía razón.

Se animó a comer un poco de fruta. Ya no tenía hambre, lo hacía porque quería dilatar nuestro momento un rato más. Después del desayuno, ya no nos veíamos hasta la cena, y asombraba lo mucho que la echaba de menos.

—¿Y tú? —inquirí de súbito.

Regina nunca hablaba de sus deseos, de sus aspiraciones personales. De esa persona con la que le hubiera gustado compartir la vida por elección propia y no impuesta. No la imaginaba pasando el resto de sus días a mi sombra, como la esposa de un hombre que nunca llegaría a amarla como una mujer. Me molestaba que otros le hubieran bloqueado la oportunidad de diseñar una vida a su antojo. Ella tenía suficiente fortaleza para lograr cualquier cosa.

—¿Qué pasa conmigo?

De pronto el rostro de Jimmy inundó sus ojos.

Ella no sabía su nombre ni su procedencia. Pero le bastaba conocer su existencia para suspirar por él, a pesar de odiar saberse tan vulnerable.

—Describes al hombre que habita en tus sueños a unos centímetros de la punta de tus dedos. Respondes a sus ojos en silencio. Le deseas, pero nunca se lo dices. Y aun así esperas el día en que amarlo sea una realidad que haga posible la reciprocidad.

No me di cuenta hasta ese instante de lo mucho que había calado en mí aquella realidad. A Regina le asombró y me observó sorprendida.

—Tienes una forma de amar que no puede quedar enterrada por el simple hecho de ser mi esposa.

Torció el gesto y se recompuso a toda prisa.

—¿Me estás dando permiso para tener una aventura? —trató de bromear.

—Un amante no estaría a la altura de lo que mereces. —Fui sincero.

Ella tragó saliva, nerviosa. Acababa de entender que yo buscaba su felicidad en todos los aspectos de su vida.

—Ese hombre no existe, Marco —mintió.

No sabía que yo lo conocía, que podía revelarle su nombre, darle la oportunidad de enfrentarse a él de nuevo.

—Yo creo que sí. Pero no te atreves a buscarlo.

—Porque no sé quién es —balbució. Le brillaban los ojos—. Ni siquiera sé su nombre. Fue un encuentro que no deja de perseguirme. Pero me hace muy consciente de lo que puedo y no puedo obtener. Y créeme, ese tipo de amor no está destinado a una mujer como yo y mucho menos proviniendo de un hombre como ese.

Un mercenario que no haría otra cosa más que perpetuar aquello que Regina más odiaba.

—¿Qué tipo de amor? —dije bajito.

—El que se entrega sin límites ni razones.

Qué equivocada estaba.

—Podría pasarme las horas discrepando. —Me puse en pie y me ajusté la chaqueta—. Pero solo demostraríamos lo estúpida que eres.

—Serás... —Me lanzó un bollo que apenas pude esquivar—. ¡Lárgate de aquí, anda!

Ambos soltamos una carcajada. Pero percibí una extraña melancolía en su mirada.

—Si ese hombre aparece de nuevo, si volvieras a verle y estuviera dispuesto a postrarse ante ti, seguirías teniendo mi cariño —le aseguré con la mayor honestidad—. Eso ya no puede variar.

Contuvo el aliento y se lamió los labios para controlar el modo en que volvió a tragar saliva.

—¿Buscas un abrazo? —dijo traviesa mientras se me acercaba.

—Aléjate de mí.

—Ni de coña.

No me contuve de responder, cerrar los ojos y absorber aquel aroma tan maravilloso que definía a Regina. Y me marché a regañadientes porque lo que de verdad me hubiera gustado hacer era pasarme el día echando una mano en la casa del jardín. Con ella, con los chicos.

Con Gennaro.

Regresé temprano, a primera hora de la tarde, y me encaminé hacia mi despacho. Dejé caer mi maletín, tomé asiento y cerré un instante los ojos. Había sido una jornada complicada. Debía preparar la reunión que tenía al día siguiente con los representantes de unos comerciantes de Botsuana. Tenía que intermediar en la certificación de unos diamantes para que pudieran venderse en el mercado legal y así eliminar su sanguinaria procedencia. Nada nuevo en el «paraíso». Y Mónaco era su destino. La idea de pasar tres días allí rodeado de malhechores vestidos de firma era algo que ahora me producía demasiado malestar.

Pero el jaleo que provenía del jardín no me lo pondría fácil. Gattari y Cassaro estaban discutiendo de nuevo. Los reconocía sin necesidad de verlos. Esos dos se querían tanto como se odiaban. No maduraban ni por asomo, pese a las collejas que Conte o Draghi les daban.

Me acerqué a los ventanales con las manos en los bolsillos del pantalón. Estaban a punto de terminar la casita del árbol. La habían pintado de blanco y la habían decorado con unas jardineras en las ventanas, además de asegurar una escalera de madera para que la cría no se cayera.

La casita estaba junto al pequeño parque que Regina había pedido instalar. Desde luego, aquel rincón se había convertido en el sueño de cualquier niño. Y suspiré sonriente porque de algún modo me embriagó de ternura.

Llamaron a la puerta, y Kannika apareció empujando un carrito.

—Señor, Draghi me ha dicho que todavía no ha comido. Le he traído un aperitivo —me anunció acercándose a la mesa donde dispuso la bandeja.

—¿Está comiendo él? —quise saber—. Le he mantenido muy ocupado esta mañana.

Ese hombre era tan leal que podía hasta prohibirse respirar con tal de estar a la altura. Pero nunca le había dicho que no necesitaba tanto para saber cuán afortunado era de contar con su respaldo.

—Como un animal. Ya le conoce. —Sonrió la mujer, asombrándome.

Habían sido pocas las ocasiones en que Kannika se había

mostrado tan vivaracha. Ella era más de mantener las formas y dejar muy clara su posición.

—Gracias.

Desvié la vista de nuevo hacia el jardín. Palermo se reía a mandíbula batiente de Gattari, despatarrado en el suelo bajo un trozo de madera que Attilio intentaba apartar para que se levantara. No podía creer que estuvieran haciendo semejante alboroto por algo tan nimio.

—¿Qué le parece? Es precioso, ¿no cree? —se animó a preguntar Kannika.

—Bastante, sí.

—No sabe cuánto me alegra la llegada de esa chiquilla. Le honra mucho el apoyo que le ha mostrado a Regina.

—¿Usted cree?

—Por supuesto, señor.

La miré con los ojos entornados y notando un extraño calor en mi pecho. Le di la espalda y me acerqué a la mesa.

—¿Y si prueba a llamarme Marco? —le sugerí sirviéndome una copa de vino—. En vista de que acabamos de mantener la conversación trivial más larga en los últimos años.

—¡Oh, Dios mío! —exclamó llevándose las manos a la boca. Se lo pensó, con el ceño fruncido—. ¿Marco? Oh, no, no.

Le parecía demasiado, y enseguida se acercó a la puerta. Me divirtió que volviera a mirar y negara con la cabeza.

—Oh, no.

Tuve que echarme a reír en cuanto se marchó. Al parecer, era demasiado sacrificio para ella tratarme como a uno más. Pero me asombró el orgullo que sentí al descubrir que había hecho algo tan improvisado.

Me dieron más de las doce en el despacho. Tan solo salí para saludar a Regina y anunciarle que tenía trabajo pendiente y no cenaría con ella.

Resolví el asunto y me dispuse a tomarme una copa antes de ir a ver a mis caballos y recogerme en mi habitación. Estaba agotado y sabía que me esperaba una tormenta de contradicciones en cuanto mi cuerpo entendiera que mi día laboral había llegado a su fin.

Pero mi mente enmudeció en cuanto descubrí a Gennaro tendido en el sofá del salón, rodeado de folios. Dormía desvelando un rostro pueril e indefenso. Realmente precioso.

Me acerqué casi hechizado, pensando en lo que sería despertarlo con una caricia. Solo una. Quizá el ligero toque de mis nudillos contra su mejilla. Pero no tenía ni idea de cómo razonaría ante eso cuando sus ojos se clavasen en los míos.

Así que cogí aire y tomé la hoja que descansaba sobre su pecho.

Había párrafos marcados precipitadamente con un lápiz, el mismo que ahora pendía de los dedos flácidos de Gennà. Y leí ajeno al asombro que me recorrería el espinazo. Porque me encontré en aquellas palabras tan desnudas, tan viscerales. Mi realidad. Que justo entonces cobró forma en aquellas pupilas castañas que me miraron casi como la primera vez que me contemplaron.

Intimidadas, abrumadas, esperanzadas. Temerosas.

—Disculpa el desorden —dijo Gennaro moviéndose precipitado—. Lo recogeré enseguida y me voy.

—«Sus labios nunca mencionarían las palabras acertadas. Ansiaban ofrecer una sinceridad que le intimidaba demasiado». —Me detuve—. ¿Qué te parece este párrafo?

Tomó aliento. No se atrevió a mirarme. Tan solo apretó contra su pecho el cúmulo de folios que había recogido.

—Es honesto y... apasionado —contestó con un hilillo de voz.

—¿Los has marcado porque te sientes identificado?

—Regina me pidió mi opinión. Dice que no logra dar forma a lo que espera de esa historia. Ni siquiera la considera como tal.

—No me has respondido.

Algo trepidó dentro de mí cuando recibí su mirada. Su completa atención.

—Sí. Pero ser sincero es problemático la mayoría de las veces. —Me desafió.

—«Cuando me mira, siento que el mundo podría detenerse solo para nosotros» —leí de nuevo, y me acerqué un poco a él—. ¿Lo crees de verdad?

—Regina aspira a creerlo.

Pero esa no era la respuesta. No hablaba de él.

—Se te da bien esquivar.

Entendió lo que quería decirle con aquello. Tanto que agachó la cabeza y se hizo muy pequeño.

Seguramente jamás le diría lo mucho que odiaba verlo así de indefenso. A veces lo imaginaba gritándome y mandándome al carajo. Otras lo deseaba, porque me permitiría verlo visceral y auténtico.

—Es bastante bueno —comenté tratando de aportar un poco de normalidad a la escena—. Creo que deberíamos decirle que no se está dando el mérito suficiente. Sus habilidades para describir emociones son increíbles y tiene el don de encandilar. Como si... pudieras vivirlo.

Gennaro asintió sin ser consciente de que él también me... encandilaba. Sobre todo, cuando me veía reflejado en sus ojos. Sí, el reflejo de un monstruo que no lo era. Al menos no para ese crío de bondad inherente.

—Estoy muy de acuerdo. Aunque mi opinión es un poco... inútil.

—¿Por qué? —Fruncí el ceño.

—Habré leído dos o tres libros en toda mi vida. Mi familia no es muy dada a la literatura.

—Lo imagino.

Los Cattaglia eran gentuza de baja calaña que solo sabían matar y vender droga. Se prostituían por mantener el control de un territorio decadente y mugriento. Qué podía esperarse de gente así, más que traer al mundo a una persona contrapuesta a lo que ellos eran, que encarnaría mis fantasías más ilusas.

—Será mejor que me retire —suspiró Gennaro encaminándose al pasillo para tomar las escaleras.

Mi voz le detuvo.

—Esperaba poder pasar un rato con mi «amigo».

Me miró asombrado por encima del hombro.

—Si te parece bien —añadí.

Por un instante esperé que se negara. Sabía bien que, de no haber sido por Regina, Gennaro habría dejado la casa con tal de obedecer mi orden. Pero estaba allí, y no supe por qué sentí la necesidad de aceptarlo como una nueva oportunidad.

Esa vez no quería desaprovecharla. No podía.

Me acerqué al minibar y nos serví una copa. Gennaro volvió a sentarse donde estaba, pero casi al borde del sofá, como si en cualquier momento fuera a huir. Aceptó la copa y le dio un suave sorbo mientras observaba de reojo cómo me acomodaba en el otro extremo. Apenas nos separaban unos centímetros.

—Oh, este me gusta —comenté señalando un nuevo párrafo—. «La idea de amarlo me parece tan alcanzable. Es casi como un hecho tangible. Y me aterra». —Cada palabra se hizo grande en la boca de mi estómago. Miré a Gennaro—. ¿Crees que el amor se puede tocar?

Se humedeció los labios todo nervioso.

—Cobra forma a través de la persona a la que se ama, ¿no? Así es como yo lo veo.

Podría haber optado por seguir leyendo para generar entre los dos una comodidad que nos permitiera mantener una conversación sin que el ambiente pudiera cortarse con un cuchillo. Pero aquello no iba de buscar normalidad. Lo supe en cuanto reparé en su boca.

—Te has distanciado tanto que apenas me cruzo contigo —le recriminé cortándole el aliento.

—Sabes bien por qué me quedo. Sería un desgraciado si me

largara sin más. Regina no se merece eso. Así que el único modo de darte lo que me pides es evitar que... me veas.

Le había herido. Lo descubrí justo en ese instante, que era esa cumbre que él nunca podría alcanzar, pero que ansiaba poder observar de cerca. Así que lo mínimo que pude hacer fue ofrecerle un poco de sinceridad.

—Verte me supone un problema tan molesto como no hacerlo.

Era demasiado. Fue impulsivo. Tan visceral como mis ganas de asaltarle la boca.

Me bebí la copa de un trago, dejé el folio sobre la mesilla y me puse en pie. No había sido una buena idea insistirle en que me regalara un poco de su tiempo porque ahora solo podía pensar en arrancarle la ropa y hundirme en él.

—¿No decías que esperabas pasar un rato con tu amigo? —se quejó—. ¿Por qué eres tú el que quiere marcharse ahora?

—¿Me has obedecido o lo has hecho porque querías, Gennaro? —espeté.

La sombra de nuestra realidad planeaba sobre nuestras cabezas. Era demasiado densa y despiadada como para ignorarla. Ambos conocíamos muy bien nuestras posiciones, quiénes éramos y de dónde veníamos.

Seguía siendo su maldito propietario. Y lo odiaba.

—Quiero cosas que no sé si merezco —se sinceró—. Pero hablar contigo es una de las que me gustaría permitirme, si me dejas.

—¿Quién te enseñó a ser tan reservado, a tener tanto miedo? —Casi lo escupí.

Gennaro me devolvió una sonrisa triste.

—Soy un Cattaglia, ¿recuerdas? El chico al que le prohibieron ser humano.

—El príncipe de Secondigliano —susurré volviendo a tomar asiento—. Bien, muéstrame a ese príncipe y dime por qué nunca quiso serlo.

No sé cuánto tiempo pasamos hablando, pero lo cierto fue

que el alba comenzaba a vislumbrarse en el horizonte cuando el sueño tentó a Gennaro y lo invitó a apoyar la cabeza sobre mi hombro.

Yo también caí vencido, ni siquiera pude asimilar que aquella sería la primera vez en que compartiría mis sueños con alguien. Y no me importó hacerlo sentado en un sofá que, de pronto, se me antojaba un maldito paraíso. Era como estar flotando sobre un mar de aguas claras.

Descansé todo lo que nunca había descansado en una noche, con el alma asombrosamente tranquila y la conciencia extrañamente en paz. Al cobijo de un bienestar que me hizo vulnerable, y no me importó lo más mínimo.

Dormí hasta que noté el roce de unos dedos sobre mi sien.

Abrí los ojos de repente casi al tiempo de agarrar aquella suave mano. No fui rudo, pero sobresalté a Gennaro, que tembló pegado a mí. Sí, estaba tan cerca, tan bonito. Tan ajeno a lo que sentí.

—Lo siento... No quería... No quería despertarte... —tartamudeó.

—No, no querías...

Nos miramos. Él indefenso. Yo embriagado.

«Podrías besarlo ahora y nadie lo sabría nunca. Nadie te juzgaría». En realidad, solo me importaba descubrir el tacto de sus labios. Sentirlos completamente pegados a los míos.

Respiré hondo. No era duda.

Era deseo. Que se enroscaba en mi vientre, me cortaba el aliento, me invitaba a ahogarme en aquellas pupilas castañas que ahora trepidaban como si todo su universo empezara y terminara en mí.

También era estupor. Porque Gennaro, sin saberlo, había logrado convertirme en una sombra de sus movimientos y en un hambriento de su piel y de los momentos que podría darme.

Para qué iba a negar lo evidente. Podía ser muchas cosas, pero jamás sería un mentiroso. Y mucho menos me iba a mentir a mí mismo.

Lo había intentado, había mirado hacia otro lado, me había escondido de lo que fuera aquello. Pero la dichosa sensación siempre volvía a atraparme y me arrinconaba, me convertía en un elemento que moldeaba a su antojo. Y exigía. Tanto que hasta el propio Gennaro lo descubrió.

Se hizo pequeño, como acostumbraba. Señal del poco valor del que se creía merecedor, de lo lejos que se imaginaba de mí, a pesar de la mínima distancia que nos separaba.

Pero Gennà esperaba.

Sí, me esperaba a mí, a que yo tomara una decisión, a que yo hiciera con él lo que me apeteciera.

No se negaría a nada. Tenderlo en el sofá, comérmelo a besos, a caricias. Ser exigente, quizá rudo, probablemente ansioso. Desesperado. Porque él sería el primero que me arrancaría un beso real y auténtico. Sería el primero que me convertiría en un ser primitivo que olvida el control y se abandona a sus emociones.

En él, sin embargo, sí existía la duda, que le obligó a mirar como lo haría un esclavo. No se atrevió a creer que yo solo veía al hombre. Que si me decidía a besar su boca, esperaría una respuesta sincera. Y de no obtenerla, me alejaría.

Me alejaría.

—Marco... —balbució nervioso.

El rubor estalló en sus mejillas, y entreabrió los labios en busca de un aire que no le satisfizo. Me acerqué un poco más. Percibí el calor de su aliento entrecortado y el ligero estremecimiento que recorrió su cuerpo.

Solté su mano y acerqué la mía a su yugular. Repasé la curva recorriendo un camino hacia su mandíbula que empezó con la punta de mis dedos. La delicadeza continuó incluso cuando apoyé la palma en su mejilla y la ahuequé en torno a su rostro.

Entonces Gennaro cerró los ojos, y por un instante pensé que el reino de Nápoles no merecía a un hombre como él. Que debía ser mío. Y mis labios cayeron sobre los suyos casi como un impulso.

Me estremecí con violencia. O quizá nos estremecimos los dos. Puede ser, pero no me importaba no saberlo. Esperé pegado a Gennà porque me costó asumir que le ofrecía un beso.

Besarle.

No, en mis veintinueve años de vida nunca había sentido deseos de hacerlo. Me parecía un acto demasiado sucio y de una intimidad insoportable. En última instancia, prefería el sexo por necesidad. Algo rápido e impersonal.

Sin embargo, allí estaba. Apretándome contra aquella boca que primero tembló, pero que pronto me invitó a entrar. Se abrió suave y húmeda para mí. Me brindó la punta de su lengua y un quejido de pura avidez, como si Gennaro se creyera atrapado en un sueño muy secreto.

Le acerqué un poco más a mí. Quería sentir su pecho contra el mío. Enseguida apoyó sus manos sobre mis hombros. Seguía siendo tan menudo ahora que lo tenía entre mis brazos. Y me hundí en ese beso, entregándole mi lengua, enroscándome en sus labios con más impaciencia que emoción.

La delicadeza pronto dio paso a una excitación febril y lo empujé hasta mis caderas invitándole a subirse a horcajadas sobre mí. Gennà contuvo un gemido, se alejó un instante y se acomodó sobre mi entrepierna dejándose guiar por mis manos.

Lo devoré en silencio, aquella poderosa imagen frágil y vigorosa al mismo tiempo. No creí estar absorbiendo todo lo que desprendía, toda su belleza.

Apreté sus caderas, ejercí la fuerza suficiente para frotarlo contra mi dureza, que despertaba de una forma lenta pero contundente.

Gennaro cerró los ojos, jadeó tembloroso y me mostró su cuello. No pude evitar hundirme en él. Mordí su yugular, lamí su nuez y poco a poco fui obedeciendo a las ganas de regresar a su boca.

Ese beso se convirtió en un estallido de excitación. En la prueba palpable de las noches que me había pasado imaginándole pegado a mí. Y saboreé su boca como si fuera la última vez y no la primera. Con ahínco y frenesí, con una devoción que no esperé y con necesidad de volver a repetir.

Me aferré a él, crucé los brazos sobre su espalda. Sus manos quedaron completamente enganchadas a mi cuello. Gennaro me empujaba hacia su cuerpo, oscilaba en pequeños movimientos provocando una fricción entre nuestros miembros que pronto empezó a volverme loco.

Quería más. Quería su piel. Aunque el sol ya hubiera empezado a incidir en el horizonte y estuviera colándose tímido por los ventanales, anunciando el inicio de un día que pronto despertaría a toda la casa.

Pero Gennaro se lanzó conmigo por aquel precipicio. Se encargó sin saberlo de romper mi autocontrol, de casi rozar las ganas más desquiciantes de hacerle el amor.

Quizá por eso contuve un gemido cuando alejó su boca de la mía. Me costó abrir los ojos para mirarle, y allí le tenía. Todo sonrojado y excitado, con los labios hinchados y húmedos y esa mirada a medio camino entre el asombro y la culpa, pero también de anhelo.

Ahí estaba el hombre que se creía mi esclavo, pero me deseaba del mismo modo que yo a él. Como un igual.

—Lo siento... —murmuró asfixiado al tiempo que se incorporaba tambaleante.

Mi cuerpo no reaccionó. Me quedé en el sofá, aturdido y ansioso. Gennaro ni siquiera se atrevía a mirarme de frente. Esa maldita timidez sumisa había regresado de súbito.

Tomó aliento, se frotó la cara y se encaminó raudo pero torpe hacia las escaleras.

—No te irás, ¿verdad? —pregunté de repente, y él me miró.

Contuve el aliento hasta que le vi negar con la cabeza. Se marchó dejándome con el corazón en la garganta y el sabor de sus labios nublándome la razón.

Poco a poco la conciencia comenzó a hacer acto de presencia y, con ella, el remordimiento. No me abandonó siquiera cuando me liberé en la ducha y me torturé con mi reflejo. Era extraña la sensación de culpabilidad que pendía de mis hombros, como si hubiera cometido un grave error. Y es que una parte de mí no podía dejar de insistir en que había obligado a Gennaro a darme lo que le correspondía en su aberrante calidad de esclavo.

No podía estar más equivocado. Los dos lo estábamos. Pero esa realidad sobrevolaba nuestras cabezas. Él se encerró en su habitación y yo ni tan siquiera tuve valor para mirar a Regina a la cara.

Me preparé para marcharme. Me ajusté la chaqueta, cogí el maletín, dejé que Draghi abriera la puerta y me quedé quieto en el umbral. No di un paso más. Tan solo me quedé allí muy quieto observando cómo Cassaro lanzaba bien lejos el cigarro que se estaba fumando y me saludaba todo formal.

El chófer me creyó molesto con su actitud. Se enderezó a la espera de recibir un correctivo. Pero la realidad era bien diferente. Fue como estrellarme contra una pared invisible. De pronto, detesté la rutina del Marco Berardi que estaba diseñado para la mafia.

—Cassaro, lleva el coche al garaje —le anuncié—. Hoy trabajaré desde aquí.

—Entendido. —El hombre llevó a cabo mi orden.

—¿Quieres que avise a la señora? —me preguntó Draghi, en absoluto impresionado con mi decisión a pesar de lo inédita que era.

—No será necesario. Tómate el día libre. Puedo encargarme solo. Estaré con los chicos, avísame si me necesitas para cualquier cosa.

Regresé al vestíbulo y me quité la chaqueta.

Estaba del todo seguro de que, pese a mis intenciones de trabajar en mi despacho, apenas sería capaz de hacer nada que no fuera observar el jardín en busca de algo de normalidad. Algo que me hiciera sentir como un hombre que tenía verdadero control sobre su vida.

Mi padre me llamó. Mi tío y mi tía, también. Incluso mi madre lo hizo. El timbre del teléfono fue una constante insoportable a la que finalmente no pude negarme.

—¿Va todo bien? —quiso saber mi madre con algo de arrogancia.

—Lo irá cuando dejéis de molestarme —espeté honesto.

—Tu tía está inquieta. Hay demasiado en juego. Se está ultimando la estrategia napolitana. Deberías tomarte más en serio tu posición, Marco.

Era eso lo que ocurría cuando intentaba seguir mi propio camino, cuando no consultaba con la cúpula las decisiones que aspiraba tomar. No se dejaba nada a la improvisación, todo debía ser consensuado y en beneficio único y exclusivo del legado Sacristano. Nunca me había importado.

Pero, maldita sea, en el pasado no tenía a Regina dándome los buenos días con una sonrisa o el recuerdo de los labios de Gennaro pegados a los míos.

—¿Son palabras tuyas o de papá? —pregunté incisivo—. Principalmente porque a ti siempre te han dado igual los asuntos que costean tu estilo de vida, madre.

A ella le gustaba interesarse cuando obtenía beneficio personal, incluso a costa de sus propios hijos. Ya lo había demostrado en demasiadas ocasiones.

—No te propases conmigo, Marco —se quejó—. No te crie para ser un hombre impertinente y descarado.

—No, me criasteis para que fuera un ser despiadado y eso lo habéis logrado, pero se te olvida que también puedo serlo con los míos.

Me respondió con silencio. Uno demasiado largo e innecesario.

—Esa napolitana... —Percibí un rechazo absoluto por Regina y una rabia contenida hacia ella—. Te está cambiando.

—En eso estamos de acuerdo.

Colgué y me tomé un instante para coger aire. El jaleo del jardín lentamente se coló en mis oídos, me recordó dónde estaba y con quiénes.

«Mi gente... Sí, ellos son mi... familia». Personas que nunca me juzgarían y me exigirían ser algo que no era. Los que no me darían la espalda si no cumplía con sus deseos. Aquellos compañeros que me profesaban lealtad a cambio de honestidad y por los que asombrosamente estaba dispuesto a hacer cualquier cosa.

Cualquiera.

Alguien llamó a la puerta. Draghi entró con el rostro pálido y serio.

—Jefe —resolló. Sus dedos apretaban el móvil con demasiada fuerza.

Fruncí el ceño.

—¿Va todo bien?

—Tengo noticias de Nápoles.

Supe que no eran buenas por el incómodo calor que se expandió por mi cuerpo.

—¿Y bien? —quise saber.

—Ha habido un accidente en la casa de los Fabbri. —Draghi se detuvo a coger aire—. La pequeña... —Otra pausa—. Camila ha sido trasladada de urgencia al hospital.

—¿Por qué? —gruñí.

No me gustaba hacia dónde se encaminaba aquella conversación.

—Según me ha contado Mattsson, el matrimonio estaba discutiendo y la cría se interpuso... Acaba de...

Levanté una mano.

—No lo digas.

Su mirada me lo dijo todo. Puse los brazos en jarras y fui de un lado a otro de la habitación antes de acercarme a los ventanales. Aquella casita del árbol había quedado tan maravillosa que me resultó insoportable contemplarla.

—Maldita sea. Llama a Attilio, por favor.

—Enseguida.

Draghi salió de mi despacho a toda prisa. Lo vi cruzar el jardín y atraer la atención del napolitano, que enseguida lo siguió al interior sin que el resto de los hombres o la propia Regina notaran su ausencia.

—Siéntate —le dije en cuanto llegó.

No me atrevía a encararle. Tardé demasiado en reunir la fuerza y aun así no creí que fuera suficiente.

Esa niña, Camila. Tan solo la había observado en la distancia. Nunca sabría los sacrificios que había hecho su hermana, toda la ilusión que había puesto en su visita, las ideas que tenía para ella sobre su futuro. Ni tampoco conocería la sonrisa que yo mismo estaba dispuesto a entregarle. Porque, por Regina, sería capaz de convertirme en el padre que esa cría nunca tuvo.

—¿Debo preocuparme? —inquirió Attilio algo consternado.

Me pellizqué la frente y me decidí a mirarlo. Bastaron unos segundos para que su rostro adquiriera una mueca de seriedad muy alarmante.

—Tras oír lo que voy a decirte, me dirás que no existe el modo de ahorrarle dolor a Regina —mencioné bajito—, pero debes ayudarme a encontrar la manera.

Sus ojos se abrieron de par en par muy despacio. Dientes apretados, fosas nasales expandidas, mejillas trémulas. Attilio lo sabía. Entendía de sobra.

—Nombre —gruñó.

Cerré los ojos.

—Camila.

No le vi levantarse. Tampoco caminar de un lado a otro y maldecir en su dialecto ni apretar los puños hasta hacerlos crujir. Pero le miré justo cuando escogió lanzar la silla contra la pared.

—Deja que sea yo quien se lo diga —me suplicó.

—Te lo ruego.

Algo de mí se hizo añicos con él al descubrir aquella mirada roja.

30

GENNARO

«No te irás, ¿verdad?».

La voz de Marco continuaba en mi cabeza. Le había dicho que no sin palabras. Pero desde mi ventana miraba el camino que llevaba a la verja principal preguntándome si sería demasiado deshonesto incumplir mi promesa.

Me había besado. No. Nos habíamos devorado.

La boca de ese hombre inalcanzable había tocado la mía, me había exigido liberarme de cualquier prohibición y dar rienda suelta a lo que sea que necesitara de él. Y yo, como un necio, no podía dejar de pensar en si me lo había dado por compasión. El crío que inevitablemente se había enamorado de su despiadado salvador. Incluso yo dudaba de mi propia honradez.

Atrás quedaron los besos robados y crueles con Lelluccio o las ocasiones en que me habían sometido. Mi mundo se redujo a ese breve contacto que compartimos, a la irremediable sospecha de creerme algo importante para él, aunque solo fuera por un maldito instante.

Si Marco mentía, lo hizo muy bien. Me lo creí. Y caí por el abismo del que había estado huyendo desde el día en que le conocí. Qué estúpido fui al pensar que podría evitarlo.

Berardi había sido exactamente lo que yo deseaba, con lo que siempre había soñado. Ese hombre cálido y contundente al mismo tiempo. Poderoso y dominante, pero también prudente y apasionado, sin desprenderse de esa elegancia que le caracterizaba.

La primera vez en toda mi vida que me había sentido deseado por ser yo mismo, sin que primara mi nombre o el hecho de ser el único hombre al alcance.

Maldita sea, iba a ser muy complicado olvidar su boca y el modo en que sus manos me poseyeron.

—Eh, Gennaro...

La voz de Regina me trajo de vuelta.

Por su expresión, supe que me había llamado un par de veces y que me había observado lo suficiente como para detectar algo en mí. Pero no creí que sospechara del beso que nos habíamos dado su esposo y yo. Al mirarla me sentí demasiado culpable, a pesar de saber que Regina y Marco no se amaban como una pareja.

—¿Va todo bien? —Se cruzó de brazos avanzando despacio hacia mí.

Estaba guapísima esa mañana, mucho más de lo habitual, con aquellos vaqueros de tiro alto y el jersey de lana gruesa marfil que marcaba su pequeña y seductora cintura. Se había recogido el cabello en un moño desenfadado que resaltaba sus bonitos labios y aquella fina mandíbula.

—Claro —dije incómodo.

Regina torció el gesto.

Esa bella mujer tenía la capacidad de verme hasta las entrañas. Era imposible escapar de sus ojos.

—Querido, si vas a mentir procura no ruborizarte —bromeó tomando asiento junto a mí en el alféizar—. Venga, dispara.

Regina quizá imaginara lo difícil que era para mí exponer la realidad. Pero no se hacía una idea de cuánto me afectaba. Se me había disparado el pulso y en mi fuero interno no dejaba de recriminarme.

«Traidor, mezquino».

—Me quedé dormido en el salón y estoy cansado.

—Ya... Mientes de pena, enano.

Se me escapó una sonrisa. La verdad era que me encantaba cuando me llamaba así.

—Soy un poco más alto y grande que tú, Fabbri —me quejé travieso.

—Por supuesto, pero te saco tres años. Para mí eres un enano.

Nos echamos a reír. Sabía lo que estaba haciendo. Quería transmitirme tranquilidad para que no me creyera las miserias en las que estaba pensando.

—Marco no ha ido a trabajar —dijo como si nada—. Se ha encerrado en su despacho. Dicen que nunca lo ha hecho, trabajar desde casa, quiero decir. Pero no creo que sea solo porque quiera estar para darles la bienvenida a Elisa y Camila.

Me observó de reojo. La brisa que se colaba a través de la ventana le agitó algunos mechones de cabello.

—Ah, ¿no? —Evité mirarla.

—¿Sabes una cosa? Siempre se me ha dado bien deducir. Aunque yo creo que a estas alturas ya te has dado cuenta.

—Regina...

—Venga, vamos —suspiró dándome unos toquecitos en la pierna—. Faty ha hecho una degustación de tartas. Quiere que las probemos para elegir cuál será la afortunada.

Así fue como dio carpetazo al asunto. Regina no insistiría, me daría tiempo para asimilar lo sucedido y encontrar las palabras precisas con las que confesárselo. Pero esa opción me hizo sentir un poco más egoísta. Ella no merecía mis reservas. No cuando se había convertido en la persona en quien más confiaba.

—Estoy... enamorado de él... —confesé cabizbajo, consciente de que Regina se detendría a mirarme.

Lo que no esperé fue que lo hiciera con aquella mirada tan tierna.

—Ya lo sé. Lo supe el primer día que os vi juntos.

—¿Y no piensas que soy una persona frívola y miserable?

Una parte de mí necesitaba ser castigado por Regina. Oírla decir que solo la había utilizado a mi antojo, que pretendía robarle su lugar, que era tan usurero como embaucador, un digno hijo de Secondigliano. Que un cúmulo de traumas como los míos no podían olvidarse con unas pocas sonrisas y un beso.

Regina se acerco para cogerme de las manos. Ya habíamos experimentado aquello varias veces, el desbordamiento de todas las sordideces que había vivido castigándome por intentar ser feliz junto a personas de sobra merecedoras de mi afecto.

—Gennà. Ojalá pudieras verte con mis ojos —suspiró—. Verías lo maravilloso que eres. ¿Crees que es lógico que yo haya conseguido adorarte y admirarte en tan poco tiempo? Me importa un carajo. Lo hago, y punto, y no me pregunto por qué. Que sepas amar después de todo lo que has vivido prueba lo noble que eres.

Se me empañó la vista.

—Incluso si... —Me detuve. No fui capaz de decirlo.

Pero Regina lo descubrió a través de mis ojos y de mi silencio.

Supo que su esposo se había apoderado por completo de mi corazón.

Me cogió el rostro entre sus manos y me besó en la frente antes de sonreír amable y tierna, y un poco traviesa también. Fue su forma de decírmelo todo, y me aferré a ella porque no podía creerme la suerte que había tenido al encontrarla.

—Recuerda que a Elisa le gustan las frutas confitadas y Camila prefiere el merengue —mencioné.

—Buena memoria, enano.

Un rato más tarde, tirados en la terraza del jardín entre globos y serpentinas y el enorme cartel de bienvenida, degustamos las tartas, bromeamos sobre el escándalo que estaban armando los chicos mientras acababan de montar la casa del árbol, nos reímos a carcajadas sobre los comentarios mordaces de Faty y disfrutamos del sol que de vez en cuando revelaban aquellas gruesas nubes.

Había sido la mejor semana de mi vida. Tan llena de momentos inolvidables y situaciones de lo más emocionantes. No habíamos parado ni un instante. Todo había quedado magnífico, derrochando amor y encanto.

Cada uno a su manera, se moría de ganas por conocer a Elisa y ver la reacción de la pequeña ante el paraíso que le habíamos creado. Regina no había dejado ni un detalle al azar. Había reunido todos los deseos de su hermana y les había dado forma, contagiándonos a todos de su cariño por Camila y de su emoción por verla.

Por eso me estremecí al ver a Attilio.

No era un hombre muy dado a expresar sus emociones, pero con los días descubrí que era un tipo amable y protector. Demasiado cálido teniendo en cuenta su procedencia y estilo de vida. Había logrado conquistar a cada miembro de aquella casa, no había nadie que no contara con él para cualquier cosa. Solía mostrar esa mueca seria y estricta, pero nunca intimidaba o sobrecogía. Era más bien algo natural y casi agradable.

Sin embargo, esa mañana su semblante era de profunda pena. Demasiado insoportable. Me enderecé y contuve el aliento.

Ojos enrojecidos, apagados. Rabia contenida, cuello y hombros en tensión. Attilio no quería mostrarse temperamental. Quería mantenerse firme y seguro. Porque el objetivo era uno bien distinto. Era la mujer por la que lo había dejado todo en Nápoles.

—Regina... —dijo con voz grave, algo rota.

Ella lo miró como de costumbre, con el amago de una sonrisa devota en los labios, y frunció el ceño.

—¿Y esa cara de sargento, Atti? ¿Estás bien, cariño?

—¿Puedes venir conmigo un momento?

—¿Qué pasa?

Regina se puso en pie y se acercó de inmediato. Permitió que Atti le acariciara el brazo invitándola a alejarse un poco más. Me aterrorizó la dulce tristeza con la que acarició sus mejillas.

Ella se estremeció, aturdida. Estaba acostumbrada a que su guardaespaldas la tocara, pero no era propio de él que se mostrara tan atormentado. Y mucho menos que iniciara un abrazo con semejante lentitud. Le vi apretar los ojos, clavar sus manos en la espalda de Regina y suspirar hondo.

Pegó los labios al oído de la mujer a la que se aferró porque supo que ella temblaría. Que no podría controlar el dolor que la asaltaría. Y temí aún más cuando vi a Marco a solo unos metros de allí, mostrando un reflejo del pesar que Atti sentía.

Le miré un instante, interrogante. Fue la primera vez que Marco no temió hablarme con la mirada. No se contuvo de desvelar aquel sutil temblor que logró enfatizar el terrible azul de sus pupilas.

Entonces, se oyó un gemido. Después, otro. Y pronto se convirtió en un gruñido de pura angustia. De cruel intensidad.

Maldita sea, estuve tan seguro de las palabras que Atti había escogido. No necesité oírlas. En realidad, nadie lo necesitó. Bastó con observarle para hacernos enmudecer y contener el aliento. Para atravesarnos y estrujarnos el corazón.

Regina se alejó despacio. Negaba con la cabeza. Luchaba contra la verdad, se oponía a aceptarla, se resistía a no creer que pronto despertaría y el día traería consigo a su pequeña hermana. Se la devolvería. Le daría la oportunidad de abrazarla una vez más.

Pero aquello no era una pesadilla. Era la vida que se había levantado caprichosa y escogió golpear a la persona que menos lo merecía.

Las lágrimas estallaron como chorros de agua que se escapaban de una presa. Regina no parecía consciente de ellas, tan solo observaba a Atti devastado por el hecho de haberse convertido en el portador de la peor de las noticias. Seguía negando con la cabeza. Resollaba asfixiada, liberando quejidos que arañaban el alma.

Atti quiso sostenerla. Temía verla desplomarse sobre la hierba. Pero Regina retrocedió. Se perdió en sí misma. Miraba, pero ya no veía. Respiraba, pero no le colmaba. Vivía, pero ya no lo hacía junto a su pequeña hermana. Y la culpa la devoró. La devoraron también todas las decisiones que había tomado, todas las promesas que había hecho y todos los deseos que una vez se permitió tener.

Se hizo pedazos, ajena a la empatía voraz que despertó en cada una de las personas que la observaban. Se rompió sin que nadie pudiera evitarlo. A pesar de la rabia que todos sentimos.

También Marco. Tal vez él era el que más la sentía.

Quizá nunca lo dijera. Admitir que sintió cada gramo del dolor de su esposa era demasiado emocional para alguien tan frío. Pero aquella versión de él no tenía nada que ver con lo que Marco Berardi había sido hasta el momento.

Ese hombre amaba y ya no quería disimularlo.

Regina comenzó a alejarse. Cada vez más rápido. Inestable. Trémula. Destruida. Echó a correr con todas sus fuerzas. Fue una reacción tremendamente visceral y agónica.

Corría con desesperación, con un rencor que le nacía de dentro, de miles de recuerdos que ahora odiaba. Corrió hasta que sus rodillas flaquearon, hasta que se convirtió en una débil silueta que la distancia trataba de desdibujar. Y continuó haciéndolo incluso cuando Marco arrancó a seguirla casi con la misma agonía que ella sentía.

No me di cuenta de que había roto a llorar hasta que vi a Berardi deshacer los metros que lo separaban de Regina. Y gemí cuando sus manos alcanzaron la cintura de su esposa. La inercia los llevó al suelo. Rodaron. Se buscaron el uno al otro. Pero nadie creyó jamás que Marco se aferraría a esa joven mujer con semejante necesidad.

Por lejos que estuvieran y por abatido que me sintiera, alcancé a verlos fundirse en un abrazo desesperado que los mecía de un lado a otro a pesar de estar arrodillados en la hierba.

El viento pronto arrastró hasta nosotros el llanto vociferante de Regina. Me estremeció, me encogió las entrañas. Y maldije la tierra que nos vio nacer, porque de nuevo robaba lo que no debía. Lo que no merecía.

Qué largas iban a ser las horas hasta que volviéramos a entenderlo.

31

REGINA

Diluviaba sobre la tumba de piedra. Regueros de agua que se colaban por las pequeñas hendiduras que conformaban su nombre. No lograban desdibujarlo porque lo habían grabado, pero sí resaltaba su amarga trascendencia. Y es que Camila Fabbri había dejado este mundo demasiado pronto, cuando apenas empezaba a entenderlo.

Ocho años de recuerdos agridulces e ilusiones que ahora yacían enterrados con ella en esa desoladora tumba.

Tan pequeña y tan sola.

Camila siempre le tuvo respeto a la oscuridad. La temía tanto como yo temía a la pérdida. Y ahora ambas debíamos enfrentarnos a nuestros temores sin haberlo escogido, sin estar preparadas.

Tras ella dejaba el deseo de abrazarme, de sonreírme, de volver a tenerme. Se había ido sin descubrir el paraíso que le había creado junto a la campiña eterna de Porto Rotondo y mis terribles ganas de hacerla feliz.

«¿Cómo voy a vivir sin ti, enana?», pensé.

Camila había definido la mayoría de mis ambiciones. Todo lo que escogí y permití fue por ella. Me dejé usar para preservar el nombre de nuestra familia con tal de ahorrarle una vida de juzgamiento y carencias, de manipulaciones y ambiciones inútiles. Ninguna de las dos necesitábamos los lujos propios de la mafia. Solo afecto y una estabilidad que el dinero no daba, sino la honradez.

Un futuro en el que se librara de ser presa de las elecciones de un hombre codicioso y despiadado.

Esa pequeña niña no necesitaba rodearse de más malicia. De eso debía encargarme yo. Por eso obedecí a nuestro maldito padre, para calmar sus insoportables aspiraciones de poder y así desviar la atención de ese concepto suyo de paternidad tan difuso. Una hija no debía ni merecía ser una herramienta como lo había sido yo.

Todo eso quería ahorrarle. Y no había podido.

Porque un mal golpe le había arrebatado la vida.

La lluvia insistía. Caía sobre el paraguas que Attilio sostenía sobre mí. No le importaba empaparse para salvarme de la humedad. Esperaría las horas que hicieran falta. Horas que buscaban saciar una ausencia que no podía erradicarse.

Se había alzado una siniestra niebla que se enroscaba en mis tobillos, y el frío me calaba los huesos. Aquel día estaba en sintonía con mis emociones. Y continué inmóvil frente a la tumba de mi hermana, respirando con demasiada lentitud, maldiciendo el tranquilo ritmo de mis pulsaciones. No podía comprender cómo estaba al borde de romperme en pedazos y, sin embargo, resistía allí impertérrita. Todas las lágrimas que había derramado se redujeron a ese instante en que solo era un témpano que hervía por dentro.

Había sido así desde que puse un pie en Nápoles, como si esa condenada tierra hubiera penetrado en mí recordándome que allí la gente moría con demasiada facilidad y nada podía evitarlo.

Nací napolitana.

En el corazón de la Camorra que se vestía de firma y fingía ser honrada. Marco Berardi había estado a punto de lograr que lo olvidara. Pero la realidad se encargó de romper aquella burbuja de bienestar que había creado junto a mi esposo.

Sí, junto al hombre que ahora esperaba prudente detrás de mí. Sentía su cercanía. Había sido así desde el primer instante.

El modo en que caímos sobre la hierba y forcejeamos al son de mis desgarradores sollozos para terminar aferrada a la persona que me lo daría todo sin mediar palabra, sin esperar nada a cambio. Bastó un silencio para convertirse en el sostén más inesperado, en la razón por la que no perdí la cabeza. Y me resguardó entre sus brazos porque supo que me hundiría sin él. Que tenerlo conmigo entonces evitó que la soledad me devorara por dentro.

No supe cuánta falta me hacía Marco hasta que llegué a casa y descubrí toda la miserable verdad.

Vera Bramante nunca le decía que no a su esposo. Pero las ocasiones en que se había atrevido a hacerlo no solían acabar bien. Eso lo sabía cualquiera que conociera a Vittorio Fabbri.

Discutieron aquella mañana. No me interesó el porqué, aunque debió ser bastante cruento si Camila creyó necesario intervenir. Me dijeron que vio el cuello de su madre entre las manos pálidas de su padre. Vera se asfixiaba. Apenas podía respirar o emitir algún sonido.

Nadie intervino. Era la orden que Vitto les había dado a sus hombres, y a ellos les bastaba. Provenían de un mundo salvaje. Así que ver cómo un hombre mataba a su esposa tampoco era tan grave. La crueldad debía de ser extrema como para suscitarles una reacción, y aquello al parecer no lo era, ni siquiera cuando Camila se puso a golpear los muslos de su padre rogándole que se detuviera.

Papá, en cambio, no sintió compasión. La abofeteó creyendo que pronto huiría a su habitación. No imaginó que las escaleras estaban demasiado cerca ni tampoco que su fuerza la empujaría lo bastante como para hacerla caer por ellas.

Los había oído murmurar que el golpe sonó hasta en el último rincón de la casa y que de aquel pequeño cráneo no tardó en emanar un incontrolable reguero de sangre. La misma que había ocasionado una mancha enorme sobre la alfombra que una de las asistentas trataba de borrar.

La encontré arrodillada a mi llegada. Ni siquiera tuvo el valor de mirarme a los ojos. Se mantuvo cabizbaja y esperó a que yo encontrara la manera de sortearla y subir aquellas condenadas escaleras.

Marco me seguía de cerca. No se había molestado en saludar a nadie, tan solo a su hombre. Mattsson continuaba consternado, cargaba con una culpabilidad tan densa como la mía. Tan destructiva como la mía.

Entonces entré en la habitación de mi hermana, apreté los dientes y cerré los ojos. Casi podía sentirla allí. Sus tiernas manos aferrándose a las mías. En ese momento apenas habían pasado seis horas de su muerte, la cama seguía sin hacer, sus juguetes tirados por el suelo. El uniforme del colegio colgaba de una percha, su mochila lista para un viernes de clase y la pequeña maleta rosa que portaría para viajar a Cerdeña.

Intuí su emoción, las ganas de que su reloj marcara las cinco de la tarde, momento en que abandonaría el colegio, se lanzaría a por Elisa y ambas partirían hacia el jet privado que las transportaría hasta mis brazos para disfrutar de unos días en que no deberían preocuparse por nada.

No imaginó que apenas vería la luz de aquella mañana y mucho menos que sus progenitores se darían tanta prisa en trasladarla a la morgue, donde la prepararían para darle un adiós que a mí no me permitieron. Tendría que velar a Camila rodeada de personas que nunca le prestaron la suficiente atención.

—He llegado demasiado tarde —lamenté con los ojos empañados pasando la mano por su almohada.

Marco se acercó a mí y me acarició la nuca. Había entendido que ese contacto me consolaba más que el oxígeno que entraba en mis pulmones.

—No puedes controlar la imprevisibilidad —murmuró permitiéndome apoyar la cabeza en su cintura.

Cuánto me dolió que Camila no hubiera tenido la oportunidad de conocer a ese hombre. Realmente creía que nada malo podía sucederme mientras me mantuviera a su lado.

Vera escogió ese instante para entrar. Se acercó a la ventana. Estaba destrozada. Todavía recordaba aquellos ojos idos, dementes. Su palidez grisácea, la sequedad de sus labios, los surcos de las lágrimas que cruzaban sus mejillas. Y también la silenciosa rabia que rápidamente se abrió paso en mi torrente sanguíneo.

—Has despachado pronto a la policía —espeté cabizbaja.

—No voy a presentar cargos.

Me levanté como un resorte provocando que Marco diera un traspié.

—¿Qué?

Ni se molestó en mirarme. Se cruzó de brazos, como si buscara calentarse, y tragó saliva con la vista todavía clavada en el exterior.

—Con todo lo que ha pasado, no nos interesa más atención. Bastante carga tengo ya con lo que ha ocurrido y ahora la autopsia... —Se le rompió la voz—. Quiero poder despedirme de mi hija sin la atención de la prensa y sin tener a la fiscalía encima.

Así fue como me enteré de que Camila sería sometida a una investigación rutinaria por parte de las autoridades, a pesar de los evidentes signos de delito que había alrededor de su muerte. Vera aún mostraba señales de violencia.

Había esperado que se dignara a romper de una vez por todas las cuerdas que la ataban a Vittorio. Que se cansara de ser el saco de desahogo de ese maldito hombre que era mi padre y que al fin encontrara la liberación. Esta empezaba por coger sus cosas y huir de aquella casa.

Pero Vera se había tornado adicta a esa tóxica relación, a pesar del daño que había provocado a terceros.

—Claro... Es un pensamiento muy razonable si tenemos en cuenta que hace apenas cuatro horas que falleció —ironicé logrando así que me observara de frente.

—Fue un trágico accidente, Regina.

La miré estupefacta. Noté cómo me hervía la sangre y el corazón me latía en la garganta. Vera prefería proteger a su marido. Seguía ofreciéndole fidelidad después de todo el daño que ese canalla había provocado.

No conocía a esa mujer.

—¿Un accidente? ¡¿Un accidente?!

Rompí a chillar lanzándome contra ella. Fue Marco quien me detuvo cogiéndome de la cintura y vio tan bien como yo el terror de Vera, tan acostumbrada como estaba a recibir.

—¡Está muerta! ¡Y no habría sucedido si su madre hubiera atendido mis peticiones! ¡Sabes perfectamente que llegará el día en que ese hombre te mate, Vera! ¡Y no parece importarte las consecuencias que dejas por el camino!

—¡Ella sabía que no debía inmiscuirse! —clamó aturdiéndome—. Son asuntos de pareja. Una discusión sin importancia. Tu padre está atravesando un momento de gran tensión.

Fruncí el ceño, la miré pasmada. Marco lentamente me liberó de su agarre. Supo que mi aturdimiento era tan doloroso que no me dejaría reaccionar.

—¿Estás justificando la muerte de tu hija?

—Si buscas algún culpable, ¡mírate a ti! —Me señaló—. Desde que te fuiste, Camila no respondía a nada. Se pasaba las horas contemplando el teléfono a la espera de que su hermana llamara. ¡Porque solo veía a través de tus ojos! Pero tú estabas demasiado centrada en tu nueva vida. Apenas unas palabras cariñosas cada noche, y ya está. Eso no basta, y lo sabes.

Lo dijo sin contemplaciones, impulsiva, como si hubiera estado acumulando cierta inquina contra mí durante todo el tiempo que habíamos estado juntas. Como si por fin revelara su verdadero rostro. Y no era maligno o ambicioso, solo desgraciado y cobarde. Penoso, porque Vera no se creía lo bastante fuerte como para sobrevivir sin Vittorio.

—¡No me culpes de lo que tú no has sabido hacer como madre! —contraataqué.

Súbitamente, Vera me abofeteó con tanta fuerza que me giró la cara. El calor se expandió casi con tanta prisa como los movimientos de Marco para interponerse. Pese a mi conmoción, le vi empujar a mi madrastra antes de observarla como un lobo hambriento.

—Vuelve a ponerle una mano encima y desearás no haber nacido —gruñó mientras yo me llevaba una mano a la mejilla, tan asombrada como herida.

La mujer se echó a llorar en silencio. Me miró suplicando perdón. La habían traicionado los nervios. No imaginó que no me hubiera importado ser la receptora de su rabia por los motivos adecuados. Pero en ese momento solo quería volver a mi hogar y enterrarme en mi cama para olvidarme del modo en que todo se desmoronaba.

—Es mucho mejor esposo de lo que ambas imaginábamos, ¿cierto? —sollozó refiriéndose a Marco.

Me asombró descubrir que Vera se sentía orgullosa de saber que yo estaba junto a un buen hombre. Y me asombró aún más que torciera el gesto y adoptara aquella mueca de clemencia.

—Lo amo, Regina... —El maldito Vittorio Fabbri la tenía a su merced—. No puedo vivir sin él. Camila se interpuso.

—Porque quería protegerte —le recordé.

—Solo era una riña más. No había razones para...

—¿Para escogerla por encima del hombre al que amas? —rezongué dándome por vencida—. Nunca creí que el amor fuera motivo de sufrimiento.

—Tú no lo entiendes —masculló—. No sabes lo que es ser amada por tu hombre. Ni siquiera aspiras a ello porque siempre te ha bastado con el calor físico. Dudo que alguna vez sepas lo que es el amor. El amor recíproco. Te conformarás con cualquier cosa porque no estás concebida para enamorarte o para enamorar.

Cada palabra contenía un ataque preciso, casi quirúrgico, sobre el concepto que Vera tenía de mí como mujer. Y era horrendo, demasiado desproporcionado, odioso.

Nunca me había molestado en buscar el amor porque no quería darme de bruces con él en un entorno tan decadente. Detestaba la idea de compartir mis días junto a un hombre encadenado a la mafia, perpetuando un sistema aberrante y esperando el momento de convertirme en esa mujer que tarde o temprano debería llorar sobre la tumba de su amado.

No enterraría a mi compañero y mucho menos asumiría ser una esposa de la Camorra, porque consideraba que mi vida valía más que eso. Merecía a un hombre fuerte y moral. Honorable. Y muy lejos de los ideales napolitanos. Alguien que jamás encontraría placer en matar o robar o someter o imperar.

Pero no pude verbalizar nada de eso. Daba por hecho que la mujer que me había visto crecer sabría entenderlo.

Qué equivocada estaba.

Marco se echó a reír. Más bien fue un sonido escalofriante y muy apegado a la imagen de sí mismo que solía mostrarle al mundo, tan diferente de la que me dejaba entrever a mí.

—Me cuesta ver a la mujer que mi esposa ha descrito como su madre —espetó muy mordaz—. Yo solo veo a una pobre infeliz que se refugia en palabras destructivas y focaliza su rabia en la única persona pura y honesta que conocerá jamás.

—La hija de mi compañero —mencionó arrogante.

—La persona que me ha enseñado a amar.

Tuve un escalofrió y me aferré con fuerza a su mano cuando esta buscó enroscarse en mis dedos.

—La mujer que no se corresponde con tus descripciones. No tienes ni la menor idea de lo que es capaz. De todo lo que puede lograr. Pero ninguno de los dos nos molestaremos en enseñártelo. Creo que has tenido suficiente tiempo para verlo. Y es evidente que estás igual de podrida que tu esposo. —Le dio la espalda y me cogió por la cintura—. Vámonos, Regina.

Obedecí. Me pesaba demasiado continuar en aquella casa. Cogería a mi abuela y nos marcharíamos a un hotel, donde tendría la certeza de que estaríamos tranquilos.

—No te vayas, Regi, cariño —suplicó Vera intentando alcanzarme.

—No te acerques más —la cortó Marco.

Ni siquiera me molesté en mirarla.

—¡Regina!

Aquel reclamo seguía en mi memoria mientras miraba la tumba de mi hermana.

Habían pasado dos días y la muerte de Camila solo fue el comienzo. Mi abuela pronto la seguiría. Era cuestión de tiempo que se apagara. No resistiría el infarto cerebral que la había llevado a cuidados intensivos horas antes del amanecer del día en que debía despedirse de su nieta.

A nadie parecía importarle ese hecho. Ni siquiera a mi primo Damiano, quien siempre se había mostrado tan dependiente de la anciana.

No hablé con ninguno de ellos. No me molesté en atender el devastador llanto de Vera porque este se desató entre los brazos del hombre que había matado a su hija. No le tuve compasión alguna porque ninguno de los dos prestó atención a la mujer que lentamente se apagaba en el hospital. Tampoco respondí al abrazo que intentó darme mi tía Mónica o a la silenciosa petición de consuelo de Damiano.

Los miré y no les reconocí.

Los miré y no me creí ligada a ellos, ese núcleo familiar que insistía en una lealtad podrida. Ya no sentí nada que me atara a la necesidad de protegerles por un bien superior a mí misma.

—Regina —dijo mi padre al acercarse a mí.

Bastó una mirada de reojo para descubrir que todos los asistentes se habían ido y ya solo quedaban mis hombres y mi querida amiga. Mi gente.

—Me lo prometiste. —Le clavé una mirada envenenada—. Me prometiste que Camila estaría bien.

—Fue un accidente —gruñó sin un ápice de culpa.

Torcí el gesto.

—Igual que el de mamá, ¿verdad?

Si las miradas o el silencio hubieran podido matar, mi padre me habría despedazado junto [illegible]

—Tu madre se quitó la vida.

—Ya no estoy tan segura de eso.

Honestamente, me creía muy poco de lo que dijera ese hombre.

Miré a Atti para anunciarle que ya habíamos terminado allí. Él asintió con la cabeza y buscó con la mirada a Marco, que se preparó para ofrecerme el brazo. Pero mi padre se lo impidió tirando de mí con demasiada furia.

—No me darás la espalda —protestó violento.

Enseguida Marco le empujó y se interpuso entre él y yo. Se cuadró de hombros ante su suegro más que dispuesto a enfrentarse a él. Le vi capaz de cualquier cosa. Le vi capaz de vencer en apenas segundos. Nunca había sido tan consciente de la fortaleza de ese Berardi.

—Es mi hija —espetó Vittorio como si eso fuera a cambiar algo.

Recurrió a las palabras porque supo que no podía competir contra su yerno. No era un rival tan débil como Vera.

—Es mi esposa. —Sonó gélido pero al mismo tiempo significativo.

Vitto se echó a reír. Junto a la tumba de su hija.

—Sí, la esposa de un maricón —escupió.

Salté hacia delante completamente envenenada. No le consentiría que humillara a Marco solo porque le creyera inferior a él. La gente olvidaba con demasiada frecuencia quién demonios era ese hombre y todo el poder que ostentaba. Me importaban un carajo sus preferencias, era mi compañero y lo protegería con uñas y dientes.

—Que es mucho más hombre que tú —ataqué—. No te pediré respeto porque nunca lo has conocido. Pero sí te diré algo. Hoy no has enterrado solo a una hija.

La honestidad de esas palabras caló demasiado en mis entrañas. Fui más sincera de lo que había sido nunca, y sentí como si unos grilletes invisibles cayeran de mis muñecas. Habían llegado a su fin los días en que mi padre decidía por mí.

Ahora solo necesitaba darle la espalda de nuevo y afrontar la culpa que me asolaba con la ausencia de mi hermana. Ese hombre ya no nos haría daño jamás. Pero ella descansaba muy lejos de mí.

Tan lejos de mí.

No sentiría la cruel brisa que me rodeó ni tampoco el escalofriante rumor que arrastró consigo. No sabría que mi pulso se detuvo un instante y clavé la vista una última vez en los ojos de Vittorio.

Ninguno de los dos fuimos conscientes del desastre que se avecinaba con el chirrido de unas ruedas. No creíamos que aquel silbante estallido fuera el de una bala que, en su impoluta trayectoria, atravesó el cráneo de mi padre con cruel eficacia.

Todo empezó con ese chasquido, el del hueso astillándose hasta partirse para iniciar un reguero de sangre que me salpicó el rostro y el pecho. La sentí cálida resbalando por mis mejillas. Vittorio continuaba mirándome, pero ya no había vida en él. Ya no tendría que preocuparse por la lluvia de disparos que se desató a nuestro alrededor.

Y quise gritar. Pero fue otro quien lo hizo en mi lugar.

Elisa se desgarró la voz y escogió ese instante para echar a correr, segura de que ninguna bala la alcanzaría. Apenas logré verla llegar al cuerpo inerte de mi padre. Se hincó de rodillas en el suelo y cogió su cabeza tratando de devolverlo a la consciencia, como si eso fuera posible. La sangre salía a borbotones de aquel agujero que tenía en la frente.

Fruncí el ceño. No sabía qué creer. Esa reacción no era propia de una persona desprovista de lazos afectivos. Elisa tocaba a mi padre como si fuera su hombre. Como si fuera su amante.

Sin embargo, no tuve tiempo para recapacitar. Marco se lanzó sobre mí y me arrastró al suelo con demasiada fuerza. El impacto me robó el aliento, noté el quejido de mis propias costillas [illegible] retorcerme de dolor. Y mi compañero supo que había sido demasiado rudo, pero prefirió insistir en mantener su cuerpo sobre el mío. Sería él quien recibiera una bala si esta iba destinada a mí.

—¡¡¡Emboscada!!! —gritó Draghi, preparándose para una respuesta.

Fue tan inmediata como violenta. Nuestros hombres echaron mano de sus armas y buscaron un rápido escondite para responder al ataque con la precipitación de quien sabe que no tiene recursos suficientes.

Éramos muy pocos para un ataque de la Camorra en un camposanto. Pero no pude ver nada. Solo sentir los desorbitados latidos de mi corazón al ritmo de los espantosos cañonazos que tenían por objetivo alcanzar a mi gente.

—¡Tengo que sacarte de aquí! —me gritó Marco cubriéndome la cabeza con un brazo.

La otra mano sostenía un arma. Me agarró del cuello y me arrastró hacia delante. Buscaba el modo de instigarme a correr hacia las columnas que había a unos metros de nuestra posición. Desde allí podríamos tomarnos un instante para visualizar la situación y quizá dar con una salida. Teníamos que lograr salir de allí todos con vida.

Pero las balas caían demasiado cerca. Me acuclillé cubriéndome la cabeza. Tenía las manos enganchadas a los antebrazos de Marco. Berardi no quería perderme, pero yo tampoco a él. No soportaría verlo morir a mis pies, maldita sea.

La posibilidad me hervía en las entrañas. Era mayor el miedo que sentí al pensar en perderle que la idea de ser asesinada. Y me dije que no soltaría a ese hombre. Que me había entregado más afecto en las últimas semanas que mi maldito padre en toda una vida.

Allí estaba, entre los brazos de una Elisa que lloraba su pérdida e ignoraba el caos que la rodeaba. No le importé, y fue desconcertante y sumamente doloroso descubrir que ella a mí tampoco. Solo pensé que mi padre había caído en las fauces de su propio ego y corríamos el riesgo de ser arrastrados con él.

—¡Poneos a cubierto! —ordenó Attilio tomando la delantera.

Se había encaramado tras el coche funerario y disparaba con toda la precisión que le permitía la precipitación. Alcancé a ver que el chófer yacía muerto en su asiento, con los cristales de la luna salpicando su cuerpo y el interior del vehículo. La carrocería parecía un colador y temí que alcanzaran el depósito de gasolina. Atti no lograría evitar la explosión.

Pero esa era su intención. No esperaría a que otros lo hicieran, sería él quien lo provocara para darnos una oportunidad.

Le vi quitarse su americana y arrancarle las mangas. Gateó hacia la apertura del depósito, metió el pedazo de tela en el agujero y lo prendió con la llamarada de un mechero. A continuación, echó a correr hacia la posición de Palermo, tras unas lápidas, y disparó en dirección al vehículo. Este reventó provocando una enorme humareda incandescente. Y entonces los disparos se convirtieron en descargas dispares, muy desorientadas.

Era la oportunidad que necesitábamos.

—¡Muévete, Regina! —resolló Marco empujándome—. Hacia las columnas, ¡vamos!

Salí disparada hacia delante, asegurando las manos de Marco sobre mi cintura para cerciorarme de que me seguía. Logramos avanzar un par de metros, Draghi nos hacía señales hacia su posición. Podíamos conseguirlo. Podíamos salir todos de allí y respirar antes de pensar en las intenciones que escondía todo aquello.

Sin embargo, Marco cayó con un golpe sordo.

Enseguida me di la vuelta coincidiendo con la llegada de una furgoneta negra de la que bajó un grupo de hombres encapuchados. Uno de ellos capturó a Marco, lo tiró al suelo. Forcejeó con él.

Los tiros regresaron, casi me rozaron antes de alcanzar a varios enemigos. Era mi cobertura, la respuesta de los míos para darnos ventaja y poder escapar. Así que me lancé a por el tipo que pretendía noquear a Marco y le di un rodillazo en la boca.

Bastó para que mi compañero se incorporase y atacara al hombre que pretendía darme caza. Caí al suelo por el empujón, pero no aparté los ojos de la brutalidad con la que Marco reaccionó. Había rabia en cada movimiento. Un salvajismo que nunca había visto en él, y no le restó habilidad.

Marco sabía bien cómo moverse, qué hacer, cómo atacar. Redujo a tres tipos, pero eran demasiados y el fuego cruzado imposibilitaba la capacidad de reacción. Debíamos huir antes de que fuera demasiado tarde. Y lo sería si el hombre que portaba un cuchillo decidía intervenir.

Le vi encaminarse hacia Marco. Leí muy bien sus intenciones. No buscaba matarlo, pero le haría daño. Y a mí con él.

Mis dedos acariciaron el arma que Marco había soltado. Rodeé la empuñadura y la levanté en dirección a ese maldito esbirro de la Camorra. Me importaba un carajo quiénes los habían enviado a atacarnos en un momento como ese, cuando más vulnerables éramos. Y me importaba mucho menos no haber apretado un gatillo en toda mi vida. Yo solo quería volver a casa. Solo quería proteger al hombre que me tendió la mano cuando más le necesitaba.

Apunté hacia el tipo y no me detuve a pensar. Disparé al mismo tiempo que otro hombre me golpeaba en la nuca. Oí el chasquido de la bala y también mi quejido de dolor, pero no creí haberlo herido lo bastante. Y mi cabeza se estrelló contra el suelo.

—¡¡Regina!! —le oí gritar a Marco—. ¡¡No la toques!!

El impacto me noqueó, nubló mi visión, provocó un pitido persistente en mis tímpanos. Me aturdió tanto que apenas pude ver a Marco forcejando con varios tipos para venir en mi busca.

Estiré una mano hacia él. Los dedos me temblaban. Me sentía a punto de vomitar el corazón. Y Marco seguía luchando a pesar de que ya le tenían inmovilizado y del dolor que eso le causaba.

Le oía gritar mi nombre, me observaba preocupado. Aquellos ojos terriblemente azules que se ahogaban en todas las emociones que quería entregarme y confesarme.

Lo tenían cogido por los brazos. Tres tipos. Tiraban de él hacia la furgoneta. Iban a llevárselo. Quizá ese era su único cometido. Pero los tiros insistían con la misma violencia y el mismo terror.

Debía reaccionar. Tenía que resistir.

Apoyé las manos en el asfalto. Temblorosa me alcé hacia arriba. Flexioné las rodillas. Todo mi mundo se tambaleaba.

«Marco me necesita», me dije. Y me lancé hacia él. Rodeé su cuello con mis brazos. Sentía su pecho acelerado contra el mío.

—Regina... —suspiró en mi cuello.

Y entonces supe que sería capaz de todo por él. Incluso morder a cualquiera persona que se cruzara entre él y yo.

Eso hice. Le di un mordisco a uno de los tipos que lo tenía atrapado. Gritó y enseguida se dispuso a atacarme. Estuvo cerca de conseguirlo, pero mi compañero se interpuso y le dio un codazo. Creí que aquella maniobra nos daría un poco de margen. Pero nuestros rivales estaban bien preparados para su cometido, lo tenían grabado a fuego en la piel.

Resistieron, tanto como mis ganas de hacerles daño. Fui con todo. Manotazos, patadas, empellones. Yo era una mujer menuda, pero recurrí a toda mi fuerza bruta, vertí en cada gesto la furia que había ido acumulando los últimos días.

Varios tipos me golpearon. Marco respondió. Formamos un tumulto de golpes y enviones. Por un momento no supe dónde empezaba yo y dónde terminaban ellos. Hasta que me enganché a la cabeza de uno. Tiré del pasamontaña. Si querían hacernos daño al menos debía tener la oportunidad de saber quiénes eran y por qué.

Esa terrible confirmación coincidió con el rostro del hombre. Un rostro que reconocía, que había visto en varias ocasiones, que estaba demasiado ligado a mi querida amiga.

Ese tipo era uno de los guardias de los Ferrara. Un esbirro de pura cepa que sabía muy bien cómo obedecer. Y de pronto entendí la huida de Elisa, su reacción de verdadera desesperación.

Ella sabía qué iba a suceder esa tarde y no temió las consecuencias porque la muerte de mi padre no estaba en sus planes. Porque solo pretendían arrebatarme a mi esposo. Y me importaron un carajo las razones. Como tampoco a Elisa le importó traicionarme.

Unos fuertes brazos se engancharon a mi cintura. Tiraron de mí con rudeza y me alejaron de Marco al tiempo que los esbirros lo empujaban hacia el interior de la furgoneta.

—¡¡¡MARCO!!! —chillé liberándome.

La puerta se cerró un instante antes de que yo me estrellara contra ella y la golpeé. Traté de abrirla. La furgoneta aceleró, me moví al mismo tiempo que ella sin dejar de aporrearla. Podía oír los forcejeos al otro lado.

La velocidad creció. Se alejó de mí. Mis dedos intentaron colgarse de ella en vano. Y me descalcé para echar a correr con todas mis fuerzas a pesar de saber que nunca la alcanzaría.

Corrí con el corazón en la garganta, gritando como una demente, ignorando las balas perdidas que acechaban cada uno de mis pasos. Corrí hasta sentir la asfixia. Toda mi vida se redujo a esa maldita furgoneta que se alejaba más y más, y yo no podía impedirlo.

«Uno, cuatro, seis, uno. Erre, ge, be». El número de la matrícula. Memorizarlo era una pérdida de tiempo. En unas horas, ese vehículo ardería en algún vertedero y nadie conocería jamás su cometido.

La lluvia me golpeaba, mis pies arañaban el asfalto, ardían por tratar de mantener un ritmo que lentamente fue cerrando mis pulmones y me hacía más complicado respirar. Las piernas, aquejadas de calambres, empezaron a fallarme. Fue inevitable reducir la carrera hasta detenerme, a pesar de mi desesperación.

Me hice tan pequeña. Supe que estaba vacía, sola sin Marco. Tan rota sin mi hermana. Consciente del cadáver de mi padre a unos metros de la tumba de su hija, más consciente aún de las mentiras que me había entregado Elisa. Mentiras que eran medias verdades, que guardaban egoísmos e ilusiones dignas de una traidora que no había sido obligada a serlo.

Entonces, me hinqué de rodillas en el suelo y grité mientras la furgoneta se alejaba hasta desaparecer. Con ese lamento llegaron las primeras lágrimas y supe que no cesarían de inmediato. A ellas no les importaría que los tiros siguieran sonando, que ahora se entremezclaran con las lejanas sirenas de la policía y el chirrido de aquellos neumáticos.

Fue Atti quien me arrastró inerte entre sus brazos y se aferró a mí en cuanto nos empujó al interior de aquel vehículo.

—¡Acelera! —le gritó a Cassaro.

Y yo cerré los ojos y me centré en el sonido apresurado de su corazón antes de que todo mi mundo se apagara.

32

GENNARO

La última vez que vi a Marco fue reflejado en el espejo de mi habitación, ataviado con aquel traje azul oscuro que tan bien marcaba sus poderosos hombros.

Tenía las manos escondidas en los bolsillos del pantalón y adoptó una postura tan intimidante como seductora. Supo bien que me estremeció, que no pude evitar tragar saliva y dejarme devorar por aquella insondable mirada azul que no dudó en navegar por cada rincón de mi cuerpo.

Marco tenía la habilidad de hacerme sentir como si estuviera siendo acariciado por sus manos, a pesar de la distancia que nos separaba. Y ansié dar con el valor que me llevara a caminar hacia él y perderme entre sus brazos. Sentía la certeza de que en ellos el mundo sería un poco menos doloroso.

Cogió aire y clavó la vista en la pequeña mochila marrón que había dejado sobre la cama. Solo había metido lo indispensable. Un par de mudas limpias y de color negro. No disponía de traje para el funeral, pero valdría igual. No tenía previsto destacar, solo quería mantenerme al margen, pero asegurarle a Regina que estaría a su lado, que me tendría con solo levantar una mano.

—¿Qué estás haciendo? —inquirió Marco.

Ya lo sabía y podría haber escogido otro comentario, pero prefirió darme la oportunidad de explicarme.

—No voy a dejar que Regina pase por esto sola.

—No estará sola. Me tendrá a mí. —Fue rotundo y amable al mismo tiempo.

—Lo sé y es más que suficiente, de verdad. Pero quiero... quiero estar a su lado.

Esa cría que debería estar corriendo por el jardín a esas horas del día ahora estaba en la morgue de algún forense, y no podía soportar esa verdad. No había conocido a Camila, pero había oído su voz emocionada a través del teléfono, me había prometido comer tortitas hasta el empacho y lanzarse a mis brazos cuando cayera del tobogán. Me había sugerido enseñarme a hacer pequeñas coronas de flores, porque un príncipe no podía ir por ahí sin su seña de identidad. Y yo, como bobo, fui conquistado por la idea de compartir todo eso con ella y su hermana en un fin de semana que guardaría para siempre en mi corazón. Que esperaría repetir de inmediato.

Ahora todo eso se había convertido en ceniza. Ni siquiera había descubierto a qué olía esa chiquilla, cómo era el sonido de su sonrisa o el de sus pasos, la energía contagiosa que desprendía, qué diría cuando abrazara a su hermana antes de darle las buenas noches.

Marco se acercó a mí con paso lento.

—Te honra —me dijo bajito—, pero no voy a permitir que pongas un pie en Nápoles.

—Dijiste que no era tu esclavo.

—Y no es una orden, Gennaro. Sino una petición. —Se detuvo a unos pocos centímetros de mí haciendo gala de su imponente presencia.

—Entonces, puedo negarme, ¿no?

Aunque pareciera un desafío, estaba muy lejos de serlo. Entendía demasiado bien las intenciones de Marco. Nápoles era territorio vedado. Había muerto la hija de un Confederado, nada impedía que asistieran los demás. Y mi padre era uno de ellos.

La mera posibilidad de vernos ya me ponía en peligro. Marco me estaba protegiendo. Me protegía.

Cerré los ojos y agaché la cabeza. Era lamentable sentirme conmovido ante la mera idea de ser importante para él. Pero no debía descartar la posibilidad de que estuviera protegiéndome de nuevo por Regina. Y lo vi tan lícito como la empatía que sentí por el dolor de esa mujer. De mi amiga.

—Siento mucha tristeza —confesé—. Regina no merece algo tan cruel. Entiendo lo que me pides, pero no puedo quedarme aquí esperando a que regreséis.

—Sí que puedes. —Marco cogió con suavidad mi barbilla y me obligó a mirarle—. Porque cuando crucemos el umbral de esta casa, Regina tendrá un lugar entre tus brazos. Y es entonces cuando necesitará de tu apoyo.

Sus palabras me convencieron. Les ahorraría a todos la incomodidad de tener que vigilar mi pellejo durante un momento tan complicado y le ofrecería a Regina el hombro en el que llorar las horas que hicieran falta.

Acepté en silencio. Centrado en el reflejo de mí que sus ojos capturaron. Me obligaron a apartar mi atención de ellos, a no pensar en las ganas de volver a besarlo.

«No dejo de pensar en tu boca», murmuré en mi mente conteniendo un escalofrío.

—Dilo, Gennaro —suspiró Marco muy despacio—. Di lo que sea que estés pensando.

Más que decir, podría haberlo hecho. No supe por qué, pero me atreví a creer que obtendría respuesta. Que Marco esperaba ese tipo de consuelo. Un beso que ambos necesitábamos.

Pero no me creí tan egoísta.

—Cuida de ella, ¿vale? —le rogué—. Confío en ti.

Asintió y se dispuso a salir. Era lo mejor. No podíamos estar en la misma habitación sin sentir esa agónica necesidad de volver a tocarnos el uno al otro.

Sin embargo, mi cuerpo respondió por sí mismo. Olvidó obedecer mis órdenes y cogió el brazo de aquel hombre para detener su marcha. Lentamente, me incliné hacia él y apoyé la frente en su pecho respirando aquel aroma tan exquisito que desprendía.

Berardi se quedó muy quieto, no hizo amago alguno de querer responder. No me tocaría como lo había hecho aquel amanecer.

—Solo tú puedes detenerme, Marco, antes de seguir creyendo que responderías si te robara un beso —susurré con los dientes y los ojos apretados.

Creí sinceramente que las rodillas no podrían seguir soportando mi peso. Lamenté con todas mis fuerzas haber escogido ese momento para ser honesto. No tenía derecho a pedirle nada por haberse dejado llevar por la pasión de un instante.

Sin embargo, sus manos escalaron por mis costillas y me invitaron a acercarme un poco más. Agachó la cabeza y pegó sus labios a mi sien, sentí su aliento derramándose por mi mejilla.

—Es que lo haría —murmuró cortándome el aliento—. Y después te llevaría a mi cama y probablemente no querría que salieras de ella.

Le miré estupefacto, tan impresionado que me creí delirando.

—Si no lo entiendes, resuélvelo. O niégate —sentenció.

Entonces se fue y me dejó allí creyendo que era un buen momento para despertar de ese maldito sueño. Pero la realidad insistía en mi piel erizada, en mi aliento desbocado y en aquellos temblores que lentamente se instalaron en la boca de mi estómago.

Ese dichoso hombre, tan distante, tan inalcanzable, acababa de darme la oportunidad de tomar todo lo que quisiera de él. De probar, de sentirlo, de hacerlo mío, de soñarle sin remordimientos.

Guardé ese instante en el único rincón de mi corazón que no había sido alterado por mi propia vida. Ese pedazo puro y decente que todavía se creía merecedor de un buen compañero. Alguien como Marco Berardi, que, con sus muchas sombras, me había regalado una emoción capaz de calentarme el alma cuando las horas se derramaron bajo el triste silencio que reinó en aquella casa.

—Deberías comer algo, Gennà —me dijo Kannika a la mañana siguiente.

Me encontró en la biblioteca, examinando los libros que Regina había dejado sobre la mesa. Ese desorden tan amable y encantador.

Apenas había pegado ojo. En realidad, me había pasado la noche mirando el techo de mi habitación y oteando de vez en cuando la puerta de Marco desde mi cama. Había dejado la mía abierta porque las paredes parecían echárseme encima. Me resultaba insoportable pensar que Regina y él no estaban allí.

—No tengo hambre, Kannika —suspiré ausente.

—Prueba un poco de fruta, anda.

Dejó la bandeja que había traído consigo sobre la mesa. En ella había dispuesto un desayuno simple, pero muy atento. Sabía bien que me encantaba el pan recién horneado.

—Regina te necesitará fuerte, muchacho.

La miré enternecido. Allí todo el mundo sabía de dónde provenía y quién demonios era, pero no parecía importarle a nadie. Me habían aceptado con los brazos abiertos, ni siquiera se preocupaban por mi condición o el hecho de no poder evitar sentirme fascinado por su jefe.

—Es todo tan injusto... —sollocé y algunas lágrimas asomaron como si hubieran estado ahí agazapadas a la espera de cualquier oportunidad.

—Lo sé, cariño.

Kannika me abrazó. Tuve que encorvarme para que pudiera alcanzarme y aun así fue uno de los contactos más gratificantes que había recibido jamás.

Más tarde, tras obligarme a comer algo, salí a correr. Lo hice durante demasiado tiempo, alejándome tanto de la casa que por un instante se perdió en la distancia. Quería sentir el agotamiento porque sería la única forma de alejar mi mente de Nápoles. Y me tendí en la hierba creyendo que las horas transcurrirían un poco más rápido ahora que me faltaba el aliento y tenía el cuerpo perlado en sudor.

Lo conseguí, pero por motivos diferentes. Derramé todas las lágrimas que seguramente estaba liberando Regina.

«Esa dichosa empatía te volverá un blando», solía decirme mi madre, como si fuera un insulto.

Pero lo era, y ya no me apetecía ocultarlo o cambiarlo. Tenía esa desgracia, la de empatizar demasiado con el dolor de la gente, hacerlo mío. Y por Regina bien merecía la pena.

Regresé cuando empezó a caer el atardecer. Seguí el camino hacia las caballerizas. Pude oír a Margarita relinchar, estaba un poco inquieta. Así que me acerqué y la dejé salir de su establo.

—Hola, pequeñaja, hola.

Acaricié su testuz y ella me olisqueó emocionada. Le brillaban esos preciosos ojillos que tenía.

—¿Qué pasa? Les echas de menos, ¿verdad? Pronto estarán aquí y podrás darles mucho amor, ¿de acuerdo?

Margarita pareció asentir con la cabeza y me consintió darle un abrazo al tiempo que Gattari asomaba por allí con las manos metidas en los bolsillos de su vaquero y una mueca de desánimo en el rostro.

—Eh, ¿cómo lo llevas, Gennà? —saludó rascando el lomo de la pequeña potra.

—Tan bien como tú —le dije, porque Gattari no había sonreído en las últimas horas, ni siquiera había hecho el amago. Y era extraño teniendo en cuenta que ese hombre era pura dinamita y travesura.

—Draghi me ha dicho que el entierro finalmente será mañana. La autopsia ha confirmado que la causa de la muerte es por un golpe en la cabeza. Pobre chiquilla. —Terminó suspirando y mirando al horizonte intentando ocultar el malestar que esa realidad le causaba.

Gattari había sido uno de los participantes más activos en todo el proceso de construcción de la casita del árbol. También tuvo la idea de colocar el tobogán. Le había visto bastante ilusionado con la llegada de la niña. Le había comprado hasta una pelota para enseñarle a jugar al fútbol.

—Lo que más me duele es que ahora podría estar correteando por aquí —me lamenté, apesadumbrado.

Ninguno de los dos la conocíamos, pero por el afecto que le profesábamos a Regina sentíamos como si hubiéramos perdido algo nuestro. Esa mujer nos había hecho partícipes de cada detalle, nos había hecho sentir muy importantes y necesarios.

—Lo sé —dijo y me dio un apretón en el hombro—. ¿Por qué no entras? Me gusta beber en compañía.

—¿Conmigo? —dije asombrado.

—Pues claro. Anda, vamos.

Una cerveza siguió a otra. Kannika nos sirvió unos aperitivos y la invitamos a sentarse con nosotros. Faty también, éramos los únicos que nos habíamos quedado en Cerdeña, además de los mozos. Pero ellos no pernoctaban en la casa. Así que esa noche estábamos solo los cuatro. Y hablamos hasta altas horas de la madrugada. Me contaron el bien que Regina le había hecho a Marco, lo mucho que este había cambiado desde su llegada. Lo sorprendente que era verlo sonreír y cuánto se alegraban del cambio que había generado en sus vidas.

También hablaron de mí. De lo orgullosos que estaban de que la casa se hubiera convertido en un hervidero de travesuras y diversión. La vida no podía ser aburrida con dos jovenzuelos moviéndose de un lado a otro. E incluso hubo ocasión para prender una vela y guardar un instante de silencio por Camila.

Fue Faty quien llevó a cabo el proceso. Lo hizo con una solemnidad tremenda, y yo sentí de nuevo las ganas de llorar. Porque nunca creí que aquella gente se convertiría en mi familia.

Cuando nos despedimos, subí a mi habitación, pero no entré en ella. Preferí acercarme a la puerta de Marco y cruzar a su territorio. La cama impoluta, una de las ventanas entreabiertas, el frío colándose por ella. Su aroma flotando en el ambiente. Sentí cómo me abrazaba.

Caminé lentamente hacia su cama y me senté en el borde. Tenía la extraña sensación de estar haciendo algo malo. Sin embargo, no quise detenerme. Me justificaría si debía hacerlo, pero por el momento decidí tumbarme en el colchón y cerrar los ojos. Acaricié la superficie con una mano, imaginé a Marco allí tendido conmigo. Sus ojos clavados en los míos, aquellos labios a tan solo unos centímetros de mi boca. Cuánto me hubiera gustado besarle en ese momento.

Me quedé dormido con ese pensamiento y soñé con sus caricias, con su suave aliento resbalando por mi clavícula desnuda. Sus manos enroscándose en mi cintura, la suya empujándose entre mis piernas. Marco quizá no lo creyera posible, pero yo estuve muy seguro de que él solo sabría hacerme el amor. Solo sabía entregarse cuando de verdad lo sentía.

Y desperté con un reflejo de la plenitud que hubiera sentido de haber pasado la noche entre sus brazos. Tal vez era una idiotez demasiado pueril, pero no me negué a ella. No me prohibí albergar aquella emoción, más allá del grado de reciprocidad que obtuviera.

Sin embargo, aquella fantasía no estaba destinada a perdurar. Porque era yo quien la soñaba y no había sido creado para la felicidad.

Lo recordé en cuanto me crucé con Gattari. El siciliano me observó un instante, antes de desviar sus ojos y disculparse por el encontronazo en el pasillo. Iba tan ensimismado en sus pensamientos que no me vio aparecer.

Fruncí el ceño. Salía del despacho de su jefe con el teléfono en la mano, tan apretado que hasta los nudillos se tornaron blanquecinos. Ese comportamiento hermético y serio no era habitual en él.

—Eh, Luciano —le interrumpí antes de que se alejara—. Iba a tomar un café, ¿me acompañas?

Pudo haberse negado. Sin embargo, se tomó un segundo y terminó por asentir con la cabeza antes de seguirme a la cocina. Unos minutos más tarde coloqué una taza ante él. La tocó con ambas manos. La mirada clavada en el teléfono. El guardia no podía disimular su preocupación. Parecía demasiado tenso y ausente, aunque se esforzaba en transmitir una tranquilidad que no existía.

—¿Va todo bien? —indagué.

—Claro —mintió.

Y yo no pude apartar los ojos de él. Quizá fue eso lo que lo animó a hablar.

—Hace una hora que no puedo establecer contacto con Nápoles.

Me erguí al tiempo que contenía el aliento. Era la peor noticia que podía recibir. En Nápoles nada era dejado al azar, todo tenía un sentido o un objetivo. Si Gattari no podía contactar con ninguno de los nuestros, entonces podía empezar a asumir que había sucedido algo.

—¿Qué crees que significa? —inquirí con falta de aliento.

El pulso me iba tan rápido que apenas podía sentir los latidos de mi corazón.

—No lo sé, pero... —Gattari apoyó los codos en la mesa y se frotó la cara. Ahora que no tenía que disimular, casi parecía histérico—. Ah, no sé qué pensar, Gennà.

Tragué saliva. El miedo no me dejaba razonar con claridad. Debía mantener la calma. Todavía teníamos una oportunidad. Cabía la posibilidad de estar ante un fallo de cobertura o algo por el estilo.

«No eres tan necio, Gennà», me dije.

—Los Confederados... ¿Estaban invitados al funeral? —quise saber.

—Puede ser... No estoy seguro.

De pronto, el teléfono comenzó a vibrar. La pantalla se iluminó mostrándonos un número desconocido. Por un momento creí que me ahogaría con mis propios resuellos.

—¿Son ellos? —inquirí bajito.

Pero Gattari prefirió salir de dudas y descolgó.

—¿Quién es? —dijo severo. A continuación, su rostro adquirió una mueca de doloroso alivio—. Ah, maldita sea, ¿qué coño ha pasado? Os he llamado mil veces, joder.

La voz de su interlocutor me llegaba ininteligible, muy lejana. Debería haberme aliviado, pero no lo consiguió.

—¿De qué hablas? ¡¿Qué?! ¿Dónde estáis? —soltó histérico.

Supe que se dijeron mucho más. Pero yo me quedé atrapado en el brinco desesperado que dio Gattari, en su voz de pura preocupación y estupefacción, en el rubor de sus mejillas y el temblor de sus dedos. Y, sobre todo, en su aliento apresurado.

Tenía motivos para temer. Lo sabía. Odiaba no haberme equivocado. Y me topé de lleno contra esa alargada sombra que me había perseguido desde que tenía razón. El miedo, que ahora golpeaba con la misma fiereza que el día en que mi hermana irrumpió en aquella maldita habitación de las Velas.

—¿Qué sucede? —me atreví a decir en cuanto Gattari colgó y se propuso, sin éxito, tomar aliento.

—Era Palermo. Ha habido un... altercado. Cassaro ha resultado herido. Nada grave, pero...

Silencio. Más miedo.

—Habla, Gattari, por favor —le supliqué.

Y él me miró con afecto, demasiado comprensivo y respetuoso, consciente de todas mis emociones.

—Se han llevado a Marco.

Tambaleante, me puse en pie. Fue una mala idea, el suelo oscilaba demasiado, el aire que entraba en mis pulmones no me garantizaba el control. Sentía que mi cuerpo iba a estallar de nuevo.

«¿Ves a esa gente, Gennà? ¿La ves?» La voz de mi padre me atravesó como una estaca. Algo de mi quiso hablarle a ese recuerdo. Quiso preguntarlc al último reflejo que guardaba de Piero Cattaglia si me devolverían a Marco, si mi muerte valía su vida. Si un intercambio bastaría para salvarle.

—¿Quiénes? —balbucí. Noté unas gruesas lágrimas pender ardientes de la comisura de mis ojos.

—Iban encapuchados, pero han reconocido a un guardia de los Ferrara. No tengo ni idea de quiénes son —explicó desesperado.

—Yo sí. Eran aliados de los Fabbri, pero parece que esa relación acaba de expirar. —Y me hirió aún más porque la gran amiga de mi querida Regina pertenecía a esa familia—. Eso no ha sido un altercado, Gattari, sino una emboscada.

El hombre me miró espantado. Entendía a qué me refería.

—¿Estás seguro?

Por supuesto que lo estaba. Pero ese no era el principal objetivo.

—¿Qué pretendía la alianza entre los Fabbri y los Sacristano?

—Son términos que domina Draghi y quizá Conte. Yo lo único que sé es que... Saveria quiere gobernar sobre Nápoles.

—Mierda. —Me llevé las manos a la cabeza.

Era descabellado irrumpir en mi ciudad con aires de grandeza. Muchos capos preferían obtener un menor beneficio si ello le granjeaba más control y dominio sobre su zona. Con lo sucedido, era muy sencillo para mí empezar a pensar que la intervención de Saveria había cabreado lo bastante a los Confederados. Y mi familia estaba entre ellos. No permitirían jamás que Secondigliano fuera un reino vasallo.

—¿Qué pasa, Gennà? Háblame —me reclamó Gattari.

—Esa gente no busca un intercambio. No querrá negociar, te

lo aseguro. —Me lancé a él y lo cogí de las manos. Apenas podía verle por entre la bruma de mis ojos—. Es cuestión de horas que Marco aparezca muerto tirado en una puta cuneta.

No existía mayor verdad que esa.

—Si hablo con mi padre podría... —retomé.

—No —dijo rotundo.

—Escúchame.

—Marco no me lo perdonará.

—¡Tampoco lo hará si muere, y ni tú ni yo queremos quedarnos aquí de brazos cruzados esperando noticias de Nápoles, Gattari! —exclamé impotente—. Sé qué hacer. Llévame hasta Saveria Sacristano, por favor.

El siciliano lo pensó un instante. Cerró los ojos, apretó los dientes. Su cuerpo estaba entendiendo los hechos y no podía negarse a las posibles soluciones.

Yo sabía cómo se manejaba la Camorra. Interrogarían a Marco hasta exprimir la última de las informaciones que atesorara. Después, lo aniquilarían a golpes. Lo empujarían al límite, hasta que rogara por su propia muerte. Y más tarde nos entregarían su cuerpo sin vida como señal de poder, como signo de hegemonía. Porque nadie más que un napolitano podía osar reinar en su territorio. Y ni siquiera serlo garantizaba la supervivencia.

—Maldita sea —suspiró Gattari y me empujó hacia el vestíbulo.

Emplearía el trayecto al Marsaskala para seleccionar las palabras que decirle a Saveria. Pero una cosa estaba clara, solo me importaba traer de regreso a su sobrino.

Costara lo que costase.

33

REGINA

La última vez que vi a Camila me sonrió. Lo hizo con su característico deje contagioso y esos ojitos azules que se achinaban hasta convertirse en dos preciosas líneas enmarcadas por unas gruesas pestañas. Recordaba haber besuqueado sus regordetas mejillas sobre la escalinata del Marsaskala antes de verla partir cabizbaja.

Y ahora no estaba. Moraba en el paraíso al que rogué que mi padre no accediera para que su hija se ahorrase tener que soportarlo allí, donde no debía sufrir ni padecer sus arrebatos. Para que no volviera a matarla.

No podía dejar de pensar que ese día algo de ella, en su infinito candor, intuía que quizá no volveríamos a vernos.

Cobraban sentido las pesadillas que había tenido en las últimas semanas, la rebeldía que había manifestado y esa impotencia que no supo describir con palabras. O que tal vez nadie quiso escuchar.

Camila hubiera querido evitarme dolor. A su corta edad se creía una superheroína capaz de protegerme de cualquier desgracia. Ojalá hubiera podido decirle que realmente lo era.

Pero el dolor era cada vez más denso y no existía lugar donde refugiarme.

Marco no estaba. Me lo habían arrancado de las manos. Justo entonces, cuando creí que podía salvarlo y alejarlo de cualquier peligro, aferrarme a él y decirle al oído que jamás permitiría que le hicieran daño, mi mundo de algún modo se vino abajo. Se desvaneció como si fuera pura niebla.

Me habían arrebatado a Marco con la misma facilidad con la que le quitaron la vida a mi hermana.

Era su rostro lo que veía aparecer por entre la espesa y oscura bruma que habitaba en mi mente. No me dejaba respirar, me prohibía abrir los ojos. Era como si hubiera cobrado la forma de unas cadenas que me ataban a la inconsciencia más siniestra y destructiva. Me mostraba que la oportunidad había estado a mi alcance, la había tocado con la punta de mis dedos. Me recordaba que podría haber prestado un poco más de atención. De haber convencido a Vera mucho antes, Camila no habría muerto y, por ende, Marco no se habría alejado de mí.

Yo tenía la culpa. Era mi culpa.

—Despierta, mocosa —me dijo su preciosa voz, tan robusta y segura que tocó hasta mis entrañas.

—Si lo hago, no soportaré perderte... —sollocé.

Esa verdad llegó a mí con la potencia de un huracán al tocar tierra.

El Marco que habitaba en mis pesadillas sonrió con calidez. Y de nuevo me vi en medio de aquella vorágine de disparos. De rodillas en el suelo, consciente de que nadie repararía en la huérfana de los Fabbri y mucho menos en la esposa del heredero del imperio que quería arrebatar el poder en Nápoles.

Mi supervivencia o muerte carecía de valor.

Y esa verdad me devolvió la imagen de mí misma observando aquella maldita calle desierta con la garganta cerrada y el vientre contraído. Con el aliento amontonándose en mi boca y los ojos entelados, pensando que el hombre que se habían llevado no tenía la culpa de haber nacido con su apellido ni de las intenciones que guardaba. No había tenido más remedio que abrazarlo y confiar en su legado porque jamás le dieron la oportunidad de pensar por sí mismo. Ignoraba que se había convertido en un refugio digno de preservar. Porque ni él sabía cuánta emoción guardaba y entregaba. Y no estaba dispuesta a perderlo.

No podía perderlo.

Ahora no, cuando más sola me sentía y más falta me hacía. Cuando la vida que ambos habíamos empezado a construir se antojaba tan hermosa.

«*Il mio cuore bianco*». La voz de mi madre irrumpió de pronto en mi sistema. Me hizo extrañamente consciente de la lentitud con la que ese apelativo quería perder valor.

Ninguna de las dos sabíamos lo rápido que ese *cuore bianco* quería teñirse de negro. Jamás creímos que ansiaría sentir dentro de mí el despertar de la mafia por la que ella se quitó la vida. Y me estremecí, porque entendí que el caos no tendría paciencia, no esperaría a que despertara y asumiera mis ganas de ver arder el mundo que me había visto nacer.

Pero todo era un sueño. Mi valor terminó en el instante en que Marco fue arrastrado al interior de aquella furgoneta. Fallé en la primera fase. Por más que corrí, no logré alcanzarlo.

Y grité su nombre un instante antes de abrir los ojos e incorporarme de súbito a punto de vomitar el corazón.

Miré a mi alrededor. Sentí la piel bañada en sudor, el cuerpo húmedo, la visión borrosa y un extraño temblor en la punta de mis dedos. Pronto estalló en mi pecho y me cerró los pulmones. No podía respirar con normalidad, y el entorno no ayudó.

Desconocía dónde me encontraba.

Aquella casa se alzaba entre polvo y antigüedad. De altos techos con vigas de madera y paredes encaladas. Preservaba un talante de lo que seguramente había sido la ostentación de principios del siglo pasado, pero ahora producía una sensación de desamparo que infundía cierto espanto.

Desde mi posición, se veía la escalera de piedra recia y desgastada al otro lado del arco de acceso al enorme salón donde me encontraba. Bordeado por columnas empedradas y salpicado por las crepitantes llamas de una chimenea. Era la única luz estable del lugar. Lo inundaba todo de sombras y destellos anaranjados que procuraban una gran inquietud.

Algunos muebles estaban cubiertos por sábanas. De las paredes colgaban cuadros de personalidades que no reconocí. Quizá fueran retratos de los propietarios de aquella casa. Respiraban un silencio casi desolador y mortificante marcado por el tictac de un reloj de pie.

Eran poco más de las nueve de la noche. Y la lluvia insistía. Los cristales estaban un poco empañados. Fuera, la tormenta se desarrollaba bajo un cielo nocturno que apenas me dejó entrever el campo agreste que se perdía en el horizonte.

Aquello no podía ser Nápoles, no recordaba haber visto un panorama similar próximo a las inmediaciones de la mansión Berardi o el Marsaskala. En Porto Rotondo el terreno se cuidaba con mimo y respeto, como si fuera una entidad esencial para la zona. Algo a lo que los sardos se sentían ligados.

Me inquietó. No reconocía absolutamente nada.

Excepto al hombre que había sentado en el sofá que tenía enfrente. Las piernas cruzadas, una mueca impertérrita, sus ojos fijos en mí.

Ese era el rostro de un cazador sin nombre.

«Mercenario».

Un escalofrío me atravesó el espinazo. La distancia que nos separaba se me antojó una trampa en la que caería en cuanto recuperase el control. No supe si aquello eran meras imaginaciones o si esos ojos pretendían atarme a él.

Lo cierto fue que mi pulso ascendió como la primera vez que lo vi. El golpeteo atolondrado de mi corazón contra mis costillas, la insoportable sensación de debilidad. Las dudas, la soledad, la desconfianza.

La necesidad, tan creciente e inexplicable.

Contuve el aliento y me hundí aún más en el sofá, encogiendo las piernas, haciéndome pequeña, como si con eso fuera a alejarme lo suficiente del magnetismo del cazador.

Realmente había creído que nunca volvería a verlo. Mi mente había empezado a desdibujar sus facciones. Pronto se había [illegible]

«Si ese hombre apareciera, si volvieras a verle y estuviera dispuesto a postrarse ante ti, seguirías teniendo mi cariño», me había dicho Marco. Porque en el fondo sabía que existía.

Lo tenía ante mí. Sabía el calor que me procuraban aquellas fuertes manos, el poderoso contacto de sus labios, la inercia de su lengua enroscándose en la mía, el dulce sabor de su aliento resbalando por mi barbilla. Sabía todo lo que era capaz de suscitarme con una sola mirada, con sus silencios escudriñadores y esa mueca de severa calma.

Odié que me viera temblar y aún más que las lágrimas brotaran solas sin más razón que la impotencia de estar de nuevo ante el hombre con el que me crucé una noche. Solo una noche convertida en un solo instante.

El hombre en el que me había prohibido pensar por miedo a caer por un precipicio del que nunca podría salir. Habría pendido de él. Sabía bien lo débil que me tornaba a su lado.

—¿Dónde estoy? ¿Y mis hombres? —tartamudeé aferrada a mis piernas encogidas.

El mercenario suspiró, descruzó las piernas y se puso en pie sin alejar ni un instante su atención de mí. Reconoció lo indefensa y frágil que me sentía. Lo mucho que me mortificaba haber estado tanto tiempo ausente, como si fuera una débil criatura patética incapaz de asumir que había nacido en un territorio nefasto.

Con la elegancia de un depredador, se encaminó hacia uno de los pocos muebles descubiertos. Era una vitrina que abrió provocando un chasquido. Cogió una copa que dejó sobre la repisa de la chimenea y, a continuación, una botella de *bourbon* y otra de agua. Vertió la misma cantidad de ambas en el vaso y me miró para certificar que en efecto continuaba temblando.

Fue entonces cuando se aproximó a mí.

—Los ataques de pánico no son propios de las hijas de la mafia.

Qué equivocado estaba.

Los hijos de la mafia que yo conocía eran vendidos al mejor postor y sometidos hasta lamentar haber nacido.

Me hubiera gustado decírselo. Pero su voz bloqueó todos mis sentidos. Alcanzó hasta el último rincón de mi piel. Grave, profunda, un poco severa. Era la voz de un hombre que sabía tener el control y qué hacer con él.

Lo miré a los ojos. No. Más bien fueron estos los que me atraparon. Las llamas resaltaban la potencia de un ámbar que luchaba con vigor contra las motas verdes casi cegadoras. Lograron que aquellas pupilas me deslumbraran hasta el asombro.

Me noqueó y no fui capaz de enfrentarlo con la arrogancia de la primera vez.

—Bebe, te calmará —me dijo y agradecí que mantuviera la distancia al entregarme el vaso.

No quería hacerlo, quizá porque sabía que el temblor sería mucho más evidente. Pero pensé que el alcohol mermaría un poco los nervios. Así que agarré el vaso con lentitud, evitando tocar sus dedos y permaneciendo muy atenta a sus ojos.

Me lo acerqué a la boca y le di un sorbo que pronto se convirtió en un largo trago amargo. El ardor en mi garganta me hizo fruncir el ceño y coger aire hasta llenar mis pulmones. Era una buena señal, probablemente me daría la oportunidad de hablar sin que la voz se me rompiera en el proceso.

—¿Quién eres, mercenario? —inquirí en un susurro.

Él no respondió de inmediato. Prefirió humedecerse los labios y tomar asiento en el borde de la vieja mesa de centro que reinaba entre los sofás. Lo hizo muy lentamente, remangándose sus vaqueros y consintiéndome una imagen mucho más definida de su cintura y sus muslos.

Cogió el paquete de cigarrillos que había sobre la mesa y se prendió uno antes de soltar el humo. Aquella rizada y sutil humareda blanca no interrumpió nuestro contacto visual, sino que lo incrementó y me produjo un severo escalofrío.

Soy Jimmy Canetti

«Jimmy Canetti», repetí en mi mente y enseguida se me erizó la piel. Había escuchado ese nombre la misma noche en que me crucé con él.

De pronto, extendió una mano en mi dirección y esperó a que yo la aceptara. No tardó en entender que no me atrevía a tocarlo, que hacerlo me nublaría aún más los sentidos y los necesitaba para descubrir dónde estaba mi gente y cómo organizarnos para salvar a Marco.

Sin embargo, me desafió. Me lanzó el reto en un idioma que solo entenderíamos los dos en medio de un silencio voraz y estridente cargado de un deseo que escondía intenciones demasiado intrincadas.

Empecé aturdida. Mis dedos rozaron la punta de los suyos muy despacio hasta que rodearon su mano. Solo entonces Jimmy me estrechó con suave fortaleza. Me estremecí. Sentí que su corpulencia me engullía, que ese hombre ocultaba la habilidad de hacer conmigo cualquier cosa que se propusiera.

Temí por instinto y desconocimiento. Temí porque de alguna manera me lo impuse, desconcertada como estaba por la inoportuna fascinación que se había instalado en el corto espacio que nos separaba.

Jimmy entornó los ojos. Lo supo. Fue consciente de la molesta batalla que se estaba dando en mi interior, de que sentir atracción era un problema que ninguno de los dos necesitábamos.

Pero evitarlo parecía demasiado complicado.

Intuí la curiosidad, una insólita duda por saber lo que sería ser amada por un hombre como él. El calor que emanaría de su piel cuando tocara la mía. Las palabras que mencionaría cuando supiera que yo estaba al borde del máximo placer. Cómo serían sus manos en la intimidad. Cuán salvaje podía ser, qué principios habitarían en su fiereza.

Cuestiones que venían ligadas a emociones que ni siquiera me había atrevido a dejar reflejadas en el papel. El temor a reconocerme en esas palabras solía bloquear mis dedos sobre el teclado, solía estremecerme lo suficiente como para forzar una sonrisa nerviosa y obligarme a pensar que seguía siendo esa chica que todos creían que era.

La mala hija. Desobediente, insolente, descarada, irresponsable. Libertina. Probablemente no les faltara razón.

La sangre de mi padre todavía me hervía en las mejillas. La tormenta que me había caído encima la había diluido hasta borrarla, pero había calado en mi piel y me gritaba que ese hombre ya no estaba en este mundo. Que una bala había terminado con su vida y mi amiga se había aferrado a su cuerpo como si el gesto fuera a traerlo de vuelta, ajena a que, por un instante, sentí alivio por su muerte.

Solo un instante.

Tras él, la realidad golpeó con gran contundencia. Y ahora que miraba a Canetti no pude evitar pensar que quizá todo aquello era un castigo divino por mis pensamientos.

—Bien, señora Berardi...

—¿Ahora no me llamas por mi nombre? —le interrumpí de repente, alejándome de su mano—. Hechas las presentaciones, dime dónde están mis hombres, qué haces aquí y por qué demonios estoy en este lugar.

Decidí ser contundente para recordarle a mi sentido común que cada segundo que perdía era un instante que me alejaba aún más de Marco. Y lo único que me importaba era tenerlo de vuelta.

—Uno de ellos resultó herido —desveló Jimmy cortándome el aliento—. No hemos podido asegurar su integridad con los medios de los que disponemos aquí. Así que he decretado su traslado al hospital más cercano.

—¡¿Está bien?! —exclamé con el corazón en la garganta.

Jimmy asintió de inmediato. Su reacción no dejó espacio a creer que mentía.

—Tus hombres están supervisando su seguridad. Aunque he de decir que Attilio Verni se resistía a dejarte.

—¿Cómo es posible que lo hayas conseguido? —aventuré.

—Le pedí un instante a solas con la esposa del hombre que probablemente muera a manos de la Camorra napolitana.

Tragué saliva, aterrorizada.

—Entonces entenderás que debo darme prisa.

—Has estado tres horas inconsciente. Un síncope normalmente dura unos minutos, a menos que haya otros inconvenientes. Pero ese no es tu caso.

Fruncí el ceño.

—¿Qué insinúas?

—Tu hombre, Verni, fue bastante concluyente. —Apuró la última calada de su cigarrillo y lo apagó en el cenicero—. Agotamiento emocional debido a la pérdida de su pequeña hermana. Dejarte dormir era lo mejor que podíamos hacer. Pero esa opción te ha robado la posibilidad de dar con tu esposo a corto plazo.

Empezaba a comprenderlo. Aunque Jimmy parecía demasiado categórico, escogió ser paciente y pausado a la hora de explicarse con tal de lograr que yo fuera asumiendo la realidad lentamente.

Pero la precipitación crecía en mi pecho y me empujaba más y más hacia una desesperación que pronto sería imposible de controlar. Sabía que apenas me dejaría pensar con claridad.

—Habla claro —le exigí.

—¿Cómo piensas dar con él si ahora os separan tres horas de distancia?

Apreté los dientes. Detesté que tuviera razón.

—Conozco a los Confederados. —Alcé el mentón desvelando una valentía que no sentía—. Puedo negociar con ellos.

Jimmy torció el gesto y adoptó una mueca socarrona.

—¿Como la hija de Vittorio Fabbri?

«Van a matarlo», pensé de súbito. Sentía que el nudo de mi garganta crecía y amenazaba con asfixiarme.

Era la primera vez que me atrevía a pensarlo. Conocía los procedimientos de la mafia. En Nápoles no había secuestros al uso. Si se llevaban a alguien, nunca lo devolvían con vida. Porque hacerlo era demostrar una debilidad que los rivales podían usar en su contra.

Así que a Marco le esperaban horas de tortura, hasta que el jefe designado decidiera finiquitar el asunto. Y solo entonces encontraríamos su cuerpo desfigurado en alguna cuneta o carretera. Y yo lloraría su muerte porque sería injusta, porque no la merecía. Jamás quiso tratar con napolitanos, solo recibía órdenes de alguien al que apenas apreciaba.

Sin embargo, había algo que la Camorra valoraba más que su honor. El dinero lo era todo para ellos. El dinero hacía que padres e hijos se mataran entre sí. Procuraba poder, influencia, dominio.

—Dejemos los formalismos aparte, Regina —intervino Jimmy interrumpiendo mis pensamientos.

Quizá me creyó demasiado capaz de huir de allí y llevar a cabo mi cometido. Una tarea que podía costarme la vida sin tan siquiera alcanzar recompensa alguna. Pero ambos sabíamos que, a pesar de la impaciencia, no cometería una imprudencia que pudiera repercutir en la seguridad de Marco.

—De acuerdo —admití—. Explícame qué haces aquí. ¿Te ha enviado Saveria Sacristano?

Cabía la posibilidad de que la jefa del Marsaskala ya hubiera sabido de la noticia y hubiera iniciado procedimientos para recuperar a su sobrino. Pero albergar esperanzas habría sido demasiado estúpido.

—Solo trabajo para Marco. No tengo vínculos con esa mujer —respondió con seriedad.

—Entonces ¿cómo has sabido lo que ha sucedido?

Eran muchas las incógnitas. Me inquietaba mencionarlas y obtener silencio. Desconocía qué pretendía hacer Jimmy. Era un hombre muy complejo de descifrar. Su lenguaje corporal no desvelaba nada, ni siquiera un indicio de sus intenciones. Pero detecté un cambio en sus ojos, una rotundidad que antes no estaba. La misma que había mostrado un instante antes de besarme aquella noche.

—Debes darme información. Es lo único que te pido. —Casi le rogué.

Volvió a ponerse en pie. Se acercó a la chimenea y cogió un dosier que había sobre la repisa. Me lo entregó perfectamente consciente del efecto que cada uno de sus movimientos provocaba. Su maldita presencia llenaba el lugar.

—¿Qué es esto? —pregunté extrañada.

—Tu albedrío —anunció al tiempo que yo abría el dosier.

«Convenio de divorcio», decía el titular que coronaba la portadilla de aquellos documentos, resaltado en una incómoda negrita.

Revisé cada página. Contenían cláusulas de indemnizaciones y concesiones, acuerdos de confidencialidad, liberación de cargas en posibles demandas vinculantes a las labores profesionales de Marco Berardi.

Los documentos me aseguraban una estabilidad económica, así como la preservación de mi estatus social, como si eso me importara. Y es que mi esposo, teniendo en cuenta la amabilidad empleada en cada párrafo, tan solo buscaba mi bienestar. Una dicha que nunca imaginó que querría compartir con él.

Pero lo verdaderamente alarmante fue descubrir que había firmado con su puño y letra cada uno de los folios. No tenía ni idea de cuándo había llevado aquello a cabo. No podía entenderlo.

—Has enterrado a tu hermana, tu padre ha muerto y los Confederados no te escucharán. Ya no existen razones por las que debas seguir atada a Marco Berardi —recalcó Jimmy, aunque no buscaba que sus palabras sonaran como un ataque.

Lo miré. Intuí sus intenciones. Solo quería alejarme todo lo posible de aquel lugar y no me iba a dar los porqués. No me consentiría negarme sin ser cruel.

—No sé quién demonios eres, pero desde luego que no tomarás decisiones por mí —mascullé aceptando el desafío de su mirada.

—Y no lo he hecho. Solo te ofrezco la oportunidad de huir.

Decidí arriesgarme a incorporarme. Empecé despacio, apoyando los pies en el suelo. Mis medias estaban agujereadas en las rodillas, dibujaban una línea que me atravesaba toda la tibia.

Cogí aire y lo solté lentamente mientras me erguía.

—¿Has terminado? —espeté al encararlo.

La corpulencia de Jimmy me hizo severamente consciente de mi delicadeza y menudencia. Se alzaba alto y poderoso, firme e implacable recortado por el resplandor del fuego, como si fuera una criatura que nacía de las propias llamas. Aterraba y emocionaba a partes iguales. Había que ser muy necia para no detectar su imponente atractivo ahora que ya había asumido que podíamos estar en la misma habitación.

Pero no podía permitirme ser noqueada de nuevo por ese hombre. Así que me acerqué a la chimenea. Rasgué en dos aquellos documentos y los lancé a las llamas.

Jimmy siguió cada uno de mis pasos, me vi reflejada en sus pupilas. Por un instante creí que se lanzaría sobre mí y me devoraría con la misma contundencia que aquellas llamas habían empleado con los documentos.

También creí que yo se lo permitiría, que me dejaría atrapar entre sus fuertes brazos antes de que la culpa me golpeara y recordase que el egoísmo no sabía perdonar.

—La última vez que nos vimos no parecías estar de acuerdo con tu enlace con Berardi —dijo bajito, con voz ronca—. ¿Qué ha cambiado?

—Que compartimos lecho.

Jimmy frunció el ceño.

—¿A pesar de ser mujer?

Traté de mantenerme impertérrita. Pero supe que la lista de cosas que podía ocultarle a ese hombre era muy corta.

—¿Qué sabrás tú de mi esposo? —mascullé con descaro, insoportablemente consciente de lo cerca que estábamos el uno del [illegible]

—Lo suficiente como para saber que debo preservar la integridad de su esposa.

—Mi integridad se encuentra perfectamente y entenderás que no tengo tiempo para perderlo con un hombre que habla, pero que no me desvela nada.

—¿Qué puedes hacer tú que no pueda hacer un grupo especializado, Regina? —contraatacó dejando de nuevo en evidencia mis debilidades.

Sin embargo, yo no creía que todo en la vida fuera fruto de una experiencia aprendida. Había reacciones que solo podían explicarse a través de los sentimientos.

—Cualquier cosa. Porque a ninguno de vosotros os importa Marco como me importa a mí.

Torció el gesto y me miró largo y tendido abarcando cada rincón de mi cuerpo con una actitud a medio camino entre la irreverencia y la satisfacción.

—¿Ahora resulta que lo amas?

Me pudo la rabia.

—¡Me importa un carajo lo que pienses! ¡No me alejaré de Marco! ¿Me has oído? —exclamé impotente y desesperada.

Y Jimmy insistió apurando un tiempo demasiado valioso para mí.

—¿Por qué?

—¡Porque él no lo haría! ¡No me dejaría tirada! —grité a solo un palmo de su cara, con las ganas de golpearlo temblando en mis manos—. Puede que tú no lo entiendas o lo creas precipitado. Pero ese hombre es mi compañero, y sé bien que no merece este final. No pienses ni remotamente que voy a abandonarlo.

Sentí el calor de la certeza hirviendo en la piel. La idea de proteger a mi gente de cualquier peligro, protegerla como no había hecho con Camila, con mi abuela, era lo único que me separaba de perder la cabeza. De asumir que nunca conocería la felicidad porque yo era una maldita aniquiladora de momentos felices.

Y las lágrimas brotaron espesas. Solo cayó una de ellas, la misma que se deslizó por mi mejilla y captó toda la atención de Jimmy, que no pudo contener el sutil temblor que atravesó su boca.

Quiso acariciarme. Deseé por un instante que lo hiciera y me entregara alivio, cordura, hasta la frialdad de la que él disponía. Ansié retroceder en el tiempo. Volver a conocer a Marco, pedirle que me acompañara a mi casa de Nápoles y le hablara a Vera Bramante de las ventajas que Camila encontraría en Cerdeña.

Quise que todo aquello fuera una maldita pesadilla y me llevara a un día cualquiera en la playa para volver a toparme con ese cazador y permitirle que me amara como nadie nunca lo había hecho.

Le creí dispuesto a ello. También decepcionado. Un tanto mortificado. Aquello que se había propuesto no había salido como él esperaba. Y me asaltó la curiosidad. Pero ya no estábamos a solas.

Ya no éramos él y yo, rodeados de sombras y destellos.

—Te dije que no sería fácil, Canetti.

La voz de mi compañero irrumpió en mi sistema provocándome un fuerte escalofrío.

Miré hacia el arco de acceso. Allí estaba, con una herida suturada en la ceja izquierda, la camisa remangada, la corbata colgando deshecha de su cuello, las mejillas irritadas. Y aquellos ojos que me observaban como la maravillosa compañera que me consideraba.

—Marco —balbucí sin aliento, tambaleante.

No había nada que pudiera disimular su bella presencia, ni siquiera la nostalgia que desprendía o las ganas de verme saltar a sus brazos. Marco esperaba en el umbral, con los brazos lánguidos y una mueca de afecto y dolor en el rostro.

Temblé mucho más fuerte que en las ocasiones anteriores. Me costaba entender cómo había llegado hasta ese lugar, quién lo había rescatado del peor castigo posible. Si habría escuchado todas mis palabras, si habría sido el que realmente me impulsaba a alejarme de allí para ahorrarme peligros mucho mayores que los de aquella maldita tarde.

—Ahí tienes a tu compañero, Regina. —Jimmy sonó desafiante, rotundo.

Sobrecogida, le miré de reojo tratando de conjeturar sobre cuál era su posición en toda aquella historia. Pero no era el mejor momento. Mi cuerpo solo quería echar a correr hacia Marco.

Ese era el hombre que no sabía sentir, que no conocía la empatía. El mismo que se aferró a mí con la fuerza de un poderoso gigante y me aseguró en silencio que él tampoco quería perderme. Que yo era el camino que lo llevaría de vuelta a casa.

Hundí el rostro en su cuello, me dejé llevar por el ritmo atolondrado de su corazón y el modo en que sus latidos se acompasaron a los míos mientras sus brazos me sostenían con fuerza. Podía notar su aliento resbalando por mi sien, su vida pegada a la mía. Y acogió mi temblor y también mis lágrimas. Me pidió que no las derramara, que todo había pasado.

Pero mentía. Mentía y no me importaba. Le tenía de nuevo conmigo. Estaba a salvo.

Entonces, abrí los ojos.

Jimmy Canetti buscó los míos. Nos miramos.

El rostro de ese cazador caería conmigo por el abismo.

Y, de pronto, supe que no me importaría lo hondo que fuera.

Continuará…

No te pierdas la segunda parte de la bilogía

A la venta el 6 de julio